W0210937

QUI ES-TU ALASKA ?

JOHN GREEN

QUI ES-TU ALASKA ?

Traduit de l'anglais (américain)
par Catherine Gibert

GALLIMARD

L'extrait du roman de Gabriel García Márquez,
"Le Général dans son labyrinthe", cité p. 33, p. 252 et p. 364 est
reproduit avec l'aimable autorisation des éditions Grasset.
© Gabriel García Márquez, 1989
© Éditions Grasset & Fasquelle, pour la traduction française
de l'espagnol par Annie Morvan

Titre original : *Looking for Alaska*
Édition originale publiée aux États-Unis par Dutton Books,
une filiale du Groupe Penguin (USA) LLC,
375 Hudson Street, New York,
New York 10014
All rights reserved including the right of reproduction
in whole or in part in any form.
© John Green, 2005, pour le texte.
© John Green, 2015, pour le contenu supplémentaire
de cette édition.
© Édtions Gallimard Jeunesse, 2007, pour la traduction française.
© Éditions Gallimard Jeunesse, 2015, pour la présente édition.

À ma famille : Sydney Green, Mike Green
et Hank Green.

« Je me suis tant efforcé de bien faire. »
(Dernières paroles du président Grover Cleveland)

Introduction

Quel drôle d'exercice que de préfacer un livre qu'on a publié dix ans plus tôt. À bien des égards, je suis la personne la moins bien placée pour m'acquitter de cette tâche. D'abord, chacun sait que les auteurs sont démunis dès lors qu'il s'agit de juger de leur propre travail (le truc qui me fait bondir, c'est d'entendre un ami claironner: «Je viens de pondre mon meilleur bouquin»). Et puis, la dernière fois que j'ai lu *Qui es-tu Alaska?*, c'était en janvier 2005. Par conséquent, au sein de la grande majorité de ses lecteurs, je suis celui dont les souvenirs sont les plus lointains.

L'aventure de *Qui es-tu Alaska?* a commencé pour moi en septembre 2001. À cette époque, j'étais secrétaire de rédaction au magazine *Booklist*, pour lequel il m'arrivait de rédiger des critiques. Or une des rédactrices du magazine, Ilene Cooper, auteur de livres pour enfants, me poussait à écrire l'histoire de pensionnat en partie autobiographique dont je lui rebattais les oreilles depuis des lustres. Elle m'avait même fixé une date butoir: le 1er mars 2002.

Puis, le 11 septembre, le World Trade Center a été attaqué et, quelques jours plus tard, la fille avec laquelle je vivais depuis plusieurs années a mis fin à notre relation. J'ai sombré alors dans une profonde dépression qui m'a obligé à m'absenter de mon travail pour me faire soigner. Le dernier jour avant mon départ, le directeur de la publication, Bill Ott, m'a fait passer un petit mot: «J'espère te revoir très vite. Mange bien, rétablis-toi et – maintenant plus que jamais – regarde *Harvey.*» Bill me tarabustait depuis des années pour que je voie ce vieux film.

Mon père est venu me chercher en voiture et m'a ramené à Orlando, où je n'avais pas remis les pieds depuis mon départ en pension, à l'âge de quinze ans. Dans les semaines qui ont suivi, j'ai vu un psy tous les jours, j'ai trouvé le bon cocktail médicamenteux et j'ai beaucoup regardé la télé où l'on ne parlait que du 11 septembre, le jour qui avait changé la face du monde. Très vite, les journalistes se sont mis à parler de l'avant et de l'après 11-Septembre. Un soir, en regardant le journal sur une chaîne câblée, j'ai entendu un psychologue expliquer que, désormais, les Américains organiseraient leurs souvenirs autour de cette sinistre date: il y aurait l'avant et l'après. Il m'est apparu alors que nous avions tendance à mesurer le temps en fonction d'un événement jugé primordial à nos yeux. Dans le calendrier chrétien, le décompte se fait à partir de la naissance du Christ. Et dans celui des musulmans, à partir de l'hégire, la migration des fidèles de Mahomet de La Mecque à Médine.

Mon ambition était d'écrire l'histoire – librement inspirée de mes souvenirs de pension – d'adolescents qui voient leur vie bouleversée par un événement et, en réaction, imaginent le temps autrement. J'avais fini par trouver une structure susceptible de fonctionner mais je n'avais pas l'énergie d'écrire.

Et puis, j'ai regardé *Harvey*. Je précise que je ne crois pas aux «révélations», mais je dois avouer malgré tout que, le lendemain, je me sentais mieux. Et, depuis, je ne suis plus jamais tombé aussi bas qu'avant d'avoir vu le film. La semaine suivante, j'étais de retour à Chicago, de retour au travail où je me faisais harceler par Ilene pour que j'écrive mon histoire. Ce que j'ai fait, la nuit et le week-end.

Le 1er mars 2002, je lui ai remis quarante pages tapées serré, un fatras incompréhensible dont seuls quelques paragraphes ont survécu jusqu'à la publication, mais elle a vu le potentiel. Pendant un an, elle m'a accompagné dans l'écriture des différentes versions avant de proposer mon livre à des éditeurs. Dutton l'a acheté et, après quelques mois d'incertitude, Julie Strauss-Gabel est devenue mon éditrice.

L'histoire était loin d'être achevée. Aucun « labyrinthe de souffrance » ni « Grand Peut-être » qui n'ait été lu en premier par Julie. Mon vœu était d'écrire un roman d'amour, de souffrance, de pardon, « d'espérance profonde », comme on la nomme en théologie et qui veut que l'espoir soit à disposition de tous, à tous moments, même face à la mort – même après. J'espère y être parvenu. Si c'est le cas, je n'y suis pas pour grand-chose. Je le dois à mes parents qui m'ont recueilli, à *Harvey* qui dépeint la maladie mentale sans se limiter à son aspect dramatique, à Ilene et à Julie qui ont cru en moi et ont consacré des années à ce roman, et aux lecteurs qui l'ont abordé avec générosité sans s'attarder sur ses multiples défauts.

Vous savez tout maintenant de mon « Grand Peut-être ». Merci d'en faire partie.

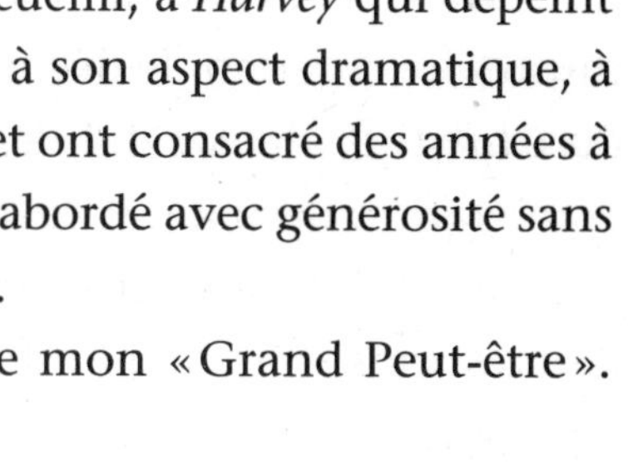

avant

Cent trente-six jours avant

LA SEMAINE QUI A PRÉCÉDÉ mon départ de Floride, où je laissais ma famille et ma petite vie insignifiante pour aller en pension dans l'Alabama, ma mère n'a eu de cesse de m'organiser une fête d'adieu. Dire que je n'en attendais pas grand-chose est un euphémisme. Plus ou moins obligé, j'ai invité tous mes « camarades de classe », la bande de nases du cours d'art dramatique et les blaireaux du cours d'anglais que, contraint et forcé, je côtoyais à la cafétéria lugubre de mon lycée, en sachant pertinemment que personne ne viendrait. Ma mère s'est pourtant entêtée, étant intimement persuadée que je lui avais caché ma popularité durant toute ma scolarité. Elle a préparé presque une soupière de sauce artichaut. A décoré le salon de serpentins verts et jaunes, les couleurs de mon nouveau bahut. A disposé deux douzaines de petits pétards tout autour de la table basse.

Et ce fameux dernier vendredi, alors que j'avais pratiquement bouclé mes valises, elle s'est assise à 16 h 56 sur le canapé du salon à côté de mon père et a attendu patiemment l'arrivée de la cavalerie des « au revoir » à Miles. Ladite cavalerie s'est résumée en tout et pour tout à deux individus : Marie Lawson, une toute petite blonde avec des lunettes rectangulaires, et son copain un peu fort (pour être gentil), Will.

– Salut, Miles, a dit Marie en s'asseyant.

– Salut, ai-je répondu.

– Tu as passé un bon été ? a demandé Will.

– Pas mal. Et toi ?

– Correct. On a fait *Jésus Christ Super Star*. J'ai donné un coup de main aux décors. Marie était à la lumière, a précisé Will.

– Sympa, ai-je approuvé en hochant la tête d'un air entendu.

Et c'en était quasi fini de nos sujets de conversation. J'aurais pu poser deux ou trois questions sur *Jésus Christ Super Star*, sauf que : 1) je ne savais pas de quoi il s'agissait ; 2) je m'en fichais et 3) l'échange de banalités n'avait jamais été mon fort. En revanche, ma mère pouvait papoter pendant des heures et elle a donc prolongé le malaise en leur demandant comme s'étaient déroulées les répétitions, si le spectacle s'était bien passé, si ç'avait été un succès.

– Je pense que oui, a répondu Marie. Plein de gens sont venus, je pense.

Marie était du genre à beaucoup penser.

– On est juste passés te dire au revoir, a finalement annoncé Will. Il faut que je raccompagne Marie avant six heures. Amuse-toi bien en pension, Miles.

– Merci, ai-je répondu, soulagé.

Pire que la fête où personne ne vient, il y a la fête où ne se pointent que les deux personnes les plus ennuyeuses de la terre.

Ils sont partis et je suis resté sur le canapé avec mes parents, les yeux rivés sur l'écran noir de la télé, mourant d'envie de l'allumer, mais sachant que je ne le devais pas. J'ai senti leur regard posé sur moi, ils s'attendaient sans doute à ce que je fonde en larmes ou quelque chose du même ordre, comme si je n'avais pas pensé depuis le début que ça se passerait comme ça. Je n'en avais pas douté une seconde. Ils devaient me plaindre en plongeant leurs chips dans la sauce artichaut initialement prévue pour mes copains imaginaires. Mais ils étaient plus à plaindre que je ne l'étais. Je n'étais pas déçu. Mes attentes avaient été comblées.

– C'est pour ça que tu veux partir, Miles? a demandé ma mère.

J'ai réfléchi quelques instants, en m'efforçant de ne pas la regarder.

– Non, ai-je répondu.

– Alors c'est pour quoi? a-t-elle insisté.

Ce n'était pas la première fois qu'elle posait la question. Maman n'était pas particulièrement emballée à l'idée de me laisser partir en pension et n'en faisait pas mystère.

– C'est à cause de moi? a demandé papa.

Il avait fait ses études à Culver Creek, le fameux pensionnat où j'allais, comme ses deux frères et tous leurs enfants. L'idée que je marche dans ses pas n'était pas pour lui déplaire. Mes oncles m'avaient raconté qu'il s'y était taillé une sacrée réputation en conjuguant réussite dans toutes les matières et chahut monumental. La vie y semblait plus intéressante qu'en Floride. Mais non, ça n'avait rien à voir avec papa. Enfin, pas tout à fait.

– Ne bougez pas, ai-je dit.

Je suis allé dans son bureau prendre la biographie de François Rabelais. J'adorais les biographies d'auteurs, même si (comme c'était le cas avec Rabelais) je n'avais jamais lu aucune de leurs œuvres. J'ai feuilleté les dernières pages à la recherche de la citation soulignée («JE T'INTERDIS DE SOULIGNER MES LIVRES», m'avait-il recommandé des centaines de fois. Mais comment trouver ce qu'on cherche autrement ?).

– Donc ce type, ai-je dit de la porte du salon, François Rabelais, le poète, a dit sur son lit de mort : « Je pars en quête d'un Grand Peut-être. » Voilà ma raison. Je ne veux pas attendre d'être mort pour partir en quête d'un Grand Peut-être.

Et ils ne m'ont plus posé de questions. J'étais en quête d'un Grand Peut-être et tous deux savaient aussi bien que moi que ce n'était pas au contact des semblables de Will et de Marie que je le trouverais. Je suis retourné m'asseoir sur le canapé entre mon père et ma mère, papa a posé son bras autour de mes épaules, et on est restés, comme ça, sans rien dire, pendant un long moment, jusqu'à ce que personne ne voie plus d'inconvénient à ce qu'on allume la télé. Alors on a mangé des chips à la sauce artichaut en regardant la chaîne historique et, au palmarès des fêtes d'adieu, celle-ci n'était certainement pas la pire.

Cent vingt-huit jours avant

Il FAISAIT TRÈS CHAUD EN FLORIDE, incontestablement, et humide. Chaud au point d'avoir les habits qui collent à la peau comme du scotch et la sueur qui ruisselle dans les yeux, mais uniquement en extérieur. Or, la plupart du temps, je ne sortais que pour aller d'un endroit climatisé à un autre.

Je n'étais pas préparé à cette sorte de chaleur unique que l'on rencontre à vingt-cinq kilomètres au sud de Birmingham (Alabama), au lycée de Culver Creek. Le 4×4 de mes parents était garé sur l'herbe à quelques mètres à peine de ma chambre, la 43. Mais, chaque fois que je faisais le modeste aller-retour de la voiture à la chambre pour décharger ce qui me semblait être à présent beaucoup trop d'affaires, le soleil me mordait la peau à travers mes vêtements avec une férocité sans nom qui m'a fait véritablement redouter le feu de l'enfer.

À nous trois, papa, maman et moi, ça ne nous a pris que quelques minutes pour vider le coffre de la voiture, mais ma chambre non climatisée, bien qu'à l'abri des ardeurs du soleil, était à peine plus fraîche que l'extérieur. J'ai été surpris par la chambre. Je m'étais imaginé de la moquette épaisse, des murs lambrissés, du mobilier victorien. Excepté le seul luxe d'une salle de bains individuelle, j'avais hérité d'une boîte. Avec ses murs en parpaing enduits de généreuses couches de peinture blanche et son lino à carreaux verts et blancs, elle évoquait plus l'hôpital que le dortoir de mes rêves. Deux lits superposés en bois brut avec des matelas en vinyle avaient été poussés contre la fenêtre qui donnait sur l'arrière du bâtiment. Tous les meubles étaient fixés aux parois et au sol : bureau, armoire, étagères, pour éviter toute velléité d'agencement personnel. Et pas d'air conditionné.

Je me suis assis sur le lit du bas pendant que ma mère ouvrait ma cantine, sortait une pile de biographies dont mon père avait accepté de se séparer et les disposait sur les étagères.

– Je peux ranger mes affaires, maman, ai-je dit.

Papa s'est levé. Il était prêt à partir.

– Laisse-moi faire ton lit, au moins, a-t-elle plaidé.

– Non, je peux le faire, franchement. Pas de problème, ai-je répondu.

Parce qu'il arrive un moment où l'on ne peut plus faire durer ce genre de choses éternellement. Un moment où il faut retirer le sparadrap, même si ça fait mal. Mais après c'est fini et on est soulagé.

– Comme tu vas nous manquer ! s'est soudain exclamée maman en se frayant un passage à travers le dédale de sacs jusqu'au lit.

Je me suis levé et je l'ai serrée dans mes bras. Papa nous a rejoints, et on a formé un petit tas compact. Il faisait trop chaud, et nous étions trop collants pour prolonger l'étreinte indéfiniment. Je sentais que j'aurais dû pleurer, mais je vivais avec mes parents depuis seize ans, et il y avait longtemps que nous aurions dû faire un essai de séparation.

– Ne vous en faites pas, ai-je dit en souriant. Je m'en vais apprendre à causer comme un vrai gars du Sud.

Maman a ri.

– Ne fais pas l'idiot, a dit papa.

– D'accord.

– Pas de drogue. Pas d'alcool. Pas de tabac.

En tant qu'ancien élève de Culver Creek, il avait fait des trucs dont j'avais seulement entendu parler : fêtes clandestines, courses à poil à travers champs (il se plaignait toujours du fait que le lycée n'était pas mixte à son époque), drogue, alcool, cigarettes. Il avait eu du mal à arrêter de fumer, mais ses années rebelles étaient maintenant loin derrière lui.

– Je t'aime, ont-ils laissé échapper ensemble.

Il fallait que ce fût dit, mais les mots rendirent la chose affreusement gênante, comme surprendre ses grands-parents en train de s'embrasser.

– Moi aussi, ai-je assuré. J'appellerai tous les dimanches.

Les chambres n'avaient pas le téléphone, mais mes parents avaient exigé que la mienne soit située à proximité d'un des cinq postes publics de Culver Creek.

Ils m'ont serré à nouveau dans leurs bras, d'abord ma mère, puis mon père, et voilà, c'était fini. Par la fenêtre qui donnait sur l'arrière du bâtiment, je les ai suivis des yeux tandis qu'ils empruntaient la route sinueuse qui conduisait à la sortie du bahut. J'aurais peut-être dû être envahi d'une tristesse sentimentale gluante. Mais l'envie qui prédominait était celle de me rafraîchir ; j'ai pris une chaise et je me suis assis à l'ombre de l'auvent devant la porte de la chambre, dans l'attente d'une brise qui n'est jamais venue. L'air était aussi immobile et oppressant à l'extérieur qu'à l'intérieur. J'ai regardé ce qui allait être mon nouveau chez-moi : six bâtiments de plain-pied, composés de seize chambres chacun, disposés en hexagone autour d'une grande pelouse circulaire. On aurait dit un vieux motel surdimensionné. Dans tous les coins, des garçons et des filles se faisaient la bise, souriaient et marchaient par grappes. J'espérais vaguement que quelqu'un vienne me parler. J'ai imaginé la conversation.

« Salut. C'est ta première année ?

– Oui. Je vis en Floride.

– C'est sympa. Tu es habitué à la chaleur, alors.

– Je ne me ferais pas à celle d'ici, même si je vivais en enfer », aurais-je blagué.

J'aurais donné une bonne première impression. « Il est marrant, ce Miles. Impayable. »

Rien de tel n'est arrivé, évidemment. Rien ne se passe jamais comme je l'ai imaginé.

Quand j'en ai eu marre, je suis rentré dans la chambre, j'ai retiré ma chemise, je me suis allongé sur le matelas en vinyle chauffé à blanc du lit inférieur, et j'ai fermé les yeux. Je ne suis jamais passé par la case révélation mystique « je suis un autre », avec baptême, larmes et tout ce qui s'ensuit, mais ça ne pouvait être pire que de renaître sous la forme d'un mec sans passé connu. J'ai repensé aux personnalités dont j'avais lu la vie, John Kennedy, James Joyce, Humphrey Bogart, et qui avaient été en pension. J'ai repensé à leurs expériences. Kennedy, par exemple, était le roi du canular. J'ai repensé au Grand Peut-être, aux événements qui pourraient se passer, à mes éventuelles rencontres, au type avec qui j'allais partager cette chambre (j'avais reçu une lettre quelques semaines plus tôt m'informant qu'il s'appelait Chip Martin, mais rien d'autre à part ça). Il pouvait être n'importe qui, j'espérais seulement qu'il apporterait des ventilateurs surpuissants car je n'en avais pas, et je sentais déjà ma transpiration former des flaques sur le matelas. Ça m'a tellement dégoûté que j'ai arrêté de penser et je me suis grouillé de dégotter une serviette pour l'essuyer. Et ensuite, je me suis dit : « Avant que l'aventure commence, défaisons nos valises. »

J'ai collé un planisphère sur un mur et rangé la plupart de mes vêtements dans les tiroirs avant de m'apercevoir que l'air chaud et humide faisait même transpirer les murs, et j'ai décidé que l'heure n'était pas aux travaux manuels, mais à une douche délicieusement froide.

La petite salle de bains était dotée d'un immense miroir en pied qui se trouvait derrière la porte, je ne pouvais donc échapper à mon reflet nu penché pour ouvrir le robinet. Ma maigreur me surprenait toujours. Mes bras minces ne semblaient pas beaucoup plus gros quand je contractais mes biceps. Mon torse ne présentait pas la moindre trace de graisse ni de muscle. J'ai eu les boules et je me suis demandé si on ne pourrait pas se débarrasser de ce miroir. J'ai tiré le rideau blanc et me suis glissé à l'intérieur de la cabine de douche.

Elle avait malheureusement été conçue pour un individu d'environ 1,10 m, si bien que l'eau froide atteignait le bas de ma cage thoracique, avec toute la puissance d'un goutte-à-goutte. Pour mouiller mon visage trempé de sueur, j'ai dû écarter les jambes et m'accroupir franchement. Nul doute que John Kennedy (qui, à en croire sa biographie, mesurait 1,82 m, ma taille exactement) n'avait pas besoin de s'accroupir pour se doucher dans son lycée. Non, cela n'était vraiment pas la même chose, et tandis que le filet d'eau mouillait lentement mon corps, je me suis demandé si je trouverais ici mon Grand Peut-être ou si je n'avais pas fait une énorme erreur de calcul.

En ouvrant la porte de la salle de bains, une serviette enroulée autour de la taille, je suis tombé nez à nez avec un type petit et musclé, surmonté d'une tignasse châtaine. Il tirait un énorme sac de marin kaki à l'intérieur de la chambre. Il devait mesurer 1,50 m et des poussières, mais il était drôlement bien bâti, un adonis en modèle réduit, accompagné de l'odeur pestilentielle du tabac froid. « Génial, me suis-je dit, je fais connaissance avec mon camarade de chambre, nu. » Il a traîné son sac au milieu de la pièce, a refermé la porte et s'est avancé vers moi.

– Chip Martin, a-t-il annoncé d'une voix chaude, une voix de DJ à la radio. Et avant que je puisse répondre, il a ajouté : Je te serrerais bien la main, mais il me semble que tu ne devrais pas lâcher ta serviette avant d'avoir enfilé des fringues.

J'ai ri, puis je l'ai salué d'un signe de tête (sympa le signe de tête, non ?) :

– Miles Halter. Enchanté.

– Miles, comme dans « des miles à parcourir avant de dormir » ?

– Hein ?

– C'est un poème de Robert Frost. Tu connais ?

J'ai secoué la tête.

– Estime-toi heureux, a-t-il dit en souriant.

J'ai attrapé un slip propre, un short de foot bleu et un T-shirt blanc. J'ai grommelé que j'en avais pour une seconde et me suis esquivé dans la salle de bains. Pour une première bonne impression, c'était réussi.

– Tes parents sont où ? ai-je demandé de la salle de bains.

– Mes parents ? À l'heure actuelle, le père est en Californie.

Soit vautré dans son fauteuil relax. Soit au volant de son camion. Dans les deux cas, il picole. Quant à ma mère, elle est sûrement en train de quitter le lycée.

– Oh ! me suis-je exclamé, habillé cette fois, mais ne sachant comment répondre à cette avalanche de révélations.

Si je n'en avais pas voulu, je n'avais qu'à me taire.

Chip a sorti des draps et les a balancés sur le lit du haut.

– Je suis plutôt un mec des couchettes du haut. Tu y vois un inconvénient ?

– Non. Ça m'est égal.

– Je vois que tu as décoré la pièce, a-t-il dit avec un geste en direction du planisphère. Ça me plaît.

Et il s'est mis à énumérer des noms de pays, les débitant sur un ton monocorde, comme s'il l'avait déjà fait des centaines de fois.

Afghanistan.

Albanie.

Algérie.

Andorre.

Et ainsi de suite. Il est allé jusqu'à la fin des « A » avant de remarquer mon air incrédule.

– Je peux les réciter tous, mais ça peut crisper. Je les ai appris pendant les vacances. Tu n'imagines pas à quel point on peut s'emmerder à New Hope, Alabama. On regarde le soja pousser. C'est te dire. Au fait, tu viens d'où ?

– Floride.

– Je n'y ai jamais mis les pieds.

– C'est hallucinant ton truc avec les pays.

– Tout le monde a un don. Moi, je mémorise des trucs. Et toi... ?

– Je connais les dernières paroles de plein de gens célèbres.

C'était mon faible, retenir des dernières paroles. Chez certains, c'est le chocolat. Moi, c'étaient les déclarations de mourants.

– Exemple ?

– J'aime bien celles de Henrik Ibsen. Ibsen est un dramaturge.

Ibsen n'avait aucun secret pour moi, même si je n'avais jamais lu aucune de ses pièces. Je n'aimais pas lire des pièces de théâtre. J'aimais lire des biographies.

– Je sais qui est Ibsen, a dit Chip.

– D'accord. Ibsen était malade depuis un bon bout de temps quand un jour son infirmière lui dit : « Vous semblez en meilleure forme ce matin. » Alors Ibsen l'a regardée et il lui a répondu : « Bien au contraire », et il est mort.

– C'est morbide, mais j'adore, a dit Chip en riant.

Puis il m'a raconté qu'il entamait sa troisième année à Culver Creek. Qu'il y était entré en troisième, classe à partir de laquelle l'établissement prenait des élèves, et que, comme moi, il passait en première. Boursier, a-t-il précisé. À 100 %. Il avait entendu dire que Culver Creek était le meilleur bahut de l'État et avait donc expliqué dans sa lettre de motivation qu'il voulait à tout prix intégrer un établissement où il pourrait lire de gros livres. Le problème, avait-il précisé, était que son père n'arrêtait pas de le frapper avec tous les bouquins qui se trouvaient dans la maison, si bien que, pour sa sécurité, il se cantonnait aux petits formats et aux poches. Ses parents avaient divorcé l'année de sa seconde. Il aimait bien le « Creek », comme il disait, mais…

– Il faut faire attention aux élèves. Et aux profs. Et je déteste faire attention, a-t-il indiqué avec un petit sourire narquois.

Moi aussi, je détestais être prudent, ou, du moins, j'aurais aimé.

Il m'a débité son histoire tout en farfouillant dans son sac et en balançant ses vêtements dans les tiroirs n'importe comment. Chip n'était pas un partisan du tiroir à chaussettes et du tiroir à T-shirts. Il croyait les tiroirs égaux devant l'Éternel et les remplissait du premier truc qui voulait bien rentrer dedans. Ma mère aurait eu une apoplexie.

Dès qu'il a eu fini de « ranger » ses affaires, Chip m'a filé une grande claque dans le dos et m'a dit :

– J'espère que tu es plus costaud que tu en as l'air.

Et il est sorti de la pièce, laissant la porte ouverte derrière lui. Quelques secondes plus tard, il a repassé la tête et a constaté que je n'avais pas bougé.

– Allez, grouille-toi, Miles « à parcourir » Halter. On a des conneries à faire.

Et on est allés au salon télé qui, selon Chip, possédait le seul poste avec le câble de tout le bahut. Pendant l'été, la pièce servait également de garde-meubles. Bourrée jusqu'au plafond de canapés, de frigos et de tapis roulés, elle grouillait de jeunes essayant de localiser, puis de dégager leurs affaires. Chip a salué deux ou trois personnes, mais il ne m'a pas présenté. Je l'ai laissé circuler au milieu du désordre et je suis resté à côté de l'entrée, faisant de mon mieux pour ne pas gêner ceux qui essayaient de faire passer un meuble par la porte étroite.

Chip a mis dix minutes pour retrouver ses affaires et il nous a fallu une heure pour faire les quatre allers-retours du salon télé à la chambre 43, *via* la pelouse circulaire. Vers la fin, j'avais envie de me glisser dans son mini-frigo et d'y dormir une centaine d'années, mais mon camarade de chambre semblait immunisé à la fois contre la fatigue et contre les crises cardiaques. Je me suis écroulé sur le canapé.

– Je l'ai trouvé sur le trottoir près de chez moi il y a quelques années, a-t-il précisé en installant ma console de jeux sur le coffre au pied de nos lits. Je sais que le cuir est un peu déchiré, mais franchement, il est super, a-t-il ajouté.

Le canapé affichait bien plus que de modestes déchirures, il était composé à 30 % de Skaï bleu layette et à 70 % de mousse, mais je l'aimais bien.

– On a presque fini, a annoncé Chip en allant chercher un rouleau de scotch d'emballage dans un des tiroirs de son bureau. Il ne nous manque que ta cantine.

Je me suis levé pour la tirer de sous mon lit et il l'a placée entre le canapé et la console de jeux. Puis il a découpé de fines lanières de scotch, qu'il a collées dessus de façon à écrire : « TABLE BASSE ».

– Voilà, c'est fait, a-t-il dit en s'asseyant, les pieds posés sur la… table basse.

Je suis allé m'asseoir à côté de lui. Il s'est tourné vers moi.

– Écoute, m'a-t-il déclaré de but en blanc, ne compte pas sur moi pour te présenter tout le monde au Creek.

– OK, ai-je dit, sentant le mot se coincer dans ma gorge.

Je venais de porter le canapé de ce mec sous un soleil de plomb et voilà qu'il ne m'aimait pas !

– En gros, ici, tu as deux groupes, m'a-t-il expliqué en parlant avec une fébrilité croissante. Tu as les pensionnaires normaux, genre moi, et puis tu as les « weekendeurs ». Ils sont pensionnaires aussi, mais comme ce sont des gosses de riches, ils rentrent tous les week-ends dans la super baraque climatisée de leurs parents à Birmingham. Eux sont les branchés. Je ne les aime pas et ils ne m'aiment pas. Alors si tu es venu à Culver Creek en te disant que dans ta boîte privée tu étais un connard qui se la pète, et que donc tu le serais ici aussi, tu ferais mieux de ne pas être vu en ma compagnie. Tu étais bien en boîte privée ?

– Euh...

J'ai tripoté machinalement les déchirures du canapé, plongeant mes doigts dans la mousse blanche.

– La réponse est sûrement oui, parce que si tu avais été dans le public, ton short affreux serait à ta taille, a-t-il dit en riant.

Je porte mes shorts juste sous les hanches, je trouve ça sympa.

– D'accord, j'étais dans une boîte privée, ai-je fini par dire. Mais je n'étais pas un connard qui se la pétait, Chip. Juste un connard normal.

– Ah ! tant mieux. Et arrête de m'appeler Chip. Appelle-moi le Colonel.

J'ai étouffé un rire.

– Le Colonel ?

– Oui. Le Colonel. Et toi, on va t'appeler... euh... le Gros.

– Hein ?

– Le Gros, a confirmé le Colonel. Parce que tu es maigre comme un clou. Ça s'appelle de l'humour, le Gros. Tu connais ? Allez, viens, allons chercher des cigarettes, histoire de commencer l'année en beauté.

Il est sorti de la chambre, supposant de nouveau que je le suivrais et, cette fois, je l'ai suivi. Le soleil descendait charitablement vers l'horizon. On a marché jusqu'à la chambre 48, sur la porte de laquelle il y avait une ardoise magique collée au gros scotch. On pouvait lire dessus, écrit au marqueur bleu : *Alaska a une chambre individuelle !*

Le Colonel m'a expliqué que: 1) c'était la chambre d'Alaska, 2) elle avait une chambre individuelle parce que la fille qui partageait sa chambre s'était fait virer à la fin de l'année précédente et que 3) Alaska avait des cigarettes, bien qu'il se soit abstenu de me demander si 4) je fumais, or 5) je ne fumais pas.

Il a donné un seul coup, très fort. Une voix a hurlé à travers la porte:

– Ramène-toi, le petit trapu! J'en ai une excellente à te raconter!

On est entrés. Je me suis retourné, m'apprêtant à refermer la porte, mais le Colonel a secoué la tête.

– Après dix-neuf heures, il faut laisser la porte ouverte quand on est dans la chambre d'une fille, m'a-t-il précisé.

Mais je l'ai à peine entendu parce que je me suis trouvé face à la fille la plus sexy de toute l'histoire de l'humanité, en jean coupé et débardeur pêche. Elle s'adressait au Colonel en parlant vite et fort.

– Donc c'est le premier jour des vacances, je suis dans ce vieux Vine Station des familles avec Justin et on regarde la télé chez lui, sur son canapé, et je te rappelle que je sortais déjà avec Jake, d'ailleurs je sors toujours avec lui, aussi miraculeux que ça puisse paraître, mais Justin est un copain d'enfance et donc on regarde la télé et on discute des tests d'admission pour les facs ou de je ne sais quoi, et voilà que Justin pose son bras sur mes épaules et je me dis: «Sympa, on est copains depuis tellement longtemps, il y a pas de lézard», et donc on parle et puis je suis au beau milieu d'une phrase sur les équivalences ou je ne sais plus quoi quand Justin m'attrape le sein comme un rapace et me fait «pouet-pouet». POUET-POUET. Un pouet-pouet très vigoureux et qui a duré au moins trois secondes. Et la première chose que je me dis, c'est: « Comment libérer mon sein de cette serre avant qu'elle y laisse des marques indélébiles ? » Et la deuxième: « Je meurs d'impatience de raconter ça à Takumi et au Colonel. »

Le Colonel a éclaté de rire. Moi, je les regardais, impressionné par la vigueur de la voix qui émanait de cette fille petite (mais aux courbes ô combien voluptueuses) et par les gigantesques piles de livres adossées aux murs. Sa bibliothèque remplissait toutes les étagères et débordait un peu partout en tas qui montaient jusqu'à la taille, posés n'importe comment. J'ai pensé que si un livre bougeait, l'effet domino nous engloutirait tous les trois sous une tonne de littérature asphyxiante.

– Qui est le type qui ne rit pas à mon histoire trop drôle ? a-t-elle demandé.

– Ah oui ! Alaska, je te présente le Gros. Le Gros mémorise les dernières paroles des gens célèbres. Le Gros, je te présente Alaska. Elle a eu un pouet-pouet de nénés cet été.

Alaska s'est avancée vers moi, la main tendue, mais, au dernier moment, elle l'a baissée et a tiré sur mon short.

– C'est le plus grand short de tout l'État d'Alabama !

– Je les aime *baggy*, ai-je dit, gêné, en le remontant.

Mes shorts étaient parfaits en Floride.

– À ce stade de notre relation, le Gros, je te signale que j'ai vu tes cuisses de poulet déjà trop souvent, a lâché le Colonel, imperturbable. Au fait, Alaska, vends-nous des clopes.

Sur ce, le Colonel s'est débrouillé pour me persuader de payer cinq dollars un paquet de cigarettes que je n'avais pas la moindre intention de fumer. Puis il a demandé à Alaska de se joindre à nous, mais elle a décliné.

– Il faut que je trouve Takumi pour lui raconter l'histoire du pouet-pouet. Tu l'as vu ? m'a-t-elle demandé.

Comment aurais-je su si j'avais vu Takumi étant donné que je ne savais pas qui c'était ? Dans le doute, j'ai secoué la tête.

– OK. Dans ce cas, rendez-vous au lac dans dix minutes.

Le Colonel a acquiescé.

Au bord du lac, juste avant une plage de sable (dont le Colonel m'a signalé qu'elle était fausse), on s'est assis sur une balancelle, lui et moi. Et je me suis cru obligé de faire la blague de rigueur.

– Ne m'attrape pas le sein, ai-je dit.

Le Colonel a eu la bonté de rire.

– Tu veux une clope ? m'a-t-il demandé.

Je n'avais jamais fumé de ma vie, mais à la guerre comme…

– Ça ne risque rien ici ?

– Si, un peu, a-t-il répondu, puis il a allumé une cigarette et me l'a tendue.

J'ai inhalé. Toussé. Étouffé. Cherché ma respiration. Toussé de nouveau. Envisagé de vomir. Je me suis agrippé au siège de la balancelle, avec la tête qui tournait, et j'ai jeté la cigarette par terre que j'ai écrasée, convaincu que mon Grand Peut-être ne passait pas par fumer des cigarettes.

– Ça fait longtemps que tu fumes ? a raillé le Colonel. Puis, en me montrant une tache blanche sur le lac : Tu vois ce truc ?

– Oui. C'est quoi ? Un oiseau ?

– Un cygne.

– Waouh. Une école avec un cygne.

– Ce cygne est un suppôt de Satan. Ne t'approche jamais de lui plus près qu'on ne l'est actuellement.

– Pourquoi ? ai-je demandé.

– Il a eu des déboires avec les humains. Il a subi des mauvais traitements ou je ne sais quoi. Il est capable de te déchiqueter en mille morceaux. L'Aigle l'a mis là pour nous dissuader de venir fumer au bord du lac.

– L'Aigle ?

– M. Starnes. Nom de code : l'Aigle. Le proviseur. La plupart des profs vivent dans l'enceinte du bahut et tu te feras forcément choper un jour ou l'autre par l'un d'eux. Mais il n'y a que l'Aigle qui habite près des dortoirs, et il voit tout. Il peut sentir une cigarette à dix kilomètres à la ronde.

– Ce n'est pas sa maison que j'aperçois là derrière ? ai-je demandé en la montrant du doigt.

Ladite maison était parfaitement visible malgré l'obscurité, et j'en ai conclu que nous l'étions aussi.

– Si. Mais l'Aigle ne force pas sur l'action punitive tant que les cours n'ont pas commencé, a répondu le Colonel d'un ton nonchalant.

– Je ne peux pas me permettre d'avoir des emmerdes, mes parents me tueraient, ai-je dit.

– Je crois que tu exagères. Mais écoute, des emmerdes, tu en auras. Quatre-vingt-quinze pour cent du temps, tes parents n'ont pas à le savoir. Le lycée n'a aucune envie que tes vieux rejettent la responsabilité de tes échecs sur lui, et toi non plus.

Il a soufflé avec vigueur un mince filet de fumée en direction du lac. Je dois reconnaître qu'il en jetait. Ça le faisait paraître plus grand.

– Bref, le jour où tu as des emmerdes, je te déconseille de cafter. Je déteste les snobinards pleins de fric qui sont ici autant que les visites chez le dentiste et mon père. Mais ça ne veut pas dire pour autant que je les dénoncerai. L'un dans l'autre, la seule chose importante est de ne jamais, jamais, jamais, cafter.

– D'accord, ai-je acquiescé, et pourtant je me disais : « Si quelqu'un me file un coup de poing dans la figure, suis-je censé soutenir que je me suis pris une porte en courant ? » Ça me paraissait stupide. Comment règle-t-on leur compte aux brutes et aux salopards si on ne peut pas les faire punir ? Mais je n'ai pas posé la question à Chip.

– Bien, le Gros. C'est l'heure où je dois partir à la recherche de ma copine. Donne-moi quelques cigarettes. De toute façon, tu ne les fumeras pas. À plus !

J'ai décidé de rester sur la balancelle encore un peu, à la fois parce que la chaleur avait finalement cédé la place à une température agréable, sinon lourde, de trente et quelques degrés, et parce que j'espérais qu'Alaska se pointerait. Mais le Colonel avait à peine quitté les lieux que les moustiques ont rappliqué, en si grand nombre que le frottement minuscule de leurs ailes est devenu assourdissant. J'ai donc décidé de fumer.

Voilà ce que je me suis dit : « La fumée fera fuir les moustiques. » Et, jusqu'à un certain point, ce fut vrai. Cependant, je mentirais si je prétendais que je suis devenu fumeur dans le seul but de repousser des insectes. Je le suis devenu parce que : 1) j'étais tout seul sur une balancelle, 2) j'avais des cigarettes et 3) j'ai pensé que si tous les autres arrivaient à fumer sans tousser, je le pouvais aussi. Bref, je n'avais pas de raison valable. Alors, oui, disons que 4) c'était à cause des moustiques.

J'ai tiré trois bouffées avant de me sentir nauséeux et d'avoir la tête qui tourne, avec la sensation moyennement agréable d'être défoncé. Je me suis levé dans l'intention de partir. Mais, au même moment, une voix s'est élevée derrière moi :

– C'est vrai que tu mémorises les dernières paroles des gens ? a demandé Alaska en se précipitant sur moi pour me faire rasseoir.

– Oui, ai-je répondu. Puis, d'une voix hésitante : Tu veux me tester ?

– JFK.

– C'est évident, ai-je répondu.

– Vraiment ?

– Non. Ce sont ses dernières paroles. Quelqu'un lui a dit : « Monsieur le président, vous ne pouvez pas nier que Dallas vous aime. » Et il a répondu : « C'est évident », et, juste après, il a été abattu.

Elle a éclaté de rire.

– C'est horrible. Je ne devrais pas rire. Mais je ris quand même, a-t-elle dit en riant de nouveau. Bien, Mister Dernières Paroles célèbres. J'ai une colle pour toi. Elle a plongé la main dans son sac à dos plein comme un œuf et en a sorti un livre. Gabriel García Márquez, a-t-elle annoncé. *Le Général dans son labyrinthe*. Un de mes bouquins préférés. Il parle de Simón Bolívar. (Je ne savais pas qui était ce Simón Bolívar, mais elle ne m'a pas laissé le temps de le lui demander.) C'est un roman, a-t-elle poursuivi. Donc je ne sais pas si c'est véridique, mais dans le livre, tu sais quelles sont ses dernières paroles ? Non, tu ne sais pas. Mais je vais te le dire, Señor Commentaires d'Adieu.

Sur ce, elle a allumé une cigarette et elle a tiré dessus si fort et si longtemps que j'ai cru tout le machin fumé en une bouffée. Puis elle a recraché la fumée et a lu à voix haute :

– « *Il fut bouleversé par la révélation éblouissante que la course folle entre sa maladie et ses rêves touchait en cet instant même à sa fin. Le reste n'était que ténèbres.*

– Nom de Dieu, soupira-t-il. Comment sortir de ce labyrinthe ? »

Je reconnaissais des dernières paroles géniales quand j'en entendais, et je me suis fait la promesse de me procurer une biographie de ce Simón Bolívar. Magnifiques dernières paroles, mais le sens m'échappait.

– Alors, c'est quoi, le labyrinthe ? ai-je demandé.

L'heure était aussi propice qu'une autre pour dire qu'Alaska était belle. Assise à côté de moi dans le noir, elle embaumait à la fois la transpiration, le soleil et la vanille. Et, à la lumière du petit croissant de lune qui éclairait le ciel nocturne, je ne distinguais guère plus que sa silhouette, sauf quand elle fumait, quand la cerise incandescente de la cigarette baignait son visage d'un halo rouge. Mais, même dans le noir, je pouvais voir ses yeux, deux émeraudes sauvages. Elle avait le genre d'yeux à vous convaincre de la suivre aveuglément quoi qu'elle fasse. Et elle était non seulement belle, mais sexy, quand on voyait ses seins qui tendaient son débardeur, ses jambes galbées qui se balançaient d'avant en arrière sous la balancelle, ses tongs qui pendaient au bout de ses doigts de pied vernis en bleu vif. C'est à cet instant précis, entre le moment où je lui ai posé la question sur le labyrinthe et celui où elle m'a répondu, que je me suis rendu compte de l'importance des courbes, de ces milliers de creux par lesquels le corps d'une fille passe d'un endroit à un autre, du cou-de-pied à la cheville, au mollet, du mollet à la hanche, à la taille, aux seins, au cou, au nez qu'elle avait droit, au front, à l'épaule, à la cambrure du dos, aux fesses, au etc. J'avais déjà remarqué les courbes auparavant, bien sûr, mais jamais je n'avais aussi bien compris leur signification.

Sa bouche assez près de mon visage pour que je sente son souffle plus chaud que l'air, elle m'a dit :

– C'est tout le mystère, n'est-ce pas ? Le labyrinthe est-il vivant ou mort ? À quoi essaie-t-il d'échapper : au monde ou à sa fin ?

J'ai attendu qu'elle poursuive, mais il m'est apparu évident au bout d'un moment qu'elle exigeait de moi une réponse.

– Je ne sais pas, ai-je fini par dire. C'est vrai que tu as lu tous les livres qui sont dans ta chambre ?

Elle a ri.

– Grand Dieu, non ! J'ai dû en lire un tiers. Mais je compte bien les lire tous. Je les appelle la Bibliothèque de ma vie. Tous les étés, depuis que je suis toute petite, je hante les vide-greniers à la recherche de livres intéressants. Comme ça, j'ai toujours quelque chose à lire. Mais il y a tant d'autres choses qui nous attendent : les cigarettes à fumer, l'amour à faire, les balancelles à balancer. J'aurai du temps pour lire quand je serai vieille et barbante.

Elle a dit que je lui faisais penser au Colonel à son arrivée à Culver Creek. Ils étaient entrés en troisième ensemble, boursiers tous les deux, et partageaient, selon ses propres mots, « le même intérêt pour l'alcool » et les « blagues ». En entendant « alcool » et « blagues », je me suis demandé avec inquiétude si je n'étais pas tombé sur ce que ma mère appelait « de mauvaises fréquentations », mais pour de mauvaises fréquentations, je les trouvais géniales. En allumant une autre cigarette au mégot de la première, elle m'a dit aussi que le Colonel avait beau être intelligent, il ne connaissait pas grand-chose à la vie en arrivant à Culver Creek.

– Je me suis débarrassée du problème vite fait, a-t-elle déclaré avec un sourire. En novembre, je lui avais trouvé sa première petite amie, une fille adorable, pas weekendeuse pour deux ronds, Janice. Il l'a larguée un mois après parce qu'elle était trop riche pour son sang de pauvre, n'importe quoi ! On a monté notre première blague cette fameuse année, des billes sur tout le sol de la salle 4. Depuis, on a fait des progrès, a-t-elle expliqué en riant.

Chip est donc devenu le Colonel, stratège aux manières militaires de leurs canulars, et Alaska a toujours été Alaska, la puissance créatrice à leur origine.

– Tu es rapide, comme lui, a-t-elle déclaré. En moins bavard. Et plus mignon, mais oublie ce que je viens de dire parce que j'adore mon copain.

– Tu n'es pas mal non plus, ai-je dit, troublé par son compliment. Mais oublie ce que je viens de dire parce que j'adore ma copine. Attends une seconde. En fait, je n'en ai pas.

Elle a éclaté de rire.

– Ne te bile pas, le Gros. S'il y a bien un truc que je peux te procurer, c'est une copine. On va conclure un marché. Tu découvres la nature du labyrinthe et le moyen d'en sortir, et je me débrouille pour que tu t'envoies en l'air.

– Vendu.

On s'est serré la main.

On est rentrés ensemble aux dortoirs un peu plus tard. Les cigales faisaient entendre leur chant monotone, comme en Floride, exactement. Tandis qu'on cherchait notre chemin dans l'obscurité, Alaska s'est tournée vers moi et m'a demandé :

– Quand tu es dehors la nuit, il ne t'arrive jamais d'avoir la pétoche et de mourir d'envie de rentrer chez toi en courant, même si c'est ridicule et honteux ?

Ça semblait trop intime, trop personnel pour en convenir devant une totale inconnue, mais j'ai répondu :

– Si, complètement.

Elle n'a plus rien dit pendant quelques secondes. Puis elle m'a pris la main et m'a chuchoté à l'oreille :

– Cours, cours, cours !

Et elle a détalé, en m'entraînant à sa suite.

Cent vingt-sept jours avant

LE LENDEMAIN EN DÉBUT D'APRÈS-MIDI, je collais un poster de Van Gogh derrière la porte, en chassant la sueur qui me dégoulinait dans les yeux d'un plissement des paupières. Du canapé, le Colonel jugeait si l'affiche était d'aplomb ou non et répondait à mes questions inlassables sur Alaska.

– C'est quoi, son histoire ?

– Elle habite Vine Station. Tu pourrais passer devant sans t'en rendre compte, et d'après ce que j'ai compris, c'est préférable. Son copain est en fac à Vanderbilt, boursier. Il est bassiste dans un groupe quelconque. Je ne sais pas grand-chose sur sa famille.

– Alors, elle en pince vraiment pour lui ?

– Je suppose. Elle ne l'a jamais trompé, ce qui est une première.

Et ainsi de suite. Toute la matinée. J'ai été incapable de prendre autre chose au sérieux, ni le poster de Van Gogh, ni les jeux vidéo, ni même mon emploi du temps que l'Aigle était venu m'apporter le matin même. Profitant de l'occasion pour se présenter.

– Bienvenue à Culver Creek, M. Halter. Il vous y est accordé une grande liberté. Tâchez de ne pas en abuser, vous le regretteriez. Vous me semblez sympathique. Je détesterais devoir vous faire mes adieux.

Puis il m'a dévisagé d'un air grave ou gravement malicieux, c'est selon.

– Alaska appelle ça « le regard qui tue », m'a précisé le Colonel une fois l'Aigle parti. La prochaine fois que tu y as droit, tu es fichu. Bien, le Gros, a-t-il poursuivi alors que je reculais loin de la porte (le poster n'était pas tout à fait droit, mais presque), assez parlé d'Alaska pour l'instant. Selon mes estimations, il y a quatre-vingt-douze filles dans ce bahut et, toutes confondues, aucune n'est aussi givrée qu'Alaska, dont je te signale en passant qu'elle a déjà un copain. Je vais déjeuner. C'est tortifrite aujourd'hui.

Et il est sorti, en laissant la porte ouverte. Je me suis senti bête et me suis levé pour la fermer. Le Colonel, qui avait déjà traversé la moitié de la pelouse centrale, s'est retourné.

– Tu viens ou quoi ?

Il y aurait matière à critiquer l'Alabama, mais, en tant que peuple, on ne peut pas dire de ses habitants qu'ils craignent la friture. Au cours de ma première semaine au Creek, la cafétéria a proposé du poulet frit, du bœuf pané frit et des beignets de gombos, qui marquèrent ma première incursion dans le monde délicieux des légumes frits. Je n'aurais pas été étonné si la laitue l'avait été. Mais rien n'égalait la tortifrite, un plat inventé par Maureen, la cuisinière incroyablement (mais évidemment) obèse de Culver Creek. Tortilla aux haricots plongée dans un bain de friture, la tortifrite prouva sans l'ombre d'un doute que toute nourriture plongée dans l'huile bouillante s'en trouve grandie. Assis à une table ronde en compagnie du Colonel et de cinq autres types que je ne connaissais pas, j'ai ressenti en mordant dans l'enveloppe croustillante de ma première tortifrite un orgasme culinaire. Ma mère se débrouillait en cuisine, mais j'ai eu envie de ramener Maureen à la maison pour Thanksgiving sur-le-champ.

Le Colonel m'a présenté (en tant que « le Gros ») aux types qui partageaient notre table bancale, mais je n'ai retenu que le nom de Takumi, dont Alaska avait parlé la veille. Japonais maigre à peine plus grand que le Colonel de quelques centimètres, Takumi parlait la bouche pleine. Au contraire de moi qui mâchais lentement, savourant ma friandise aux haricots.

– Putain, m'a dit Takumi, rien de tel que de regarder un mec manger sa première tortifrite.

J'ai très peu participé à la conversation, à la fois parce que personne ne m'a posé de question et parce que je voulais simplement m'empiffrer. Mais Takumi n'avait pas la même réserve, il pouvait, et d'ailleurs il le faisait, croquer, mâcher et avaler tout en parlant.

Pendant tout le déjeuner, la conversation a tourné autour de la fille qui avait partagé la chambre d'Alaska, Marya, et de son copain, Paul, un weekendeur. J'ai appris qu'ils s'étaient fait virer dans les derniers jours de l'année scolaire précédente, pour cause de « tiercé gagnant », selon l'expression du Colonel. Pris en flagrant délit des trois fautes punies d'exclusion à Culver Creek. L'Aigle a déboulé alors qu'ils étaient nus dans un lit (« contact génital », faute n° 1), déjà soûls (n° 2), et en train de fumer un joint (n° 3). D'après la rumeur, ils auraient été mouchardés par quelqu'un et Takumi était visiblement résolu à trouver le cafteur, suffisamment résolu en tout cas pour crier la bouche archipleine de tortifrite.

– Paul était un connard, s'est écrié le Colonel. Je ne les aurais pas caftés, mais une nana qui couche avec un weekendeur à Jaguar comme Paul a ce qu'elle mérite.

– Mec, lui a répondu Takumi, tu fors... Puis après avoir avalé : tu sors avec une weekendeuse.

– Exact, a dit le Colonel en riant. À mon grand dam, je ne peux pas le nier. Mais elle n'est pas aussi nase que Paul.

– Pas tout à fait, a acquiescé Takumi avec un petit sourire narquois.

Le Colonel a ri de nouveau et je me suis demandé pourquoi il ne défendait pas sa copine. Je m'en serais fichu si la mienne avait été un cyclope barbu à Jaguar. J'aurais été content d'avoir quelqu'un à qui rouler des pelles.

Ce soir-là, quand le Colonel s'est pointé chambre 43 pour récupérer les cigarettes (il avait visiblement oublié que, techniquement, c'étaient les miennes), je ne me suis pas formalisé qu'il ne m'invite pas à le suivre. Dans mon lycée, j'avais côtoyé des tonnes de gens qui avaient pour habitude de détester telle ou telle catégorie d'individus, les blaireaux détestaient les intellos, etc., et j'ai toujours considéré ça comme une énorme perte de temps. Le Colonel ne m'a pas dit où il avait passé l'après-midi ni où il comptait passer la soirée, mais il a fermé la porte en partant, et j'en ai déduit que je n'étais pas le bienvenu.

Ce n'était pas plus mal. J'ai passé la soirée à surfer sur le Net (pas sur les sites pornos, je le jure) et à lire *Les Hommes du président*, un bouquin sur Nixon et l'affaire du Watergate. Et pour dîner, je me suis fait chauffer au micro-ondes la tortifrite que le Colonel avait sortie en douce de la cafétéria. Ça m'a rappelé mes soirées en Floride, la bonne bouffe en plus et l'air conditionné en moins. Lire allongé sur le lit était délicieusement familier.

J'ai décidé de suivre ce qui, j'en étais sûr, aurait été le conseil de ma mère et de m'octroyer une bonne nuit de sommeil avant la rentrée. J'avais français à 8 h 10. J'ai calculé qu'il ne me faudrait pas plus de huit minutes pour enfiler mes fringues et rejoindre ma salle de classe et j'ai réglé mon réveil sur 8 h 02. J'ai pris une douche et je me suis couché, en espérant que le sommeil me délivrerait de la chaleur. Vers 23 heures, j'ai réalisé que le microscopique ventilateur qui était fixé à mon lit serait plus efficace si je retirais mon T-shirt et j'ai fini par m'endormir sur les draps, en caleçon.

Un choix que je me suis surpris à regretter quelques heures plus tard quand j'ai été tiré du sommeil par deux grosses paluches transpirantes qui me secouaient comme un prunier. Je me suis réveillé tout à fait, envahi instantanément par la terreur. Assis dans mon lit droit comme un « I », je ne comprenais pas un traître mot de ce qu'on me disait, ni pourquoi je n'entendais pas de voix. Et de toute façon, quelle heure était-il, bon sang ? Au bout de quelques instants, j'ai suffisamment retrouvé mes esprits pour entendre :

– Allez, le nouveau, ne nous oblige pas à te botter le cul, lève-toi.

Et du lit du dessus :

– Putain, le Gros, lève-toi.

Je me suis donc levé et, pour la première fois, j'ai distingué trois silhouettes. Deux d'entre elles m'ont attrapé chacune par un bras et m'ont traîné hors de la chambre.

– Amuse-toi bien. Eh, Kevin, vas-y mollo avec lui, a grommelé le Colonel au moment où on sortait.

Les trois types m'ont conduit au pas de course derrière le bâtiment où se trouvait ma chambre, puis on a traversé le terrain de foot. Je sentais de l'herbe sous mes pieds, mais aussi du gravier, et je me demandais pourquoi aucun n'avait eu l'élémentaire politesse de me conseiller d'enfiler des chaussures, et pourquoi j'étais dehors en caleçon, mes cuisses de poulet exposées au vu et au su de tout le monde. Un millier d'humiliations m'ont traversé l'esprit. « Je vous présente le nouveau de première, Miles Halter, menotté à la cage du terrain de foot, avec en tout et pour tout son caleçon. » Je me suis vu au milieu du bois, vers lequel il me semblait que nous nous dirigions, en train de prendre la branlée du siècle, histoire d'avoir la tronche en biais le premier jour des cours. J'ai gardé les yeux rivés au sol tout le temps, *primo* parce que je ne voulais pas regarder ces types, et *deuzio*, je n'avais aucune envie de tomber, je faisais donc attention où je marchais, essayant d'éviter les grosses pierres. Le célèbre réflexe de « faire la guerre ou se faire la paire » m'envahissait inlassablement, mais je savais que ni la guerre ni la paire n'avaient jamais marché pour moi. Ils m'ont fait faire un détour pour arriver à la fausse plage et j'ai su quel serait mon sort : un bon vieux plongeon dans le lac. Alors, je me suis calmé. Je pouvais y survivre.

Arrivés sur la plage, ils m'ont ordonné de mettre les bras le long du corps, et le plus costaud des trois s'est baissé pour ramasser deux rouleaux de gros scotch sur le sable. Les bras collés au torse, tel un soldat au garde-à-vous, ils m'ont momifié des épaules aux poignets. Et ils m'ont jeté par terre, le faux sable a amorti ma chute, mais je me suis cogné la tête. Deux d'entre eux m'ont joint les jambes pendant que le troisième, Kevin, je l'avais deviné, penchait son visage carré si près du mien que j'ai senti les pointes de ses cheveux enduits de gel me piquer la peau.

– Ça, c'est pour le Colonel. Tu ne devrais pas traîner avec ce connard, m'a-t-il soufflé.

Ils m'ont scotché les jambes, des chevilles aux cuisses. J'avais l'air d'une momie argentée.

– S'il vous plaît, les gars, ne faites pas ça, ai-je supplié juste avant qu'ils me scotchent la bouche pour me faire taire.

Après quoi ils m'ont soulevé du sol et m'ont jeté violemment à l'eau.

Je coulais, je coulais, mais, au lieu de paniquer ou je ne sais quoi, j'ai réalisé que « S'il vous plaît, les gars, ne faites pas ça » était des dernières paroles consternantes. Mais voilà que le miracle propre à l'espèce humaine, notre capacité à flotter, se réalisait, et je me suis senti remonter à la surface. Je me suis tortillé et retourné du mieux que j'ai pu, de façon à ce que l'air chaud de la nuit frappe d'abord mes narines, et j'ai respiré. Je n'étais pas mort et n'en prenais pas le chemin.

« Bien, me suis-je dit, ce n'était pas si affreux que ça. »

Mais il restait un détail à régler, regagner la rive avant le lever du soleil. Il fallait d'abord que je me repère par rapport à la plage. Si je penchais trop la tête, je sentais mon corps pivoter et, sur la longue liste des morts désagréables, « allongé à plat ventre, en caleçon blanc détrempé » figurait en tête. Alors j'ai levé les yeux au ciel et tendu le cou en arrière, les cils touchant l'eau, avant de m'apercevoir que la rive se trouvait à moins de trois mètres, pile derrière ma tête. J'ai commencé à nager, une nage de sirène argentée amputée des deux bras, en me servant uniquement des hanches jusqu'à ce que je racle des fesses le fond boueux du lac. Je me suis alors retourné et, en poussant sur les hanches et la taille, j'ai fait trois tours sur moi-même qui m'ont ramené au bord où m'attendait une serviette de bain verte miteuse. Ils m'avaient laissé une serviette. Trop sympa.

De l'eau s'était infiltrée sous le scotch qui du coup adhérait moins, sauf que, par endroits, j'en avais trois couches. Je me suis tortillé comme un ver de terre pour sortir de l'eau. Le scotch a fini par se détendre assez pour que je puisse remonter une main le long du torse et arracher mes bandelettes.

J'ai noué la serviette pleine de sable autour de ma taille. Je n'avais pas envie de rentrer à la chambre et de voir Chip, je n'avais aucune idée de ce que Kevin avait voulu dire. Supposons qu'ils m'y attendent, histoire de me régler mon compte une bonne fois pour toutes. Il fallait peut-être que je leur montre que d'accord, j'avais bien reçu le message, Chip n'était que mon camarade de chambre, pas un copain. Et de toute façon, je ne nourrissais pas de sentiments très amicaux à l'égard du Colonel. « Amuse-toi bien », avait-il dit. Tu as raison, ai-je pensé, je me suis éclaté.

Alors je suis allé chez Alaska. Je ne savais pas quelle heure il était, mais un faible rai de lumière filtrait sous sa porte. J'ai tapé doucement.

– Oui, a-t-elle répondu.

Et je suis entré, mouillé, plein de sable, en serviette et caleçon détrempé.

Ce n'est évidemment pas l'état dans lequel on a envie d'être vu par la fille la plus sexy du monde, mais j'imaginais qu'elle pourrait m'expliquer ce qui venait de m'arriver.

Elle a posé son livre et elle est sortie de son lit, enroulée dans son drap. Je lui ai trouvé l'air concerné. L'air de la fille que j'avais rencontrée la veille, celle qui avait déclaré que j'étais mignon et qui bouillonnait d'énergie, d'absurdité et d'intelligence. Et puis elle a éclaté de rire.

– Tu es allé piquer une tête, hein ?

Elle a dit ça avec une malice naturelle qui m'a donné l'impression que tout le monde était au courant, et je me suis demandé pourquoi l'intégralité du bahut était d'avance d'accord pour éventuellement noyer Miles Halter. Mais Alaska aimait bien le Colonel et vu mon état de confusion, je n'ai réussi qu'à la regarder d'un œil vide, sans savoir quoi lui demander.

– Lâche-moi les baskets, a-t-elle dit. Ça va. Tu sais quoi ? Il y a des gens qui ont de vrais problèmes. Moi, par exemple. Je suis pas ta maman, alors dégage, mon petit !

Je suis sorti sans avoir dit un mot et je suis rentré à la chambre. J'ai claqué la porte, réveillant le Colonel, et j'ai filé à la salle de bains. Je voulais me débarrasser des algues et de l'odeur du lac, mais le filet d'eau ridicule qui s'échappait du pommeau de la douche m'a spectaculairement fait rater mon objectif et comment ça se faisait qu'Alaska, Kevin et les autres me détestaient déjà ? Quand j'ai eu fini, je me suis séché et suis allé chercher un truc à me mettre.

– Alors, a demandé le Colonel, qu'est-ce qui t'a retardé ? Tu t'es perdu en chemin ?

– Ils ont dit que c'était à cause de toi, ai-je répondu sur un ton qui trahissait une pointe d'agacement. Que je ne devrais pas traîner avec toi.

– Quoi ? Non, tout le monde en passe par là, a-t-il rétorqué. J'y suis passé aussi. On te jette à la flotte. Tu nages. Tu rentres.

– Je ne pouvais pas nager, ai-je dit doucement en enfilant

un short en jean sous ma serviette. Ils m'ont entortillé dans du gros scotch. Je ne pouvais pas bouger, pas du tout.

– Attends, attends, a-t-il dit, en sautant au bas de son lit et en me fixant à travers l'obscurité. Ils t'ont scotché ? Comment ça ?

Je lui ai montré comment. J'ai fait la momie, les pieds joints et les bras le long du corps, et je lui ai expliqué comment ils s'y étaient pris pour enrouler le scotch autour de moi. Puis je me suis écroulé sur le canapé.

– Putain ! Tu aurais pu te noyer ! Ils sont juste censés te jeter à la flotte en caleçon et se tirer en courant ! s'est-il écrié. Mais qu'est-ce qu'ils ont dans la tête ? C'était qui ? Kevin Richman et qui d'autre ? Tu saurais les reconnaître ?

– Oui, je crois.

– Mais qu'est-ce qui leur a pris ?

– Tu leur as fait quelque chose ? ai-je demandé.

– Non, mais je te garantis que je vais pas les rater cette fois. On va se les faire.

– Il n'y a pas de quoi en faire un drame. Je m'en suis sorti.

– Tu aurais pu mourir !

J'aurais pu. Sans doute. Mais je n'étais pas mort.

– Et si j'allais en parler à l'Aigle demain ? ai-je proposé.

– Sûrement pas, a-t-il répondu en se baissant pour récupérer par terre son short froissé.

Il a sorti un paquet de cigarettes de sa poche, en a allumé deux et m'en a tendu une. Je l'ai fumée jusqu'au bout.

– Tu n'iras pas, a-t-il poursuivi, parce que ce n'est pas comme ça qu'on gère ses emmerdes ici. En plus, je te déconseille d'avoir une réputation de cafteur. Mais on va s'occuper de ces salauds, le Gros. Je te le promets. Ils vont regretter de s'en être pris à un de mes amis.

Et si le Colonel s'imaginait qu'en m'appelant son ami, j'allais le soutenir... il avait raison.

– Alaska n'a pas été très sympa avec moi ce soir, ai-je dit en me penchant pour ouvrir un des tiroirs vides de mon bureau qui me fit office de cendrier.

– Je t'ai prévenu qu'elle était lunatique.

Je me suis couché en T-shirt, short et chaussettes.

Peu importait la chaleur insoutenable, j'ai pris la décision de dormir habillé toutes les nuits, ressentant, sans doute pour la première fois de mon existence, la crainte et l'excitation de vivre dans un endroit où on ne sait jamais ce qui peut vous arriver ni quand.

Cent vingt-six jours avant

– CE COUP-CI, C'EST LA GUERRE ! a hurlé le Colonel le lendemain matin.

Je me suis tourné pour vérifier l'heure à mon réveil : 7 h 52. Mon premier cours à Culver Creek, français en l'occurrence, commençait dix-huit minutes plus tard. J'ai cligné des yeux plusieurs fois avant de voir où était le Colonel. Il était debout entre le canapé et « TABLE BASSE », tenant ses tennis éculées, plus grises que blanches, par les lacets. On s'est regardés un long moment. Puis, presque au ralenti, un sourire a commencé d'éclairer son visage.

– Je dois leur reconnaître ce mérite, a-t-il fini par dire, c'est très malin.

– Quoi ? ai-je demandé.

– Hier soir, avant de te réveiller, ils ont pissé dans mes chaussures.

– Tu es sûr ? ai-je dit en réprimant une envie de rire.

– Ça te dirait de sentir ? a-t-il proposé en me tendant les chaussures. Figure-toi que j'ai senti, et je confirme, j'en suis sûr. S'il y a bien un truc dont je ne doute jamais, c'est d'avoir marché dans la pisse d'un autre quand ça m'arrive. Comme dit toujours ma mère : « Tu crois que t'as mis les pieds dans de la flotte, mais en fait, t'as les grolles pleines de pisse. » Si tu vois ces types aujourd'hui, montre-les-moi, a-t-il ajouté. Il faut qu'on pige pourquoi ils m'en veulent. Et puis il va falloir anticiper et commencer à réfléchir à la façon dont on pourrait gâcher leur petite vie de merde.

En recevant le règlement du lycée au cours de l'été et en notant qu'au chapitre « Tenue vestimentaire » il n'y avait que deux obligations : « décontraction et retenue », il ne m'était pas venu une seconde à l'esprit que des filles se pointeraient en cours, à moitié endormies, en short de pyjama, T-shirt et tongs. Décontraction, certes, et retenue.

Les filles en pyjama (même sages) avaient un je-ne-sais-quoi qui aurait pu rendre le cours de français de 8 h 10 supportable si j'avais eu la moindre idée de ce que racontait Mme O'Malley. *Comment dis-tu ?* Seigneur, je n'avais pas le niveau pour suivre « Français II » en langue originale ! Le Français I appris en Floride ne m'avait pas préparé à Mme O'Malley, qui a zappé les réjouissances des « Comment s'est passé votre été ? » pour plonger directement dans un truc intitulé « Le passé composé », un temps de conjugaison manifestement. Alaska s'est assise juste en face de moi de l'autre côté du cercle des tables, mais elle ne m'a pas regardé une seule fois de tout le cours, même si je ne m'intéressais pas à grand-chose d'autre à part à elle. Peut-être était-elle vache… mais l'écouter parler des moyens de sortir du labyrinthe l'autre soir, trop classe ! Et voir sa bouche remonter sans arrêt vers la droite, comme si elle se préparait à sourire d'un air satisfait, comme si elle avait maîtrisé la moitié du sourire inimitable de la Joconde…

De ma chambre, la foule des élèves paraissait gérable, mais, en classe, elle me submergeait. Les quatorze salles de classe étaient réunies dans un long bâtiment situé au-delà des dortoirs et elles donnaient toutes sur le lac. Le trottoir étroit qui longeait le bâtiment était envahi de jeunes, et même si je n'ai eu aucun mal à localiser mes salles de classe (en dépit d'un sens de l'orientation pitoyable, j'ai su comment aller de français en salle 3 à trigo en salle 12), je me suis senti mal à l'aise toute la journée. Je ne connaissais personne et, de toute façon, comment j'aurais su avec qui faire ami-ami ? Et puis les cours étaient durs, même le premier jour. Mon père m'avait prévenu que je devrais travailler, j'en étais convaincu maintenant. Les profs étaient sérieux et intelligents, et beaucoup parmi eux étaient docteurs en quelque chose, alors quand a sonné l'heure de mon dernier cours de la matinée – histoire des religions –, je me suis senti affreusement soulagé. Vestige de l'époque où Culver Creek était un lycée chrétien de garçons, l'histoire des religions, obligatoire pour les premières comme pour les terminales, m'est apparue comme une matière dans laquelle on obtenait un A les doigts dans le nez.

Ce fut le seul cours de la journée où les tables n'étaient pas disposées en carré ni en cercle. Alors, pour ne pas passer pour un fayot, à 11 h 03, je me suis assis au troisième rang. J'étais en avance de dix-sept minutes, à la fois parce que j'aimais la ponctualité et que je n'avais personne avec qui bavarder dans les couloirs. Peu de temps après, le Colonel est entré en compagnie de Takumi, et ils se sont assis à côté de moi.

– Je suis au courant pour hier soir, a dit Takumi. Alaska est fumasse.

– C'est bizarre, vu la façon dégueulasse dont elle s'est comportée, ai-je laissé échapper.

Takumi a secoué la tête.

– Je sais, mais elle ne connaissait pas toute l'histoire. Et les gens sont lunatiques, mec. Faut t'habituer à vivre avec les gens. Tu aurais pu tomber sur pire que...

– Assez de psychologie de bazar, docteur Freud, l'a coupé le Colonel. Parlons contre-offensive.

Les élèves commençaient à entrer à la queue leu leu, le Colonel s'est penché vers moi et m'a chuchoté à l'oreille :

– Si tu en vois un dans la salle, préviens-moi, d'accord ? Tiens, tu mettras une croix à l'endroit où ils sont assis, a-t-il ajouté en arrachant une feuille de son cahier sur laquelle il avait dessiné un carré pour chaque table.

Parmi ceux qui entraient, j'ai reconnu le grand avec les cheveux impeccablement hérissés, Kevin. Il a toisé le Colonel en passant devant lui, mais il en a oublié de regarder où il mettait les pieds et il s'est cogné la hanche contre une table. Le Colonel a éclaté de rire. Un des deux autres, le type un peu gras ou qui avait abusé de la muscu, est arrivé dans le sillage de Kevin, en pantalon kaki à plis et polo noir à manches courtes. Dès qu'ils se sont assis, j'ai mis une croix dans le carré correspondant et j'ai rendu la feuille au Colonel. Juste au même moment, le Vieux entrait.

Il respirait lentement et avec difficulté, par la bouche. Il s'est avancé vers le pupitre à petits pas. Le Colonel m'a filé un coup de coude en m'indiquant son cahier. Il avait écrit : « Le Vieux n'a qu'un poumon », je l'ai cru sur parole. Son souffle audible, presque désespéré, me rappelait mon grand-père avant qu'il meure d'un cancer du poumon. Il m'a semblé que le Vieux, vieillard cacochyme au torse puissant, pouvait décéder d'un instant à l'autre avant d'avoir atteint l'estrade.

– Je m'appelle docteur Hyde, a-t-il annoncé. J'ai un prénom, bien sûr, mais en ce qui vous concerne, ce sera docteur. Vos parents dépensent beaucoup d'argent pour vous permettre de faire vos études dans cet établissement, alors j'ose espérer que vous les rembourserez de leur investissement en lisant ce que je vous demanderai de lire au moment où je vous le demanderai et en suivant mes cours avec assiduité. De plus, tant que vous êtes avec moi, vous écoutez ce que je dis.

Le A n'était pas à portée de main, visiblement.

– Cette année, nous allons étudier trois traditions religieuses : l'islam, le christianisme et le bouddhisme. L'an prochain, nous nous attaquerons à trois autres traditions. La plupart du temps, je parlerai et vous écouterez. Vous êtes peut-être intelligents, mais je le suis depuis plus longtemps que vous. Je me doute que certains parmi vous n'apprécient guère les cours magistraux mais, comme vous l'avez sans doute remarqué, je ne suis plus tout jeune. J'adorerais consacrer ce qui me reste de souffle à discuter avec vous des étapes emblématiques de l'histoire de l'islam, mais nous avons peu de temps à partager ensemble. Je dois parler et vous, écouter, car dans ce cours nous procédons à une quête primordiale : celle du sens. Que signifie être une personne ? Quelle est la meilleure façon d'être une personne ? Comment sommes-nous de ce monde et qu'adviendra-t-il de nous une fois que nous l'aurons quitté ? En bref, quelles sont les règles du jeu et comment y jouer le mieux possible ?

Que signifie le labyrinthe, ai-je noté sur mon cahier à spirales, *et comment en sortir ?* Ce prof assurait. Je détestais les cours sous forme de discussion. Je détestais parler et écouter les autres bafouiller et tenter de formuler leur pensée le plus vaguement possible afin d'éviter de passer pour des demeurés, et je détestais le jeu qui consistait à essayer de deviner ce que le prof avait envie d'entendre et de le lui sortir. «Je suis en classe, alors apprenez-moi!» Et pour m'apprendre, il m'a appris. Au cours de ces cinquante minutes, le Vieux a réussi à me faire prendre la religion au sérieux. Je n'étais pas croyant, mais selon lui, qu'on le soit ou pas, la religion était importante, comme l'étaient les événements historiques, qu'on les ait traversés ou pas. Et puis il nous a demandé de lire cinquante pages d'un bouquin intitulé *Études des religions* pour le lendemain.

L'après-midi, j'ai eu deux cours et deux temps libres. On avait neuf cours de cinquante minutes par jour, ce qui signifie que la plupart des élèves avaient trois «temps d'étude» (sauf le Colonel qui avait maths avancées en plus, car c'était un génie plus plus). En biologie où nous étions ensemble, je lui ai montré le dernier type qui avait contribué à me momifier. Dans un coin en haut d'une page de son cahier, il a écrit: *Longwell Chase. Weekendeur de terminale. Ami de Sara. Bizarre.* J'ai mis une minute à me rappeler qui était Sara. C'était la copine du Colonel.

J'ai passé mes temps libres dans la chambre, plongé dans le livre des religions. J'ai appris que «mythe» ne signifiait pas «mensonge», mais «fable» qui éclairait sur certains peuples, sur la façon dont ils envisageaient le monde et sur ce qu'ils considéraient comme sacré. Intéressant. J'ai appris aussi que, compte tenu des événements de la veille, j'étais trop fatigué pour m'embêter avec des mythes ou quoi que ce soit d'autre et j'ai donc dormi une grande partie de l'après-midi à même les draps, jusqu'à ce qu'Alaska me chante directement dans l'oreille gauche:

– RÉVEILLE-TOI, LE GROOOOS!

J'ai serré mon livre des religions sur mon cœur comme un mini-doudou.

– C'était horrible, me suis-je plaint. Qu'est-ce que je dois faire pour que ça ne se reproduise plus ?

– Rien, a répondu Alaska d'une voix animée. Je suis imprévisible. Dis-moi, tu détestes Hyde, n'est-ce pas ? Il est tellement pompeux !

Je me suis redressé.

– Je le trouve génial, ai-je rétorqué, en partie parce que je le pensais et parce que j'avais envie de la contredire.

Elle s'est assise sur mon lit.

– Tu dors toujours tout habillé ?

– Oui.

– Bizarre. Hier soir, tu n'avais pas grand-chose sur le dos.

Je lui ai lancé un regard noir.

– Ça va, le Gros. Je blaguais. Ici, il faut être costaud. Je ne savais pas que c'était allé aussi loin, je te demande pardon. Ils vont le regretter d'ailleurs, mais sois fort.

Sur ce, elle est partie. Voilà à quoi se résumait son opinion sur le sujet. « Elle est mignonne, me suis-je dit, mais quel intérêt d'aimer une fille qui vous traite comme un gosse de dix ans ? On a sa maman pour ça. »

Cent vingt-deux jours avant

APRÈS MON DERNIER COURS de ma première semaine à Culver Creek, je suis rentré à la chambre où j'ai été cueilli par une vision improbable: le petit Colonel, torse nu, penché sur une table à repasser, à l'assaut d'une chemise rose. Le front et la poitrine dégoulinants de sueur, il repassait avec un bel entrain, poussant le fer sur toute la longueur de la chemise, déployant une énergie telle que sa respiration n'était pas loin d'égaler celle du docteur Hyde.

– J'ai rencard, a-t-il expliqué. C'est une urgence. Il s'est arrêté pour reprendre son souffle. Tu sais... (il a repris son souffle) repasser?

Je me suis avancé pour voir. La chemise était fripée comme une vieille dame ayant passé toute sa jeunesse à bronzer. Si seulement le Colonel ne roulait pas toutes ses affaires en boule et ne les fourrait pas au hasard dans le premier tiroir où elles voulaient bien rentrer!

– Il me semble qu'il faut juste brancher le fer et le passer sur la chemise, non? Je ne savais pas qu'on en avait un, ai-je répondu.

– On n'en a pas. C'est celui de Takumi. Sauf que Takumi ne sait pas repasser non plus. Et quand j'ai demandé à Alaska, elle a commencé à hurler : « Merci de ne pas m'imposer ton modèle machiste ! » Oh ! putain, ce que j'ai envie d'une cigarette. Il faut que je fume mais je ne peux pas me permettre de puer la clope devant les parents de Sara. OK, tant pis. On va fumer dans la salle de bains en ouvrant la douche. L'eau dégage de la vapeur. La vapeur défroisse les plis, non ? Au fait, a-t-il ajouté tandis que je le suivais, si tu veux fumer pendant la journée, tu n'as qu'à faire couler l'eau chaude. La vapeur entraîne la fumée dans le conduit de ventilation.

Bien que ce fût absurde, d'un point de vue scientifique, le stratagème marchait. La pression inexistante de l'eau et le pommeau trop bas rendaient l'ensemble inutilisable comme douche, mais génialement efficace comme écran de fumée.

Malheureusement, en ce qui concerne le repassage, ça n'a pas fonctionné. Le Colonel a essayé encore une fois avec le fer (« Je vais appuyer dessus comme un malade pour voir si ça aide ») et il a fini par enfiler la chemise telle quelle, froissée. Chemise à laquelle il a assorti une cravate bleue ornée de rangées de petits flamants roses.

– La seule chose que mon nul de père m'ait apprise, a-t-il indiqué tandis que ses mains virevoltaient autour de la cravate pour réaliser un nœud parfait, c'est à faire un nœud de cravate. Ce qui ne manque pas de sel, dans la mesure où je ne vois pas en quelle occasion il aurait pu en porter une.

Sur ce, Sara a frappé à la porte. Je l'avais déjà croisée une ou deux fois, mais le Colonel ne me l'avait jamais présentée et il ne risquait pas de le faire ce soir-là.

– Oh, mon Dieu ! Tu ne pourrais pas repasser ta chemise

au moins ? s'est-elle écriée alors que le Colonel était devant la planche à repasser. On sort avec mes parents !

Elle était ravissante dans sa robe bleue. Elle avait ramené ses longs cheveux blonds au sommet du crâne en un tortillon d'où s'échappaient deux longues mèches qui venaient lui caresser le visage de chaque côté. On aurait dit une star de cinéma, dans le genre harpie.

– Écoute, j'ai fait de mon mieux. On n'a pas tous des domestiques pour repasser nos affaires.

– Ne me cherche pas des poux dans la tête, je te signale que je vois les tiens tellement tu es petit.

– Putain, est-ce qu'on pourrait sortir d'ici sans se bagarrer ?

– Je dis juste qu'on va à l'Opéra. Pour mes parents, c'est toute une affaire. Passons. Allons-y.

J'étais à deux doigts de m'esquiver, mais il aurait été stupide de me cacher dans la salle de bains, et Sara bloquait la porte d'entrée, une main posée sur la hanche et l'autre jouant avec ses clés de voiture comme pour signifier qu'il était temps d'y aller.

– Même si j'étais en smoking, tes parents continueraient de me détester ! a crié le Colonel.

– Ce n'est pas ma faute ! Tu provoques leur hostilité ! Puis, en le menaçant des clés : Écoute, soit on y va maintenant, soit on n'y va pas du tout.

– Laisse tomber. Je n'irai nulle part avec toi, a dit le Colonel.

– Parfait. Bonne soirée !

Sara a claqué la porte tellement fort qu'une monumentale biographie de Léon Tolstoï (dernières paroles : « La vérité... j'aime beaucoup... comment... ») est tombée de mon étagère et a atterri sur le lino à damiers avec un bruit sourd, en écho au claquement de la porte.

– Ahhhhhhhhhhhhhhhhh !!!!!!!!! a hurlé le Colonel.

– C'était donc Sara, ai-je dit.

– Oui.

– Elle a l'air sympa.

Le Colonel a ri, puis il s'est agenouillé pour ouvrir le mini-frigo et en a sorti une bouteille de lait. Il l'a ouverte, en a bu une gorgée, a fait la grimace, réprimé une toux, et s'est assis sur le canapé, la bouteille coincée entre les jambes.

– Le lait a tourné ?

– Oh ! j'aurais dû t'en parler avant. Ce n'est pas du lait. Mais cinq mesures de lait et une de vodka. J'appelle ça de l'ambroisie. Le nectar des dieux. La vodka est pratiquement indétectable dans le lait, l'Aigle ne peut pas me choper à moins qu'il en boive un coup. L'inconvénient, c'est le goût, lait tourné et alcool à brûler, mais on est vendredi soir, le Gros, et ma copine est une chienne. Tu en veux ?

– Je crois que je vais refuser.

À part une ou deux gorgées de champagne au jour de l'an sous le regard attentif de mes parents, je n'avais jamais vraiment bu d'alcool, et l'« ambroisie » ne semblait pas la boisson idéale pour commencer. À l'extérieur, j'ai entendu le téléphone sonner. Avec cinq postes pour cent quatre-vingt-dix pensionnaires, j'étais estomaqué de l'entendre si peu sonner. Nous n'étions pas censés avoir de téléphone portable, mais j'avais remarqué que parmi les weekendeurs, certains en utilisaient discrètement. Et la plupart des non-weekendeurs, dont j'étais, appelaient leurs parents de façon régulière, si bien que ces derniers n'appelaient que si les enfants avaient oublié.

– Tu vas décrocher ? m'a demandé le Colonel.

Je n'avais pas envie de recevoir d'ordres, mais pas envie de me battre non plus.

Guidé par la lumière spectrale de la coursive, je suis allé jusqu'au téléphone, fixé au mur entre la chambre 44 et la chambre 45. De part et d'autre de l'appareil, des dizaines de numéros de téléphone ou de notes ésotériques étaient griffonnés au stylo ou au marqueur (*205 555.1584, Tommy à l'aéroport à 16 h 20, 723 573.6521, JG : Spiderman ?*). Appeler quelqu'un sur ce poste nécessitait une grande patience. J'ai décroché à la neuvième sonnerie.

– Tu peux aller me chercher Chip ? a demandé Sara.

Elle appelait sûrement d'un portable.

– Oui. Ne quitte pas.

J'ai fait demi-tour, mais le Colonel était déjà derrière moi, comme s'il avait su que c'était elle. Je lui ai tendu le combiné et je suis retourné dans la chambre.

Une seconde plus tard, cinq mots traversaient l'air épais et immobile de l'Alabama à la nuit presque tombée pour arriver jusqu'à la 43.

– Va te faire voir aussi !

En rentrant, le Colonel s'est rassis avec sa bouteille d'ambroisie et m'a raconté toute l'histoire.

– Elle dit que c'est moi qui ai cafté Paul et Marya. C'est du moins l'avis des weekendeurs. Ils pensent que je les ai trahis. Moi ! C'est pour ça qu'ils ont pissé dans mes godasses. Et qu'ils ont failli te tuer. Parce que tu partages la même chambre que moi et que, selon eux, je suis un mouchard.

J'essayais de me souvenir qui étaient Paul et Marya. Leurs noms me disaient vaguement quelque chose, mais j'en avais entendu tellement au cours de la semaine, sans compter que j'étais incapable de mettre un visage sur le leur. Puis je me suis rappelé la raison pour laquelle je ne les avais jamais vus. Ils s'étaient fait virer l'année précédente pour cause de tiercé gagnant.

– Ça fait combien de temps que tu sors avec elle ? ai-je demandé.

– Neuf mois. Ça n'a jamais collé entre nous. Je n'ai même pas été amoureux d'elle cinq minutes. Comme l'ont été mon père et ma mère. Mon père se mettait en rogne et ensuite il battait ma mère comme plâtre. Et après, il était tout gentil avec elle et ils étaient repartis pour une lune de miel. Mais avec Sara, il n'y a jamais eu de lune de miel. Putain, je ne comprends pas comment elle a pu penser que j'étais un mouchard ! Je sais, je sais. Pourquoi on ne se sépare pas ? a-t-il lancé en se passant la main dans les cheveux et en en serrant une pleine poignée au sommet du crâne. Je suppose que je reste avec elle parce qu'elle reste avec moi. Et ce n'est pas donné à tout le monde. Je ne suis pas le copain idéal. Elle n'est pas la copine idéale. On se mérite l'un l'autre.

– Mais...

– Je n'arrive pas à croire qu'ils pensent ça, a-t-il déclaré en allant chercher un almanach sur son étagère. Puis, après avoir avalé une grande gorgée d'ambroisie : Salauds de week-endeurs ! C'est sûrement l'un d'eux qui a dénoncé Paul et Marya et maintenant ils m'accusent pour se couvrir. Bref, c'est la soirée idéale pour rester à la maison. Avec le Gros et l'ambroisie.

– Je continue de... ai-je commencé, avec l'intention de lui dire que je ne comprenais pas comment on pouvait embrasser quelqu'un dont on pensait qu'il était un mouchard si on considérait la délation comme la pire des choses au monde, mais le Colonel m'a interrompu.

– Plus un mot sur le sujet. Tu connais le nom de la capitale de la Sierra Leone ?

– Non.

– Moi non plus, a-t-il admis, mais j'ai l'intention de le trouver.

Sur ces mots, il s'est plongé dans l'almanach et c'en a été fini de la conversation.

Cent dix jours avant

SUIVRE LES COURS s'est révélé plus facile que je ne le pensais. Ma prédisposition naturelle à passer du temps à lire dans ma chambre me donnait un net avantage sur l'élève lambda de Culver Creek. Au bout de la troisième semaine, beaucoup de jeunes arboraient un teint doré de tortifrite à force de bavarder en plein soleil sur la pelouse des dortoirs pendant leurs temps libres. J'étais à peine rosé, j'étudiais.

Et j'écoutais en classe aussi mais, ce mercredi matin, quand le docteur Hyde a commencé à expliquer que, selon le bouddhisme, toutes choses étaient liées entre elles, je me suis surpris à laisser mon regard errer par la fenêtre, vers la pente douce de la colline boisée qui se trouvait de l'autre côté du lac. De la salle de classe du docteur Hyde, les choses paraissaient effectivement liées entre elles. Les arbres semblaient habiller la colline et, de même qu'il ne me serait jamais venu à l'idée de remarquer un fil de coton en particulier sur le magnifique débardeur orange qui moulait Alaska ce jour-là, j'étais incapable de distinguer l'arbre qui cachait la forêt, tout étant si intimement imbriqué qu'il aurait été idiot de penser à un arbre indépendamment de la colline. Sur ce, j'ai entendu mon nom et j'ai su que j'étais dans le pétrin.

– Monsieur Halter, a dit le Vieux, je m'épuise les poumons à vous instruire. Et cependant, quelque chose semble avoir captivé votre attention bien plus que je n'en ai été capable. De grâce, racontez-nous ce que vous avez découvert dehors...

C'était mon tour de manquer de souffle, toute la classe avait les yeux fixés sur moi, remerciant le ciel de ne pas être à ma place. Le docteur Hyde avait déjà viré des élèves à trois reprises pour faute d'inattention ou pour avoir fait passer un mot à un copain.

– Hum... je regardais dehors la... euh... colline et je réfléchissais aux... hum... arbres et au bois, comme vous le disiez à l'instant, à la façon dont...

Le Vieux, qui ne supportait visiblement pas les divagations, m'a interrompu.

– Je vais vous demander de quitter la salle, M. Halter. Ainsi vous aurez tout loisir de découvrir la relation entre les... hum... arbres et le... euh... bois. Et demain, quand vous serez prêt à prendre ce cours au sérieux, vous serez le bienvenu.

Je suis resté immobile, le stylo à la main, le cahier ouvert, le visage empourpré et la mâchoire saillante, me mordant la lèvre supérieure, un vieux truc pour éviter de montrer qu'on est triste ou qu'on a peur. Deux rangs derrière moi, j'ai entendu une chaise racler le sol, je me suis retourné et j'ai découvert Alaska qui se levait, jetant son sac à dos sur son épaule.

– Je regrette, mais c'est n'importe quoi, a-t-elle déclaré. Vous ne pouvez pas le virer de votre cours comme ça. Vous déblatérez sans discontinuer tous les jours pendant une heure et on n'aurait pas le droit de jeter un coup d'œil par la fenêtre ?

Le Vieux a regardé Alaska avec les yeux d'un taureau face à un toréador, puis il a levé la main vers son visage épuisé et il a frotté sa joue, hérissée de poils blancs.

– Cinquante minutes par jour, cinq jours par semaine, vous êtes tenus de vous conformer à ma loi. Ou bien vous échouez. À vous de choisir. Sortez tous les deux.

J'ai fourré mon cahier dans mon sac à dos et je me suis dirigé vers la porte, humilié. Alors qu'elle se refermait derrière moi, j'ai senti une tape sur mon épaule gauche. Je me suis retourné, mais personne. Je me suis tourné vers la droite et j'ai trouvé Alaska qui me souriait, des soleils au coin des yeux.

– La plus vieille blague du monde, a-t-elle annoncé. Mais tout le monde marche.

J'ai ébauché un pâle sourire, mais je ne pouvais m'empêcher de penser au docteur Hyde. Je trouvais ça pire que l'épisode de la momie au gros scotch, parce que je savais depuis des lustres que tous les Kevin Richman du monde ne n'aimaient pas. En revanche, mes profs avaient toujours été membres du fan-club de Miles Halter.

– Je t'avais dit que c'était un connard, a-t-elle déclaré.

– Je continue de penser que c'est un génie. Il a raison. Je n'écoutais pas.

– D'accord, mais il n'avait pas besoin de se conduire comme un débile. Il a vraiment besoin d'affirmer son pouvoir en t'humiliant ? Les seuls génies sont les artistes. Yeats, Picasso, García Márquez : des génies. Docteur Hyde : vieillard aigri.

Sur ce, elle m'a annoncé qu'on allait chercher des trèfles à quatre feuilles en attendant la fin du cours, après lequel on pourrait aller fumer avec le Colonel et Takumi.

– Que je qualifierais de super trous du cul, a-t-elle ajouté, pour ne pas nous avoir suivis sur-le-champ.

Lorsque Alaska était assise en tailleur au milieu d'une touffe de trèfles graciles uniformément verts, penchée en avant à la recherche des raretés à quatre feuilles, la peau diaphane de son décolleté impressionnant parfaitement visible, il était un fait avéré, en matière de physiologie humaine, qu'il devenait impossible de l'aider. J'avais déjà assez d'emmerdes pour poser les yeux où je n'étais pas censé les poser, mais quand même...

Au bout de deux minutes de ratissage dans la touffe de trèfles de ses ongles longs et sales, Alaska en a cueilli un à trois feuilles normal, plus un rogaton de quatrième, et elle a levé la tête, me laissant à peine le temps de détourner les yeux.

– Même si tu ne participes manifestement pas à la recherche, espèce de cochon, a-t-elle dit ironiquement, je te donnerais bien ce trèfle. Sauf que la chance, c'est pour les gogos.

Elle a attrapé le rogaton de pétale entre les ongles du pouce et du majeur, et l'a arraché.

– Voilà, a-t-elle annoncé au trèfle en laissant tomber le pétale par terre. À présent, tu n'es plus une aberration génétique.

– Euh... merci, ai-je bredouillé.

La cloche a sonné. Takumi et le Colonel ont été les premiers à sortir. Alaska les a dévisagés.

– Quoi ? a demandé le Colonel.

Elle a levé les yeux au ciel et commencé à s'éloigner. Nous lui avons emboîté le pas en silence, traversant la pelouse circulaire des dortoirs, puis le terrain de foot. Puis le bois, en suivant l'ébauche de sentier qui faisait le tour du lac jusqu'à un chemin de terre. Le Colonel a couru rejoindre Alaska, et ils ont commencé à se disputer à propos de quelque chose, assez bas pour que je n'entende pas leurs paroles, mais que je discerne leur agacement mutuel. Je me suis décidé à demander à Takumi où on allait.

– Ce chemin finit en cul-de-sac à la grange. Alors on va peut-être là. Ou plus probablement au coin fumeur. Tu verras.

D'ici, le bois était une créature radicalement différente de celle que j'avais vue de la salle de classe du docteur Hyde. Le sol était jonché de branches mortes et d'aiguilles de pin pourrissantes, et envahi par les ronciers. Le sentier zigzaguait au milieu des jeunes pins, dont les aiguilles naissantes faisaient comme une mantille qui nous protégeait d'une autre journée écrasée de soleil. Les chênes et les érables, plus petits et invisibles de la salle de classe car cachés par les grands pins, montraient les signes imperceptibles d'un automne qui, au vu des températures, n'était pas encore prévisible. Ils commençaient à perdre leurs feuilles, pourtant toujours vertes.

Nous avons atteint un pont de bois chancelant, une grosse planche de contreplaqué posée sur une base en béton, qui enjambait Culver Creek, le ruisseau sinueux qui déroulait ses boucles sans fin à la périphérie du parc. De l'autre côté du pont, une sente descendait en pente abrupte. Pas même une sente, mais plutôt une série d'indices, une branche brisée ici, une touffe d'herbe écrasée là, prouvant que d'autres étaient passés par là avant nous. Tandis que nous descendions en file indienne, Alaska, le Colonel et Takumi retenaient, à l'intention du suivant, qui faisait de même pour celui d'après, une solide branche d'érable que, dernier de la file, j'ai relâchée et qui est revenue en place en fouettant l'air. Et là, sous le pont, une oasis. Une dalle de béton d'un mètre sur trois, avec des chaises en plastique bleu volées à une salle de classe. Grâce à la fraîcheur de l'ombre du pont et du minuscule cours d'eau, pour la première fois depuis des semaines, je n'avais pas la sensation d'avoir chaud.

Le Colonel a distribué les cigarettes. Takumi a refusé et le reste d'entre nous en a allumé une.

– Tout ce que je dis, c'est qu'il n'avait pas le droit de nous traiter avec condescendance, a dit Alaska, poursuivant sa conversation avec le Colonel. Le Gros n'est pas près de regarder à nouveau par la fenêtre et moi de râler, mais c'est un prof exécrable et tu ne pourras pas me convaincre du contraire.

– Parfait, a dit le Colonel. Mais ne fais plus d'esclandre. Putain, tu as failli le tuer, le vieux chnoque.

– Sérieusement, tu ne réussiras jamais ton année en te fâchant avec Hyde, est intervenu Takumi. Il te bouffera, il te chiera et il pissera sur ce qu'il a chié. Ce que, soit dit en passant, on devrait faire à celui ou celle qui a cafté Marya. Quelqu'un sait quelque chose ?

– Ça ne peut être qu'un weekendeur, a dit Alaska. Mais manifestement ils croient que c'est le Colonel. Total, on n'en sait rien. Il se peut que l'Aigle ait eu de la chance. Elle a été con. Elle s'est fait prendre. Elle a été exclue, affaire classée. Voilà ce qui arrive aux cons qui se font prendre.

Elle a dessiné un « O » avec sa bouche, avançant les lèvres comme un poisson rouge en quête de nourriture dans la vaine tentative de faire des ronds de fumée.

– Waouh ! s'est exclamé Takumi. Si jamais je me fais virer, rappelle-moi de défendre ma peau moi-même, car visiblement je ne peux pas compter sur toi.

– Ne sois pas ridicule, a-t-elle rétorqué plus indifférente qu'en colère. Je ne comprends pas pourquoi vous tenez tant à trouver une explication à tous les événements qui se déroulent à Culver Creek, comme si nous étions tenus de lever le voile sur l'intégralité des mystères. Attends, Takumi, c'est fini. Il faut que tu arrêtes de voler les problèmes des autres pour en avoir des perso.

Takumi repartait à la charge, mais Alaska a levé la main comme pour bannir le sujet.

Je ne disais rien, n'ayant pas connu Marya, et, de toute façon, ma stratégie en société était généralement d'« écouter en silence ».

– Bref, m'a dit Alaska, j'ai trouvé horrible la façon dont il t'a traité. Ça m'a donné envie de pleurer. J'aurais voulu t'embrasser pour te consoler.

– Dommage que tu ne l'aies pas fait, ai-je rétorqué.

Ça les a fait rire.

– Tu es adorable, a-t-elle annoncé.

J'ai senti l'intensité de son regard sur moi et j'ai détourné les yeux, gêné.

– Trop bête que j'adore mon copain, a-t-elle ajouté.

J'ai fixé un nœud que formaient des racines de pin au bord du ruisseau, m'efforçant de ne pas avoir la tête du type auquel on vient de déclarer qu'il est adorable.

Takumi n'en croyait pas ses oreilles. Il est venu vers moi et m'a ébouriffé les cheveux, puis il s'est tourné vers Alaska et a entamé un rap.

– Oui, le Gros est adorable/mais tu veux du durable/alors Jake est plus supportable/parce qu'il est trop… zut. Zut ! J'avais quasi quatre rimes en « able ». Mais je n'ai rien trouvé de mieux qu'« indisciplinable », qui n'existe pas.

Alaska s'est esclaffée.

– Je ne peux plus t'en vouloir. Trop sexy, le rap. Dis, le Gros, tu savais que tu étais en présence du MC le plus tordu d'Alabama ?

– Euh... non.

– Colonel Catastrophe, fais-nous le beat, a dit Takumi.

J'ai ri à l'idée qu'un type aussi petit et ringard que le Colonel puisse avoir un nom de rappeur. Le Colonel a mis ses mains en cornet autour de sa bouche et il a commencé à faire des bruits absurdes censés marquer le tempo. « Pou-tchi. Pou-poupou-tchi. »

Takumi se tenait les côtes.

– Vous voulez que je vous en sorte une, au bord de la rivière ?/ Si la fumée de vos clopes était bonne, j'en boirais comme de la bière/Je rime à l'ancienne, style Rome antique/Le Colonel n'a pas d'oreille, en faut-il pour être pratique ?/ Certains m'accusent de me la jouer star/Je rime à toute allure et je rime à la pénard.

Il s'est arrêté pour reprendre son souffle, puis il a terminé.

– Comme les poètes, j'aime les vers boiteux/C'est la fin de celui-ci et MC est heureux.

J'aurais été incapable de distinguer un vers boiteux d'un vers qui ne l'était pas, mais j'étais assez impressionné. Nous avons salué la prestation de Takumi par quelques applaudissements discrets. Alaska a fini sa cigarette et l'a envoyée d'une pichenette dans l'eau.

– Pourquoi fumes-tu si vite ? ai-je demandé.

Elle s'est tournée vers moi avec un large sourire, si large que sur un visage étroit il aurait pu paraître niais s'il n'y avait eu l'élégance indiscutable de ses yeux verts. Elle souriait avec le même ravissement qu'une enfant le jour de Noël.

– Vous fumez par plaisir. Moi, c'est pour mourir.

Cent neuf jours avant

LE LENDEMAIN SOIR À LA CAFÉTÉRIA, le menu affichait pain de viande, l'un des rares plats à ne pas sortir d'un bain de friture et, sans doute pour cette raison, l'échec le plus retentissant de Maureen. Il s'agissait d'une préparation filandreuse nageant dans la sauce, qui ne ressemblait pas, même de loin, à un pain et n'avait pas non plus le moindre goût de viande. Bien que je n'aie jamais eu l'occasion de monter dedans, il se trouvait qu'Alaska avait une voiture, avec laquelle elle a proposé de nous emmener au McDo, mais le Colonel n'avait pas un sou et moi guère plus dans la mesure où je n'arrêtais pas de payer pour satisfaire sa dépendance effrayante au tabac.

Alors, à la place, le Colonel et moi avons réchauffé des tortifrites vieilles de deux jours (à la différence des frites, par exemple, la tortifrite passée au micro-ondes ne perdait rien de sa saveur ni de son délicieux croustillant). Après quoi, le Colonel a tenu à assister au premier match de basket de la saison à Culver Creek.

– Du basket à l'automne ? me suis-je étonné. Je ne connais pas grand-chose au sport, mais ce n'est pas plutôt la saison de foot ?

– Les lycées dans notre catégorie sont trop petits pour avoir une équipe de foot, d'où le basket à l'automne. N'empêche, mec, s'il y avait une équipe de foot à Culver Creek, ce serait une splendeur. Avec ton cul maigrichon, tu serais sûrement juge de ligne. Tout ça pour dire que les matchs de basket sont géants.

Je détestais le sport. Je détestais le sport et je détestais les sportifs, et je détestais les supporteurs, et je détestais les gens qui ne détestaient pas les supporteurs ou les sportifs. En CE2 (la toute dernière année où l'on pouvait encore jouer au tee-ball, le base-ball des tout-petits), ma mère, qui voulait que je me fasse des amis, m'avait inscrit de force chez les Pirates d'Orlando. Je me suis effectivement fait des copains auprès d'une bande de gosses de maternelle qui n'ont pas contribué à rehausser mon standing auprès de mes camarades de classe. Essentiellement parce que je dominais les autres joueurs, j'ai failli être pris dans l'équipe des All Stars cette année-là. Le gosse qui m'a battu, Clay Wurtzel, n'avait qu'un bras. J'étais un CE2 anormalement grand avec deux bras et je me suis fait ratatiner par un gamin de maternelle. Et pas en obéissant à je ne sais quelle pitié à l'endroit d'un petit manchot. Clay Wurtzel marquait comme un dieu, au contraire de moi qui arrivais à louper le point alors que la balle m'attendait sur le tee. L'une des choses qui m'avaient séduit concernant Culver Creek, c'était qu'aucune compétence sportive n'était requise pour y entrer, m'avait dit mon père.

– Je ne mets de côté ma haine des weekendeurs et de leur club sportif à la gomme qu'en une seule occasion, m'a annoncé le Colonel. Les jours où on allume la clim dans le gymnase, en prévision d'un petit match à l'ancienne. Tu ne peux pas manquer le premier de l'année.

En marchant vers le gymnase surdimensionné, que j'avais

aperçu mais dont je n'avais même pas songé à m'approcher, le Colonel m'a fait part du point essentiel concernant notre équipe de basket: elle n'était pas géniale. La star en était un terminale, Hank Walsten, qui jouait ailier fort alors qu'il mesurait 1,70 m. Je savais déjà que sa célébrité dans l'enceinte de l'établissement tenait en tout premier lieu au fait qu'il avait toujours de l'herbe, et le Colonel a ajouté qu'en quatre ans, il n'avait jamais commencé un match sans être défoncé.

– Il est à peu près aussi dingue d'herbe qu'Alaska l'est de sexe, a-t-il déclaré. C'est le mec qui s'est fabriqué une pipe à eau avec pour tout matos un tonneau de fusil à air comprimé, une poire blette et une photo d'Anna Kournikova, format 20x25. Pas la huitième Merveille du monde, mais un dévouement pareil à sa toxico force l'admiration.

À partir de Hank, l'équipe dégringolait vers des abîmes d'incompétence dont le fond était Wilson Carbod, le pivot, qui mesurait presque 1,82 m.

– On est tellement nuls qu'on n'a même pas de mascotte, a lâché le Colonel. J'appelle l'équipe les Zéros de Culver Creek.

– Si j'ai bien compris, l'équipe craint? ai-je demandé.

Je ne comprenais pas l'intérêt de regarder une équipe de bras cassés se faire massacrer, bien que l'air conditionné ait été une raison suffisante en ce qui me concernait.

– Elle craint, a renchéri le Colonel. Mais on bat toujours à plate couture le lycée des sourds et des aveugles.

Le basket ne figurait manifestement pas parmi les priorités du lycée des sourds et des aveugles d'Alabama, et l'équipe de Culver Creek terminait généralement la saison avec une unique victoire à son palmarès.

En arrivant, j'ai constaté que la presque totalité des élèves du lycée s'entassaient dans la salle. J'ai même aperçu les trois filles gothiques du bahut en train de se remettre de l'eye-liner sur les gradins du haut. Je n'avais jamais assisté à un match inter-lycées en Floride, mais je doutais que le public y ait été aussi éclectique. Cela dit, je fus surpris de constater que Kevin Richman en personne s'asseyait sur un gradin pile devant moi, au moment même où les pom-pom girls de l'équipe adverse (dont les couleurs étaient, malheureusement pour elles, un marron terne et un jaune caca d'oie) tentaient de soulever l'enthousiasme de la petite foule de leurs supporteurs. Kevin s'est tourné vers le Colonel et l'a regardé avec insistance.

Comme la plupart des weekendeurs, il arborait un style bon chic, bon genre, l'allure du futur avocat amateur de golf. Et ses cheveux blonds, coupés court sur les tempes et hérissés sur le dessus, étaient imprégnés d'une telle quantité de gel qu'on les aurait dits mouillés en permanence. Je ne le haïssais pas autant que le Colonel, bien sûr, car la haine du Colonel était une haine de principe. Or la haine de principe est méchamment plus solide que la haine, style «franchement, les mecs, j'aurais préféré que vous ne me jetiez pas dans le lac tout momifié». Néanmoins, j'ai essayé de le dévisager d'un air menaçant alors qu'il ne quittait pas le Colonel des yeux. Pourtant, il était difficile d'oublier que ce type m'avait vu en caleçon deux semaines auparavant.

– Tu as cafté Paul et Marya. On te l'a fait payer. Trêve? a demandé Kevin.

– Je ne les ai pas caftés. Et le Gros ici présent, certainement pas non plus, et vous l'avez quand même fait participer à votre petite plaisanterie. Trêve? Permettez un petit sondage.

Les pom-pom girls se sont assises, leurs accessoires serrés contre leur cœur, comme en prière.

– Hé, le Gros ! a ajouté le Colonel, tu es d'accord pour une trêve ?

– Ça me rappelle la bataille des Ardennes, quand les Allemands ont demandé aux Américains de se rendre, ai-je dit. Je répondrai comme le général McAuliffe aux Allemands : des clous !

– Pourquoi avoir essayé de tuer le Gros, Kevin ? C'est un génie. Des clous pour ta trêve.

– Arrête ton char, mec. Je sais que tu les as mouchardés. On devait défendre notre copain. Maintenant c'est fini. Terminons-en là.

Il avait l'air sincère et cela tenait sans doute à la réputation du Colonel en matière de blagues.

– Je te propose un marché, a dit celui-ci. Tu choisis un président des États-Unis. Si le Gros ne connaît pas ses dernières paroles, trêve. S'il les connaît, tu passeras le reste de ton existence à regretter d'avoir pissé dans mes chaussures.

– C'est débile.

– Dans ce cas, pas de trêve, a rétorqué le Colonel.

– D'accord. Millard Fillmore, a proposé Kevin.

Le Colonel m'a jeté un regard pressant, avec des yeux qui disaient : « Ce mec a été président ? » J'ai souri.

– Dans les dernières heures de sa vie, Fillmore avait atrocement faim, mais son médecin essayait de lui faire baisser sa température en le faisant jeûner. Fillmore continuait quand même de réclamer à manger à cor et à cri, alors le médecin a fini par lui donner une toute petite cuillère à café de soupe. Méchant comme une teigne, Fillmore a dit : « Cette nourriture est délicieuse », et il est mort. Pas de trêve.

Kevin a levé les yeux au ciel et il est parti. J'ai réalisé soudain que j'aurais pu prêter n'importe quelles dernières paroles à Millard Fillmore. Pour peu que j'aie pris le même ton, Kevin m'aurait cru sur parole; l'assurance du Colonel déteignait sur moi.

– Te voilà fouteur de merde! s'est esclaffé le Colonel. Reconnais que je t'ai filé un truc facile. N'empêche. Bien joué.

Malheureusement pour les Zéros de Culver Creek, le match ne se disputait pas contre le lycée des sourds et des aveugles. L'équipe adverse était celle de je ne sais quel bahut chrétien de Birmingham, essentiellement composée de gorilles taillés comme des armoires à glace, la barbe fournie et pas vraiment partisans de tendre l'autre joue.

À la fin de la première période, le score était de 20 à 4.

Et là on a commencé à se marrer. Le Colonel a mené les encouragements de bout en bout.

– Poule! a-t-il hurlé.

– AU POT! a répondu la foule.

– Sardines!

– À L'HUILE!

Puis, tous ensemble:

– ON EST LES MEILLEURS!

– Hip hip hip, hourra! a crié le Colonel.

– UN JOUR, VOUS SEREZ NOS ESCLAVES!

Les pom-pom girls de l'équipe adverse faisaient de leur mieux pour nous répondre:

– Il y a péril en la demeure, péril en la demeure! L'enfer est ce qui t'attend si tu cèdes.

Mais on avait de la ressource.

– Achetez!

– VENDEZ!

– Marché!

– CONCLU !

– VOUS ÊTES PLUS COSTAUDS, MAIS ON EST PLUS MALINS !

Dans la plupart des arènes du pays, quand l'équipe adverse tire un lancer franc, les supporteurs font un bruit d'enfer, hurlant et tapant des pieds. Mais ça ne marche plus parce que les joueurs ont appris à s'abstraire du bruit. À Culver Creek, on avait une bien meilleure stratégie. Au début, tout le monde rugissait, comme dans un match normal. Puis tout le monde faisait « chut » et un silence absolu s'abattait sur la salle. Juste au moment où l'adversaire honni avait cessé de dribbler et qu'il armait son tir, le Colonel se levait alors et criait un truc du genre : « Pour l'amour du ciel, rase-toi les poils du dos ! » ou bien : « Il faut sauver mon âme, tu me donnes les saints sacrements après ton tir ? »

Vers la fin de la troisième période, l'entraîneur chrétien a réclamé un temps mort pour se plaindre du Colonel à l'arbitre, en le lui désignant avec colère. On perdait 56 à 13. Le Colonel s'est dressé.

– Quoi ? Vous avez un problème avec moi ?

– Vous déconcentrez mes joueurs ! a hurlé l'entraîneur.

– C'est le but, MONSIEUR L'INSPECTEUR, a hurlé le Colonel.

L'arbitre a rappliqué et il l'a fichu dehors. Je lui ai emboîté le pas.

– Je me suis fait virer des matchs trente-sept fois d'affilée, a-t-il annoncé.

– Mince !

– Comme tu dis. Une ou deux fois, j'ai dû passer à des trucs carrément dingues. Comme faire irruption sur le parquet à onze secondes de la fin du temps réglementaire pour voler le ballon à l'équipe adverse. Ce n'est pas joli joli, je te l'accorde. Mais j'ai une réputation à entretenir.

Le Colonel courait devant moi, ravi de s'être fait sortir, et moi derrière, dans son sillage. Je voulais compter parmi les types qui avaient une réputation, dont l'énergie brûlait l'herbe sous leurs pieds. Mais, pour l'instant, je me contentais d'en avoir rencontré, c'était déjà ça, et je leur étais indispensable, comme les traînées lumineuses aux comètes.

Cent huit jours avant

LE LENDEMAIN, le docteur Hyde m'a demandé de rester après le cours. Debout devant lui, je me suis rendu compte pour la première fois à quel point il était voûté, et soudain, il m'a semblé triste et en quelque sorte vieux.

– Vous aimez ce cours, n'est-ce pas ? a-t-il demandé.

– Oui, m'sieur.

– Vous avez toute la vie devant vous pour méditer la notion bouddhiste de l'interconnexion entre toutes choses.

Il débitait chaque phrase comme s'il l'avait écrite, puis mémorisée et la récitait maintenant.

– Mais pendant que vous regardiez par la fenêtre, vous avez raté l'occasion d'explorer une autre croyance bouddhiste d'un intérêt équivalent, selon laquelle il est nécessaire d'habiter tous les aspects de sa vie quotidienne, d'être authentiquement présent. Soyez présent pendant mon cours. Et après, une fois qu'il est fini, soyez présent là-bas dehors, a-t-il conclu en indiquant le lac et le paysage au-delà d'un signe de tête.

– Oui, m'sieur.

Cent un jours avant

LE PREMIER MATIN d'octobre, dès que j'ai eu les idées assez claires pour éteindre mon réveil, j'ai compris que quelque chose ne tournait pas rond. Mon lit n'avait pas la même odeur. Et je ne me sentais pas pareil. Comme j'étais abruti, j'ai mis plus d'une minute avant de me rendre compte que j'avais froid ! Ou du moins que le petit ventilateur accroché au bord de mon lit était soudain devenu superflu.

– Il fait froid ! ai-je crié.

– Putain, quelle heure est-il ? ai-je entendu au-dessus de ma tête.

– 8 heures... 04 !

Le Colonel, qui n'avait pas de réveil mais se réveillait pratiquement toujours avant que le mien sonne pour prendre sa douche, a balancé ses jambes courtes par-dessus bord, sauté au bas du lit et s'est précipité vers sa commode.

– J'ai loupé mon créneau de douche, on dirait, a-t-il lancé en enfilant un T-shirt *Culver Creek Basket-ball* et un short. Pas grave, reste toujours demain. Et ça ne caille pas. Il doit faire dans les 26.

Heureusement que j'avais dormi tout habillé, je n'ai eu qu'à enfiler mes chaussures et on est partis en courant rejoindre notre classe. Je me suis glissé à ma place avec vingt secondes d'avance. Au milieu du cours, Mme O'Malley s'est retournée pour écrire un truc en français au tableau et Alaska en a profité pour me faire passer un mot.

Très jolis, les cheveux en bataille. On bosse au McDo à l'heure du déj'?

Notre premier test important en trigo avait lieu à peine deux jours plus tard. Alaska a réuni les six jeunes que ça concernait et qu'elle ne considérait pas comme des weekendeurs, et elle les a entassés dans sa microscopique deux-portes bleue. Par une heureuse coïncidence, Lara, une ravissante seconde, s'est retrouvée assise sur mes genoux. Lara était originaire de Russie ou de je ne sais quel pays, et elle parlait avec un léger accent. Quatre couches de vêtements seulement nous empêchaient de le faire. J'ai saisi l'occasion pour me présenter.

– Je sais qui tu es, a-t-elle dit en souriant. Tu es l'ami d'Alaska qui habite en Florrride.

– Exact. Attends-toi à des paquets de questions idiotes, je suis nul en maths.

Lara était sur le point de me répondre quand elle a été projetée contre moi, alors qu'Alaska démarrait en trombe pour sortir du parking.

– Les jeunes, je vous présente Citrus Bleu. Ainsi nommée parce que c'est un citron, a précisé Alaska. Citrus Bleu, je te présente les jeunes. Si vous arrivez à mettre la main dessus, vous aurez peut-être envie d'attacher vos ceintures. Et toi, le Gros, de servir de ceinture à Lara.

Les faiblesses de la voiture en matière de vitesse étaient

largement compensées par le fait qu'Alaska refusait obstinément de retirer son pied de l'accélérateur, quelles qu'en soient les conséquences. Avant même que nous ayons quitté l'enceinte du bahut, chaque fois qu'elle prenait un virage serré, Lara était bringuebalée dans tous les sens. J'ai donc suivi le conseil d'Alaska et noué mes bras autour de la taille de Lara.

– Merrrci, a-t-elle dit d'une voix quasi inaudible.

Après cinq kilomètres, parcourus sinon à grande vitesse, du moins à tombeau ouvert, pour arriver au McDo, on a commandé sept grandes frites, puis on est allés s'installer sur l'herbe. Assis en cercle autour des plateaux, on a écouté Alaska nous faire cours, tout en fumant et en mangeant en même temps.

Comme tout bon prof qui se respecte, elle ne supportait pas la contradiction. Pendant une heure, elle n'a pas cessé de parler, de fumer et de manger pendant que je prenais des notes dans mon cahier, sentant les eaux troubles des tangentes et autres cosinus commencer à devenir limpides. Mais tout le monde n'avait pas cette chance.

Alaska passait en vitesse sur un point évident concernant les équations linéaires, quand Hank Walsten, le basketteur défoncé, l'a interrompue :

– Attends, attends, je n'ai pas pigé.

– C'est parce que tu n'as plus que huit cellules du cerveau en état de marche.

– Les études montrent que la marijuana est meilleure pour la santé que tes cigarettes, a-t-il rétorqué.

Alaska a avalé une bouchée de frites, tiré longuement sur sa clope et recraché la fumée à la figure de Hank.

– Je mourrai peut-être jeune, a-t-elle déclaré, mais, au moins, je mourrai intelligente. Et maintenant, revenons aux tangentes.

Cent jours avant

– ON A DÛ TE LA POSER cent fois, mais pourquoi « Alaska » ? ai-je demandé.

Je venais de récupérer mon test de trigo et j'étais pétri d'admiration pour elle, ses cours particuliers m'avaient ouvert la voie vers un B +. On regardait des clips à la télé, seuls dans le salon, par un samedi morose et nuageux. Meublé de canapés laissés par des générations de lycéens, le salon télé dégageait une odeur fade de poussière et de moisi et n'était jamais occupé, sans doute pour cette raison. Alaska a siroté une gorgée de limonade et m'a pris la main.

– Ça finit toujours par arriver. Alors voilà, quand j'étais petite, ma mère était une sorte de hippie. Tu vois le genre, pulls trop grands qu'elle tricotait elle-même, toujours un joint à la bouche, etc. Alors que mon père était un républicain pur jus. Si bien que, quand je suis née, ma mère a voulu m'appeler Harmony Springs Young et mon père, Mary Frances Young.

Elle balançait la tête d'avant en arrière au rythme de la musique des clips, même si le morceau qui passait était un tube commercial qu'elle prétendait détester.

– Donc au lieu de m'appeler Harmony ou Mary, ils ont décidé d'un commun accord de me laisser choisir. Petite, j'étais Mary. Pas pour mes parents qui abusaient des « mon poussin » ou autres. En revanche, sur les formulaires de l'école ou ce genre de trucs, ils marquaient Mary Young. Et puis, le jour de mes sept ans, j'ai eu en cadeau le droit de choisir mon prénom. Cool, non ? J'ai passé la journée à scruter le globe de mon père à la loupe à la recherche d'un prénom sympa. J'ai d'abord choisi Tchad, comme le pays d'Afrique. Mais là-dessus, mon père m'a dit que c'était masculin, alors j'ai opté pour Alaska.

Si seulement mes parents m'avaient laissé décider de mon prénom ! Mais ils s'étaient rués sur le seul dont on affublait tous les aînés Halter depuis un siècle.

– Oui, mais pourquoi Alaska ? ai-je insisté.

Elle a souri en retroussant les lèvres du côté droit.

– Plus tard, j'ai appris ce que ça voulait dire. Alaska vient d'un mot aléoute, *Alyeska*, qui signifie « celle contre laquelle la mer se brise », et ça me plaît. Mais, à l'époque, je n'ai vu que l'Alaska au sommet du globe. Et c'était grand, exactement comme je voulais être. Et sacrément loin de Vine Station, Alabama, exactement comme je voulais l'être aussi.

J'ai ri.

– Maintenant, tu es grande et plutôt loin de chez toi, ai-je dit. Félicitations !

Elle a cessé de balancer la tête et a lâché ma main (malheureusement moite).

– S'en sortir n'est pas si facile, a-t-elle déclaré d'un air grave, les yeux posés sur moi, comme si je connaissais le moyen d'y parvenir et ne voulais pas le lui dire. Et puis tout à coup, elle a changé radicalement de sujet : Tu sais ce que je veux faire après la fac ? Prof pour gosses handicapés. Je suis bonne prof, non ? Merde, si j'arrive à t'apprendre la trigo, je peux apprendre n'importe quoi à n'importe qui. À des petits autistes, peut-être.

Elle parlait doucement, d'un air pénétré, comme si elle m'avouait un secret, et je me suis penché vers elle, soudain envahi par la certitude que nous devions nous embrasser, tout de suite, là, maintenant, sur le canapé orange qui avait amassé des décennies de poussière et portait des traces de brûlures de cigarette. Et je l'aurais fait. J'aurais continué de me pencher vers elle jusqu'à ce qu'il devienne nécessaire d'incliner le visage de façon à éviter son nez retroussé et j'aurais ressenti le choc de ses lèvres si douces. Je l'aurais fait. Mais elle a rompu la magie en un clin d'œil.

– Non, a-t-elle dit, et je n'aurais pas su dire au début si elle lisait dans mes pensées obsédées de baisers ou si elle se répondait à elle-même. Elle s'est détournée et, doucement, pour elle-même peut-être, a ajouté : Bon, je ne vais pas faire partie de ces gens qui passent leur temps à raconter ce qu'ils ont l'intention de faire plus tard. Je vais le faire, c'est tout. Imaginer l'avenir est une forme de nostalgie.

– Hein ?

– On passe sa vie coincé dans le labyrinthe à essayer de trouver le moyen d'en sortir, en se régalant à l'avance à cette perspective. Et rêver l'avenir permet de continuer, sauf qu'on ne passe jamais à la réalisation. On se sert de l'avenir pour échapper au présent.

Ça tenait debout. J'avais imaginé la vie à Culver Creek plus palpitante qu'elle ne l'était (dans la réalité, il était plus question de devoirs que d'aventure), mais si je ne l'avais pas imaginée, je ne serais jamais allé à Culver Creek.

Alaska a tourné la tête vers la télé. On y voyait une pub pour une voiture et, histoire de blaguer, elle a dit que sa Citrus Bleu méritait sa propre pub. Imitant les commentaires passionnés des spots, elle a déclamé :

– Elle est petite, elle est lente, elle est dégueu, mais elle roule. De temps en temps. La Citrus Bleu : courez chez votre marchand d'occasions le plus proche !

Mais j'avais envie d'en savoir plus sur elle, sur Vine Station, sur l'avenir.

– Parfois j'ai du mal à te cerner, ai-je dit.

Elle ne m'a même pas regardé. Elle a souri, les yeux rivés sur l'écran.

– Tu ne me cerneras jamais. Tout est là.

Quatre-vingt-dix-neuf jours avant

J'AI PASSÉ UNE GRANDE PARTIE du lendemain plongé dans le monde imaginaire prodigieusement inintéressant d'*Ethan Frome* d'Edith Wharton, pendant que le Colonel dénouait les secrets des équations différentielles ou de je ne sais quoi, assis à son bureau. Bien qu'on ait essayé de réduire nos pauses cigarette à l'abri de la vapeur de la douche, on n'en avait déjà plus en fin d'après-midi. Une visite chez Alaska s'imposait. On l'a trouvée allongée par terre, lisant un bouquin à bout de bras au-dessus de sa tête.

– Allons fumer, a dit le Colonel.

– Tu n'as plus de clopes, c'est ça ? a-t-elle demandé sans lever les yeux de son livre.

– Ben, non.

– Tu as cinq dollars ?

– Non.

– Le Gros ? a-t-elle demandé.

– Bon, d'accord.

J'ai dégotté un billet dans le fond de ma poche et Alaska m'a tendu un paquet de Marlboro Lights. Je savais que je n'en fumerais pas plus de cinq sur les vingt, mais tant que je finançais les cigarettes du Colonel, il ne pouvait pas me taxer de mec friqué, de weekendeur, excepté le fait que je n'habitais pas Birmingham.

On a pris Takumi au passage et on est allés au lac, en se cachant derrière les arbres, morts de rire. Le Colonel faisait des ronds de fumée que Takumi qualifiait de «prétentieux» et qu'Alaska poursuivait pour les embrocher sur son doigt comme les mômes avec les bulles de savon.

Soudain, on a entendu une branche craquer. Ça aurait pu être un cerf, mais le Colonel a déguerpi à toutes jambes. Une voix derrière nous a crié:

– Inutile de courir, Chip!

Le Colonel s'est arrêté et il est revenu sur ses pas d'un air penaud.

L'Aigle s'est avancé vers nous lentement, les lèvres pincées de dégoût. Il portait une chemise blanche et une cravate sombre, comme d'habitude. Il nous a décoché tour à tour le regard qui tue.

– Vous sentez le champ de tabac en feu, a-t-il déclaré.

On est restés silencieux. Je me sentais disproportionnellement mal, comme si j'avais été surpris en train de fuir une scène de crime. L'Aigle allait-il appeler mes parents?

– Je vous attends demain devant le jury à cinq heures, a-t-il annoncé, avant de s'éloigner.

Alaska s'est baissée pour ramasser la cigarette qu'elle avait jetée par terre et s'est remise à fumer. L'Aigle a fait volte-face, son sixième sens ayant détecté de l'insubordination face aux figures de l'autorité. Alaska a lâché sa cigarette et l'a écrasée. L'Aigle a secoué la tête et, bien que ça puisse paraître fou, je jure qu'il souriait.

– Il m'adore, m'a confié Alaska tandis que nous rentrions aux dortoirs. Il vous adore aussi. Il n'y a que le lycée qu'il aime encore plus. C'est ça, le truc. Il pense que nous choper est bon pour le lycée et bon pour nous. C'est le combat éternel, le Gros. Le Bien contre le Mal.

– Tu es incroyablement philosophe pour une fille qui vient de se faire choper.

– Il arrive qu'on perde une bataille. Mais l'embrouille gagne toujours la guerre.

Quatre-vingt-dix-huit jours avant

UN DES TRUCS INCROYABLES de Culver Creek, c'était le jury. Tous les semestres, le conseil des profs désignait douze élèves, trois par classe, pour faire partie du jury. Ce jury était chargé de sanctionner les infractions qui n'étaient pas passibles d'une expulsion ; ça allait de « rentrer après l'heure du couvre-feu » à « fumer ». Le plus souvent, il s'agissait de jeunes qui avaient fumé ou étaient restés dans la chambre d'une fille après dix-neuf heures. Donc, on se présentait devant ce jury, on défendait sa cause et on se voyait infliger une punition. L'Aigle officiait en tant que juge et avait le droit de contredire le verdict du jury (comme dans le vrai système judiciaire américain), mais il ne le faisait quasiment jamais.

Je suis allé vers la salle 4 dès la fin du dernier cours, quarante minutes en avance, pour plus de sécurité. Je me suis assis dans le couloir, contre le mur, et je me suis plongé dans mon manuel d'histoire des États-Unis (pour la forme, honnêtement) jusqu'à l'arrivée d'Alaska qui s'est assise à côté de moi. Elle se mordillait la lèvre. Je lui ai demandé si elle était inquiète.

– Oui, en fait. Écoute, le mieux c'est que tu ne bronches pas et que tu ne dises rien, m'a-t-elle conseillé. Ce n'est pas la peine de t'angoisser. Mais c'est la septième fois que je me fais choper en train de fumer. Je ne veux pas… bref. Je ne veux pas contrarier mon père.

– Ta mère fume ? ai-je demandé.

– Plus maintenant, a-t-elle répondu. Ça va. Ça va aller.

Je ne me suis pas miné avant 16 h 50, heure à laquelle ni le Colonel ni Takumi n'étaient arrivés. Les membres du jury sont entrés un par un, en passant devant nous sans nous regarder, ce qui n'a fait qu'accroître mon malaise. À 16 h 56, les douze membres étaient là, plus l'Aigle.

À 16 h 58, le Colonel et Takumi ont débouché dans le couloir.

Je n'ai jamais rien vu de pareil. Takumi était en chemise blanche amidonnée et cravate rouge à dessins cachemire noirs. Et le Colonel arborait sa chemise rose froissée et sa cravate à motifs de flamants roses. Ils marchaient au pas, la tête haute et les épaules rejetées en arrière, comme je ne sais quel héros de films d'action.

– Le Colonel nous fait sa démarche de Napoléon, ai-je entendu Alaska soupirer.

– Tout baigne, m'a dit le Colonel. Contente-toi de la fermer.

On est entrés (deux en cravate et deux en T-shirt immonde), et l'Aigle a abattu un marteau sur le pupitre qui se trouvait devant lui. Véridique. Le jury était aligné derrière une table rectangulaire. Sur le devant de la salle, près du tableau, quatre chaises nous attendaient. On s'est assis, et le Colonel a expliqué en détail ce qui s'était passé.

– Alaska et moi fumions près du lac. D'habitude, on sort du parc du lycée. On vous présente nos excuses. Cela ne se reproduira plus.

Je ne comprenais rien. Mais je savais ce que j'avais à faire : ne pas broncher et la boucler. L'un des membres du jury a regardé Takumi.

– Et toi et Halter ?

– On leur tenait compagnie, a répondu calmement Takumi.

Le juré s'est tourné vers l'Aigle.

– Avez-vous vu quelqu'un fumer ?

– Oui, Alaska, mais Chip s'est enfui, ce qui m'a semblé lâche, de même que le petit numéro de benêts que Miles et Takumi sont en train de nous servir, a répondu l'Aigle en me décochant un regard qui tue.

Je ne voulais pas avoir l'air coupable, mais je n'arrivais pas à soutenir son regard, j'ai baissé les yeux.

Le Colonel a grincé des dents, comme si ça lui faisait mal de mentir.

– C'est la vérité, monsieur.

L'Aigle nous a demandé si on avait quelque chose à ajouter puis au jury s'il avait d'autres questions, et il nous a priés de sortir.

– C'était quoi, cette mascarade ? me suis-je exclamé, une fois dehors.

– Contente-toi de la boucler, m'a répondu Takumi.

Pourquoi Alaska avait-elle avoué alors qu'elle avait déjà eu des emmerdes à plusieurs reprises ? Pourquoi le Colonel aussi, alors qu'il ne pouvait pas se permettre d'en avoir ? Pourquoi pas moi ? Je ne m'étais jamais fait choper. J'étais celui qui avait le moins à perdre. Au bout de quelques minutes, l'Aigle est sorti et nous a fait signe de rentrer dans la salle.

– Alaska et Chip, a annoncé l'un des jurés, vous écopez de dix jours de travaux d'intérêt général, la plonge à la cafète, et, à la prochaine connerie, c'est le coup de fil à vos parents. Takumi et Miles, rien n'indique dans le règlement qu'il soit interdit de regarder quelqu'un fumer, mais le jury se souviendra de votre version au cas où vous enfreindriez pour de bon le règlement. Équitable ?

– Équitable, a renchéri Alaska, visiblement soulagée.

J'allais sortir quand l'Aigle m'a fait pivoter vers lui.

– N'abusez pas de vos privilèges dans cet établissement, vous pourriez le regretter, a-t-il dit.

J'ai hoché la tête.

Quatre-vingt-neuf jours avant

– ON T'A TROUVÉ UNE COPINE, m'a annoncé Alaska.

N'empêche, personne ne m'avait donné d'explication sur l'imposture de la semaine précédente devant le jury. Même si Alaska ne semblait pas affectée outre mesure. Alaska qui était : 1) dans notre chambre, le soir, porte fermée et qui 2) fumait une cigarette en venant s'asseoir sur le canapé dont il ne restait pratiquement plus que la mousse. Elle avait coincé une serviette de toilette en bas de la porte et soutenait qu'on ne risquait rien, mais j'étais inquiet, à cause de la fumée et de la « copine ».

– Tout ce qui me reste à faire, a-t-elle continué, est de te persuader qu'elle te plaît, et *vice versa*.

– Tâche monumentale, a fait remarquer le Colonel, qui lisait *Moby Dick*, étendu sur son lit, en prévision du cours d'anglais.

– Comment peux-tu lire et parler en même temps ? ai-je demandé.

– D'habitude, je n'y arrive pas, mais le bouquin pas plus que la conversation ne sont très stimulants d'un point de vue intellectuel.

– J'aime bien ce livre, a dit Alaska.

– Oui, s'est moqué le Colonel en se penchant vers elle par-dessus le bord de son lit. Forcément. La grosse baleine blanche est une métaphore de tout et n'importe quoi. Les métaphores prétentieuses sont ta seule raison de vivre.

Alaska ne s'est pas démontée.

– Alors, le Gros, que penses-tu de l'ancien bloc soviétique ?

– Euh... du bien.

Elle a tapoté ses cendres au-dessus de mon porte-crayons. J'ai failli m'insurger, mais à quoi bon ?

– Tu vois la fille qui est en trigo avec nous, celle avec la voix douce qui roule les « r » ? Tu la remets ?

– Oui. Lara. Elle était assise sur mes genoux quand on est allés au McDo.

– Exact. Je sais. Tu lui plais. Tu croyais sans doute qu'elle discutait gentiment de maths alors qu'elle ne pensait qu'à faire l'amour comme une folle avec toi. C'est là que tu as besoin de moi.

– Elle a des seins super, a commenté le Colonel sans lever les yeux de *Moby Dick*.

– NE RÉDUIS PAS LE CORPS DES FEMMES À UN OBJET ! a crié Alaska.

Le Colonel a levé les yeux.

– Pardon. Des seins qui pointent.

– Ce n'est pas mieux.

– Bien sûr que si, a-t-il rétorqué. « Super » porte un jugement sur le corps d'une femme. Alors que « qui pointent » se résume *grosso modo* à une observation. Et pour pointer, ils pointent. Enfin, putain !

– Tu es irrécupérable, a-t-elle dit. Donc, le Gros, elle te trouve mignon.

– Cool.

– Ça ne veut rien dire. Le problème avec toi, c'est que, si tu lui parles, tu vas aller direct au désastre avec tes « euh », « hum », etc.

– Ne sois pas si dure avec lui, l'a coupée le Colonel comme s'il était ma mère. Je crois que j'ai pigé l'anatomie de la baleine. Tu ne pourrais pas avancer un peu, Herman ?

– Donc Jake sera à Birmingham ce week-end et on va se faire un triple rencard. Enfin, triple et demi, parce que Takumi sera aussi de la partie. Pression mini. Tu ne pourras pas merder, je serai tout le temps là.

– D'accord.

– Et qui est mon rencard ? a demandé le Colonel.

– Ta copine.

– D'accord, a-t-il dit. Mais on ne s'entend pas très bien, a-t-il ajouté pince-sans-rire, le nez plongé dans son bouquin.

– Alors vendredi ? Vous avez un truc vendredi ?

J'ai éclaté de rire, parce que ni le Colonel ni moi n'avions de plan pour ce vendredi, pas plus que pour tous les autres vendredis de notre vie.

– C'est bien ce qui me semblait, s'est-elle esclaffée. Maintenant, faut aller à la cafète pour la vaisselle, Chip. Putain, les sacrifices que je fais !

Quatre-vingt-sept jours avant

NOTRE TRIPLE RENCARD ET DEMI a plutôt bien commencé. Je me trouvais dans la chambre d'Alaska (qui, en vue de me dégotter une copine, avait accepté de repasser ma chemise verte) quand Jake a déboulé. Cheveux blonds tombant jusqu'aux épaules, barbe naissante noire et faux air bourru qui vous ouvrent les portes d'une carrière de mannequin, il était aussi séduisant qu'on était en droit de l'attendre de la part du copain d'Alaska. Elle s'est jetée à son cou, enroulant ses jambes autour de son corps («pourvu que personne ne me fasse jamais ça, je me casserais la figure», ai-je pensé). Je l'avais entendue en parler, mais je ne l'avais jamais vue embrasser quelqu'un. Jake l'a prise par la taille, elle s'est penchée sur lui, ses lèvres pulpeuses entrouvertes, la tête à peine inclinée, et elle s'est emparée de sa bouche avec une telle fougue que j'aurais dû détourner les yeux, mais je n'ai pas pu. Un bon moment après, elle s'est libérée de leur étreinte et m'a présenté à Jake.

– Le Gros, a-t-elle dit.

Nous avons échangé une poignée de main.

– J'ai beaucoup entendu parler de toi, a-t-il dit avec un léger accent du Sud, comme j'en avais repéré devant le McDo en de rares occasions. J'espère que ton coup va marcher ce soir, parce que je ne voudrais pas que tu me piques Alaska en douce.

– Putain, ce que tu es adorable! s'est-elle exclamée avant que je puisse répondre, l'embrassant à nouveau. Pardon, a-t-elle ajouté en riant, on dirait que je ne peux pas m'empêcher d'embrasser mon copain.

J'ai enfilé ma chemise verte tout juste repassée et on est allés récupérer le Colonel, Sara, Lara et Takumi. Puis on est partis ensemble au gymnase assister à l'affrontement entre les Zéros de Culver Creek et le collège de Harsden, une boîte privée en externat de Mountain Brook, la banlieue la plus riche de Birmingham. La haine du Colonel pour Harsden brûlait du feu de l'enfer.

– Le seul truc que je déteste encore plus que les gens riches, m'a-t-il confié en chemin, ce sont les gens stupides. Or tous les jeunes de Harsden sont riches et tous sont trop stupides pour entrer à Culver Creek.

Comme il s'agissait d'un rencard, j'ai pensé judicieux de m'asseoir à côté de Lara mais, en voulant passer devant Alaska, déjà assise, pour rejoindre Lara, Alaska m'a jeté un regard explicite, en tapotant la place vide à côté d'elle sur les gradins.

– Je n'ai pas le droit de m'asseoir à côté de ma copine? ai-je demandé.

– Le Gros, un de nous deux est une fille depuis toujours. Et l'autre n'a jamais roulé de pelle de sa vie. Si j'étais toi, je m'assiérais, je ferais le garçon mignon et agréablement réservé de d'habitude.

– D'accord. Tout ce que tu voudras.

– C'est plus ou moins ma stratégie pour plaire à Alaska, a commenté Jake.

– Oh, trop mignon ! Le Gros, je t'ai dit que Jake enregistrait un album avec son groupe ? Ils sont géniaux ! C'est un peu la fusion entre Radiohead et les Flaming Lips. Tu sais que c'est moi qui ai trouvé leur nom, Hickman Territory ? Puis, réalisant qu'elle disait des bêtises : Au fait, je t'ai dit que Jake était super bien monté et que c'était un amant magnifique, d'une sensualité inouïe ?

– Pour l'amour du ciel, a souri Jake, pas devant les enfants.

J'aurais voulu le haïr, bien sûr, mais en les voyant se faire des sourires et des câlins, je n'ai pas pu. J'aurais voulu être lui, tout en tentant de me rappeler que je sortais apparemment avec quelqu'un d'autre.

Le joueur vedette de Harsden était un Goliath de 2 m de haut, un certain Travis Eastman que tout le monde, et je soupçonnais même sa mère, appelait la Bête. La première fois que « la Bête » s'est retrouvée dans la raquette, le Colonel n'a pas pu se retenir de l'injurier et de le charrier.

– Tu dois tout à ton papa, taré de plouc !

La Bête s'est retournée et elle a lancé un regard noir au Colonel, qui a failli se faire virer après les trois premiers lancers francs. Failli seulement parce qu'il a souri à l'arbitre, en s'excusant.

– J'ai envie de rester une partie du match, cette fois, m'a-t-il avoué.

En début de deuxième période, alors que Creek perdait d'un écart curieusement mince de vingt-quatre points et que la Bête se trouvait sur la ligne de jeu, le Colonel s'est tourné vers Takumi et a dit :

– Maintenant.

Ils se sont levés et le public a immédiatement commencé à faire « Chuuuuuuuuuuuut... »

– Je ne sais pas si c'est le moment idéal pour te l'annoncer, a hurlé le Colonel à la Bête, mais Takumi est sorti avec ta copine juste avant le match.

Tout le monde a ri, sauf la Bête, qui a quitté la ligne de tir franc et s'est dirigée calmement vers nous, le ballon sous le bras.

– Je crois qu'il est temps de courir, a annoncé Takumi.

– Je ne me suis pas encore fait virer, a répondu le Colonel.

– Plus tard, a lâché Takumi.

Je ne sais pas si c'est l'inquiétude générale liée au fait de sortir bientôt avec une fille (fille qui était malgré tout assise cinq places plus loin) ou l'inquiétude spécifique liée au regard que la Bête pointait dans ma direction, toujours est-il que je suis parti en courant à la suite de Takumi. Je me croyais tiré d'affaire une fois en bas des gradins, mais c'est alors que j'ai vu du coin de l'œil un objet sphérique orange devenir de plus en plus gros, tel un soleil approchant à toute allure.

Je me suis dit : « Je crois qu'il va me toucher. »

Je me suis dit : « Je devrais me baisser. »

Mais, vu l'écart entre le moment où la pensée se forme et celui où l'on passe à l'action, le ballon m'a frappé en pleine tempe. Je suis tombé par terre et mon crâne a brutalement heurté le sol. Je me suis relevé aussitôt, comme si je n'avais rien, et je suis sorti du gymnase.

L'orgueil m'avait permis de me relever mais, une fois dehors, j'ai été obligé de m'asseoir.

– Je suis commotionné, ai-je annoncé, certain de mon diagnostic.

– Tu n'as rien, m'a dit Takumi en revenant vers moi. Partons d'ici avant de nous faire tuer.

– Excuse-moi, mais je ne peux pas me lever. Je suis légèrement commotionné.

Lara est arrivée en courant, elle s'est assise à côté de moi.

– Ça va ? a-t-elle demandé.

– Je suis commotionné, ai-je répondu.

Takumi s'est assis à son tour et m'a regardé dans les yeux.

– Tu sais ce qui t'est arrivé ?

– La Bête m'a eu.

– Tu sais où tu es ?

– Je suis en triple rencard et demi.

– Tu n'as rien, a conclu Takumi. Allons-y.

Alors, je me suis penché et j'ai vomi sur le pantalon de Lara. Je ne m'explique pas pourquoi je n'ai pas renversé la tête en arrière ou je ne me suis pas tourné de côté. Non, je me suis penché en avant et j'ai ouvert la bouche au-dessus de son jean (un ravissant jean qui valorisait son derrière, le genre de fute que les filles mettent quand elles veulent avoir l'air jolies sans en avoir l'air) et j'ai dégueulé toutes mes tripes dessus.

En majorité du beurre de cacahuète, mais visiblement du maïs aussi.

– Oh ! s'est-elle exclamée, surprise et légèrement horrifiée.

– Mon Dieu ! ai-je murmuré. Je te demande pardon.

– Pas impossible que tu sois commotionné, a déclaré Takumi, comme si l'idée n'avait jamais été évoquée.

– J'ai la nausée et les vertiges typiques d'une commotion bénigne, ai-je récité.

Pendant que Takumi partait chercher l'Aigle et que Lara changeait de pantalon, je suis resté allongé sur le trottoir. L'Aigle est arrivé, accompagné de l'infirmière scolaire, qui a diagnostiqué (quelle surprise !) une commotion. Puis Takumi m'a conduit à l'hôpital en voiture, Lara assise à la place du mort. Apparemment, je gisais à l'arrière et répétais lentement les mots suivants : « Les symptômes. Généralement. Associés. À. La commotion. »

C'est ainsi que j'ai passé mon rencard à l'hôpital en compagnie de Lara et de Takumi. Le médecin m'a conseillé de rentrer et de beaucoup dormir, en m'assurant cependant que quelqu'un me réveille à peu près toutes les quatre heures.

Je me rappelle vaguement Lara sur le pas de la porte, la chambre plongée dans l'obscurité, le noir à l'extérieur, une sensation de douceur et de bien-être, mais avec la tête qui tourne, le monde autour de moi vibrant tel un accord de basse puissant. Et je me rappelle vaguement Lara me souriant du pas de la porte, l'ambiguïté éclatante du sourire des filles, qui semble promettre une réponse mais ne la donne jamais. Une réponse à la question, celle que tous les mecs se posent à partir du moment où ils cessent de considérer les filles comme des grosses nulles, une question trop simple pour être facile : Est-ce qu'elle m'aime ou est-ce qu'elle m'aime bien ? À la suite de quoi j'ai sombré dans un sommeil profond et j'ai dormi jusqu'à trois heures du matin, heure à laquelle le Colonel m'a réveillé.

– Elle m'a largué, a-t-il annoncé.

– Je suis commotionné.

– On m'a dit. Maintenant que je t'ai réveillé, un jeu vidéo ?

– D'accord, mais sans le son. J'ai mal à la tête.

– Entendu. Il paraît que tu as gerbé sur Lara. Quelle classe !

– Elle t'a largué ? ai-je demandé en me levant.

– Oui. Sara a dit à Jake que je bandais pour Alaska. Avec ces mots-là. Dans cet ordre-là. Alors, je lui ai fait : « Si tu veux savoir, en ce moment, je ne bande pour personne. Tu n'as qu'à vérifier si tu en as envie.» Elle a sans doute trouvé que je répondais trop facilement parce qu'elle a ajouté qu'elle avait la certitude que je sortais avec Alaska. Ce qui, soit dit en passant, est ridicule. Je-ne-trompe-jamais-personne, a-t-il asséné.

Le jeu avait fini de se télécharger et j'écoutais d'une oreille tout en décrivant des cercles silencieux sur le circuit automobile de Tallageda au volant d'un stock-car. Les virages me donnaient mal au cœur, mais je me suis accroché.

– Pour résumer, Alaska est devenue hystérique, a-t-il continué. Puis, en imitant sa voix, la rendant plus aiguë et plus douloureuse pour mon crâne qu'elle ne l'était en réalité: «Aucune femme ne devrait mentir aux dépens d'une autre! Tu brises la sacro-sainte solidarité féminine! Explique-moi comment trahir une autre femme pourrait les libérer de l'oppression masculine?» Et ainsi de suite. Après quoi Jake a pris la défense d'Alaska en disant qu'elle ne pouvait pas le tromper puisqu'elle était amoureuse de lui. Du coup, je lui ai sorti: «Te bile pas pour Sara. Elle adore persécuter les gens.» Alors Sara m'a demandé pourquoi je ne la défendais jamais et, à un moment donné dans tout ça, je l'ai traitée de salope parano, ce qui n'a pas été particulièrement bien perçu. Et ensuite, la serveuse nous a priés de quitter les lieux et on s'est donc retrouvés sur le parking et là, elle m'a déclaré: «J'en ai ma claque» et, comme je la regardais fixement, elle a ajouté: «Notre relation est terminée.»

Sur ce, il s'est tu.

– «Notre relation est terminée»? ai-je répété.

Je me sentais plutôt bizarre et j'ai pensé que le mieux était de répéter la dernière phrase du Colonel, quel qu'en fût le contenu, histoire de l'inciter à continuer de parler.

– Oui. Alors ça y est. Tu sais ce qui est nul, le Gros? Je tenais vachement à Sara. Il n'y en a pas un pour rattraper l'autre. On n'est pas assortis du tout. Mais n'empêche, je lui ai dit que je l'aimais. J'ai perdu ma virginité avec elle.

– Tu as perdu ta virginité avec elle ?

– Oui. Je ne te l'ai pas dit ? C'est la seule fille avec laquelle j'ai couché. Même si on se fritait, disons 94 % du temps, je suis triste à mort.

– Tu es triste à mort ?

– Plus triste que je l'aurais pensé, en tout cas. Je savais que c'était inévitable. On n'a pas passé un seul moment sympa de toute l'année. Depuis mon arrivée, on n'a fait que se battre. J'aurais dû être plus gentil avec elle. C'est triste.

– C'est triste, ai-je répété.

– Quand même, c'est idiot de pleurer après quelqu'un avec lequel on ne s'entend pas. C'était sympa, tu sais, d'avoir quelqu'un avec qui se friter.

– Se friter, ai-je commencé. Puis, l'esprit confus, à peine capable de conduire mon stock-car, j'ai ajouté : C'est sympa.

– Bref, je ne sais pas ce que je vais faire. C'était cool de l'avoir. Je ne suis pas net, le Gros. Comment je vais me débrouiller maintenant ?

– Tu peux te friter avec moi, ai-je répondu.

J'ai posé le joystick, j'ai renversé la tête sur le dossier du canapé et je me suis endormi. Je sombrais quand j'ai entendu le Colonel qui disait :

– Comment veux-tu que je me mette en colère contre toi, espèce de couillon maigrichon et inoffensif ?

Quatre-vingt-quatre jours avant

TROIS JOURS APRÈS, il a commencé à pleuvoir. J'avais toujours mal à la tête et une grosse bosse était apparue au-dessus de ma tempe gauche, bosse à laquelle le Colonel trouvait une ressemblance avec une carte topographique miniature de la Macédoine, dont j'ignorais jusque-là que ce fût un endroit, et encore moins un pays. Tandis que nous traversions la pelouse calcinée à moitié morte ce lundi en question, j'ai dit au Colonel :

– Un peu de pluie ne ferait pas de mal.

Il a levé la tête vers les nuages bas et menaçants qui s'amoncelaient à grande vitesse.

– Bien ou mal, je te garantis qu'on va s'en taper.

Et pour s'en taper, on s'en est tapé. Ça faisait vingt minutes que le cours de français avait débuté et Mme O'Malley conjuguait le verbe « croire » au subjonctif. « Que je croie. Que tu croies. Qu'il ou elle croie. » Le répétant à n'en plus finir, comme s'il ne s'agissait pas d'un verbe, mais d'un mantra. « Que je croie, que tu croies, qu'il ou elle croie. » Quelle drôle d'idée de répéter ça sans fin ! « Croire à quoi ? » me suis-je dit et, pile au même moment, la pluie est arrivée.

Elle est arrivée d'un coup et en un torrent furieux, comme si le ciel avait voulu, de colère, nous ensevelir sous les flots. Jour après jour, nuit après nuit, il a plu. Au point que l'on ne distinguait pas les dortoirs de l'autre côté de la pelouse circulaire. Au point de gonfler les eaux du lac qui sont venues lécher la balancelle et engloutir à moitié la fausse plage. Le troisième jour, j'ai renoncé au parapluie et je déambulais dans un état d'humidité permanente. À la cafète, tout avait le goût légèrement acide de l'eau de pluie, tout empestait le moisi et les douches sont devenues ridiculement inadéquates compte tenu du fait que tout en ce bas monde avait plus de pression qu'elles.

Et la pluie a fait de nous des ermites. À part les cours, le Colonel passait son temps sur le canapé, à lire son almanach ou à jouer aux jeux vidéo. Et je ne savais pas trop s'il avait envie de parler ou de boire son ambroisie en paix sur son tas de mousse blanche.

Après le désastre de notre « rencard », j'ai trouvé préférable de n'adresser la parole à Lara sous aucun prétexte, de peur d'être commotionné et/ou de dégobiller, même si elle m'avait rassuré le lendemain matin en trigo, en m'affirmant que « ce n'était pas grrrave ».

Et je ne voyais Alaska qu'en cours, sans jamais avoir la possibilité de bavarder avec elle parce qu'elle arrivait systématiquement en retard et partait dès que la sonnerie retentissait, avant même que j'aie eu le temps de reboucher mon stylo et de refermer mon cahier. Le cinquième jour de pluie, je suis entré à la cafète, sûr et certain de retourner manger une tortifrite réchauffée dans ma chambre si Alaska et/ou Takumi n'y dînaient pas (je savais le Colonel à la 43 en train de se restaurer de lait à la vodka). Mais je suis resté car j'ai aperçu Alaska assise toute seule, dos à une fenêtre ruisselante de pluie. J'ai pris une assiette de gombos frits et me suis assis à côté d'elle.

– Putain, on dirait que ça ne va jamais s'arrêter, ai-je dit, évoquant la pluie.

– En effet, a-t-elle renchéri.

Ses cheveux mouillés pendaient le long de son visage, en particulier devant. J'ai mangé une bouchée. Elle en a mangé une.

– Comment ça va ? ai-je fini par demander.

– Je ne suis pas d'humeur à répondre à des questions commençant par « comment », « quand », « où », « pourquoi », ou « qu'est-ce que ».

– Qu'est-ce qui ne va pas ?

– C'est un « qu'est-ce que ». Je ne traite pas les « qu'est-ce que » actuellement. Faut que j'y aille, a-t-elle ajouté en pinçant les lèvres et en expirant lentement, exactement comme le Colonel recrachait la fumée.

– Qu'est-ce que... ai-je commencé, puis j'ai reformulé ma question. J'ai fait quelque chose ?

Elle a ramassé son plateau et s'est levée.

– Bien sûr que non, mon trésor.

J'ai trouvé son « trésor » condescendant, et pas romantique, comme si un garçon qui essuyait ses premières trombes d'eau bibliques ne pouvait manifestement pas comprendre ses problèmes, quels qu'ils fussent. J'ai fait un gros effort pour ne pas lever les yeux au ciel. Cela dit, elle ne s'en serait sûrement pas aperçue, puisqu'elle a quitté la cafète, ses cheveux en rideau lui dégoulinant devant le visage.

Soixante-seize jours avant

– JE ME SENS MIEUX, m'a annoncé le Colonel le neuvième jour de pluie alors que je m'asseyais à côté de lui en cours de religion. J'ai eu une révélation. Tu te souviens de la soirée où Sara est venue me chercher et où elle s'est conduite comme la dernière des salopes ?

– Oui. L'Opéra. La cravate aux flamants roses.

– C'est ça.

– Et alors ?

Le Colonel a sorti un cahier à spirale dont la moitié supérieure était toute mouillée et il en a tourné lentement les pages jusqu'à ce qu'il tombe sur la bonne.

– C'était ça, ma révélation. Sara est la dernière des salopes.

Hyde est entré dans la salle clopin-clopant, lourdement appuyé sur une canne noire.

– Mon mauvais genou m'avertit qu'on pourrait avoir un peu de pluie. Alors, tenez-vous prêts, a-t-il fait remarquer, pince-sans-rire, en avançant vers sa chaise.

Une fois devant, il s'est baissé prudemment, en a saisi les bords et s'est laissé tomber dessus en expirant précipitamment par à-coups, comme une femme en train d'accoucher.

– Bien que vous n'ayez pas à me la rendre avant deux mois, vous recevrez aujourd'hui le sujet de la dissertation du semestre. Je suis persuadé que vous avez lu le programme du cours avec sérieux et à de si nombreuses reprises qu'il est à présent inscrit dans votre mémoire, a-t-il raillé. Mais un petit rappel : cette dissertation détermine 50 % de votre note. Je vous encourage donc à ne pas la prendre à la légère. Passons maintenant à ce Jésus.

Hyde a évoqué l'Évangile selon saint Marc, que je n'avais pas lu avant la veille, bien que je sois chrétien. Il me semble. J'avais dû mettre les pieds dans une église environ quatre fois. Ce qui était bien plus que dans une mosquée ou une synagogue.

Il nous a expliqué qu'au Ier siècle, à peu près à l'époque où vivait Jésus, certaines pièces romaines arboraient le portrait de l'empereur Auguste sous lequel était gravé : *Filius Dei.* « Fils de Dieu ».

– Je vous parle d'un âge, a-t-il dit, où les dieux avaient des fils. Il était courant d'être fils de Dieu. Le miracle, du moins en ce temps-là et dans cette partie du globe, était que Jésus, un paysan, un Juif, un rien du tout dans un empire gouverné par des pontes, était le fils de ce Dieu, du Dieu tout-puissant d'Abraham et de Moïse. Ce fils de Dieu n'était pas empereur. Ni même rabbin qualifié. Un paysan et un Juif. Un rien du tout, comme vous. Si Bouddha tenait sa particularité du fait qu'il avait renoncé à sa fortune et à sa noble extraction pour trouver la sagesse, Jésus tenait la sienne du fait qu'il n'était pas riche, ni célèbre, mais qu'il avait hérité le titre de noblesse le plus élevé : roi des rois. Le cours est terminé. Prenez le sujet de votre examen final en sortant. Tâchez de rester secs.

Ce n'est qu'en me levant pour quitter la salle que je me suis aperçu qu'Alaska avait séché le cours. Comment pouvait-elle manquer le seul cours qui valait le coup ? J'ai pris un sujet pour elle.

L'intitulé était : « Quelle est la question la plus importante à laquelle les êtres humains doivent répondre ? Choisissez posément votre question, puis vous examinerez comment l'islam, le bouddhisme et le christianisme tentent d'y répondre. »

– J'espère que le pauvre vieux finira l'année, a dit le Colonel tandis qu'on rentrait en courant sous la pluie. Parce que je commence vraiment à apprécier son cours. C'est quoi ta question la plus importante ?

Après trente secondes à petites foulées, j'étais déjà essoufflé.

– Qu'advient-il... de nous... après la mort ?

– Putain, le Gros, si tu n'arrêtes pas de courir, tu vas trouver la réponse vite fait ! s'est-il exclamé en ralentissant. La mienne est : pourquoi les gens bien ont-ils des vies pourries ? Merde alors, ce ne serait pas Alaska ?

Elle courait vers nous à toute vitesse en criant quelque chose mais, avec le martèlement de la pluie, je ne suis parvenu à entendre ce qu'elle disait qu'au moment où elle a été assez près pour que je voie voler ses postillons.

– Les enculés ont inondé ma chambre. Ils ont amoché pas loin de cent bouquins ! Enfoirés de weekendeurs de merde ! Colonel, ils ont percé un trou dans la gouttière dans lequel ils ont enfoncé un tuyau en plastique et ils l'ont relié à la chambre en le faisant passer par la fenêtre ! Tout est détrempé. Mon *Général dans son labyrinthe* est totalement fichu.

– Très ingénieux, a commenté le Colonel, en artiste admirant le travail d'un confrère.

– Hé ! a-t-elle hurlé.

– Pardon. Te bile pas, mon pote, a-t-il dit. Dieu punira les méchants. Et nous avant lui.

Soixante-sept jours avant

C'EST DONC CE QUE NOÉ A RESSENTI. On se réveille un matin et Dieu vous a pardonné. On passe la journée à plisser les yeux car on a oublié combien le soleil était chaud et piquant sur la peau, comme le baiser d'un père sur la joue. Et autour de soi, tout est plus brillant et plus propre que jamais, comme si le cœur de l'Alabama était passé à la machine pendant deux semaines, lavé au détergent surpuissant raviveur de couleurs, et que maintenant l'herbe était plus verte et la tortifrite plus croustillante.

Cet après-midi-là, je suis resté à proximité des salles de classe, allongé sur le ventre dans l'herbe enfin sèche, révisant la guerre de Sécession pour mon cours d'histoire de l'Amérique. Pour moi, c'était la guerre qui avait engendré un millier d'excellentes dernières paroles. Par exemple, celles du général Albert Sidney Johnston qui, alors qu'on lui demandait s'il était blessé, a répondu : « Oui, et je crains que ce ne soit grave. » Ou Robert E. Lee qui, des années après la guerre, alors qu'il agonisait, a déclaré dans son délire : « Démontez la tente ! »

J'étais en train de réfléchir à la raison pour laquelle les généraux confédérés proféraient de bien meilleures dernières paroles que ceux de l'Union (celles d'Ulysse S. Grant étaient particulièrement minables : « De l'eau ! ») quand j'ai remarqué une ombre qui me cachait le soleil. Je n'avais pas vu d'ombre depuis un bail et j'ai sursauté. J'ai levé la tête.

– Je t'ai apporté un goûter, a annoncé Takumi en laissant tomber un biscuit fourré à la crème.

– Très nourrissant, ai-je dit en souriant.

– Tu as le biscuit. Tu as l'avoine. Tu as la crème. Tu as une putain de pyramide de bouffe.

– Tu as raison.

Ensuite, je n'ai plus su quoi dire. Takumi était imbattable en hip-hop, moi en dernières paroles et en jeux vidéo.

– C'est incroyable que ces types aient inondé la chambre d'Alaska, ai-je fini par lancer.

– Oui, a renchéri Takumi sans me regarder. Enfin, ils avaient leurs raisons. Il faut que tu l'acceptes même si ça vient d'un weekendeur, Alaska est la reine des canulars. L'an dernier, on a fait entrer une Coccinelle Volkswagen dans la bibliothèque. Alors, s'ils ont une raison de lui rendre la monnaie de sa pièce, ils le feront. Et c'était vachement malin de détourner l'eau de la gouttière vers sa chambre. Je précise que je ne suis pas admiratif...

J'ai explosé de rire.

– Ça va être difficile de faire mieux, ai-je dit en défaisant mon biscuit et en mordant dedans.

Miam... cent calories à la bouchée.

– Elle trouvera comment se venger, a-t-il dit. Le Gros... hum... Le Gros, tu as besoin d'une clope. Allons nous balader.

Ça m'a mis mal à l'aise, comme chaque fois que quelqu'un répétait mon nom avec un « hum » entre les deux. Néanmoins je me suis levé, abandonnant mes livres sur place, et on est partis en direction du coin fumeurs. En arrivant à l'orée du bois, Takumi n'a pas pris le chemin de terre.

– Le coin fumeurs n'est peut-être pas si sûr que ça, a-t-il déclaré.

« Pas si sûr ? me suis-je dit. C'est l'endroit le plus sûr de l'univers pour fumer. » Je l'ai suivi quand même à travers l'épais sous-bois, en me faufilant entre les pins et les buissons de ronces menaçants qui montaient jusqu'à la poitrine. Au bout de quelques minutes, Takumi s'est tout bonnement assis par terre. J'ai protégé des deux mains la flamme de mon briquet de la brise qui soufflait et j'ai allumé une cigarette.

– Alaska a cafté Marya, a-t-il annoncé. Alors l'Aigle est peut-être au courant pour le coin fumeurs. Je n'en suis pas sûr. Je ne l'ai jamais vu dans les parages, mais va savoir ce qu'elle lui a raconté.

– Attends une seconde, comment tu le sais ? ai-je demandé, sceptique.

– D'abord, je l'ai deviné. Et ensuite, Alaska l'a reconnu. Du moins elle m'a raconté une partie de la vérité. À savoir que, à la fin de l'année dernière, un soir, après l'extinction des feux, elle a essayé de sortir en douce du bahut pour rejoindre Jake, et elle s'est fait prendre. Elle m'a dit qu'elle avait été super prudente, qu'elle n'avait pas allumé ses phares ni rien, mais que l'Aigle l'avait chopée avec une bouteille de vin dans la voiture. Elle était foutue. Il l'a emmenée chez lui et il lui a mis en main le même marché qu'à tous les élèves qui se font gravement choper. « Ou bien vous me racontez tout ce que vous savez, ou bien vous allez faire vos valises. » Alaska a craqué. Elle lui a révélé qu'au même moment Marya et Paul étaient dans sa chambre, soûls. Ensuite Dieu sait ce qu'elle lui a raconté. Si bien que l'Aigle l'a laissée tranquille parce qu'il a besoin de mouchards pour faire son boulot. C'est vraiment malin d'avoir cafté une copine, parce que personne ne pense jamais à faire porter le chapeau aux copains. C'est pour ça que le Colonel est persuadé que c'étaient Kevin et sa clique. Je ne croyais pas non plus qu'Alaska ait pu être coupable jusqu'à ce que je réalise qu'elle était la seule du bahut susceptible d'être au courant de ce que faisait Marya. J'ai soupçonné le gars qui partageait la chambre de Paul, Longwell, un de ceux qui t'ont fait le coup de la sirène sans bras. Il se trouve que ce soir-là, il était chez ses parents. Sa tante était décédée. J'ai vérifié dans le journal. Hollis Burnis Chase, quel nom pour une femme !

– Si je comprends bien, le Colonel n'est pas au courant ? ai-je demandé, abasourdi.

J'ai éteint ma cigarette bien qu'elle ne fût pas terminée car j'étais scotché. Je n'aurais jamais suspecté Alaska de déloyauté. D'être d'humeur instable, oui. Mais d'être une cafteuse, non.

– Non, et il ne faut pas qu'il sache, sinon il va piquer une crise et il la fera virer du bahut. Le Colonel prend toutes ces conneries d'honneur et de loyauté très au sérieux, au cas où tu ne l'aurais pas remarqué.

– J'avais remarqué.

Takumi a secoué la tête, repoussant les feuilles qui jonchaient le sol pour faire un trou dans la terre encore humide.

– Je n'arrive pas à comprendre pourquoi elle a tellement peur de se faire exclure. Je n'apprécierais pas non plus, mais bon, il faut assumer. Je ne pige pas.

– Visiblement elle n'aime pas être chez elle.

– Exact. Elle ne rentre que pour les vacances de Noël et celles d'été, quand Jake y est. Mais passons. Je n'aime pas être chez moi non plus. N'empêche, pour rien au monde, je ne ferais ce plaisir à l'Aigle, a lâché Takumi en ramassant une brindille qu'il a enfoncée dans la terre meuble. Écoute, le Gros, je ne sais pas au juste quelle blague Alaska et le Colonel vont monter pour mettre fin à ce truc, mais ce dont je suis sûr, c'est que toi et moi, on en sera. Je te raconte ça pour que tu saches où tu mets les pieds parce que, si tu te fais prendre, tu auras intérêt à encaisser.

J'ai repensé à la Floride, à mes « camarades de classe » et, pour la première fois, je me suis rendu compte à quel point le Creek me manquerait si je devais le quitter. Les yeux fixés sur la brindille de Takumi émergeant toute droite de la terre, j'ai déclaré :

– Je jure solennellement que je ne cafterai pas.

J'ai enfin compris l'épisode du jury. Alaska voulait nous montrer qu'on pouvait lui faire confiance. Survivre à Culver Creek impliquait d'être loyal et elle avait passé outre ce principe. D'un autre côté, elle m'avait montré ce qu'il fallait faire. Le Colonel et elle avaient assumé la responsabilité à ma place afin que je connaisse la marche à suivre, de façon à ce que je sache comment réagir le moment venu.

Cinquante-huit jours avant

UNE SEMAINE PLUS TARD ENVIRON, je me suis réveillé à 6 h 30 (6 h 30 un samedi !), au doux bruit de la bande-son de *Décapitation* : rafales d'armes automatiques sur fond de musique angoissante, obtenue à grand renfort de basse. Je me suis retourné pour découvrir Alaska tirant le joystick en l'air vers la droite, comme si ça pouvait l'aider à échapper à une mort certaine. J'avais la même mauvaise habitude.

– Tu ne pourrais pas le mettre en mode silencieux, au moins ?

– Le Gros, s'est-elle écriée d'un ton faussement condescendant, le son fait partie intégrante de l'expérience artistique de ce jeu. Jouer à *Décapitation* en muet reviendrait à lire un mot sur deux de *Jane Eyre*. Le Colonel s'est réveillé il y a une demi-heure. Comme il avait l'air un peu bougon, je lui ai conseillé d'aller dormir dans ma chambre.

– J'irais bien le rejoindre.

Plutôt que de répondre, elle est passée à autre chose.

– Takumi t'a tout raconté, à ce qu'il paraît. Oui, j'ai cafté Marya et je le regrette, je ne le ferai plus jamais. Au fait, tu restes ici pour Thanksgiving ? Parce que moi, oui.

Je me suis retourné vers le mur en tirant la couette par-dessus ma tête. Fallait-il lui faire confiance ? Et j'en avais marre de ses sautes d'humeur, un jour glaciale, l'autre délicieuse, le troisième dragueuse envoûtante, et le quatrième odieuse désenvoûtante. Je préférais le Colonel. Au moins, quand il était à cran, il avait une raison.

Preuve du pouvoir de la fatigue, j'ai réussi à me rendormir rapidement, convaincu que les hurlements stridents des monstres moribonds et les petits cris de ravissement d'Alaska quand elle en tuait un n'étaient rien d'autre qu'un agréable fond sonore propice aux rêves. Je me suis réveillé une demi-heure plus tard au contact de ses fesses contre ma hanche quand elle s'est assise au bord de mon lit. « Sa culotte, son jean, la couette, mon velours côtelé et mon caleçon, entre nous », me suis-je dit. Cinq épaisseurs, et pourtant, je la sentais, la chaleur électrique du toucher, un pâle reflet du feu d'artifice que constituait la rencontre entre deux bouches, mais un reflet tout de même. Et dans les promesses du moment, je tenais tout juste assez à elle. Je n'étais pas sûr de l'aimer et je doutais qu'elle fût digne de confiance, mais je tenais tout juste assez à elle pour essayer de savoir. Elle sur mon lit, ses grands yeux verts tournés vers moi. Le mystère permanent de son sourire furtif, presque narquois. Cinq épaisseurs entre nous.

Elle a repris la conversation comme si je ne m'étais pas rendormi.

– Jake doit travailler. Alors il ne veut pas de moi à Nashville. Il prétend qu'il ne peut pas se concentrer sur la musicologie en me regardant. Je lui ai proposé de porter une burka, mais il n'a pas été convaincu. Conclusion, je reste ici.

– Je regrette, ai-je dit.

– Inutile. J'ai plein de trucs à faire. Une blague à monter. Mais je me disais que toi aussi, tu devrais rester. Pour être franche, j'ai rédigé une liste.

– Une liste ?

Elle a glissé la main dans sa poche et en a extirpé une feuille de papier archipliée, et a commencé à lire.

– Raisons pour lesquelles le Gros devrait rester au Creek pour Thanksgiving. Liste d'Alaska Young. Étant un élève consciencieux, le Gros s'est privé de nombreuses expériences Culver Creekesques, parmi lesquelles, mais pas seulement : a) boire du vin en ma compagnie dans les bois ; b) se lever tôt le samedi matin pour prendre le petit déj' au McDégueu, puis rouler dans Birmingham et ses environs en fumant des clopes et en constatant de concert l'ennui qui émane de Birmingham et de ses environs ; c) sortir tard le soir et s'allonger sur le terrain de foot humide de rosée pour lire un bouquin de Kurt Vonnegut au clair de lune. Bien que certaines de ses tentatives ne soient pas probantes, telles qu'enseigner le français, Mme O'Malley réussit une sacrée farce de dinde et invite tous les élèves restés à Culver Creek à son dîner de Thanksgiving. Tous les élèves se résumant généralement au correspondant sud-coréen et à moi, mais passons. Le Gros serait le bienvenu. Je n'ai pas vraiment de 3) mais mon 1) et mon 2) sont atrocement bien.

Le 1) et le 2) me plaisaient, évidemment, mais j'aimais surtout l'idée de rester seul avec elle au bahut.

– Je vais en parler à mes parents. Quand ils seront réveillés, ai-je dit.

Puis elle a réussi à me faire asseoir sur le canapé et on a joué à *Décapitation*, jusqu'au moment où elle a brutalement lâché le joystick.

– Je ne te drague pas. Je suis simplement fatiguée, a-t-elle prévenu en se débarrassant de ses tongs.

Puis elle a ramené ses pieds sur le canapé, les glissant confortablement derrière un coussin, et elle a remonté rapidement son corps de façon à poser la tête sur mes genoux. Mon velours côtelé. Mon caleçon. Deux épaisseurs. Je sentais la chaleur de sa joue contre ma cuisse.

En certaines occasions, avoir une érection quand un visage se trouve à très grande proximité de votre pénis est recommandé, sinon préférable.

Ce n'était pas le moment.

J'ai donc cessé de penser aux épaisseurs et à la chaleur, j'ai coupé le son de la télé et je me suis concentré sur *Décapitation*.

J'ai éteint le jeu à 8 h 30 et je me suis levé, en me dégageant doucement d'Alaska. Elle s'est tournée sur le dos, toujours endormie, les lignes de mon pantalon imprimées sur sa joue.

D'habitude, je n'appelais mes parents que le dimanche après-midi, si bien qu'en entendant ma voix, ma mère a réagi au quart de tour.

– Qu'est-ce qui se passe, Miles ? Tout va bien ?

– Tout va bien, maman. Si tu es d'accord, je pense rester ici pour Thanksgiving. J'ai plein d'amis dont c'est le cas (mensonge), et tout un tas de boulot (double mensonge). Je ne me doutais pas que les cours étaient si durs (vérité).

– Oh ! mon cœur ! Tu nous manques tellement ! Il y a une grosse dinde qui t'attend pour Thanksgiving. Et autant de sauce aux cranberries que tu peux en manger.

Je détestais la sauce aux cranberries mais, pour je ne sais quelle raison, ma mère persistait à croire depuis toujours que c'était mon truc préféré, même si, à chaque Thanksgiving sans exception, je refusais poliment d'en prendre.

– Je sais, maman. Vous aussi, vous me manquez. Mais je veux vraiment réussir (vrai) et, en plus, c'est trop sympa d'avoir des amis (vrai).

Je savais qu'en jouant la carte des amis j'emporterais son adhésion, et ce fut le cas. J'ai donc eu sa bénédiction pour rester au lycée, après avoir promis de passer chaque minute de mes vacances de Noël avec eux (comme si j'avais d'autres projets).

Je suis resté devant l'ordinateur toute la matinée, passant de ma disserte de religion à celle d'anglais. Il ne restait plus que deux semaines de cours avant les examens (la semaine qui venait et celle qui suivait Thanksgiving), et jusqu'ici, ma meilleure réponse personnelle à : « Qu'advient-il de nous après la mort ? » était : « Quelque chose. Peut-être. »

Le Colonel est rentré à midi, son bouquin de maths pour génies dans les bras.

– Je viens de croiser Sara, a-t-il annoncé.

– Comment ça s'est passé ?

– Mal. Elle m'a dit qu'elle m'aimait toujours. Putain, « je t'aime » est le passeport pour la rupture. Si on a droit à un « je t'aime » en traversant la pelouse des dortoirs, on est sûr d'en avoir un au pieu. Alors je me suis tiré.

J'ai éclaté de rire. Le Colonel a sorti un carnet et s'est assis à son bureau.

– Oui. Ha ! Ha ! Alaska m'a dit que tu restais.

– Oui. Mais je me sens coupable de laisser tomber mes parents.

– Écoute, si tu restes dans l'espoir de sortir avec Alaska, je préférerais que tu t'en abstiennes. Parce que, si tu arrives à la détacher du roc qu'est Jake, pitié pour nous. Ce serait effectivement un drame. Et, en règle générale, j'évite les drames.

– Ce n'est pas parce que je veux sortir avec elle.

– Bouge pas !

Le Colonel a pris un crayon et il s'est mis à gribouiller frénétiquement sur une feuille de papier, comme s'il venait de faire une découverte mathématique, puis il m'a regardé.

– J'ai fait quelques calculs et je suis en mesure d'affirmer que tu racontes des conneries.

Et il avait raison. Comment pouvais-je abandonner mes parents, assez gentils pour me payer des études à Culver Creek, mes parents qui n'avaient jamais cessé de m'aimer, sous prétexte qu'une fille maquée me plaisait peut-être ? Comment pouvais-je les laisser seuls avec une dinde géante et des litres de sauce aux cranberries immangeable ? À la fin du troisième cours, j'ai appelé ma mère à son travail. Je suppose que je voulais l'entendre dire que ça ne posait pas de problème que je reste à Culver Creek pour Thanksgiving, mais je ne m'attendais pas à ce qu'elle m'annonce, tout excitée, qu'après mon coup de fil ils avaient acheté des billets d'avion pour l'Angleterre où ils comptaient passer une deuxième lune de miel dans un château.

– Oh, c'est... c'est génial, ai-je répondu, et je me suis dépêché d'écourter la conversation, ne voulant pas qu'elle devine que je pleurais.

Alaska m'a sans doute entendu raccrocher brutalement car elle a ouvert la porte de sa chambre juste quand je m'en allais, mais elle ne m'a rien dit. J'ai traversé la pelouse circulaire et le terrain de foot dans la foulée et me suis frayé un passage dans les bois en repoussant brutalement les buissons jusqu'aux rives de Culver Creek, à l'aplomb du pont. Je me suis assis, le derrière calé sur un rocher et, les pieds enfoncés dans la terre brune du lit du ruisseau, j'ai lancé dans les quelques centimètres d'eau claire des petits cailloux qui touchaient la surface avec un son creux, « plouf », que le grondement du cours d'eau, poursuivant sa route sautillante vers le sud, étouffait presque entièrement. La lumière filtrait à travers les feuilles des arbres et les aiguilles des pins, dessinant un voile de dentelle qui piquetait le sol de milliers d'ombres.

J'ai pensé à la seule chose de la Floride qui me manquait, au bureau de mon père et à sa bibliothèque courant du sol au plafond, et dont les étagères croulaient sous les volumes épais de biographies, et à son fauteuil en cuir noir dont l'inconfort relatif m'empêchait de m'endormir en lisant. J'étais stupide d'avoir autant de peine. Je les avais laissés tomber et j'avais l'impression du contraire. Quoi qu'il en soit, j'avais indubitablement le vague à l'âme.

J'ai levé les yeux vers le pont et j'ai aperçu Alaska, assise sur l'une des chaises bleues du coin fumeurs. Moi qui pensais vouloir être seul, je me suis entendu crier :

– Hé ! Puis, ne la voyant pas se retourner : Alaska !

Elle s'est levée.

– Je te cherchais, a-t-elle dit en me rejoignant sur le rocher.

– Ah.

– Je suis vraiment navrée, le Gros, a-t-elle déclaré, en m'entourant de ses bras et en posant sa tête sur mon épaule.

Il m'est venu à l'esprit qu'elle ne savait pas ce qui s'était passé, et pourtant, elle paraissait sincère.

– Qu'est-ce que je vais faire ? me suis-je inquiété.

– Tu vas passer Thanksgiving avec moi, bêta. Ici.

– Mais pourquoi tu ne rentres pas chez toi pour les vacances ?

– J'ai peur des fantômes, le Gros. Et chez moi, il y en a plein.

Cinquante-deux jours avant

APRÈS QUE TOUT LE MONDE FUT PARTI, après que la mère du Colonel eut débarqué dans une voiture verte cabossée avec hayon et que le Colonel eut balancé son sac de marin géant sur le siège arrière, et après qu'il eut dit :

– Je n'aime pas trop les au revoir. À dans une semaine. Ne fais rien que je ne ferais pas.

Et après qu'une limousine verte fut venue chercher Lara, dont le père était l'unique médecin d'une petite ville du sud de l'Alabama ; et après que je me fus joint à Alaska pour accompagner Takumi à l'aéroport au cours d'un voyage éprouvant, « on n'en a rien à faire des freins » ; et après que le pensionnat eut été plongé dans un silence étrange, où plus une porte ne claquait, plus de musique, ni de rires, ni de cris ne se faisaient entendre ; après tout ça :

On est partis en direction du terrain de foot et Alaska m'a entraîné à l'autre bout, à l'endroit où commençait le bois, me faisant prendre le même chemin que le jour où je m'étais fait jeter dans le lac. Son ombre se détachait à la lueur de la pleine lune et la courbe qui reliait sa taille à ses hanches était parfaitement visible. Elle s'est arrêtée au bout d'un moment et s'est tournée vers moi.

– Creuse !

– Creuse ? me suis-je étonné.

– Creuse ! a-t-elle confirmé.

On a continué ce petit jeu un certain temps, puis je me suis agenouillé et j'ai creusé la terre sombre et meuble à l'orée du bois. Et avant que je n'aie enfoncé les doigts trop profondément, ils ont raclé contre du verre. J'ai gratté tout autour et retiré une bouteille de vin rosé, du Fraisier. Il devait sans doute son nom au fait que, s'il n'avait pas eu le goût de vinaigre adouci d'une giclée de sirop d'érable, il aurait pu avoir celui de fraise.

– J'ai une fausse carte d'identité, a-t-elle annoncé, mais elle craint. C'est pour ça que chaque fois que je vais chez le caviste, j'essaie d'acheter une dizaine de bouteilles, plus quelques bouteilles de vodka pour le Colonel. Alors, quand ça marche, je suis tranquille pour le semestre. Après quoi, je file sa vodka au Colonel qui la planque je ne sais où et j'enterre mon vin.

– Parce que tu es une pirate.

– Eh oui, mon pote. Exactement. Mais ma consommation a augmenté ce semestre, alors on va être obligés d'y retourner demain. C'est ma dernière bouteille.

Elle a dévissé la capsule (pas de bouchon pour le Fraisier), elle a bu une gorgée et m'a tendu la bouteille.

– Ne flippe pas pour l'Aigle ce soir, m'a-t-elle rassuré. Il est fou de joie que tout le monde soit parti. Il est sûrement en train de se masturber pour la première fois depuis un mois.

Une main autour du goulot, je n'étais toujours pas rassuré, mais je voulais la croire, alors je l'ai crue. J'ai bu une petite gorgée et dès que je l'ai avalée, j'ai senti mon corps rejeter le sirop brûlant, qui m'est remonté dans l'œsophage, mais j'ai dégluti quand même, et voilà, oui. Je l'avais fait. J'avais bu dans l'enceinte du pensionnat.

Nous sommes restés étendus dans l'herbe haute entre le terrain de foot et le bois, nous passant et repassant la bouteille, relevant la tête pour boire de ce vin qui me faisait grimacer. Comme promis, elle avait apporté un bouquin de Kurt Vonnegut, *Le Berceau du chat*, dont elle m'a fait la lecture, sa voix mélodieuse se mêlant aux coassements des grenouilles et au doux bruit des sauterelles qui se posaient autour de nous. Ce n'était pas tant les mots que le rythme de sa voix que j'écoutais. Elle avait manifestement lu le livre de nombreuses fois, elle lisait donc remarquablement bien et avec assurance, et, dans le flot de la lecture, j'entendais son sourire et le timbre de ce sourire m'a amené à penser que, si Alaska Young me les lisait, il n'était pas impossible que j'apprenne à aimer les romans. Elle a reposé le livre. Je me sentais réchauffé, mais pas soûl, la bouteille couchée entre nous, mon torse touchant la bouteille et le sien la touchant aussi, mais nous ne nous touchant pas, quand soudain elle a posé sa main sur ma cuisse.

Juste au-dessus du genou, sa paume à plat sur mon jean, son index décrivant des cercles paresseux qui rampaient vers l'intérieur de ma jambe, une seule épaisseur entre nous, bon sang comme je la désirais ! Allongé dans l'herbe immobile, sous le ciel ivre d'étoiles, écoutant le rythme tout juste perceptible de sa respiration et le silence bruissant de grenouilles, de sauterelles, de voitures fonçant au loin sans répit sur la I-65, j'ai pensé que le moment était peut-être idéal pour prononcer les deux mots magiques. Et, les yeux tournés vers le ciel le plus étoilé du monde, je me suis conditionné pour les dire, me suis persuadé qu'elle ressentait la même chose, que sa main si chaude et vivante sur ma cuisse n'était pas simplement joueuse, et j'emmerdais Lara et Jake, parce que, oui, Alaska Young, je t'aime et rien d'autre ne compte, et j'ai ouvert la bouche pour parler, mais avant que je n'aie le temps de souffler les mots, j'ai entendu :

– Le labyrinthe n'est pas la vie ni la mort.

– Hum, d'accord. C'est quoi alors ?

– La souffrance, a-t-elle répondu. Faire les mauvais trucs et vivre les mauvais trucs. Voilà le problème. Bolívar parlait de la douleur et non de la vie ou de la mort. Comment sort-on du labyrinthe de la souffrance ?

– Qu'est-ce qui ne va pas ? ai-je demandé, sentant que sa main avait quitté ma cuisse.

– Rien. Mais il y a toujours de la souffrance, le Gros. Les devoirs, le paludisme, avoir un copain qui habite à perpète alors que tu as un beau mec couché à côté de toi. La souffrance est universelle. C'est le truc et pas un autre dont se préoccupent les bouddhistes, les chrétiens et les musulmans.

Je me suis tourné vers elle.

– Le cours du docteur Hyde ne serait pas si nul que ça, finalement ?

Elle a souri. Allongés tous les deux sur le côté, nos nez presque à se toucher, mes yeux posés sans ciller sur son visage, ses joues empourprées par le vin, j'ai ouvert la bouche et pas pour parler cette fois, mais elle a posé un doigt sur mes lèvres.

– Chchhh. Ne gâche pas tout.

Cinquante et un jours avant

LE LENDEMAIN MATIN, je n'ai pas entendu frapper, si tant est que l'on ait frappé. En revanche, j'ai entendu :

– DEBOUT ! Tu sais quelle heure il est ?

J'ai regardé le réveil.

– Il est 7 h 36.

– Non, le Gros. Il est l'heure de se marrer ! On n'a que sept jours avant le retour des autres. Tu ne peux pas savoir comme je suis contente que tu sois là ! Au dernier Thanksgiving, j'ai passé toutes les vacances à me fabriquer une énorme bougie en récupérant la cire de toutes mes petites. Je ne te raconte pas l'ennui. J'ai compté les dalles au plafond. Soixante-sept en largeur et quatre-vingt-quatre en longueur. Quand on parle de souffrance ! De la pure torture.

– Je suis super fatigué. Je...

– Pauvre le Gros, m'a-t-elle coupé. Pauvre, pauvre le Gros. Tu veux que je vienne te faire un câlin dans ton lit ?

– Si c'est une proposition...

– NON ! DEBOUT ! TOUT DE SUITE !

Alaska m'a obligé à la suivre derrière une aile occupée par des weekendeurs, chambres 50 à 59. Elle s'est arrêtée devant une fenêtre, a posé les mains à plat sur la vitre et l'a fait remonter, puis elle s'est faufilée à l'intérieur. Je suis entré à sa suite.

– Qu'est-ce que tu vois, le Gros? a-t-elle demandé.

J'ai vu une chambre de dortoir, mêmes murs en parpaing, même taille, même disposition que la mienne. Le canapé était plus joli et la table basse était une vraie et non une «TABLE BASSE». Deux posters ornaient les murs. L'un d'une énorme liasse de billets de cent dollars avec cette légende: «LE PREMIER MILLION EST LE PLUS DIFFICILE.» Et, sur le mur d'en face, l'un d'une Ferrari rouge.

– Euh... je vois une chambre de dortoir.

– Tu ne regardes pas, le Gros. Quand j'entre dans votre chambre, je vois deux types qui aiment les jeux vidéo. Et si je regarde la mienne, je vois une fille qui aime les bouquins.

Elle a ramassé une bouteille en plastique qui traînait sur le canapé.

– Regarde ça! a-t-elle dit.

La bouteille était à moitié remplie d'un liquide marron immonde. Du jus de tabac à chiquer.

– Conclusion, ils chiquent. Et ils ne chiquent manifestement pas de manière hygiénique. Par conséquent, est-ce que ça leur ferait quelque chose si on faisait pipi sur leurs brosses à dents? Pas grand-chose, c'est sûr. Regarde et dis-moi ce que ces types aiment.

– Ils aiment l'argent, dis-je en montrant le poster.

– Ils aiment tous l'argent, le Gros, s'est-elle écriée en levant les mains en l'air d'exaspération. Bon, va dans la salle de bains. Et dis-moi ce que tu y vois.

Le jeu m'agaçait un peu, mais j'y suis allé et Alaska s'est assise sur le canapé tentateur. Dans la douche, j'ai trouvé une douzaine de bouteilles de shampoing et de démêlant et, dans l'armoire à pharmacie, un flacon d'un produit qui s'appelait Coiffeur. Je l'ai ouvert. Il était rempli d'un gel bleuâtre qui sentait les fleurs et l'alcool dénaturé, une odeur de salon de coiffure chic. (Sous le lavabo, je suis tombé sur un tube de vaseline tellement énorme qu'il ne pouvait avoir qu'un seul usage, dont je me fichais.)

– Ils aiment leurs cheveux, ai-je déclaré.

– Exact, a hurlé Alaska. Vise le lit du haut.

Posé en équilibre sur le montant étroit de la tête de lit, un vaporisateur de gel « Effet mouillé ».

– Kevin ne se réveille pas avec le look cheveux en bataille tout hérissés. Il l'entretient. Il adore ses cheveux. Ces mecs laissent leurs produits capillaires ici, le Gros, parce qu'ils en ont en double chez eux. Ils font tous pareil. Et tu sais pourquoi ?

– Ils compensent leur pénis microscopique ? ai-je demandé.

– Ha ! ha ! Non. Ça, c'est ce qui explique que ce sont des connards de machos. Ils aiment leurs cheveux parce qu'ils ne sont pas assez malins pour aimer autre chose de plus intéressant. Alors, on va les frapper là où ça fait mal, au cuir chevelu.

– D'accord, ai-je dit, sans savoir comment on s'y prenait pour piéger le cuir chevelu de quelqu'un.

Alaska s'est levée, elle a regagné la fenêtre et elle s'est glissée dehors.

– Ne regarde pas mon cul, a-t-elle prévenu.

Forcément, j'ai regardé. Son cul s'évasait à partir de la taille. Elle est passée par la fenêtre d'une cabriole. J'ai pris l'option pied devant et, une fois posé par terre, j'ai passé le haut du corps par la fenêtre à la danseur de limbo.

– C'était bizarre, a-t-elle remarqué. Allons au coin fumeurs.

Sur le chemin de terre qui menait au pont, Alaska traînait des pieds et soulevait des nuages de poussière orange. Elle avait plus l'air de faire du ski de fond que de marcher.

Au moment d'emprunter l'espèce de sentier qui descendait du pont vers le coin fumeurs, elle s'est retournée et m'a regardé.

– Je me demande comment on fait pour trouver du colorant bleu surpuissant, a-t-elle dit, avant de retenir une branche pour me permettre de passer.

Quarante-neuf jours avant

DEUX JOURS PLUS TARD (lundi, le premier vrai jour des vacances), j'ai passé la matinée à travailler à ma disserte de religion. Et l'après-midi, je suis allé retrouver Alaska dans sa chambre. Elle lisait dans son lit.

– Auden, a-t-elle annoncé, quelles sont ses dernières paroles ?

– Je ne les connais pas. Jamais entendu parler de lui.

– Jamais entendu parler de lui ? Pauvre inculte ! Approche et lis cette phrase.

Je me suis approché et j'ai lu la phrase qu'elle suivait du doigt.

– « Tu aimeras ton voisin tordu/de ton cœur tordu », ai-je lu à voix haute. Oui. C'est pas mal.

– Pas mal ? Ben voyons, les tortifrites sont pas mal. Faire l'amour est pas mal drôle. Le soleil pas mal chaud. Putain, ce truc en dit tellement sur l'amour et les gens cassés, c'est exactement ça.

– Hum, ai-je approuvé sans enthousiasme.

– Tu es irrécupérable. Ça te dirait de partir à la chasse aux films pornos ?

– Hein ?

– Comment veux-tu aimer ton voisin tant que tu ne sais pas s'il a le cœur tordu ? Tu es contre les films pornos ? a-t-elle demandé avec un sourire.

– Euh...

En réalité, j'en avais très peu vu, mais l'idée d'en regarder un avec Alaska était assez séduisante.

On a commencé par l'aile des chambres 50, en revenant sur nos pas le long de l'hexagone. Alaska ouvrait les fenêtres pendant que je faisais le guet, vérifiant que personne ne passait dans le coin.

Je n'étais jamais entré dans la plupart des chambres. Au bout de trois mois, je connaissais pratiquement tout le monde, mais je ne parlais qu'à très peu de gens, au Colonel, à Alaska et à Takumi, pour tout dire. En quelques heures, j'ai appris beaucoup de choses sur mes camarades de classe.

Wilson Carbod, le pivot des Zéros de Culver Creek, avait des hémorroïdes, du moins il cachait de la crème anti-hémorroïdes dans le tiroir du bas de son bureau. Chandra Kilers, une fille assez mignonne, un peu trop fan de maths et dont Alaska pensait qu'elle serait la prochaine copine du Colonel, collectionnait les poupées Patouf. Et pas à l'âge de cinq ans. Non, elle les collectionnait maintenant, par dizaines, des Noires, des Blanches, des Hispaniques, des Asiatiques, des garçons, des filles, des bébés, des Patouf en ouvrier agricole ou en apprenti homme d'affaires. Holly Moser, une weekendeuse de terminale, faisait des nus d'elle au fusain, reproduisant fidèlement ses rondeurs.

J'ai été estomaqué du nombre de jeunes qui avaient du vin. Même les weekendeurs, qui rentraient chez eux tous les week-ends, planquaient de la bière ou de l'alcool un peu partout, à l'intérieur d'une chasse d'eau et jusque dans le fond d'un panier de linge sale.

– Putain, j'aurais pu cafter n'importe qui, a soufflé Alaska en repérant un litre de bière dans le placard de Longwell Chase.

Sur le moment, je me suis demandé pourquoi elle avait choisi de trahir Paul et Marya.

Alaska levait les secrets des uns et des autres avec une telle rapidité que je l'ai soupçonnée de s'être livrée à l'exercice auparavant, mais elle ne pouvait manifestement pas connaître le secret de Ruth et de Margot Blowker, des jumelles de troisième, des nouvelles qui se mêlaient encore moins aux autres que moi. Une fois dans la pièce, Alaska a regardé autour d'elle, puis elle est allée vers la bibliothèque, elle l'a bien observée et finalement, elle a pris la Bible du roi James, derrière laquelle... était cachée une bouteille de punch violette.

– Très astucieux, s'est-elle exclamée en dévissant le bouchon et en sirotant le fond de punch en deux goulées.

– Elles vont comprendre qu'elles ont eu de la visite, ai-je dit.

Alaska a ouvert de grands yeux ronds.

– Oh, non ! Tu as raison, le Gros ! s'est-elle exclamée. Elles iront trouver l'Aigle pour lui dire qu'on leur a chouré leur punch, a-t-elle lancé en riant.

Puis elle s'est penchée par la fenêtre pour jeter la bouteille vide dans l'herbe.

On a trouvé des tonnes de magazines pornos fourrés entre les matelas et les sommiers. Et il s'est avéré que Hank Walsten avait une autre passion que celles du basket et de l'herbe, il aimait les seins. Mais pas de film jusqu'à la chambre 32, occupée par Joe et Marcus, deux types du Mississippi, qui étaient en cours de religion avec nous. Ils s'asseyaient parfois avec nous, le Colonel et moi, au déjeuner, mais je ne les connaissais pas bien.

Alaska a lu l'étiquette du DVD.

– *Les Salopes du comté de Madison*. Si c'est pas merveilleux !

On a couru au salon télé, dont on a descendu les stores et fermé la porte, et on a regardé le film. Il commençait par une scène où une femme, debout sur un pont, les jambes largement écartées, se faisait faire un cunnilingus par un type, agenouillé devant elle. Pas de temps à perdre avec des dialogues. Au moment de la pénétration, Alaska est partie sur ses grands chevaux.

– Quand tu vois ça, le sexe n'est pas une partie de plaisir pour les femmes. Cette fille est un objet, rien d'autre. Regarde ! Regarde-moi ça !

Inutile de dire que je regardais. Un homme était en train de s'agenouiller derrière une femme à quatre pattes, qui n'arrêtait pas de dire « Prends-moi toute » en gémissant, mais ses yeux bruns trahissaient son manque d'intérêt. Je ne pouvais m'empêcher de me faire des pense-bêtes. *Les mains sur les épaules*, ai-je noté. *Rapide, mais pas trop ou bien ça va se terminer en cinq secondes. Ne pas abuser du grognement.*

– Houla, le Gros ! s'est écriée Alaska comme si elle avait lu dans mes pensées. Ne fais jamais ça à une femme aussi fort. Tu lui ferais mal. Ça ressemble à de la torture. Alors les femmes n'auraient qu'à rester sans rien faire à subir ce machin ? C'est pas un homme et une femme. C'est un pénis et un vagin. Où est l'érotisme là-dedans ? Ils s'embrassent quand ?

– Vu la position, je doute qu'ils s'embrassent maintenant, ai-je remarqué.

– C'est bien ce que je dis. Dans cette position, la femme

devient objet. Il ne voit même pas son visage ! Voilà ce qui peut arriver aux femmes, le Gros. Cette femme-là est la fille de quelqu'un. Voilà ce que les hommes font faire aux femmes pour de l'argent.

– En tout cas, pas moi, ai-je répliqué pour me défendre. Je veux dire, pas techniquement. Je ne produis pas de films pornos.

– Regarde-moi dans les yeux et dis-moi que ce truc ne t'excite pas, le Gros.

Impossible. Elle a ri. « Pas de souci », m'a-t-elle rassuré, « c'est sain ». Puis elle s'est levée, elle a arrêté le DVD et elle s'est allongée sur le ventre en travers du canapé, en grommelant quelque chose.

– Qu'est-ce que tu as dit ? ai-je demandé en m'approchant, la main posée au creux de ses reins.

– Chuuuuuuuuut, a-t-elle répondu. Je dors.

Comme ça. De deux cents kilomètres à l'heure à endormie en une nanoseconde. Je mourais d'envie de m'allonger contre elle, de la prendre dans mes bras et de dormir. Pas de baiser, comme dans le film. Pas même de faire l'amour. Juste coucher ensemble, au sens innocent du terme. Mais je manquais de courage et elle avait un copain et j'étais gauche et elle était sublime et j'étais désespérément ennuyeux et elle était infiniment captivante. Alors je suis retourné dans ma chambre et je me suis écroulé sur mon lit, en me disant que si les gens étaient de la pluie, j'étais de la bruine et elle, un ouragan.

Quarante-sept jours avant

LE MERCREDI MATIN, je me suis réveillé, le nez bouché, dans un Alabama entièrement nouveau, froid et sec. En traversant la pelouse des dortoirs pour rejoindre la chambre d'Alaska, l'herbe gelée a crissé sous mes chaussures. On a rarement l'occasion de voir du givre en Floride, j'ai sauté à pieds joints comme sur du papier bulle. « Crounch. Crounch. Crounch. »

Alaska tenait une bougie verte allumée penchée vers le bas dont elle faisait couler la cire au sommet d'une autre bougie gigantesque en forme de volcan, proche dans l'aspect du projet scientifique de classe primaire.

– Ne te brûle pas, ai-je dit, voyant la flamme remonter le long de sa main.

– La nuit arrive d'un pas pressé. Aujourd'hui est dans le passé, a-t-elle déclamé sans lever les yeux.

– Attends une seconde, j'ai lu ça quelque part. C'est quoi ? ai-je demandé.

Elle a attrapé un livre et me l'a lancé. Il est tombé à mes pieds.

– Poème, a-t-elle annoncé. Edna St. Vincent Millay. Tu connais ? Je n'en reviens pas.

– Ah, oui ! me suis-je exclamé, j'ai lu sa biographie ! Mais je n'ai pas trouvé ses dernières paroles. Je l'ai eu un peu mauvaise. Je me rappelle seulement qu'elle aimait bien s'envoyer en l'air.

– Je sais. C'est mon héroïne, a-t-elle dit, sans la moindre trace d'humour. (J'ai ri, mais elle ne s'en est pas aperçue.) Tu ne trouves pas bizarre de prendre plus de plaisir à lire la biographie d'un grand auteur plutôt que ce qu'il a écrit ?

– Non ! ai-je rétorqué. Ce n'est pas parce que ce sont des gens intéressants que j'ai envie d'entendre leurs élucubrations sur la nuit.

– Le sujet n'est pas la nuit, mais la dépression, pauvre nouille !

– Ah bon, vraiment ? Alors, dans ce cas, c'est remarquable, ai-je raillé.

– D'accord, a-t-elle soupiré. Au pire du pire de mes pires moments, j'aurai au moins de la compagnie sarcastique. Assieds-toi.

Je me suis assis en tailleur à côté d'elle, nos genoux se touchant. Elle a tiré de sous son lit une caisse en plastique transparent remplie de dizaines de bougies. Elle les a regardées, puis elle m'en a tendu une, blanche, et un briquet.

On a passé la matinée à faire fondre des bougies... et, de temps à autre, à allumer une cigarette à la flamme de l'une d'elles, après avoir coincé une serviette de toilette dans l'interstice du bas de la porte. En deux heures, on a ajouté trente centimètres au volcan polychrome.

– Le mont Saint Helens sous acide, a-t-elle déclaré.

À midi et demi, après que je l'ai suppliée deux heures durant de m'emmener au McDo, Alaska a décrété qu'il était temps de déjeuner. En arrivant au parking, j'ai aperçu une drôle de petite voiture verte. Avec un hayon. «J'ai déjà vu cette voiture quelque part», me suis-je dit. «Mais où ?» Là-dessus, le Colonel en est descendu et il s'est précipité vers nous.

Plutôt que de dire «bonjour» ou autre chose, il est allé droit au but.

– J'ai reçu pour instruction de vous inviter au dîner de Thanksgiving chez les Martin.

Alaska m'a chuchoté un truc à l'oreille qui m'a fait rire.

– J'ai reçu pour instruction d'accepter votre invitation, ai-je répondu.

On est partis chez l'Aigle le prévenir qu'on allait manger de la dinde à la façon camp de remorques et on a décampé en voiture à hayon.

Le Colonel nous a fourni toutes les explications au cours des deux heures de trajet vers le sud. J'étais tassé à l'arrière parce que Alaska avait exigé de s'asseoir à la place du mort. D'habitude, elle conduisait, alors, quand ce n'était pas le cas, elle n'avait pas son égale pour exiger la place du mort. La mère du Colonel avait appris que nous étions restés au pensionnat et ne supportait pas de nous savoir sans famille un jour de Thanksgiving. L'idée ne transportait visiblement pas d'aise le Colonel.

– Je vais être obligé de dormir sous une tente, s'est-il plaint.

J'ai éclaté de rire.

Or il se trouve qu'il a dû effectivement dormir sous une tente, un joli modèle vert en forme de demi-œuf, pour quatre personnes, néanmoins une tente. La mère du Colonel habitait une remorque, le genre de remorque que l'on voit souvent à l'arrière des gros camions, à la différence près que celle-ci était vieille et tombait en ruine sur ses moellons, et n'aurait pas pu être accrochée à un camion sans se désintégrer. Je tenais à peine debout sans effleurer le plafond. Je comprenais maintenant pourquoi le Colonel était petit, il ne pouvait se permettre d'être plus grand. L'endroit se résumait à une seule longue pièce, avec un grand lit double devant, une kitchenette et un salon dans le fond avec une télévision, ainsi qu'une petite salle de bains. Si petite que pour prendre sa douche on avait tout intérêt à s'asseoir sur les toilettes.

– C'est pas grand-chose, a prévenu la mère du Colonel (« Appelez-moi Dolores, pas de "Mme Martin" avec moi »), mais la dinde qui vous attend est de la taille de la cuisine.

Et elle a éclaté de rire. Le Colonel nous a pressés de sortir après notre rapide visite et on est allés faire un tour dans le voisinage : des remorques et des mobil-homes plantés au bord de chemins de terre.

– Maintenant, tu comprends pourquoi je déteste les riches.

Je comprenais. Je n'arrivais pas à imaginer comment le Colonel avait pu grandir dans un endroit de taille aussi modeste. La remorque tout entière tenait dans notre chambre de dortoir. Je ne savais pas quoi dire, comment dissiper sa gêne.

– Pardon si ça vous met mal à l'aise, a-t-il dit. Je sais que ça vous est étranger.

– Pas à moi, est intervenue Alaska.

– Tu ne vis pas dans une remorque, a-t-il fait remarquer.

– Pauvre, c'est pauvre.

– Sans doute, a reconnu le Colonel.

Alaska a choisi d'aider Dolores à préparer le dîner. Elle a précisé que le fait de laisser la cuisine aux femmes était sexiste, mais qu'il était préférable de manger de la bonne cuisine sexiste plutôt que de la cuisine dégoûtante préparée par des garçons. Le Colonel et moi avons colonisé le canapé convertible du salon, sur lequel on a joué à des jeux vidéo en parlant du lycée.

– J'ai fini ma disserte de religion, m'a-t-il annoncé. Mais il faut que je la tape sur ton ordinateur en rentrant. Je crois que je suis prêt pour les exams de fin d'année. Ce qui est plutôt bien, étant donné qu'on a une guebla à témon.

– Ta mère ne comprend pas le verlan? ai-je demandé avec un petit sourire.

– Pas quand je parle vite. Tais-toi, putain!

Le repas (gombos frits, épis de maïs à la vapeur et rôti à la cocotte, si tendre qu'il tombait de ma fourchette en plastique) m'a convaincu que Dolores était bien meilleure cuisinière que Maureen. Les gombos de Culver Creek étaient moins gras et plus croustillants. Dolores était également la mère de famille la plus drôle que j'aie jamais rencontrée. Quand Alaska lui a demandé ce qu'elle faisait comme métier, elle a souri.

– Je suis ingénieur culinaire, a-t-elle répondu. En clair, cuisinière au resto rapide du coin.

– Le meilleur d'Alabama, a souligné le Colonel en souriant.

Je me suis soudain rendu compte qu'il n'avait pas du tout honte de sa mère. Il avait seulement peur qu'on se comporte comme des petits snobinards condescendants. J'avais toujours trouvé le numéro du Colonel «je déteste les riches» un rien hystérique jusqu'à ce que je le voie avec sa mère. Il était le même Colonel, mais dans un contexte radicalement différent. Ce qui m'a fait espérer qu'un jour je rencontre la famille d'Alaska.

Dolores a absolument tenu à ce qu'Alaska et moi dormions dans le lit et elle a pris le convertible tandis que le Colonel passait la nuit à la belle étoile. J'avais peur qu'il n'ait froid, mais franchement je n'aurais pas renoncé à dormir avec Alaska. On avait des couvertures séparées et jamais moins de trois épaisseurs entre nous, mais les possibilités m'ont gardé éveillé une moitié de la nuit.

Quarante-six jours avant

MEILLEUR REPAS DE THANKSGIVING que j'aie jamais mangé de ma vie. Pas de sauce immonde aux cranberries. Juste des morceaux gigantesques de viande blanche moelleuse, du maïs, des haricots verts cuits dans une quantité de graisse de bacon suffisante pour leur faire perdre le goût d'aliments sains, des biscuits pour saucer, de la tarte au potiron en dessert et un verre de vin rouge chacun.

– Je crois, a dit Dolores, qu'on est censé boire du blanc avec la dinde, mais je ne sais pas ce que vous en pensez, en ce qui me concerne, je m'en tamponne.

On a ri et bu notre vin. Après le repas, chacun a rendu ses grâces. Dans ma famille, ça se faisait avant le repas si bien que tout le monde bâclait pour manger plus vite. Assis tous les quatre autour de la table, chacun a remercié. J'ai remercié du bon repas et de la compagnie agréable, j'ai remercié d'avoir un toit pour Thanksgiving.

– Du moins une remorque, a plaisanté Dolores.

– Maintenant, à moi, a dit Alaska. Je suis reconnaissante d'avoir passé mon meilleur Thanksgiving depuis dix ans.

Puis ce fut au tour du Colonel.

– Je te remercie, maman.

– Tu as choisi le mauvais cheval, a dit Dolores en riant.

Je ne connaissais pas l'expression, mais elle voulait sûrement dire que sa réponse n'était pas adéquate car le Colonel a étoffé sa liste en admettant qu'il était reconnaissant d'être « l'être humain le plus intelligent du camp de remorques ».

– C'est bien vrai, a commenté Dolores en riant à nouveau.

Et Dolores ? Elle était reconnaissante qu'on lui ait rétabli sa ligne de téléphone, d'avoir son fils à la maison, qu'Alaska l'ait aidée à préparer le repas, que j'aie empêché le Colonel de traîner dans ses pattes, d'avoir un boulot stable, des collègues sympas, d'avoir un endroit où dormir et un garçon qui l'aimait.

J'ai fait le voyage de retour à la maison (dans mon esprit, c'est ce que c'était) à l'arrière de la voiture et je me suis endormi au son de la berceuse monotone de l'autoroute.

Quarante-quatre jours avant

– LES COMMERCES du type « Vins et spiritueux » fonctionnent sur un principe qui consiste à vendre des cigarettes aux mineurs et de l'alcool aux majeurs.

Alaska se tournait vers moi à une fréquence déconcertante en conduisant, d'autant que nous serpentions sur une route étroite et sinueuse au sud de l'école, vers le susmentionné « Vins et spiritueux ». On était samedi, le dernier jour des vacances proprement dites.

– C'est génial quand on n'a besoin que de cigarettes, a continué Alaska. Mais on veut du pinard. Et pour le pinard, on est contrôlé. Et ma carte d'identité ne passe pas. Mais, en faisant un peu de charme, je devrais arriver à mes fins.

Elle a soudain pris un brusque virage à gauche sans mettre le clignotant et s'est engagée sur une route bordée de champs qui dévalait une colline. Les mains serrées sur le volant, elle a accéléré et a attendu le tout dernier moment pour freiner, juste au moment où nous atteignions le bas de la colline, à un endroit où il y avait une station-service en préfabriqué qui ne vendait plus d'essence et arborait sur le toit une enseigne à moitié effacée qui disait : « VINS ET SPIRITUEUX. NOUS POURVOYONS À VOS BESOINS SPIRITUELS. »

Alaska est entrée et elle en est ressortie cinq minutes plus tard, ployant sous le poids de deux sacs en kraft remplis de marchandises de contrebande : trois cartouches de cigarettes, cinq bouteilles de vin et un demi-litre de vodka pour le Colonel.

– Tu aimes les blagues « toc toc » ? m'a-t-elle demandé sur le chemin du retour.

– Les blagues toc toc ? ai-je demandé. Tu veux dire : toc toc...

– Qui est là ? a répondu Alaska.

– Qui.

– Qui qui ?

– Le chien ? ai-je demandé. (Faible.)

– Magnifique, a commenté Alaska. J'en ai une autre. C'est toi qui commences.

– D'accord. Toc toc.

– Qui est là ? a demandé Alaska.

Je l'ai regardée d'un œil vide. Il m'a fallu une minute pour réagir. J'ai ri.

– Ma mère me racontait des blagues toc toc quand j'avais six ans. Elles me font toujours autant marrer.

Aussi je ne pouvais pas être plus surpris quand Alaska a déboulé en larmes dans la chambre 43, au moment où j'apposais la touche finale à ma disserte d'anglais de fin d'année. Elle s'est assise sur le canapé et, chaque fois qu'elle ouvrait la bouche, un gémissement s'en échappait.

– Pardon, a-t-elle hoqueté, de la morve lui dégoulinant sur le menton.

– Qu'est-ce qui ne va pas ? ai-je demandé.

Elle a pris un mouchoir en papier sur la «TABLE BASSE», pour s'essuyer le visage.

– Je ne... a-t-elle commencé, puis, se libérant de mon étreinte, et enfouissant son visage dans la mousse du canapé: Je ne comprends pas pourquoi je foire tout! a-t-elle crié.

– Tu veux dire comme avec Marya? Tu as peut-être eu peur.

– La peur n'est pas une bonne excuse! a-t-elle hurlé des profondeurs du canapé. La peur est l'excuse dont tout le monde s'est toujours servi!

J'ignorais qui était «tout le monde» et à quel moment se situait «toujours» et, malgré ma volonté de cerner ses ambiguïtés, ses faux-fuyants commençaient à m'énerver.

– Mais pourquoi ça te déprime maintenant?

– Il n'y a pas que Marya. Ça vaut pour tout. Au fait, j'ai craché le morceau au Colonel dans la voiture, a-t-elle dit, plus reniflante que sanglotante. Pendant que tu dormais à l'arrière. Et il m'a dit qu'il ne me quitterait plus jamais des yeux pour les prochaines blagues. Qu'il ne pouvait pas me faire confiance quand j'étais seule. Je ne lui en veux pas. Je ne me fais pas confiance à moi-même.

– Tu as du cran de lui avoir dit.

– Du cran, j'en ai. Mais pas au bon moment. Est-ce que tu... euh... a-t-elle commencé, en se redressant.

Puis elle s'est rapprochée de moi et j'ai levé les bras juste avant qu'elle ne s'écroule contre mon torse rachitique, en sanglots. Elle me faisait de la peine, mais elle ne pouvait s'en prendre qu'à elle-même. Elle n'était pas obligée de cafter.

– Ne te fâche pas, mais tu devrais peut-être nous expliquer pourquoi tu as dénoncé Marya. Tu avais peur de rentrer chez toi? ai-je demandé.

Elle s'est écartée et m'a décoché un regard qui tue dont l'Aigle aurait été fier. J'ai eu le sentiment qu'elle me détestait ou détestait ma question, voire les deux. Puis elle a détourné les yeux, son regard s'échappant vers la fenêtre et le terrain de foot.

– Je n'ai pas de chez-moi, a-t-elle annoncé.

– Tu as une famille quand même.

Elle m'avait parlé de sa mère le matin même. Comment une fille qui racontait des blagues trois heures auparavant pouvait-elle se transformer en une épave ruisselante de larmes ?

– J'essaie de ne pas avoir peur, tu sais. Mais je continue de tout gâcher. De tout foutre en l'air.

– D'accord, ai-je dit. Je comprends.

Je n'avais plus la moindre idée de ce qu'elle racontait. Une notion vague suivant l'autre.

– Tu ne sais pas qui tu aimes, le Gros ? Tu aimes la fille qui te fait rire, qui te montre des films pornos et boit du vin avec toi. Tu n'aimes pas la salope lugubre et givrée.

Il y avait de ça, il faut le reconnaître.

Noël

ON EST TOUS RENTRÉS chez nous pour les vacances de Noël, même Alaska qui prétendait ne pas avoir de maison.

J'ai reçu une jolie montre et un nouveau portefeuille, « des cadeaux d'adulte », comme les appelait mon père. Mais j'ai surtout travaillé pendant ces deux semaines. Les vacances de Noël n'en étaient pas vraiment, dans la mesure où elles constituaient notre dernière chance de réviser en vue des examens, qui débutaient le lendemain de notre retour. Je me suis concentré sur la trigo et la bio, les deux matières qui menaçaient fortement l'objectif de 3,4 sur 5 de moyenne que je m'étais fixé. J'aurais bien aimé pouvoir dire que j'étais animé par la soif d'apprendre, mais je dois avouer que c'était davantage la soif d'intégrer une fac qui vaille le coup qui me motivait.

Alors oui, j'ai passé beaucoup de temps à travailler ma trigo et à mémoriser du vocabulaire français, comme je le faisais autrefois avant d'entrer à Culver Creek. Être à la maison pendant ces deux semaines ressemblait fidèlement à ma vie d'avant le pensionnat, excepté que mes parents étaient plus émotifs. Ils ne m'ont pas raconté grand-chose de leur voyage à Londres. Je crois qu'ils se sentaient coupables. Voilà un drôle de truc à propos des parents. Même si j'étais resté au Creek parce que j'en avais globalement envie, mes parents ne s'en sentaient pas moins coupables. C'était agréable d'avoir autour de soi des gens qui se sentaient coupables vis-à-vis de vous. Cela dit, j'aurais préféré que ma mère ne fonde pas en larmes à tous les repas, en répétant : « Je suis une mauvaise mère », et mon père et moi répondant immédiatement : « Mais non, tu ne l'es pas. »

Même mon père, qui était plutôt affectueux, mais pas du genre sentimental, me soufflait de temps à autre, lorsque nous regardions *Les Simpson* ensemble, que je lui manquais. Je renchérissais, affirmant qu'il me manquait aussi, ce qui était vrai. En quelque sorte. Mes parents sont des gens tellement charmants ! On est allés au cinéma, on a joué aux cartes, je leur ai raconté des histoires, celles qui ne risquaient pas de les horrifier, et ils les ont écoutées. Mon père, qui gagnait sa vie en vendant des biens immobiliers, mais était un lecteur bien plus passionné que la plupart des gens que je connaissais, me parlait des livres que j'avais à lire pour mon cours d'anglais. Et ma mère m'obligeait à lui tenir compagnie dans la cuisine pour que j'apprenne à faire des plats simples (macaronis, œufs brouillés) maintenant que j'avais « pris mon indépendance ». Peu importait que j'aie disposé ou eu envie de disposer d'une cuisine. Peu importait que je n'aime pas les œufs ni les macaronis au fromage. Au jour de l'an, je savais les préparer.

Au moment du départ, ils ont pleuré. Ma mère m'a expliqué que c'était dû au syndrome du nid déserté, au fait qu'ils étaient si fiers de moi et m'aimaient tant. Ça m'a mis une boule dans la gorge et soudain le problème de Thanksgiving s'est totalement évaporé. J'avais une famille.

Huit jours avant

LE PREMIER JOUR de la rentrée, Alaska s'est pointée dans la chambre et elle s'est assise sur le canapé à côté du Colonel. Il était en plein travail, pulvérisant un record de vitesse au volant de la console de jeux.

Alaska n'a pas fait mention du fait qu'on lui avait manqué ni qu'elle était contente de nous voir. Elle a juste observé le canapé et fait cette remarque :

– Il vous faudrait un nouveau canapé.

– Ne me parle pas quand je cours, s'il te plaît, l'a priée le colonel. Putain ! Schumacher devait vraiment se cogner ce truc ?

– J'ai une idée, a-t-elle dit. Une idée géniale. Il faut une pré-blague qui coïncide avec une action punitive contre Kevin et ses sous-fifres.

Assis sur mon lit, j'étais plongé dans mon manuel d'histoire de l'Amérique en prévision de mon examen du lendemain.

– Une préblague ? me suis-je étonné.

– Un canular destiné à bercer l'administration d'un sentiment de sécurité erroné, a précisé le Colonel, agacé qu'on le dérange. Après la préblague, l'Aigle pensera qu'il s'agit de la blague proprement dite des classes de première et, quand elle lui tombera dessus, il ne s'y attendra pas.

Chaque année, les première et les terminale montaient un coup, quelque chose d'inoffensif en général, comme allumer des cierges sur la pelouse des dortoirs à cinq heures du matin un dimanche.

– Il y a toujours une préblague ? ai-je demandé.

– Mais non, espèce de demeuré, a rétorqué le Colonel. Sinon, l'Aigle s'attendrait à deux blagues. La dernière fois qu'il y a eu préblague, c'était en… J'y suis, 1987. La préblague a consisté à couper l'électricité dans le bahut, alors que la vraie était d'introduire cinq cents grillons dans la ventilation des salles de classe. On les entend encore parfois.

– Je suis époustouflé par ta mémoire, ai-je raillé.

– Vous me faites penser à un vieux couple, a souri Alaska. Version horrible.

– Et tu ne sais pas tout, a dit le Colonel. Tu devrais le voir essayer de se glisser dans mon lit le soir.

– Hé !

– Revenons à nos moutons ! a ordonné Alaska. Préblague. Ce week-end pour cause de nouvelle lune. Nuit à la grange. Toi, le Colonel, Takumi et moi, plus un cadeau pour toi, le Gros, Lara Buterskaya.

– La Lara Buterskaya sur laquelle j'ai gerbé ?

– Elle est timide. Tu lui plais toujours, a-t-elle déclaré en riant. Gerber a fait de toi un mec vulnérable.

– Des seins qui pointent méchamment, a dit le Colonel. Tu fais venir Takumi pour moi ?

– Il faut que tu restes célibataire quelque temps.

– Pas faux, a commenté le Colonel.

– Passe encore deux ou trois mois à jouer aux jeux vidéo. La coordination œil-main que tu vas acquérir te sera très utile quand tu en seras au stade des caresses intimes.

– Je lèverais bien les yeux au ciel si je pouvais me permettre de ne pas regarder l'écran, a commenté le Colonel. Je te signale que j'ai zappé ce stade-là pour passer direct à celui d'après.

– Alors, c'est quoi ta préblague ? ai-je demandé.

– Le Colonel et moi allons approfondir le sujet. Inutile de te mêler à tout ça… pour l'instant.

– Oh. D'accord. Hum. Dans ce cas, je vais aller fumer une cigarette.

Je les ai laissés. Ce n'était évidemment pas la première fois qu'Alaska me mettait sur la touche, mais après Thanksgiving où nous avions passé tant de temps ensemble, ça me paraissait ridicule de monter une blague avec le Colonel, sans moi. Quels T-shirts avait-elle mouillés de ses larmes ? Les miens. À qui avait-elle lu du Vonnegut ? À moi. Qui avait été la cible des pires blagues « toc toc » au monde ? Moi. Je suis allé fumer au snack du Soleil, de l'autre côté de l'entrée du bahut. Je n'avais jamais été en proie à ce genre de sentiment en Floride, cette inquiétude si fréquente au lycée de savoir qui était le préféré de qui, et je m'en voulais à mort de l'avoir laissée se développer. « Tu n'en as rien à fiche d'elle, me suis-je sermonné. Qu'elle aille se faire voir ! »

Quatre jours avant

LE COLONEL A REFUSÉ DE ME SOUFFLER un mot de la préblague, à part son nom de code, «Soirée Grange», et l'obligation que j'avais de me munir d'affaires pour deux jours.

Lundi, mardi et mercredi ont été une torture. Le Colonel était toujours fourré avec Alaska et pas une fois ils ne m'ont invité à me joindre à eux. Si bien que j'ai passé un temps considérable à réviser mes examens de fin d'année, pour le plus grand bien de ma moyenne. Et j'ai finalement mis la dernière main à ma disserte de religion.

Ma réponse à la question posée ne s'embarrassait pas de circonlocutions. La plupart des chrétiens et des musulmans croient à l'enfer et au paradis, mais les deux religions divergent sensiblement sur les motifs déterminant notre admission dans tel ou tel au-delà. La croyance bouddhiste est plus compliquée en raison de la doctrine de l'*amatta* qui réfute l'idée d'âme éternelle, remplacée par un lot d'énergie. Lot d'énergie éphémère, supposé passer d'un corps à un autre, en se réincarnant indéfiniment jusqu'à ce que la sagesse lui soit révélée.

Je n'ai jamais aimé rédiger les conclusions de disserte, on ne fait que répéter ce qu'on a déjà dit en utilisant des expressions comme « en résumé » ou « pour conclure ». J'ai choisi de faire autrement. J'ai expliqué pourquoi je trouvais la question importante. De mon point de vue, les gens avaient besoin d'être rassurés. Ils ne supportaient pas que la mort soit synonyme de grand néant noir, que les êtres qu'ils chérissaient n'aient plus d'existence, et ils ne pouvaient *a fortiori* pas s'imaginer ne plus exister. J'ai décrété finalement que les gens croyaient en l'au-delà pour la bonne raison qu'ils ne pouvaient supporter de ne pas y croire.

Trois jours avant

LE VENDREDI, après un examen de trigo brillamment réussi, à ma grande surprise, et qui marquait la fin des premiers examens de mon année à Culver Creek, j'ai glissé des vêtements (« Pense branché new-yorkais, m'avait conseillé le Colonel. Pense noir. Sage. Confortable mais chaud ») et mon duvet dans un sac à dos, puis on est allés chez l'Aigle en récupérant Takumi dans sa chambre au passage. L'Aigle portait son unique tenue, et je me suis demandé si, dans son armoire, il n'y avait que trente chemises blanches identiques et trente cravates noires identiques. Je l'ai imaginé, le matin, hésitant devant l'armoire. Hum... Hum... « Et pourquoi pas une chemise blanche avec une cravate noire ? » Voilà un type qui avait besoin d'une femme.

– J'emmène Miles et Takumi chez moi à New Hope pour le week-end, lui a annoncé le Colonel.

– Miles y prendrait goût autant que ça ? s'est étonné l'Aigle.

– Dame oui ! Va y avoir bal au camp de remorques ! a répliqué le Colonel.

Il pouvait prendre l'accent du Sud quand ça lui chantait.

N'empêche, comme la plupart des élèves à Culver Creek, il parlait sans accent.

– Patientez une seconde, le temps que j'appelle votre mère, a dit l'Aigle au Colonel.

Takumi s'est tourné vers moi en dissimulant mal sa panique et j'ai senti mon déjeuner (du poulet frit) me remonter dans l'estomac. Mais le Colonel souriait.

– Je vous en prie.

– Chip, Miles et Takumi seront bien chez vous ce week-end ?... Entendu... Ha !... D'accord. Au revoir. Puis, en se tournant vers le Colonel : Votre mère est une femme merveilleuse, a-t-il déclaré en souriant.

– À qui le dites-vous, a renchéri le Colonel. À dimanche.

– Je l'ai appelée hier pour lui demander de me couvrir, a expliqué le Colonel tandis qu'on se dirigeait vers le parking du gymnase. Elle ne m'a même pas demandé pourquoi. Elle m'a juste dit : « Je te fais confiance, mon fils », et c'est carrément vrai.

Une fois invisibles de la maison de l'Aigle, on a obliqué brusquement vers la droite, pénétrant dans le bois. Puis on a suivi le chemin de terre qui enjambait le pont et on est revenus sur nos pas jusqu'à la grange, une bâtisse en ruine, pleine de fissures, qui ressemblait davantage à une cabane en rondins abandonnée depuis l'Antiquité qu'à une grange. On y stockait encore du foin, bien que je me sois demandé pour quel usage. Le lycée ne proposait pas d'activité équestre, que je sache. Arrivés les premiers, on a déroulé nos sacs de couchage sur les ballots les plus moelleux. Il était 18 h 30.

Alaska est arrivée peu après, en ayant raconté à l'Aigle qu'elle passait le week-end avec Jake. L'Aigle n'avait pas vérifié, dans la mesure où Alaska passait un week-end par mois au moins avec Jake, et il savait que ses parents s'en fichaient. Lara s'est pointée une demi-heure plus tard. Elle avait dit à l'Aigle qu'elle allait voir une vieille copine de Roumanie à Atlanta. L'Aigle a prévenu ses parents qu'elle passait le week-end hors de l'établissement, et ils n'y ont vu aucun inconvénient.

– Ils me font confiance, a-t-elle déclaré en souriant.

– Parfois on dirait que tu n'as pas d'accent, ai-je dit assez stupidement, mais c'était mieux que de vomir sur elle.

– Je ne l'ai qu'avec les « r ».

– Il n'y a pas de « r » en russe ? ai-je demandé.

– Rrroumain, a-t-elle corrigé.

Il se trouve que le roumain est une langue. Qui l'eût cru ? Ma sensibilité aux diversités culturelles avait intérêt à augmenter si je devais partager prochainement un sac de couchage avec Lara.

Tout le monde était assis sur les duvets, Alaska fumait avec un mépris flagrant pour le caractère éminemment inflammable de la bâtisse, quand le Colonel a sorti une feuille de papier de sa poche et nous en a lu le contenu.

– Le but des festivités de cette soirée est de prouver une bonne fois pour toutes que nous sommes à la blague ce que les weekendeurs sont à la nullité. Mais cela nous donne également l'occasion de rendre la vie impossible à l'Aigle, ce qui constitue un plaisir bienvenu. Tout ça pour dire que... s'est-il interrompu comme pour un roulement de tambour, ce soir, nous livrons une bataille sur trois fronts. Premier front : la préblague. On va en quelque sorte allumer le feu sous le cul de l'Aigle. Deuxième front : opération « Chauve qui peut », au cours de laquelle Lara pilote en solo une mission de représailles, d'une élégance et d'une cruauté telles qu'elle ne peut être née que d'un seul cerveau, le mien.

– Hé ! l'a coupé Alaska. C'était mon idée.

– Bon, très bien. C'était l'idée d'Alaska, a-t-il corrigé en riant. Et, pour finir, troisième front : les bulletins scolaires. On va pirater l'ordinateur des profs et utiliser leur base de notes pour envoyer des lettres aux parents de Kevin et confrères disant qu'ils ont échoué dans certaines matières.

– Aucun doute qu'on va se faire virer, ai-je objecté.

– J'espère que vous n'avez pas embarqué le Nippon en pensant qu'il était un as de l'informatique. Parce que je n'en suis pas un, a annoncé Takumi.

– On ne va pas se faire virer et le génie de l'informatique, c'est moi. À vous la force physique et la diversion. On ne se fera pas exclure même si on se fait prendre pour la bonne raison qu'on n'enfreint aucune règle passible d'exclusion… à part les cinq bouteilles de Fraisier qui se trouvent dans le sac à dos d'Alaska, et elles seront bien cachées. On va juste faire quelques ravages.

Le plan a été dévoilé. Il ne laissait aucune place à l'erreur. La machination du Colonel reposait entièrement sur une synchronisation sans faille, par conséquent le plus petit cafouillage de l'un de nous faisait capoter l'entreprise tout entière.

Le Colonel avait imprimé à l'intention de tous un itinéraire personnel, avec les temps à la seconde près. Nos montres synchronisées, nos vêtements noirs mis, nos sacs à dos enfilés, notre souffle visible dans l'air froid, nos têtes pleines des moindres détails du plan, nos cœurs battant la chamade, nous sommes sortis de la grange à la tombée de la nuit, vers dix-neuf heures, marchant tous les cinq de front d'un pas assuré. Je ne m'étais jamais senti aussi bien. Le Grand Peut-être était sur nous et nous étions invincibles. Le plan comportait sans doute des failles, mais pas nous.

On s'est séparés au bout de cinq minutes, chacun partant vers sa destination. Takumi et moi sommes restés ensemble. On était chargés de faire diversion.

– On est des putains de marines, a-t-il dit.

– Les premiers à se battre. Les premiers à mourir, ai-je renchéri avec une légère anxiété.

– Tu l'as dit, a approuvé Takumi, avant de s'arrêter pour ouvrir son sac.

– Pas ici, mon pote, ai-je dit. Il faut aller chez l'Aigle.

– Je sais, je sais. Attends une seconde, a-t-il demandé en sortant un gros bandeau marron avec une tête de renard en peluche sur le devant, qu'il a enfilé.

– Qu'est-ce que c'est que ce truc ? me suis-je esclaffé.

– Ma coiffe renard.

– Ta coiffe renard ?

– Oui, le Gros. Ma coiffe renard.

– Tu peux m'expliquer pourquoi tu la mets ? ai-je demandé.

– Parce que personne ne peut attraper cet enfoiré de renard.

Deux minutes après, on s'accroupissait derrière les arbres à cent cinquante mètres de la porte de l'Aigle à l'arrière de la maison. Mon cœur battait sur un rythme de techno.

– Trente secondes, a chuchoté Takumi, et j'ai ressenti la même inquiétude que ce fameux premier soir, quand Alaska m'avait pris la main en me murmurant : « Cours, cours, cours. » Mais je n'ai pas bougé.

Je me suis dit : « On n'est pas assez près. »

Je me suis dit : « Il ne va pas l'entendre. »

Je me suis dit : « Il va l'entendre et il sortira tellement vite qu'on n'aura aucune chance de lui échapper. »

Je me suis dit : « Vingt secondes. »

Je respirais comme un phoque.

– Hé, le Gros, m'a glissé Takumi. Tu peux le faire, mon pote. Il s'agit juste de courir.

– D'accord.

« Juste de courir. J'ai de bons genoux. Des poumons corrects. Il s'agit juste de courir. »

– Cinq, a annoncé Takumi. Quatre. Trois. Deux. Un. Allume-le. Allume-le. Allume-le.

Il s'est allumé avec un grésillement qui m'a rappelé tous les 4 juillet de ma vie, en famille. On est restés une nanoseconde les yeux rivés sur la mèche pour vérifier qu'elle prenait bien. « Et maintenant, me suis-je dit, maintenant : cours, cours, cours. » Mais mon corps ne m'a pas obéi avant que Takumi m'exhorte d'une voix étouffée :

– Bouge ! Putain, bouge !

Et on a bougé.

Trois secondes après, une gigantesque explosion de pétards retentissait, sonnant à mes oreilles comme un tir à l'arme automatique dans *Décapitation*, mais en plus fort. On s'était déjà éloignés à plus de vingt mètres, mais j'ai cru que mes tympans étaient crevés.

Je me suis dit : « Finalement, il va certainement l'entendre. »

On a dépassé le terrain de foot en quatrième vitesse avant de se fondre dans le bois, courant comme on pouvait, guidés par un sens de l'orientation approximatif. Dans l'obscurité, les branches mortes et les pierres recouvertes de mousse attendaient la toute dernière seconde pour faire leur apparition et je n'ai pas cessé de déraper, de tomber et d'avoir peur que l'Aigle ne nous rattrape mais, chaque fois, je me relevais et je reprenais ma course au côté de Takumi, loin des salles de classe et des dortoirs. On courait avec des ailes aux pieds. Comme des panthères. Des panthères qui fumaient trop, en ce qui me concerne. Puis, après une minute de course exactement, Takumi s'est arrêté et il a ouvert brutalement son sac à dos.

À mon tour de compter. Les yeux rivés sur la montre. Terrifié. À l'heure qu'il était, l'Aigle était forcément sorti. Forcément en train de courir. Je me suis demandé s'il courait vite. Il n'était plus tout jeune, mais il était sûrement fou de rage.

– Cinq. Quatre. Trois. Deux. Un !

Et le grésillement. Cette fois, on ne s'est pas arrêtés pour vérifier, on a couru, toujours vers l'ouest. Hors d'haleine. J'ignorais si je pouvais tenir à ce rythme une demi-heure. Les pétards ont explosé.

– ARRÊTEZ-VOUS IMMÉDIATEMENT ! a crié une voix quand le bruit a cessé.

Mais on ne s'est pas arrêtés. S'arrêter ne figurait pas dans le plan.

– Je suis cet enfoiré de renard, a chuchoté Takumi, pour lui et pour moi. Personne ne peut rattraper le renard.

Une minute après, je me suis accroupi par terre. Takumi en était au compte à rebours. La mèche s'est allumée. On a couru.

Mais, cette fois, elle s'est éteinte. On pouvait faire face aux ratés, on avait des séries de pétards supplémentaires. Mais une deuxième tentative allait coûter une minute au Colonel et à Alaska. Takumi s'est accroupi, il a allumé la mèche et il a couru.

L'explosion a commencé. Les pétards ont éclaté au rythme des battements de mon cœur.

Quand ils se sont tus, j'ai entendu hurler.

– ARRÊTEZ-VOUS OU J'APPELLE LA POLICE !

Et, bien que sa voix fût éloignée, je sentais son regard qui tue peser sur moi.

– Les porcs ne peuvent stopper les renards, je suis trop rapide, a dit Takumi. Je rappe en courant, c'est dire si je suis fluide.

Le Colonel nous avait mis en garde contre la menace de l'Aigle d'appeler la police et il nous avait dit de passer outre. L'Aigle n'aimait pas faire venir la police au bahut. Mauvaise publicité. On a couru. Par-dessus, par-dessous, au travers de toutes sortes d'arbres, de buissons et de branches. On est tombés. On s'est relevés. On a couru. Si l'Aigle nous suivait grâce aux pétards, il devait sûrement entendre nos « merde ! » chaque fois qu'on trébuchait sur une branche morte ou qu'on atterrissait dans un roncier.

Une minute. Je me suis agenouillé, j'ai allumé la mèche, j'ai couru. Bang !

Puis on a obliqué vers le nord, en pensant avoir dépassé le lac. C'était la botte secrète du plan. Plus loin on allait sans quitter l'enceinte du bahut, plus loin l'Aigle nous suivrait. Et plus loin il nous suivait, plus loin il était des salles de classe où le Colonel et Alaska opéraient leur magie. Après quoi on avait prévu d'amorcer un retour vers celles-ci, puis de prendre vers l'est, le long du torrent jusqu'au pont qui surplombait notre coin fumeurs, duquel nous devions rejoindre le chemin qui nous ramenait à la grange, triomphants.

Mais voilà. On a commis une légère erreur de navigation. On n'avait pas dépassé le lac. Au contraire, on s'est retrouvés devant un pré au-delà duquel dormait le lac. Trop près des salles de classe pour s'enfuir par un chemin qui ne passait pas devant elles. J'ai regardé Takumi qui courait dans ma foulée.

– Balances-en un maintenant, a-t-il dit.

Ce que j'ai fait. J'ai allumé la mèche et on a couru. On a traversé une clairière et, si l'Aigle était sur nos talons, il nous a forcément vus. Arrivés à la courbe sud du lac, on a longé la rive. Le lac n'était pas très long, quatre cents mètres tout au plus, on n'avait donc pas une grande distance à parcourir, quand je l'ai vu.

Le cygne.

Nageant vers nous comme un cygne possédé, les ailes battant furieusement l'air. Et puis soudain, il a été sur la terre ferme, devant nous, faisant un bruit qui ne ressemblait à rien de connu en ce bas monde, quelque chose entre un lapin à l'agonie et un bébé en pleurs, et pas la moindre échappatoire. On lui a foncé dessus. Je l'ai percuté à fond de train et j'ai senti qu'il me mordait le cul. Après quoi, j'ai couru en boitant, j'avais le cul en feu, et je me suis dit : « Qu'est-ce qu'il peut bien y avoir dans la salive d'un cygne pour que ça brûle à ce point ? »

La vingt-troisième série ne s'est pas déclenchée, nous coûtant une minute. À ce stade, j'avais besoin d'une minute. Je souffrais le martyre. La sensation de brûlure dans ma fesse gauche s'était estompée pour laisser la place à une douleur intense, qui s'amplifiait à chaque fois que je posais le pied par terre. Je courais donc comme une gazelle blessée tentant d'échapper à une meute de lions. Inutile de dire que notre vitesse avait considérablement décru. On n'avait plus entendu l'Aigle depuis qu'on avait gagné le lac. Il essayait de nous endormir, mais ça ne marcherait pas. Ce soir, on était invincibles.

Épuisés, on s'est arrêtés, avec trois séries de pétards en stock, en espérant avoir laissé suffisamment de temps au Colonel. On a couru quelques minutes encore, le temps de rejoindre la rive du torrent. Il faisait si noir et tout était si immobile que le bruit du mince filet d'eau ressemblait à un grondement. Malgré ça, j'ai entendu nos respirations haletantes au moment où on s'est écroulés sur l'argile humide et les galets au bord de l'eau. Ce n'est qu'une fois assis que j'ai regardé Takumi. Il avait la figure et les bras écorchés, la tête de renard pendait sur son oreille gauche. En jetant un coup d'œil à mes bras, je me suis aperçu que de grosses coupures saignaient. Je me rappelais maintenant certains mûriers redoutables, mais je n'avais pas mal.

Takumi était en train de se retirer des épines de la jambe.

– Le renard est vanné, a-t-il annoncé en riant.

– Le cygne m'a mordu le cul.

– J'ai vu ça, a-t-il souri. Ça saigne ?

J'ai glissé la main dans mon pantalon pour vérifier. Pas de sang. J'ai allumé une cigarette pour fêter ça.

– Mission accomplie, ai-je déclaré.

– Le Gros, mon ami, on est des putains de mecs indestructibles.

On n'arrivait pas à se repérer parce que le torrent n'arrêtait pas de revenir sur lui-même. On l'a suivi dix minutes, en tablant sur le fait qu'on marchait moitié moins vite qu'on ne courait, puis on a pris à gauche.

– À gauche, tu es sûr ? a demandé Takumi.

– Je suis perdu.

– Le renard pointe vers la gauche. Alors à gauche.

Et ça n'a pas manqué, le renard nous a ramenés directement à la grange.

– Tout va bien ? a demandé Lara en nous voyant arriver.

J'étais inquiète. J'ai vu l'Aigle sorrtirr en courant de chez lui. En pyjama. Il avait l'airr en colèrre.

– S'il l'était à ce moment-là, je préfère ne pas le voir maintenant, ai-je dit.

– Pourrquoi avez-vous mis si longtemps ?

– On a fait un détour, a expliqué Takumi. Et puis le Gros marche comme une vieille dame avec des hémorroïdes, sous prétexte que le cygne lui a mordu le cul. Où sont Alaska et le Colonel ?

– Je n'en sais rrien, a répondu Lara, et, au même moment, on a entendu des pas, des chuchotements et des branches craquer.

En un éclair, Takumi a ramassé nos duvets et nos sacs à dos et il les a cachés derrière des ballots de foin. On est sortis en quatrième vitesse par le fond de la grange, courant s'allonger dans les herbes hautes. « Il nous a suivis jusqu'à la grange, me suis-je dit. On a merdé. »

Sur ce, j'ai reconnu la voix du Colonel, claire et irritée, qui disait :

– Parce que ça réduit le nombre de suspects potentiels à vingt-trois ! Tu ne pouvais pas suivre le plan ? Putain, ils sont où ?

On est revenus vers la grange, un peu honteux d'avoir réagi au quart de tour. Le Colonel s'est assis sur un ballot de foin, les coudes posés sur les genoux, la tête baissée, les mains à plat sur le front. En pleine réflexion.

– Bon, en tout cas, on ne s'est pas encore fait gauler. Dites-moi d'abord si le reste s'est bien passé, a-t-il demandé sans lever les yeux. Lara ?

– Très bien. Oui.

– Puis-je avoir quelques détails ?

– J'ai fait ce qui était marrqué surr ton papier. Je suis rrestée derrière la maison de l'Aigle jusqu'à ce qu'il parrte à la pourrsuite de Miles et de Takumi, et ensuite, j'ai courru derrièrre les dorrtoirrs. Je me suis glissée dans la chambrre de Kevin en passant parr la fenêtrre. J'ai mis le trruc dans le gel et dans le démêlant. Et aprrès, j'ai fait parreil chez Jeff et Longwell.

– Le truc ? ai-je demandé.

– Teinture bleue numéro cinq pour cheveux, puissance industrielle, non diluée, a précisé Alaska. Teinture que j'ai achetée avec l'argent que tu m'avais donné pour tes cigarettes. À appliquer sur cheveux humides, tenue garantie plusieurs mois.

– On leur a teint les cheveux en bleu ?

– Pas techniquement, a ajouté le Colonel, en continuant de s'adresser à ses genoux. Ils vont se les teindre eux-mêmes. Mais on leur a indéniablement facilité la tâche. Je sais que toi et Takumi vous êtes bien débrouillés parce que vous êtes là et nous aussi. Par conséquent, le boulot est fait. Et la bonne nouvelle, c'est que les parents des trois trous du cul qui ont eu l'audace de nous faire une blague ne vont pas tarder à recevoir un bulletin scolaire leur annonçant que leurs fistons ont planté trois matières.

– Ah. Et quelle est la mauvaise nouvelle ? a demandé Lara.

– Oh ! ça va, a rétorqué Alaska. L'autre bonne nouvelle est que, au moment où le Colonel se tirait dans le bois, en pensant avoir entendu du bruit, je me suis occupée de concocter d'autres bulletins pour vingt weekendeurs de plus, de les imprimer, de les mettre sous enveloppes affranchies et de les glisser dans la boîte aux lettres. Se tournant vers le Colonel : Tu es effectivement parti un certain temps. Petit Colonel tellement paniqué à l'idée de se faire exclure.

Le Colonel s'est levé, nous dominant tous, parce qu'on était assis.

– Ce n'est pas une bonne nouvelle ! Ça ne figurait pas dans le plan ! Et ça signifie que l'Aigle peut éliminer vingt-trois personnes de sa liste de suspects. Vingt-trois personnes qui vont se douter qu'on est les coupables et qui vont nous dénoncer !

– Si ça arrive, a dit Alaska le plus sérieusement du monde, je prendrai tout sur moi.

– Je vois, a soupiré le Colonel. Comme tu as pris sur toi pour Marya et Paul. Tu vas dire que pendant que tu zigzaguais dans le bois en allumant des pétards, tu piratais le réseau des profs et tu imprimais des bulletins scolaires sur du papier officiel ? Aucun doute que ça passe comme une lettre à la poste avec l'Aigle !

– Détends-toi, mon pote, est intervenu Takumi. *Primo,* on ne va pas se faire prendre. *Deuzio,* si ça arrivait, je partagerais la responsabilité avec Alaska. Tu as plus à perdre que n'importe lequel d'entre nous.

Le Colonel a hoché la tête. C'était indéniable, il ne décrocherait jamais de bourse pour une bonne fac s'il était exclu du Creek.

– Tu as fait comment pour pirater la base de données des profs ? ai-je demandé, sachant que rien ne faisait plus plaisir au Colonel que l'on reconnaisse son génie.

– Je suis entré dans le bureau du docteur Hyde en passant par la fenêtre, j'ai allumé son ordinateur et j'ai tapé son mot de passe, a-t-il répondu en souriant.

– Tu l'as deviné ?

– Non. Mardi, je suis allé lui demander de m'imprimer la liste des bouquins dont il recommandait la lecture. Il m'a suffi de regarder son code quand il l'a entré : *J3ckylnhyd3.*

– Putain ! s'est exclamé Takumi. J'aurais pu le faire.

– Exact, mais, dans ce cas, tu n'aurais pas eu à porter ce couvre-chef sexy, a répondu le Colonel en riant.

Takumi a retiré son bandeau et l'a glissé dans son sac.

– Kevin va avoir les boules pour ses cheveux, ai-je dit.

– Eh ben moi, j'ai les maxi-boules d'avoir eu ma bibliothèque inondée. Kevin est une poupée gonflable, a dit Alaska. Piquez-nous, on saigne. Piquez-le, il éclate.

– Vrai, a renchéri Takumi. Ce mec est un con. Il a quand même essayé de te tuer.

– C'est possible, ai-je reconnu.

– Il y en a beaucoup des comme lui au Creek, a poursuivi Alaska, toujours fulminante. Des putains de poupées gonflables bourrées de fric.

Cela dit, même si Kevin avait, en quelque sorte, tenté de me tuer, je ne le trouvais pas digne de haine. Détester les jeunes qui se la pètent prend dix fois trop d'énergie, j'y ai renoncé il y a longtemps. Pour moi, la blague de ce soir était une réponse à une autre blague, juste une occasion en or de faire quelques ravages, selon les termes du Colonel. En revanche, pour Alaska, ça semblait différent, quelque chose de plus.

J'aurais voulu lui demander quoi, mais elle s'était allongée derrière un tas de foin, invisible à nouveau. Elle avait fini de parler et, quand c'était fini, inutile d'insister. On n'a rien tenté pour la faire changer d'avis pendant deux heures, puis le Colonel a débouché une bouteille de vin. Et on se l'est passée à tour de rôle jusqu'à ce que je sente l'acidité et la chaleur se mêler dans mon ventre.

Ça m'aurait plu d'aimer le pinard davantage que je ne l'aimais vraiment (ce qui était à l'exact opposé de ce que je ressentais pour Alaska). Mais, ce soir-là, j'ai adoré boire, sentant la chaleur passer de mon ventre à tout mon corps. Je n'avais pas l'impression de me conduire comme un idiot ni d'être incapable de me contrôler, mais j'aimais la façon dont l'alcool rendait les choses plus faciles (rire, pleurer, faire pipi devant ses copains). Pourquoi on buvait ? En ce qui me concernait, parce que c'était marrant, d'autant qu'on risquait l'exclusion. Le côté sympa de cette menace permanente apportait un frisson à chaque moment de plaisir illicite. Le mauvais, bien sûr, était qu'on pouvait effectivement se faire exclure.

Deux jours avant

LE LENDEMAIN MATIN, je me suis réveillé tôt, les lèvres sèches et le souffle visible dans l'air sec. Takumi avait emporté un réchaud de camping au-dessus duquel le Colonel était penché. Il préparait du café soluble. Le soleil brillait, mais il ne pouvait anéantir le froid. Je l'ai rejoint et on a siroté notre café (« Le problème du café soluble, c'est que ça sent bon mais que ça a le goût de bile », a-t-il fait remarquer), puis, un par un, Takumi, Lara et Alaska se sont réveillés et on a passé la journée à se planquer, mais bruyamment. À se planquer bruyamment.

L'après-midi, à la grange, Takumi a proposé une compète de *free style*.

– Le Gros, tu commences, a dit Takumi. Colonel Catastrophe, tu nous fais le beat.

– Je ne sais pas rapper, mon pote, ai-je supplié.

– Aucune importance. Le Colonel ne sait pas marquer la mesure non plus. Essaie de rimer un peu et renvoie-moi la balle.

Les mains en coupe autour de la bouche, le Colonel s'est mis à faire des bruits absurdes qui ressemblaient davantage à des pets qu'à des temps, et j'ai... euh... rappé.

– Hum. On est à la grange et le soleil se couche/Quand j'étais gosse, je rêvais sous la douche/Désolé, mais je suis nul à chier/ Alors je demande à mon pote de continuer.

Takumi a embrayé sans marquer de pause.

– Putain, le Gros, je suis pas sûr d'être prêt/Mais comme Freddy dans ses films de tarés/J'ai toujours ce qu'il faut pour déchirer sa mort/Hier soir, j'ai bu du vin, j'avais peut-être tort/ Le Colonel fait des beat de taré/Quand je suis au micro, les filles sont déchaînées/Honneur au Japon et à Birmingham aussi/ Quand j'étais petit, je me faisais traiter de Jaune ranci/Mais j'ai pas honte de ma couleur de peau/Toutes les salopes que je tombe sont dans le même tempo.

Alaska a saisi la balle au bond.

– Je rêve ou tu insultes les femmes/Je vais te botter le cul et te passer à la flamme/Tu crois que je sais pas rimer parce que j'aime le classique/Mais mon verbe coule sans un hic/Traite les femmes en objets et je te jure que t'es bon/Je te bute et t'iras rejoindre Cro-Magnon.

Takumi a repris la main.

– Si ton œil droit est cause de chute, arrache-le/J'ai du respect pour les filles autant que pour les vieux/Merde, je me suis planté dans mes rimes/Lara, aide-moi à sortir de l'abîme.

Lara s'est exécutée, à voix basse, l'air inquiet, avec un mépris du rythme encore plus flagrant que le mien.

– Je m'appelle Larra et je viens de Rroumanie/J'ai un mal fou avec ce trruc... euh... et j'ai visité l'Albanie/J'adorre rrouler dans la voiturre d'Alaska/Ma voyelle prréférrée en anglais est le a/Je ne suis pas trrès forrrrte avec les rrr/Mais comme ça on sait que je suis étrrangèrre/Takumi, je crrois que j'ai fini/Terrmine avec quelque chose où on rrit.

– Je lâche des bombes comme Hiroshima ou, mieux, Nagasaki/Quand les filles m'entendent rimer, elles crient/En hommage à mon pays, je bois du saké/Certains pigent pas mes rimes et me traitent de raté/Je suis pas petit, mais je dirais que je suis beau/Faut voir aussi que j'ai pas deux pieds gauches comme le Gros/Je suis cet enfoiré de renard et voici ma bande/Dans notre *free style*, il y a du funk, est-ce qu'ils ont ça dans les Andes ? Et voilà, c'est fini.

Le Colonel a conclu la session avec un solo *free style* façon boîte à rythme vocale. Et on s'est applaudis bien fort.

– Tu t'es bien donnée, Alaska, a remarqué Takumi en riant.

– Je fais ce que je peux pour défendre la cause des femmes. Lara avait mon soutien.

– C'est vrrai.

Puis Alaska a annoncé que, même si la nuit n'était pas tombée, il était temps de se torcher.

– Deux soirées d'affilée, c'est peut-être forcer notre chance, a dit Takumi.

– La chance, c'est pour les gogos, a-t-elle répliqué en souriant, avant de porter la bouteille à ses lèvres.

On avait des crackers et un morceau de cheddar apportés par le Colonel. Siroter du rosé chaud au goulot en grignotant des crackers au fromage nous a assuré un excellent dîner. Quand le fromage a été terminé, ça a fait plus de place pour le Fraisier.

– On devrait ralentir un peu, sinon je vais dégueuler, ai-je fait remarquer quand la première bouteille a été terminée.

– Excuse-moi, le Gros. Je ne savais pas que quelqu'un te

tenait la bouche ouverte et te versait du vin dedans, a rétorqué le Colonel en me lançant une cannette de soda.

– Ce serait trop charitable de qualifier ce pinard de merdique, a plaisanté Takumi.

Puis, comme un cheveu sur la soupe, Alaska a annoncé :

– Plus beau jour/Pire jour !

– Hein ? me suis-je étonné.

– On va tous finir par être malades si on ne fait que picoler. Je propose qu'on ralentisse l'allure grâce à un jeu. Plus beau jour/Pire jour, a-t-elle dit.

– Jamais entendu parler, a dit le Colonel.

– Normal, je viens de l'inventer, a souri Alaska en s'allongeant sur le côté en travers de deux ballots de foin.

La lumière déclinante soulignait le vert de ses yeux et son hâle, dernier vestige de l'automne. En la voyant la bouche entrouverte, j'ai soudain réalisé qu'elle devait déjà être soûle. D'autant qu'elle avait le regard dans le vague. « Le célèbre regard perdu de l'ivresse », me suis-je dit. Et alors que je la contemplais avec une fascination paresseuse, je me suis rendu compte que, oui, moi aussi, j'étais un peu parti.

– On va bien se marrer ! C'est quoi, les rrègles ? a demandé Lara.

– Chacun raconte le plus beau jour de sa vie. Celui qui sort la meilleure histoire n'est pas obligé de boire. Après quoi tout le monde raconte le pire jour de sa vie et celui qui raconte la meilleure histoire peut passer son tour. Et ainsi de suite, deuxième plus beau jour, deuxième pire jour, jusqu'à l'abandon de l'un de vous.

– Comment tu sais que ce sera l'un de nous ? a demandé Takumi.

– Parce que c'est moi qui tiens le mieux l'alcool et c'est moi qui raconte les meilleures histoires, a rétorqué Alaska dont on pouvait difficilement contrer la logique. Le Gros, tu commences. Plus beau jour de ta vie.

– Euh… Je peux y réfléchir une seconde ?

– Il ne doit pas être si beau que ça alors, a lâché le Colonel.

– Je t'emmerde, mon pote.

– Susceptible.

– Le plus beau jour de ma vie, c'est aujourd'hui. Et l'histoire commence ce matin quand je me suis réveillé à côté d'une très jolie Hongroise, il faisait froid mais pas trop, j'ai bu une tasse de café soluble tiède et mangé des flocons d'avoine sans lait, puis je me suis promené dans le bois avec Alaska et Takumi. On a fait ricocher des galets sur l'eau du torrent. Je vais peut-être dire un truc idiot, mais je ne pense pas. Voilà, comme la lumière à cette heure-ci, qui allonge les ombres et diffuse un doux halo avant le couchant, une lumière qui arrondit les angles et rend toute chose plus jolie, j'ai eu l'impression aujourd'hui que tout baignait dans cette lumière. Je n'ai rien fait de particulier. Je me suis contenté d'être là, même si je regardais le Colonel tailler un bout de bois ou je ne sais quoi. Peu importe. Super journée. Plus beau jour de ma vie.

– Tu me trrouves jolie ? a demandé Lara en étouffant un rire timide.

Je me suis dit : « C'est le moment de rencontrer son regard », mais je n'ai pas pu.

– Et je suis rroumaine ! a-t-elle ajouté.

– Ton histoire est bien meilleure que je ne pensais, a dit Alaska. Mais je suis toujours prems.

– Que la bataille commence, chérie, ai-je répondu.

Une brise s'est levée, l'herbe haute autour de la grange s'est couchée sous son souffle. J'ai ramené mon duvet sur mes épaules pour garder la chaleur.

– Le plus beau jour de ma vie est le 9 janvier 1997. J'avais huit ans, et ma mère et moi, on est allées au zoo avec l'école. J'ai aimé les ours. Elle a préféré les singes. Le plus beau jour de ma vie. Fin de l'histoire.

– C'est tout ? s'est insurgé le Colonel. C'est vraiment le plus beau jour de ta vie ?

– Oui.

– Ça me plaît, a commenté Lara. Moi aussi, j'aime les singes.

– Faible, a décrété le Colonel.

Je ne trouvais pas tant l'histoire faible qu'intentionnellement vague comme d'habitude, un énième exemple de la volonté d'Alaska d'opacifier encore le mystère qui l'entourait. « Qu'est-ce qu'il y a de si bonnard à être allée au zoo ? » me suis-je demandé. Mais avant que j'aie le temps de poser la question, Lara s'est lancée.

– À mon tourr. C'est facile. Le plus beau jourr de ma vie est celui où je suis arrivée ici. Je parrlais anglais, mais pas mes parrents. On est descendus de l'avion et, à l'aérroporrt, des oncles et des tantes que je n'avais jamais vus de ma vie nous attendaient. Mes parrents étaient fous de bonheurr. J'avais douze ans. Ils m'avaient toujourrs considérrée comme un bébé mais, ce jourr-là, ils ont eu besoin de moi et m'ont trraitée en adulte. Parrce qu'ils ne parrlaient pas anglais, d'accorrd ? Ils ont eu besoin de moi pourr commander à manger, trraduirre les forrmulairres du fisc et des serrvices d'immigrrration, et tout le rreste. C'est le jourr où ils ont cessé de me trraiter comme une gosse. Et en Rroumanie, on était pauvrres, alorrs qu'ici on est rriches, d'une cerrtaine façon, a-t-elle conclu dans un éclat de rire.

– D'accord, a souri Takumi en attrapant la bouteille de vin. J'ai perdu. Parce que le plus beau jour de ma vie est celui où je me suis fait dépuceler et, si vous croyez que je vais vous raconter cette histoire, vous avez intérêt à ce que je sois autrement plus soûl que ça.

– Pas mal, a concédé le Colonel. Pas mal du tout. Vous voulez connaître mon plus beau jour ?

– C'est le jeu, Chip, a répondu Alaska sans cacher son agacement.

– Le plus beau jour de ma vie n'est pas encore arrivé. Mais je le connais par cœur. Je l'imagine tous les jours. Le plus beau jour de ma vie sera celui où j'achèterai une putain de baraque gigantesque à ma mère. Et pas isolée dans un bois, non, en plein centre de Mountain Brook, au milieu des parents de week-endeurs. Au milieu des vôtres. Et je ne l'achèterai pas à crédit, non, je la paierai comptant. J'emmènerai ma mère là-bas en voiture, j'ouvrirai sa portière et elle sortira pour voir sa maison. Une maison dans le genre palissade en bois, deux étages et tout ce qu'il faut. Je lui donnerai les clés et je lui dirai : « Merci. » Mec, elle m'a aidé à remplir mon dossier de candidature pour le Creek. Elle m'a laissé partir et ce n'est pas une mince affaire quand on vient d'où je viens de laisser son fils s'en aller étudier au loin. Voilà, c'était le plus beau jour de ma vie.

Takumi a incliné la bouteille et bu plusieurs gorgées, puis il me l'a passée. J'ai bu, Lara aussi, puis Alaska a penché la tête en arrière, elle a renversé la bouteille et a vidé le dernier quart d'un trait.

– Tu as gagné cette manche, a-t-elle dit au Colonel en

souriant et en débouchant déjà une autre bouteille. Maintenant, ton pire jour ?

– Le pire jour de ma vie est celui où mon père est parti. Il est vieux, il doit avoir dans les soixante-dix ans aujourd'hui. Il l'était déjà quand il a épousé ma mère et il se payait quand même le luxe de la tromper. Un jour, elle l'a surpris et elle a eu vraiment les boules, alors il l'a frappée. Ensuite, elle l'a foutu à la porte et il s'est tiré. J'étais là, ma mère m'a appelé. Mais elle ne m'a raconté l'histoire, les adultères, les coups, que bien plus tard. Ce jour-là, elle m'a seulement annoncé qu'il était parti et qu'il ne reviendrait plus. Je n'ai jamais revu mon père. Pendant longtemps, j'ai attendu qu'il m'appelle pour m'expliquer, mais il ne l'a jamais fait. N'a jamais téléphoné. Je pensais qu'il me dirait au moins au revoir ou quelque chose. Voilà, c'était le pire jour de ma vie.

– Merde, tu m'as encore battu, ai-je dit. Mon pire jour s'est passé quand j'étais en cinquième. C'est le jour où Tommy Hewitt a pissé sur ma tenue de gym et que le prof a absolument voulu que je la mette sous peine d'avoir un zéro en gym. La gym en cinquième, d'accord ? Il y a pire. Mais à l'époque, c'était toute une affaire. J'ai pleuré, j'ai essayé d'expliquer au prof ce qui s'était passé, mais j'avais tellement honte et il hurlait si fort que j'ai fini par enfiler mon short et mon T-shirt mouillés de pipi. C'est depuis ce jour que j'ai cessé d'attacher de l'importance à ce que les autres faisaient. Depuis, je me fiche d'être un perdant, de ne pas avoir de copains ou ce qu'il faut. Alors je suppose qu'il a été bénéfique, d'une certaine façon, mais sur le moment, c'était horrible. Imaginez-moi jouant au volley ou à je ne sais quoi dans mes affaires de gym inondées de pisse pendant que Tommy Hewitt se vantait de ce qu'il avait fait à tout le monde. C'était le pire jour de ma vie.

Lara était morte de rire.

– Parrdon, Miles.

– Pas de souci. Raconte-moi vite le tien pour que je puisse me réjouir de tes malheurs, l'ai-je rassuré en souriant.

Et on a ri tous les deux.

– Le pirre jourr de ma vie est sans doute le même que le plus beau. Parrce que j'ai tout laissé derrière moi. Ça peut parraître idiot, mais j'ai laissé mon enfance aussi parrce que, norrmalement, les fillettes de douze ans n'ont pas à se coltiner des forrmulairres W-2.

– C'est quoi, un formulaire W-2 ? ai-je demandé.

– Tu as mis le doigt dessus. C'est une déclarration au fisc. Donc même jour.

Lara avait toujours servi d'interprète à ses parents, si bien qu'elle n'avait jamais appris à parler en son nom. Moi non plus, je n'étais pas très doué pour parler de moi. On avait quelque chose d'important en commun, un défaut que je ne partageais pas avec Alaska ni avec personne d'autre. Même si, par définition, Lara et moi ne pouvions en parler ensemble. Alors peut-être était-ce le couchant qui jouait sur ses boucles brunes mais, à cet instant, j'ai eu envie de l'embrasser. Et pour s'embrasser, pas besoin de parler. L'épisode du vomi sur son jean et les mois qu'on avait passés à s'éviter mutuellement se sont évanouis.

– À ton tourr, Takumi.

– Le pire jour de ma vie est le 9 juin 2000. Ma grand-mère est morte au Japon dans un accident de voiture alors que j'étais censé aller la voir deux jours plus tard. Je devais passer tout l'été avec elle et avec mon grand-père mais, au lieu de ça, j'ai pris l'avion pour assister à ses funérailles. Et la première fois que je l'ai vue autrement qu'en photo, c'est ce jour-là. Elle a eu des funérailles bouddhiques, elle a été incinérée, mais avant la crémation, elle reposait sur une sorte de… en fait, ce n'est pas vraiment du bouddhisme. La religion est un truc compliqué au Japon, c'est un mélange de bouddhisme et de shinto, mais vous vous en fichez. Le truc, c'est qu'elle était sur un bûcher funéraire ou un truc comme ça. Et la seule fois de ma vie où je l'ai vue, c'était juste avant qu'on la brûle. Pire jour de ma vie.

Le Colonel a allumé une cigarette qu'il m'a lancée, puis il en a allumé une pour lui. Étrange qu'il ait pu deviner que j'avais envie de fumer. On était comme un vieux couple. L'espace d'un instant, je me suis dit : « C'est carrément imprudent de balancer des cigarettes allumées dans une grange pleine de foin », mais le réflexe de prudence passé, je me suis juste appliqué à ne pas éparpiller mes cendres partout.

– Pas de vrai gagnant pour l'instant, a annoncé le Colonel. Le pronostic reste ouvert. À toi, la fille.

Alaska s'est allongée sur le dos, les mains croisées derrière la nuque. Elle parlait vite et bas, mais la journée qui avait été tranquille l'était encore plus la nuit venue, les insectes avaient disparu avec l'arrivée de l'hiver, et on l'entendait distinctement.

– Le lendemain du jour où ma mère m'a accompagnée au zoo, où elle avait préféré les singes et moi, les ours, était un vendredi. Je suis rentrée de l'école. Elle m'a embrassée et elle m'a dit d'aller faire mes devoirs dans ma chambre si je voulais regarder la télé plus tard. J'ai obéi et elle s'est assise à la table de la cuisine, je suppose. Puis je l'ai entendue crier, je suis sortie en trombe, elle était tombée. Je l'ai trouvée allongée sur le sol, la tête entre les mains, tout agitée de soubresauts. Et j'ai flippé. J'aurais dû appeler les urgences, mais je me suis mise à hurler et à pleurer jusqu'à ce qu'elle cesse de s'agiter. Alors j'ai pensé qu'elle s'était endormie et que la cause de sa douleur avait disparu. Je me suis assise par terre à côté d'elle et j'ai attendu le retour de mon père, une heure plus tard. Il a crié : « Pourquoi tu n'as pas appelé les urgences ? », et il a essayé de la ranimer, mais elle était déjà morte. Rupture d'anévrisme. Mon pire jour. J'ai gagné. À vous de boire.

Ce qu'on a fait.

Tout le monde est resté silencieux pendant une minute, puis Takumi s'est lancé.

– Ton père t'en a voulu ?

– Pas dans les premiers temps. Mais oui. Comment faire autrement ?

– Tu n'étais qu'une petite fille, a-t-il tenté.

J'étais trop sonné et trop mal à l'aise pour prendre la parole, j'essayais de faire coller ce que je venais d'apprendre avec ce que je savais de la famille d'Alaska. Sa mère lui racontait des blagues toc toc… quand elle avait six ans. Sa mère fumait… mais plus maintenant. Forcément.

– C'est vrai, j'étais une petite fille. Les petites filles appellent les urgences. On voit ça tous les jours. Passe-moi le vin, a-t-elle demandé d'un ton détaché, dénué d'émotion.

– Je regrette, a dit Takumi.

– Pourquoi tu ne m'as jamais rien dit ? a demandé le Colonel d'une voix douce.

– Le sujet n'est jamais venu sur le tapis.

Et ensuite on a cessé de poser des questions. « Qu'est-ce qu'on peut bien dire de toute façon ? »

Dans le silence prolongé qui a suivi, tandis que la bouteille continuait de tourner et qu'on était de plus en plus soûls, je me suis surpris à penser au président William McKinley, le troisième président américain mort assassiné qui a survécu plusieurs jours à l'attentat. Vers la fin, sa femme s'est mise à crier, en larmes : « Je veux partir aussi ! Je veux partir aussi ! » Avec ce qui lui restait de force, McKinley s'est tourné vers elle et il a prononcé ses dernières paroles : « On part tous. »

C'était un moment crucial dans la vie d'Alaska. Je comprenais à présent le sens de ce qu'elle était venue me dire, en larmes, un jour, à savoir qu'elle foirait tout. Et je savais aussi de qui elle parlait en prétendant trahir tout le monde. Sa mère était le tout et le tout le monde de sa vie, et je ne pouvais rien faire sauf l'imaginer. Je voyais une petite fille maigre aux mains sales qui regardait sa mère étendue sur le sol, en proie aux convulsions, et qui s'était assise à côté d'elle, à côté de sa maman morte ou pas encore, dont le souffle s'était éteint mais dont le corps était encore chaud. Dans le moment qui avait séparé l'agonie de la mort, une petite Alaska était restée auprès de sa mère, en silence. Et dans ce silence, et à travers les brumes de mon ivresse, je l'ai entrevue telle qu'elle avait dû être à l'époque. Tellement impuissante que la seule chose à faire, appeler les urgences, ne lui avait même pas traversé l'esprit. Il arrive un moment dans la vie où l'on se rend compte que nos parents ne peuvent plus rien pour se sauver eux-mêmes ni pour nous sauver, que tous ceux qui se fraient un chemin à travers le temps finissent un jour au fond de la mer, entraînés par le raz-de-marée. En bref, qu'on part tous.

C'est ainsi qu'elle était devenue impulsive. Par crainte de son inaction, elle était toujours dans l'action. Lorsque l'Aigle lui avait proposé le marché de l'exclusion, elle avait peut-être lâché le nom de Marya sans réfléchir parce que c'était le premier qui lui était venu, parce que, à cet instant précis, elle refusait d'être exclue et ne pouvait se projeter au-delà du moment. Elle avait eu peur, c'est certain. Mais elle était surtout terrorisée d'être à nouveau paralysée par la peur.

« On part tous », avait dit McKinley à sa femme, et c'est bien vrai. Voici notre labyrinthe de souffrance. On y va tous. Trouvons comment en sortir.

Évidemment, je n'ai rien dit de tout ça à Alaska, ni sur le moment ni plus tard. On n'a plus jamais abordé le sujet. C'est devenu un autre pire jour pour toute la bande mais, malgré ça, alors que la nuit tombait rapidement, on a continué à boire et à blaguer.

Plus tard, cette nuit-là, après qu'Alaska se fut mis le doigt dans la gorge pour se faire vomir devant tout le monde parce qu'elle était trop soûle pour aller dans le bois, je me suis glissé dans mon duvet. Lara était allongée à côté de moi dans le sien, presque à touche-touche. J'ai tiré mon sac de couchage de façon à ce qu'il chevauche le sien. J'ai posé une main sur la sienne. Je la sentais et pourtant deux sacs de couchage nous séparaient. Mon idée, que je trouvais rusée, était d'introduire le bras dans son sac de couchage et de lui prendre la main. C'était un excellent plan mais, quand j'ai voulu sortir le bras de mon sac de momie, je me suis retrouvé comme un poisson hors de l'eau, et j'ai manqué me déboîter l'épaule. Lara a ri mais pas avec moi. Non, elle s'est payé ma tête, mais toujours sans parler. Ayant dépassé le point de non-retour, j'ai glissé la main dans son duvet avec difficulté. Quand mes doigts sont remontés le long de son coude vers son poignet, elle a étouffé un petit rire.

– Ça chatouille, a-t-elle chuchoté.

Et moi qui me croyais sensuel !

– Mais c'est agréable, a-t-elle rectifié en me prenant la main.

Elle a entrelacé nos doigts. Puis elle s'est tournée vers moi et elle m'a embrassé. Je suis sûr qu'elle empestait l'alcool, mais je n'ai rien remarqué et je suis sûr que moi aussi, plus la cigarette, mais elle n'a rien remarqué non plus. On s'est embrassés.

Je me suis dit : « C'est bon. »

Je me suis dit : « Je me débrouille comme un chef. Comme un super-chef. »

Je me suis dit : « Je suis indéniablement le type qui embrasse le mieux de toute l'histoire de l'univers. »

Soudain, elle a éclaté de rire et elle s'est dégagée. Elle a sorti sa main du duvet non sans mal et elle s'est essuyé la figure.

– Tu m'as bavé surr le nez, s'est-elle esclaffée.

J'ai ri avec elle. Je voulais donner l'impression que mon baiser baveux sur le nez avait pour but d'être drôle.

– Pardon, ai-je dit.

Selon le système de calcul d'Alaska, je n'étais pas allé bien loin. J'ai tenté de mettre le baiser baveux sur le compte de l'inexpérience.

– Tout ça est un peu nouveau pour moi, ai-je avoué.

– Mais c'était agrréable, a-t-elle dit en riant, puis elle m'a de nouveau embrassé.

Très vite, on est sortis de nos duvets et on s'embrassait sans faire de bruit. Lara s'est allongée sur moi et j'ai pris sa taille fine entre mes deux mains. Je sentais ses seins contre mon torse. Elle bougeait lentement sur moi, me chevauchant.

– Tu me plais, a-t-elle soufflé.

– Tu es belle, ai-je répondu, en lui souriant.

Dans le noir, je devinais ses traits et ses grands yeux ronds qui me regardaient sans ciller, ses cils balayant presque mon front.

– Est-ce que les deux qui se roulent des pelles pourraient faire moins de bruit? a demandé le Colonel d'une voix forte, depuis son sac de couchage. Ceux parmi nous qui ne s'envoient pas en l'air sont soûls et fatigués.

– Surtout soûls, a ânonné Alaska, comme si articuler réclamait un effort suprême.

On n'avait pratiquement jamais discuté ensemble, Lara et moi, et on n'aurait plus l'occasion de le faire à cause du Colonel. On s'est donc embrassés sans faire de bruit, en riant des yeux et de la bouche.

– Tu veux bien être ma copine? ai-je demandé après tellement de pelles que ça en devenait monotone.

– Oui, s'il te plaît, a-t-elle répondu, en souriant.

On a dormi dans son sac de couchage. On était un peu à l'étroit, il faut bien le dire, mais ça restait agréable. Je n'avais jamais senti le corps de personne contre le mien pendant mon sommeil. C'était une belle façon de terminer le plus beau jour de ma vie.

La veille

LE LENDEMAIN MATIN, terme plutôt inadéquat dans la mesure où l'aube ne pointait pas encore, le Colonel m'a secoué pour me réveiller. Lara était enveloppée dans mes bras, repliée dans mon giron.

– Faut y aller, le Gros. Il est l'heure de lever le camp.

– Mon pote. Dodo.

– Tu pourras dormir quand on se sera signalés. IL EST TEMPS DE PARTIR ! a-t-il hurlé.

– D'accord. D'accord. Pas crier. Bobo au crâne.

Et pour avoir mal, j'avais mal. Je sentais le vin de la veille me remonter dans l'œsophage et mes tempes battre comme le lendemain de ma commotion. J'avais une haleine de putois. J'ai fait attention à ne pas souffler vers Lara quand elle a émergé tout engourdie du sac de couchage.

On a rassemblé rapidement nos affaires, balancé nos bouteilles vides dans le champ (abandonner des ordures était malheureusement une nécessité au Creek, personne ne voulait se débarrasser de ses bouteilles vides dans une poubelle du bahut) et on a quitté la grange. Lara m'a pris la main, puis elle l'a lâchée par timidité. Alaska était en vrac, mais elle a absolument tenu à verser les dernières gouttes de Fraisier dans son café froid avant de jeter la bouteille derrière elle.

– Il faut soigner le mal par le mal.

– Ça gaze ? lui a demandé le Colonel.

– J'ai eu de meilleurs réveils.

– La gueule de bois ?

– Comme un prédicateur alcoolique un dimanche matin.

– Tu ne devrais peut-être pas boire autant, ai-je suggéré.

– Le Gros, a-t-elle commencé, puis elle a secoué la tête et bu une gorgée de café au vin. Il faut que tu comprennes un truc, je suis profondément malheureuse.

On a marché côte à côte sur le chemin de terre rouge pour rentrer au bahut. Juste après le pont, Takumi s'est arrêté.

– Ho, ho, a-t-il gémi avant de se jeter à quatre pattes pour gerber un torrent jaune et rose.

– Vide-toi, a conseillé Alaska. Tu te sentiras mieux.

– Finalement, j'ai trouvé ce qui pouvait stopper le renard, a-t-il déclaré, en se remettant debout. Le renard ne peut pas rivaliser avec le Fraisier.

Alaska et Lara sont rentrées dans leur chambre. Elles prévoyaient de se présenter chez l'Aigle plus tard dans la journée. Pas comme Takumi et moi qui étions derrière le Colonel quand il a sonné chez l'Aigle à neuf heures.

– Vous voilà bien tôt. Vous vous êtes bien amusés ?

– Oui, monsieur, a répondu le Colonel.

– Comment va votre mère, Chip ?

– Elle va bien. Elle est en pleine forme.

– Elle vous a bien nourri ?

– Oh ! ça oui, monsieur. Elle essaie de me faire grossir.
– Vous en avez besoin. Bonne journée.

– Il ne se doute de rien, a déclaré le Colonel alors qu'on rejoignait la chambre 43. Apparemment, c'est passé.

J'ai envisagé d'aller voir Lara, mais j'étais trop fatigué. Je me suis couché et j'ai dormi avec la gueule de bois.

La journée n'a pas été marquante. J'aurais dû faire des choses extraordinaires, croquer la vie à pleines dents. Au lieu de ça, j'ai dormi dix-huit heures sur vingt-quatre.

Le dernier jour

LE LENDEMAIN MATIN, le premier lundi du deuxième semestre, le Colonel est sorti de la douche juste au moment où mon réveil sonnait.

J'étais en train d'enfiler mes chaussures quand Kevin a frappé à la porte, un coup, puis il a ouvert et il est entré.

– Tu as fière allure, lui a lancé le Colonel, l'air de rien.

Kevin arborait une coupe en brosse, agrémentée de deux touffes de cheveux bleus coupés ras au-dessus des oreilles. La lèvre inférieure en avant (sa première chique du matin), il est allé droit à la « TABLE BASSE », il a ramassé une cannette de soda et il a craché son jus dedans.

– J'ai failli ne pas me laisser prendre. Je l'ai vu dans le démêlant et je suis retourné vite fait me doucher. Par contre, dans le gel, je ne m'en suis pas rendu compte. Sur Jeff, ça n'a pas pris. Mais Longwell et moi, on a été obligés de se faire la boule à zéro. Heureusement que j'avais des ciseaux.

– Ça te va bien, ai-je dit, alors que c'était le contraire.

Les cheveux courts accentuaient ses traits, surtout ses petits yeux trop rapprochés qui se seraient bien passés d'être soulignés. Le Colonel faisait de son mieux pour prendre des airs de dur, prêt à réagir à toute initiative de Kevin quelle qu'elle fût, mais ce n'était pas aisé compte tenu du fait qu'il était nu sous sa serviette orange.

– Trêve ?

– Je crains que tes emmerdes ne soient pas terminées, a répondu le Colonel en songeant aux bulletins scolaires envoyés, mais pas encore reçus.

– D'accord. Comme tu veux. On en reparlera quand ce sera terminé, sans doute.

– Sans doute, a renchéri le Colonel. Puis, voyant Kevin sortir : Embarque cette cannette avec toi, espèce de dégueulasse.

Mais Kevin a refermé la porte. Le Colonel a attrapé la cannette, il a rouvert la porte et il l'a jetée sur Kevin, le manquant de beaucoup.

– Vas-y mollo ! me suis-je exclamé.

– La trêve n'est pas signée, le Gros.

J'ai passé l'après-midi avec Lara. On bêtifiait alors qu'on ne savait rien l'un de l'autre et qu'on ne s'était pratiquement jamais parlé. Toujours est-il qu'on a flirté. À un moment donné, elle m'a saisi les fesses et j'ai fait un bond. Un bond prodigieux compte tenu du fait que j'étais allongé.

– Pardon, s'est excusée Lara.

– Tout va bien. C'est juste sensible à cause du cygne.

On est allés s'installer au salon télé et j'ai fermé la porte à clé, histoire de regarder les aventures de la famille *Brady*, un feuilleton américain qu'elle ne connaissait pas. L'épisode, celui où les Brady visitent une ville fantôme et où ils sont faits prisonniers par un vieux chercheur d'or dérangé à la barbe mitée, était particulièrement nase et nous a donné matière à rire. Une bonne chose dans la mesure où on n'avait que très peu de sujets de discussion.

Pile au moment où les Brady étaient poussés dans leur cellule, Lara m'a posé une question incroyable.

– On t'a déjà fait une pipe ?

– Euh... Ça tombe un peu comme un cheveu sur la soupe, non ?

– La soupe ?

– Tu me demandes ça tout à trac.

– Trrac ?

– Ça te vient d'où ? Qu'est-ce qui t'y a fait penser ?

– C'est juste que je n'en ai jamais fait, a-t-elle répondu, sa petite voix dégoulinant de séduction.

C'était tellement osé. J'ai cru que j'allais exploser. Qui l'eût cru ? Entendre ce genre de truc de la bouche d'Alaska était une chose. Mais sentir cette délicieuse petite voix roumaine se remplir soudain de tant d'érotisme...

– Non, ai-je dit. Jamais.

– Ça te dirrait ?

ÇA ME DIRAIT ???

– Hum. Oui. Mais ne te sens pas obligée.

– Je crrois que j'en ai envie, m'a-t-elle rassuré.

On s'est embrassés un peu et ensuite. Et ensuite, alors que je suivais les excentricités de la mère Brady à la télévision, Lara a déboutonné mon pantalon, elle a baissé un peu mon caleçon et elle a sorti mon pénis.

– Waouh, s'est-elle exclamée.

– Quoi ?

Elle a levé les yeux, mais son visage n'a pas bougé d'un millimètre.

– Il est bizarre.

– Qu'est-ce que tu veux dire par « bizarre » ?

– Il est grrand.

Je pouvais survivre à pareille bizarrerie. Après quoi elle a pris mon pénis dans sa main et elle l'a introduit dans sa bouche.

Et elle a attendu.

On est restés rigoureusement immobiles, sans bouger un muscle du corps, ni l'un ni l'autre. Je savais qu'à ce stade il était censé se passer autre chose, mais j'ignorais quoi.

Lara s'était figée. Je sentais sa respiration inquiète. Durant plusieurs minutes, le temps que les Brady volent la clé de la cellule et s'enfuient de la prison de la ville fantôme, elle est restée clouée sur place, mon pénis dans sa bouche, et moi, pétrifié, attendant.

Au bout du compte, elle a fini par le retirer de sa bouche et elle m'a regardé d'un air perplexe.

– Je suis supposée fairre un trruc ?

– Euh. Je n'en sais rien.

Ce que j'avais appris en regardant le film porno avec Alaska a soudain électrisé mon cerveau. Je me suis dit qu'il serait peut-être judicieux que Lara fasse un va-et-vient avec la tête mais, à ce compte-là, est-ce qu'elle n'allait pas s'étouffer ? Alors je n'ai rien dit.

– Tu crrois que je devrrais le morrdrre ?

– Surtout pas ! Enfin, je ne pense pas. Il me semble… C'était agréable. J'ai aimé. Je ne pourrais pas te dire si on doit faire autre chose en plus.

– Oui, mais enfin, tu n'as pas…

– Hum. Et si on demandait à Alaska ?

On est allés trouver Alaska dans sa chambre. Elle a failli

mourir de rire. Elle se bidonnait tellement qu'elle en pleurait. Puis elle s'est levée de son lit pour prendre un tube de dentifrice dans la salle de bains avec lequel elle nous a fait une démonstration. Je me serais damné pour être le tube.

De retour dans sa chambre, Lara a suivi les instructions d'Alaska à la lettre et moi aussi, ce qui revenait, en ce qui me concernait, à mourir cent petites morts extatiques, les poings serrés, le corps tremblant. C'était la première fois que j'avais un orgasme avec une fille. Si bien qu'après, j'étais mal à l'aise. Et il était clair que Lara aussi.

– Tu veux qu'on travaille un peu ? a-t-elle fini par demander, brisant le silence.

On n'avait pas grand-chose à faire le jour de la rentrée, mais Lara a lu en prévision de son cours d'anglais et j'ai pris sur les étagères de sa copine la bio de Che Guevara, le révolutionnaire argentin, dont le poster ornait un des murs. Puis je me suis allongé contre elle sur son lit. J'ai commencé le bouquin par la fin, comme je le faisais parfois avec les biographies que je n'avais pas l'intention de lire jusqu'au bout, et j'ai trouvé les dernières paroles du Che sans trop avoir à chercher. Capturé par l'armée bolivienne, il a dit : « Tirez, bande de lâches. Vous ne tuez qu'un homme. » J'ai repensé à celles de Simón Bolívar dans le roman de García Márquez : « Comment vais-je sortir de ce labyrinthe ? » Décidément, les révolutionnaires sud-américains mouraient avec panache. J'ai lu la phrase à Lara. Elle s'est tournée sur le côté et elle a posé sa tête sur ma poitrine.

– Pourrquoi tu as cette fascination pour les derrnièrres paroles des gens ?

Aussi étrange que cela puisse paraître, je n'y avais jamais réfléchi.

– Je ne sais pas, ai-je répondu en glissant la main dans le creux de ses reins. Il arrive que ce soit parce qu'elles sont drôles. Par exemple, ce général Sedgwick, à l'époque de la guerre de Sécession, qui a dit : « Ils seraient incapables d'abattre un éléphant à cette dist… » et qui est tombé sous les balles.

Lara a ri.

– En revanche, les gens meurent souvent comme ils ont vécu, ai-je poursuivi. Leurs dernières paroles m'apprennent beaucoup sur eux et elles m'expliquent pourquoi leur vie fait l'objet d'une biographie. Ça te paraît sensé ?

– Oui.

– Oui ? Juste oui ?

– Oui, a-t-elle répété avant de retourner à sa lecture.

Je ne savais pas comment lui parler. Et ça m'agaçait d'essayer. Alors, au bout d'un petit moment, je me suis levé et je suis parti.

Je l'ai embrassée pour lui dire au revoir. Je pouvais au moins faire ça.

J'ai récupéré Alaska et le Colonel à la chambre 43 et on est allés au pont où j'ai re-raconté en détail le désastre honteux de la fellation.

– Je n'arrive pas à croire qu'elle t'ait fait deux pipes dans la même journée ! s'est exclamé le Colonel.

– Seulement d'un point de vue technique. En réalité, il n'y en a eu qu'une, a rectifié Alaska.

– N'empêche. Quand même. Le Gros s'est fait tailler une pipe.

– Pauvre, pauvre Colonel, a dit Alaska avec un sourire contrit. Je t'en ferais bien une par pitié, mais je tiens à Jake.

– C'est trop bizarre, a rétorqué le Colonel. Tu es censée ne draguer que le Gros.

– Mais le Gros a une copine rroumaine, s'est-elle esclaffée.

Le soir, le Colonel et moi sommes allés dans la chambre d'Alaska fêter la réussite de la « Soirée Grange ». Ils avaient déjà beaucoup bu tous les deux pour célébrer l'événement. Quant à moi, je ne me sentais pas de les accompagner. Je me suis contenté de manger des bretzels pendant qu'Alaska et le Colonel buvaient du vin dans des gobelets en carton décorés de fleurs.

– Ce soir, personne ne boit au goulot, a déclaré le Colonel. On relève le niveau.

– On va se livrer à une bonne vieille compète du Sud, a dit Alaska. Le Gros va assister pour son plus grand plaisir à une démonstration authentique de mode de vie local. On va s'opposer par gobelets interposés jusqu'à ce que le moins costaud des deux tombe.

C'est en gros ce qu'ils ont fait, en ne s'interrompant que pour éteindre la lumière à vingt-trois heures, afin d'éviter une visite de l'Aigle. Ils ont discuté un peu, mais surtout bu. Je me suis abstrait de la conversation et, en perçant l'obscurité, j'ai commencé à déchiffrer les titres sur la tranche des livres de la Bibliothèque de la vie d'Alaska. Même en soustrayant ceux qu'elle avait perdus dans la mini-inondation, il m'aurait fallu jusqu'au matin pour passer en revue toutes les piles de bouquins entassés n'importe comment. Un vase en plastique contenant une douzaine de tulipes blanches était posé en équilibre précaire au sommet de l'une d'entre elles. À ma question, Alaska a répondu :

– Cadeau de Jake pour mon anniversaire.

Je ne souhaitais pas approfondir le sujet, alors je suis retourné aux titres de livres. J'étais en train de me demander comment faire pour trouver les dernières paroles d'Edgar Allan Poe, quand j'ai entendu Alaska dire :

– Le Gros ne nous écoute même pas.

– J'écoute, ai-je répondu.

– On était en train de parler d'« Action ou vérité ». J'y jouais en cinquième. Ça te branche toujours ?

– Je n'y ai jamais joué, ai-je dit. Pas de copains en cinquième.

– Alors on joue ! a-t-elle hurlé un peu trop fort compte tenu de l'heure et du fait qu'elle buvait ouvertement du vin dans sa chambre. Action ou vérité !

– D'accord, ai-je accepté, mais je ne sors pas avec le Colonel.

– Pas question de sortir avec qui que ce soit. Je suis trop soûl, a-t-il lâché, effondré dans un coin.

– Action ou vérité, le Gros ? a dit Alaska, prenant les devants.

– Action.

– Roule-moi une pelle.

Et je l'ai fait.

Aussi rapide que ça. J'ai ri. Nerveusement. Elle s'est penchée sur moi, elle a incliné la tête et on s'est embrassés. Zéro épaisseur entre nous. Nos langues dansant dans la bouche l'un de l'autre dans un mouvement de va-et-vient, emmêlées. Elle sentait la cigarette, le soda, le vin et le stick hydratant pour les lèvres. Elle a avancé la main pour suivre la ligne de ma mâchoire. Sans cesser de nous embrasser, on s'est allongés, elle sur moi, et j'ai commencé à remuer sous elle. À un moment, je me suis détaché.

– Qu'est-ce qui se passe ? ai-je demandé.

Elle a posé un doigt sur mes lèvres et on a recommencé à s'embrasser. Soudain, elle m'a pris la main et l'a fait descendre jusqu'à son ventre. Je me suis glissé doucement sur elle et j'ai senti son dos se cambrer comme une liane.

Je me suis écarté.

– Et Lara ? Et Jake ?

Elle m'a fait signe de me taire.

– Moins de langue, plus de lèvres, a-t-elle chuchoté.

Et je me suis exécuté du mieux que j'ai pu. De mon point de vue, tout tenait à la langue, mais c'était elle l'experte.

– Putain, s'est écrié le Colonel assez fort. Ça va pas tarder à chauffer.

Mais on n'y a pas prêté attention. Alaska a repris ma main et elle l'a fait remonter jusqu'à sa poitrine. Je l'ai caressée du bout des doigts, sous le corsage, mais sur le soutien-gorge, puis j'ai refermé la main sur son sein et je l'ai pressé délicatement.

– Tu te défends bien de ce côté-là, a-t-elle murmuré, sans quitter mes lèvres.

Nos corps bougeant à l'unisson, je me suis glissé entre ses jambes.

– C'est trop bon, a-t-elle chuchoté. Mais j'ai sommeil. La suite au prochain numéro ?

Elle m'a embrassé encore un peu, ma bouche faisant le maximum pour rester collée à la sienne, puis elle s'est dégagée du poids de mon corps, elle a posé la tête sur ma poitrine et elle s'est endormie instantanément.

On n'a pas fait l'amour. On ne s'est jamais déshabillés. Je n'ai jamais touché ses seins nus et ses mains ne sont jamais descendues plus bas que mes hanches. Ça n'avait aucune importance.

– Je t'aime, Alaska Young, ai-je murmuré dans son sommeil.

J'allais m'endormir quand j'ai entendu le Colonel :

– Dis, mon pote, tu es sorti avec Alaska ou quoi ?

– Oui.

– Ça va mal finir, cette affaire, a-t-il ajouté dans sa barbe.

Après quoi j'ai dormi. Du sommeil « j'ai toujours son goût sur les lèvres », un sommeil pas spécialement reposant, mais dont on émerge avec difficulté. Puis j'ai entendu le téléphone sonner. Il me semble. Et il me semble aussi, bien que je ne puisse le vérifier, qu'Alaska s'est levée. Il me semble que je l'ai entendue sortir de la chambre. Il me semble. Combien de temps est-elle restée dehors, impossible de le savoir.

Mais on s'est réveillés tous les deux, le Colonel et moi, quand elle est rentrée, parce qu'elle a claqué la porte. Elle était en larmes, comme le lendemain de Thanksgiving, mais en pire.

– Il faut que je parte d'ici ! a-t-elle crié.

– Qu'est-ce qui se passe ? ai-je demandé.

– J'ai oublié ! Putain, combien de fois je vais merder ?

Je n'ai pas eu le temps de réfléchir à ce qu'elle avait pu oublier, quand elle a hurlé :

– IL FAUT QUE JE PARTE. AIDEZ-MOI À SORTIR D'ICI !

– Où tu dois aller ?

Elle s'est assise, la tête entre les genoux, secouée de sanglots.

– S'il vous plaît, distrayez l'Aigle tout de suite pour que je puisse partir. Je vous en supplie.

– D'accord, avons-nous répondu en même temps, le Colonel et moi, égaux dans la culpabilité.

– N'allume pas tes phares, a-t-il dit. Roule doucement et n'allume pas tes phares. Tu es sûre que ça va ?

– On s'en fout ! Débarrassez-moi juste de l'Aigle, a-t-elle hoqueté comme une enfant, moitié criant, moitié pleurant. Oh, mon Dieu ! Pardon.

– Bon, a repris le Colonel. Démarre dès que tu entends la deuxième série de pétards.

On est partis.

On n'a pas dit : « Ne conduis pas. Tu es soûle. »

On n'a pas dit : « On ne te laisse pas monter en voiture aussi bouleversée. »

On n'a pas dit : « Ça peut attendre demain. Tout peut attendre. »

On est allés dans la salle de bains de notre chambre prendre les trois séries de pétards qui restaient sous le lavabo et on a couru chez l'Aigle, sans savoir si le stratagème marcherait à nouveau.

Mais il a marché. L'Aigle a jailli de sa maison dès les premières explosions. À croire qu'il nous attendait. On a foncé vers le bois, l'entraînant suffisamment loin pour qu'il ne l'entende pas démarrer. Après quoi on a fait demi-tour en pataugeant dans le torrent, histoire de gagner du temps, puis on s'est glissés dans la chambre 43 par la fenêtre de derrière et on a dormi comme des souches.

après

Le lendemain

LE COLONEL A DORMI du sommeil agité de l'ivrogne et je suis resté étendu sur le dos, la bouche animée de picotements, vivante, comme si elle était toujours en train d'embrasser. On aurait probablement dormi pendant les cours de la matinée si l'Aigle ne nous avait pas réveillés en frappant trois coups rapides à la porte. Je me suis retourné juste quand il l'ouvrait, laissant entrer à flots la lumière matinale.

– Vous êtes convoqués au gymnase, a-t-il annoncé.

J'ai regardé vers lui en clignant des yeux. Il était à contre-jour, invisible, dos au soleil aveuglant.

– Maintenant, a-t-il ajouté.

Je le savais. On était cuits. Gaulés. Trop de bulletins scolaires. Trop d'alcool en si peu de temps. Pourquoi avait-il fallu qu'ils boivent hier soir ? Et soudain, j'ai eu à nouveau son goût sur les lèvres, vin, cigarette, stick hydratant et Alaska. Je me suis demandé si elle m'avait embrassé parce qu'elle était soûle. « Ne me virez pas, ai-je pensé. Je vous en prie. Je viens à peine de commencer à l'embrasser. »

– Vous n'avez rien à vous reprocher, a déclaré l'Aigle, comme s'il avait entendu mes prières. Mais je vous veux quand même dans le gymnase tout de suite.

J'ai entendu le Colonel se retourner.

– Il y a un problème ? a-t-il demandé.

– Il s'est passé quelque chose d'effroyable, a répondu l'Aigle, et il a refermé la porte.

– C'est déjà arrivé il y a quelques années, a dit le Colonel en ramassant son jean par terre. Quand la femme de Hyde est morte. Je suppose qu'il s'agit du Vieux cette fois. Pauvre bougre, il ne lui restait pas beaucoup de souffle.

Le Colonel a levé sur moi des yeux à demi fermés et injectés de sang. Et il a poussé un bâillement.

– Tu as un peu l'air d'avoir la gueule de bois, ai-je déclaré.

Il a fermé les yeux.

– C'est que je fais bonne figure, le Gros, parce que j'en ai une colossale.

– J'ai embrassé Alaska.

– Oui. Je n'étais pas soûl à ce point-là. Allons-y.

On a traversé la pelouse centrale des dortoirs pour rejoindre le gymnase. J'étais en jean *baggy*, sweat-shirt sans chemise, et j'avais les cheveux en pétard. Tous les profs tapaient aux portes des chambres, tous sauf le docteur Hyde. Je l'ai imaginé mort, chez lui, en me demandant qui avait bien pu le trouver. Comment on avait même pu remarquer son absence avant les cours.

– Je ne vois pas le docteur Hyde.

– Pauvre vieux, a dit le Colonel.

Au moment où on est arrivés, le gymnase était à moitié plein. Une estrade avait été poussée au milieu du terrain de basket, à côté des gradins. Je me suis assis au deuxième rang et le Colonel juste devant moi. J'étais partagé entre un sentiment de tristesse pour le docteur Hyde et une sensation de fièvre en pensant à Alaska, à sa bouche si proche de la mienne, me murmurant : « La suite au prochain numéro ? »

Et rien ne m'est venu à l'esprit. Pas même quand le docteur Hyde est entré en traînant les pieds, venant vers nous à petits pas.

J'ai tapé sur l'épaule du Colonel.

– Hyde est là.

– Oh ! putain, a-t-il lâché.

– Quoi ?

– Où est Alaska ? a-t-il demandé.

– Non !

– Le Gros, elle est là ou elle est pas là ?

On s'est levés pour scruter les visages dans le gymnase.

L'Aigle est monté sur l'estrade.

– Tout le monde est là ?

– Non, lui ai-je répondu. Alaska n'est pas là.

Il a baissé les yeux.

– À part elle, tout le monde est là ?

– Alaska n'est pas là !

– Entendu, Miles. Merci.

– On ne peut pas commencer sans elle.

L'Aigle m'a regardé. Il pleurait sans bruit. Ses yeux débordaient de larmes, qui dégoulinaient sur son menton et venaient s'écraser sur son pantalon en velours côtelé. Il m'a regardé longuement, mais pas du regard qui tue. Clignant des yeux pour chasser ses larmes, il était l'image de la tristesse.

– Je vous en supplie, monsieur, ai-je plaidé, pourrions-nous attendre Alaska ?

J'ai senti tous les yeux se tourner vers moi, chacun essayant de deviner ce que je savais désormais, mais que je refusais de croire.

L'Aigle a baissé les yeux, il s'est mordu la lèvre.

– La nuit dernière, Alaska Young a eu un terrible accident, a-t-il déclaré, ses larmes redoublant. Elle a été tuée. Alaska est morte.

Pendant un moment, personne n'a soufflé mot. Le gymnase n'a jamais été aussi silencieux, pas même dans les secondes qui précédaient la ridiculisation de l'équipe adverse sur la ligne de lancers francs par le Colonel. J'ai fixé sa nuque. Pendant un moment, le silence a été tel qu'on pouvait entendre le bruit des non-respirations, du vide créé par cent quatre-vingt-dix élèves choqués au point de manquer d'air.

Je me suis dit : « Tout est ma faute. »

Je me suis dit : « Je ne me sens pas bien. »

Je me suis dit : « Je vais vomir. »

Je me suis levé d'un bond et je me suis rué dehors. J'ai réussi à gagner une poubelle près du gymnase, à un mètre cinquante des portes battantes, et j'ai hoqueté au-dessus des cannettes de boissons énergétiques et des hamburgers à moitié mangés. Mais quasiment rien n'est sorti. J'étais secoué de haut-le-cœur, les muscles de mon ventre se contractaient, ma gorge s'ouvrait et un « bleuh » guttural franchissait les spasmes du vomissement, encore et encore. Entre deux nausées, j'aspirais l'air à pleins poumons. Sa bouche. Sa bouche morte, froide. Pas de suite au prochain numéro. Je la savais ivre. Bouleversée. On ne laisse évidemment pas conduire quelqu'un qui est soûl et dans tous ses états. Évidemment. Putain, Miles, qu'est-ce qui cloche avec toi ? Et là, j'ai vomi, enfin, éclaboussant les ordures. Et tout ce qui me reste d'elle dans la bouche est là, dans une poubelle. Puis il en vient encore. Entendu, calme-toi, entendu, sérieusement, elle n'est pas morte.

Elle n'est pas morte. Elle est vivante. Vivante quelque part. Dans le bois. Alaska se cache dans le bois et elle n'est pas morte, elle se cache, c'est tout. Elle nous fait une farce. Ce n'est qu'une autre des blagues grandioses d'Alaska. C'est Alaska faisant Alaska, drôle, joueuse, ignorant quand et comment freiner.

Après, je me suis senti mieux, parce qu'elle n'était pas morte du tout.

Je suis retourné au gymnase où tout le monde était à divers stades d'anéantissement. On se serait crus dans un documentaire sur les rites funéraires. J'ai vu Takumi penché sur Lara, les mains posées sur ses épaules. J'ai vu Kevin, avec sa boule à zéro, la tête plongée entre ses genoux. Molly Tan, une fille qui avait révisé la trigo avec nous, gémissait en se frappant les cuisses de ses poings serrés. Des gens que je connaissais et que je ne connaissais pas, d'une certaine façon, tous sans exception démolis. Puis j'ai vu le Colonel, couché en chien de fusil sur les gradins, les genoux serrés sur la poitrine, Mme O'Malley assise à côté de lui, tendant la main vers son épaule mais sans le toucher. Le Colonel criait. Il inspirait, il criait. Inspirait. Criait. Inspirait. Criait.

Au début, j'ai cru que ce n'était qu'un hurlement. Mais, au bout de plusieurs inspirations, j'ai remarqué un rythme. Et au bout d'un moment, je me suis rendu compte qu'il disait quelque chose. Il criait : « Je regrette tellement. »

– Vous n'avez rien à vous reprocher, Chip, lui a dit Mme O'Malley en lui prenant la main. Vous n'auriez rien pu faire.

Si elle avait su.

Je suis resté à regarder la scène, en pensant à Alaska toujours vivante, quand j'ai senti une main sur mon épaule. Je me suis retourné. C'était l'Aigle.

– Je crois qu'elle nous fait une blague idiote, ai-je dit.

– Non, Miles, non. Je suis navré.

J'ai senti la chaleur envahir mes joues.

– Elle est très forte. Elle peut y arriver.

– Je l'ai vue, Miles. Je suis navré.

– Qu'est-ce qui s'est passé ?

– Quelqu'un a fait partir des pétards dans le bois.

J'ai fermé les yeux en serrant très fort les paupières, la conclusion inévitable à portée de main : je l'ai tuée.

– Je suis sorti lui courir après, et je suppose qu'elle a quitté l'enceinte de l'établissement à ce moment-là, a-t-il continué. Elle roulait sur la I-65, juste au sud de la commune. Un camion s'était mis en travers de la route, bloquant la voie dans les deux sens. Une voiture de police venait d'arriver sur les lieux. Alaska l'a percutée sans même faire une embardée. Je pense qu'elle devait être très ivre. Les policiers ont dit qu'ils avaient senti une odeur d'alcool.

– Comment le savez-vous ? ai-je demandé.

– Je l'ai vue, Miles. J'ai parlé à la police. Elle est morte sur le coup. Le volant a heurté sa poitrine. Je regrette.

J'ai dit : « Vous l'avez vue », et il a répondu : « Oui », j'ai dit : « Elle était comment ? », et il a répondu : « Elle avait juste un petit peu de sang qui coulait du nez » ; alors je me suis assis par terre. Le Colonel criait toujours, j'ai senti des mains se poser sur mon dos quand je me suis penché en avant, mais je ne voyais qu'elle, allongée nue sur une table en métal, une petite goutte de sang s'échappant de son nez comme une larme, ses yeux verts ouverts, le regard fixe, sa bouche juste assez retroussée pour évoquer l'idée d'un sourire. Et dire qu'elle avait été brûlante entre mes bras, sa bouche si douce et chaude contre la mienne...

Le Colonel et moi marchons en silence pour rejoindre notre chambre. Je fixe le sol. Je n'arrête pas de me dire qu'elle est morte et je n'arrête pas non plus de me dire que ce n'est pas possible. Les gens ne meurent pas comme ça. Je n'arrive pas à retrouver ma respiration. J'ai peur, comme si quelqu'un m'avait promis qu'après les cours j'allais prendre une branlée et que, le moment étant venu, je savais trop bien ce qui m'attendait. Il fait tellement froid aujourd'hui, on gèle littéralement. Je m'imagine courant jusqu'au torrent et plongeant la tête la première dans une eau si peu profonde que mes mains racleraient contre les galets, mon corps glissant dans l'eau glacée, le choc du froid laissant la place à l'engourdissement. Je me laisserais flotter, emporté par le courant jusqu'à la rivière Cahaba, ensuite à la rivière Alabama dans laquelle elle se jette, puis dans la baie de Mobile et enfin dans le golfe du Mexique.

J'aimerais me fondre dans l'herbe marron et craquante que le Colonel et moi foulons sans rien dire en rentrant à notre chambre. Le Colonel a des pieds immenses, bien trop grands pour sa taille, et les baskets bon marché qu'il porte depuis qu'on a pissé dans les précédentes lui font presque des pieds de clown. Je repense aux tongs d'Alaska en équilibre au bout de ses doigts de pied aux ongles vernis en bleu tandis que nous nous balancions sur la balancelle au bord du lac. Le cercueil sera-t-il ouvert ? Un embaumeur peut-il recréer son sourire ? Je l'entends encore me dire : « C'est trop bon, mais j'ai sommeil. La suite au prochain numéro ? »

Les dernières paroles de Henry Ward Beecher, un prédicateur du XIXe siècle, sont : « À présent commence le mystère. » Celles de Dylan Thomas, le poète qui aimait boire un coup au moins autant qu'Alaska, sont : « J'ai bu dix-huit whiskys cul sec. C'est un record. » Les préférées d'Alaska étaient celles d'Eugene O'Neill, le dramaturge : « Né dans une chambre d'hôtel et... Bordel !... mort dans une chambre d'hôtel. » Même les victimes d'accident de voiture ont le temps de prononcer des dernières paroles. La princesse Diana, par exemple, s'est exclamée : « Oh, mon Dieu ! Qu'est-ce qui s'est passé ? », et James Dean : « Ils doivent nous voir », juste avant de percuter une voiture avec sa Porsche. J'en connais tant. Mais je ne saurai jamais les siennes.

Je devance le Colonel de plusieurs mètres avant de me rendre compte qu'il est tombé. Je me retourne. Il gît face contre terre.

– Relève-toi, Chip. Il le faut. On doit rentrer à la chambre.

Le Colonel soulève sa tête et me regarde droit dans les yeux.

– Je ne peux pas respirer.

Mais il peut, il a une crise d'hyperventilation, il respire comme quelqu'un qui voudrait ranimer un mort en lui insufflant de l'air. Je le relève, il s'accroche à moi, il se remet à pleurer et à crier.

– Je regrette tellement.

Encore et encore.

On ne s'est jamais serrés dans les bras l'un de l'autre, il n'y a pas grand-chose à dire parce qu'il fait bien de regretter. J'ai serré sa tête contre mon épaule et j'ai déclaré la seule chose qui fût vraie :

– Moi aussi, je regrette.

Deux jours après

CETTE NUIT-LÀ, je n'ai pas dormi. L'aube a pris son temps pour se lever et, quand elle s'est enfin décidée, la lumière ardente du soleil passant à flots à travers les lattes du store, notre radiateur rachitique peinant à réchauffer l'atmosphère, elle nous a trouvés, le Colonel et moi, sans voix, assis sur le canapé. Lui lisant son almanach.

La veille au soir, j'avais bravé le froid pour appeler mes parents et, cette fois, quand j'avais dit :

– Allô, c'est Miles.

Et que ma mère s'était exclamée :

– Il y a un problème ? Tout va bien ?

J'avais pu lui répondre avec certitude que non, tout n'allait pas bien. Sur ce, mon père avait pris la ligne.

– Qu'est-ce qui ne va pas ? avait-il demandé.

– Ne hurle pas, avait dit ma mère.

– Je ne hurle pas, c'est le poste.

– Dans ce cas, parle plus bas.

Si bien que je n'avais pas pu dire quoi que ce soit avant un moment et il m'en avait fallu encore un autre pour prononcer les mots dans l'ordre : « Mon amie Alaska est morte dans un accident de voiture », en fixant les numéros et les messages griffonnés sur le mur du téléphone.

– Oh ! Miles, s'était écriée maman. Je suis navrée, mon chéri. Tu veux rentrer à la maison ?

– Non, je vais rester là… je n'arrive pas à y croire.

Ce qui était encore en partie vrai.

– C'est horrible, avait dit mon père. Ses pauvres parents !

« Pauvre père », m'étais-je dit, en me demandant ce qu'il en était de lui. Je ne pouvais pas imaginer comment réagiraient mes parents si je mourais. Ivre au volant. Putain, si le père d'Alaska l'apprenait, il nous tuerait, le Colonel et moi.

– Qu'est-ce qu'on peut faire pour toi ? avait demandé ma mère.

– J'avais juste besoin que vous décrochiez, que vous répondiez au téléphone, et vous l'avez fait.

J'avais entendu renifler derrière moi, de froid ou de chagrin, je ne saurais dire.

– Quelqu'un attend pour téléphoner, avais-je alors annoncé à mes parents. Il faut que j'y aille.

Je suis resté paralysé toute la nuit, muet de terreur. De quoi avais-je si peur, de toute façon ? La chose s'était passée. Elle était morte. Un moment chaude et douce contre ma peau, ma langue dans sa bouche, elle qui riait, en essayant de m'apprendre, de me rendre plus performant, en me promettant une suite au prochain numéro. Et maintenant.

Et maintenant, elle était plus froide d'heure en heure, plus morte à chacune de mes respirations. Je me suis dit : « Ma peur, la voilà, j'ai perdu quelque chose d'important que je ne peux pas retrouver alors que j'en ai besoin. C'est la peur du type qui a perdu ses lunettes et à qui l'opticien annonce qu'il n'y en a plus une seule paire dans le monde entier, qu'il devra faire sans dorénavant. »

Juste avant huit heures du matin, le Colonel a annoncé, sans s'adresser à personne en particulier :

– Je crois qu'il y a tortifrite au déjeuner.

– Ah bon, tu as faim ?

– Putain, non. Mais c'est elle qui a inventé le nom. Quand on est arrivés au Creek, le plat s'appelait tortilla frite. Alaska s'est mise à l'appeler tortifrite et tout le monde l'a suivie. Maureen a fini par changer le nom officiellement.

Il s'est tu quelques secondes.

– Je ne sais pas quoi faire, Miles, a-t-il repris.

– Oui, je sais.

– J'ai terminé de mémoriser les capitales, a-t-il dit.

– Des États américains ?

– Non. Ça, c'était en CM2. Des pays. Dis-moi un nom de pays.

– Canada.

– Quelque chose de plus dur.

– Hum... Ouzbékistan, ai-je proposé.

– Tachkent, a-t-il répondu sans une seconde de réflexion.

La réponse attendait sur le bout de sa langue, comme s'il avait su depuis le début que j'allais dire Ouzbékistan.

– Viens, on s'en grille une, a-t-il proposé.

On est allés à la salle de bains et on a ouvert l'eau chaude de la douche. Le Colonel a sorti une boîte d'allumettes de son jean et en a gratté une sur le grattoir. Elle ne s'est pas allumée. Nouvel essai et nouvel échec. Nouvel essai, en tapant sur la boîte avec une rage croissante qui a fini par lui faire jeter les allumettes par terre en hurlant :

– BORDEL !

– Ce n'est pas grave, ai-je dit en cherchant un briquet dans ma poche.

– Si, c'est grave, le Gros, a-t-il rétorqué en balançant sa cigarette, soudain furieux. Bordel ! Comment un truc pareil a pu arriver ? Pourquoi a-t-elle été aussi stupide ? Elle n'a jamais été capable de réfléchir jusqu'au bout. Trop impulsive. Ah ! si, c'est grave. Je n'arrive pas à croire qu'elle ait pu être aussi con.

– On aurait dû l'arrêter, ai-je dit.

Le Colonel s'est penché vers la cabine de douche pour stopper le mince filet d'eau et il a abattu la main sur la paroi carrelée.

– Tu parles si je le sais qu'on aurait dû l'arrêter. Je ne le sais que trop, bordel de merde. Mais on n'aurait pas dû avoir à le faire. Il fallait la surveiller comme une gamine de trois ans. Tu déconnes une fois et elle meurt. Putain ! J'explose. Je vais sortir marcher.

– D'accord, ai-je dit en essayant de rester calme.

– Excuse-moi, le Gros. Je suis trop détruit. J'ai l'impression que je pourrais mourir.

– Tu pourrais.

– Oui, je pourrais. On ne sait jamais. Pouf ! et tu es parti.

Je l'ai suivi dans la chambre. Il a pris son almanach sur son lit, il a remonté la fermeture éclair de son blouson, il a refermé la porte, et pouf ! il était parti.

La matinée a apporté son lot de visiteurs. Une heure après le départ du Colonel, Hank Walsten, pensionnaire défoncé, est passé me proposer de l'herbe, que j'ai aimablement refusée.

– Elle a eu une mort instantanée, au moins. Pas de souffrance, a-t-il dit en m'étreignant.

Je savais qu'il cherchait à me consoler, mais il n'avait rien pigé. De la souffrance, il y en avait. Une souffrance sans fin qui tordait mon ventre et ne voulait pas me lâcher, même quand je m'agenouillais sur le carrelage glacé de la salle de bains, secoué de vains haut-le-cœur.

De toute façon, qu'était au juste une mort instantanée? Combien de temps durait l'instant? Une seconde? Dix? La douleur de ces secondes avait dû être horrible, tandis que son cœur éclatait, que ses poumons succombaient, que l'air venait à manquer, que son cerveau n'était plus irrigué, cédant à une panique à l'état pur. Qu'existe-t-il d'instantané? Rien. Le riz instantané prend cinq minutes, le gâteau instantané, une heure. Je doute qu'un instant de douleur aiguë soit ressenti de façon particulièrement instantanée.

A-t-elle eu le temps de voir sa vie défiler devant ses yeux? Y étais-je? Et Jake? Elle m'avait promis, je me le rappelais, la suite au prochain numéro, mais je savais aussi qu'au moment de sa mort elle roulait vers le nord, vers Nashville, vers Jake. Cette promesse ne signifiait peut-être rien pour elle. Elle n'était sans doute que le fruit de l'une de ses grandioses impulsions. Le regard errant au-delà de Hank debout sur le seuil, de l'autre côté du cercle trop silencieux des dortoirs, je me suis demandé si ce que nous avions vécu avait compté pour elle et je n'ai pu répondre que oui, bien sûr, elle avait promis. La suite au prochain numéro.

Lara est arrivée ensuite, les yeux horriblement gonflés.

– Qu'est-ce qui s'est passé? a-t-elle demandé dans mes bras.

Je m'étais étiré sur la pointe des pieds pour pouvoir poser le menton sur sa tête.

– Je ne sais pas.

– Tu l'as vue ce soirr-là ? a-t-elle demandé à mes clavicules.

– Elle s'est soûlée. On est allés se coucher, avec le Colonel, et je suppose qu'elle a pris sa voiture pour sortir du bahut, ai-je dit.

C'est devenu le mensonge officiel.

J'ai senti les doigts de Lara, humides de larmes, rencontrer ma main et, avant que je ne puisse me raviser, je l'ai retirée.

– Excuse-moi, ai-je dit.

– Pas de prroblème. Je serrai dans ma chambrre si tu veux passer.

Je ne suis pas passé. Je ne savais pas quoi lui dire. J'étais pris dans un triangle amoureux dont l'un des côtés était mort.

L'après-midi, on a de nouveau été convoqués au gymnase à une assemblée générale d'établissement. L'Aigle a annoncé que le lycée affréterait des bus le dimanche suivant pour nous permettre d'assister à l'enterrement à Vine Station. Au moment où tout le monde se levait, j'ai aperçu Takumi et Lara venir dans ma direction. Lara a croisé mon regard et m'a souri faiblement. Je lui ai rendu son sourire, puis je me suis détourné et je me suis dépêché de me fondre dans la masse des jeunes effondrés qui sortaient en file du gymnase.

Je dors. Alaska entre dans la chambre en volant. Elle est nue et intacte. Ses seins, que je n'ai caressés que brièvement et dans le noir, pendent de son torse, lumineusement pleins. Elle plane à quelques centimètres au-dessus de moi, son souffle suave et chaud sur mon visage comme une brise balayant l'herbe haute.

– Salut, tu m'as manqué.

– Tu as l'air en forme, le Gros.

– Toi aussi.

– Je suis tellement nue, dit-elle en riant. Comment ça se fait ?

– Je veux que tu restes.

– Non, dit-elle, et elle s'écrase de tout son poids mort sur moi, broyant ma poitrine, me coupant la respiration.

Elle est froide et mouillée, comme de la glace fondue. Elle a la tête fendue en deux, une substance gris-rose suinte de la plaie béante et goutte sur mon visage, elle sent le formol et la viande avariée. J'étouffe. Je la repousse, terrifié.

Je me suis réveillé en tombant par terre avec un bruit sourd. Dieu merci, je suis un mec de la couchette du bas. J'avais dormi quatorze heures. C'était le matin. Mercredi, ai-je pensé. Son enterrement, dimanche. Je me suis demandé si le Colonel serait rentré, d'où il était. Il fallait qu'il soit là pour l'enterrement parce que je ne pouvais pas y aller seul, et avec quelqu'un d'autre, c'était comme y aller seul.

Le vent froid battait contre la porte et les arbres que j'apercevais par la fenêtre qui donnait sur l'arrière du bâtiment étaient secoués avec une telle violence que j'entendais le bruit depuis la chambre. Je me suis assis sur mon lit et j'ai pensé au Colonel, dehors, quelque part, la tête baissée, les dents serrées, marchant contre le vent.

Quatre jours après

IL ÉTAIT CINQ HEURES DU MATIN, je lisais la biographie de Meriwether Lewis (le Lewis de l'exploration Lewis et Clark), en m'efforçant de rester éveillé, quand la porte s'est ouverte et le Colonel est entré.

Il tremblait tellement que l'almanach qu'il avait entre les mains tressautait comme une marionnette sans fils.

– Tu as froid ? ai-je demandé.

Il a hoché la tête, puis il a retiré ses tennis et il s'est glissé dans mon lit en rabattant la couette sur lui. Le claquement de ses dents ressemblait à du morse.

– Putain ! Tu vas bien ?

– Mieux, maintenant. Plus chaud, a-t-il répondu. Puis, sortant une toute petite main diaphane de sous les couvertures, il a ajouté : Tu veux bien me tenir la main, s'il te plaît ?

– D'accord, mais c'est tout. Pas de pelle.

Son rire a secoué le lit.

– Où tu es allé ?

– J'ai marché jusqu'à Montevallo.

– Soixante-cinq kilomètres ?

– Soixante-sept, a-t-il corrigé. Soixante-sept aller. Soixante-sept retour. Cent trente-deux kilomètres. Non, cent trente-quatre. Oui. Cent trente-quatre kilomètres en quarante-cinq heures.

– Mais qu'est-ce qu'il y a d'intéressant à Montevallo ? ai-je demandé.

– Pas grand-chose. J'ai marché jusqu'à ce que j'aie trop froid, puis j'ai fait demi-tour.

– Sans dormir ?

– Non ! Trop horribles, les rêves. En rêve, elle ne se ressemblait plus. Je ne me rappelle même plus comment elle était.

J'ai lâché sa main et je suis allé chercher le calendrier de l'année précédente. Sur le cliché en noir et blanc du lycée, elle portait son débardeur orange et son jean coupé, à moitié descendu sur ses hanches étroites. Elle riait à gorge déployée, en tenant la tête de Takumi prisonnière au creux de son coude. Ses cheveux lui retombaient sur le visage, masquant ses joues.

– D'accord, a approuvé le Colonel. J'en avais marre qu'elle flippe sans raison. Marre qu'elle fasse la gueule en faisant référence au poids affreusement oppressant du drame ou à je ne sais quoi, mais sans jamais dire ce qui n'allait pas, sans jamais avoir une putain de bonne raison d'être triste. Moi, je pense qu'il faut une raison. Ma copine m'a largué, je suis triste. Je me fais choper en train de fumer, j'ai les boules. J'ai mal à la tête, je suis grognon. Elle n'avait jamais de raison, le Gros. J'en avais assez de supporter ses scènes. Et je l'ai laissée filer. Oh, mon Dieu !

Ses sautes d'humeur m'agaçaient parfois aussi, mais pas cette nuit-là. Cette nuit-là, je l'ai laissée partir parce qu'elle me l'a demandé. Aussi simple et aussi con que ça.

La main du Colonel était menue, je l'ai serrée fort, le froid de ses doigts s'insinuait en moi et ma chaleur en lui.

– J'ai mémorisé les populations, a-t-il annoncé.

– Ouzbékistan.

– Vingt-quatre millions sept cent cinquante-cinq mille cinq cent dix-neuf.

– Cameroun.

Trop tard. Il s'était endormi, sa main alanguie dans la mienne. Je l'ai glissée sous la couette et je suis monté dans son lit. Pour cette nuit au moins, j'étais un mec des couchettes du haut. Je me suis endormi au son de la respiration tranquille et régulière du Colonel, son obstination ayant fini par fondre face à la fatigue insurmontable.

Six jours après

LE DIMANCHE, je me suis levé après trois heures de sommeil et je me suis douché pour la première fois depuis des lustres. J'ai enfilé mon costume. J'avais failli ne pas le prendre, mais ma mère m'avait dit qu'on ne savait jamais quand on pouvait en avoir besoin, et effectivement.

Le Colonel n'avait pas de costume et, vu sa corpulence, il ne pouvait en emprunter à personne au Creek. Il a donc mis un pantalon noir et une chemise grise.

– Je suppose que je ne peux pas mettre ma cravate avec les flamants, a-t-il dit en enfilant ses chaussettes noires.

– Elle est un peu trop rigolote, compte tenu des circonstances.

– Peux pas la mettre à l'Opéra, a-t-il dit avec une ébauche de sourire. Peux pas la mettre à un enterrement. Peux pas m'en servir pour me pendre. Elle ne me sert à rien, en tant que cravate.

Je lui en ai donné une.

Le lycée avait affrété des bus pour transporter les élèves à Vine Station, la ville où était née Alaska, mais Lara, le Colonel, Takumi et moi y sommes allés dans le 4 × 4 de Takumi, en empruntant des petites routes pour ne pas passer par le lieu de l'accident sur l'autoroute. J'ai regardé le paysage défiler par la vitre, les quartiers résidentiels qui s'étiraient autour de Birmingham disparaître derrière les douces collines et les champs du nord de l'Alabama.

À l'avant, Takumi racontait à Lara l'histoire d'Alaska qui avait eu droit à un pouet-pouet des nénés l'été précédent. Ça l'a fait rire. J'avais entendu l'histoire la première fois que j'avais vu Alaska et on s'acheminait en ce moment même vers la dernière. Par-dessus tout, c'est l'injustice de la situation que je ressentais, l'injustice indiscutable d'aimer quelqu'un qui aurait pu vous rendre la pareille si la mort ne l'en avait pas empêché. J'ai appuyé le front contre le dos du repose-tête de Takumi et j'ai pleuré, j'ai gémi, pas tant de chagrin que de douleur. J'avais mal, et ce n'est pas un euphémisme. Ça me faisait mal comme des coups.

Les dernières paroles de Meriwether Lewis sont: «Je ne suis pas un lâche, mais je suis si robuste. Si dur à la mort.» Je n'en doutais pas, mais était-ce plus difficile que d'avoir été abandonné? Je pensais encore à Lewis en suivant Lara à l'intérieur de la chapelle en forme de A qui jouxtait le funérarium à un seul niveau de Vine Station, Alabama. Une ville en tout point aussi déprimante et déprimée qu'Alaska l'avait toujours décrite. L'endroit sentait le moisi et le désinfectant, et, dans l'entrée, le papier peint jaune se détachait dans les coins.

– Vous êtes venus pour Mlle Young? a demandé un type.

Le Colonel a hoché la tête. On nous a conduits dans une pièce remplie de rangées de chaises pliantes, où n'était présent qu'un seul homme. Il se tenait agenouillé au pied du cercueil devant l'autel. Le cercueil était fermé. Fermé. Je ne la reverrais pas. Ne pourrais pas l'embrasser sur le front. Ne la verrais pas une dernière fois. Mais il le fallait. J'en avais besoin.

– Pourquoi est-il fermé ? ai-je demandé beaucoup trop fort.

L'homme dont la bedaine s'échappait de son costume étriqué s'est retourné et il s'est avancé vers moi.

– Sa mère, m'a-t-il dit. Sa mère avait été placée dans un cercueil ouvert et Alaska m'avait fait promettre : « Papa, je ne veux pas qu'on me voie morte », voilà pourquoi. De toute façon, fiston, elle n'est pas là. Elle est avec le Seigneur.

Il a posé ses mains sur mes épaules, il avait grossi depuis la dernière fois qu'il avait mis son costume. Je n'en revenais pas, de ce que j'avais fait à cet homme, aux mêmes yeux verts lumineux qu'Alaska, sauf que les siens étaient profondément enfoncés dans des cernes bruns, un fantôme aux yeux verts qui respirait toujours. Je t'en prie, je t'en prie, Alaska. Ne meurs pas. Je me suis dégagé de son étreinte et, passant devant Lara et Takumi, je suis allé m'agenouiller devant le cercueil, et j'ai posé les mains sur le bois poli, de l'acajou, la couleur de ses cheveux. J'ai senti les mains minuscules du Colonel me prendre par les épaules et une larme couler sur mon crâne. Pendant de brefs instants, il n'y a eu que nous trois (les bus transportant les élèves n'étaient pas encore arrivés. Quant à Takumi et Lara, ils avaient disparu), nous trois, trois corps et deux personnes. Les trois qui savaient ce qui s'était passé et de trop nombreuses épaisseurs entre nous, trop, nous séparant.

– Je voudrais tellement la sauver, a dit le Colonel.

– Chip, elle n'est plus là.

– J'ai cru la sentir nous regarder. Mais tu as raison. Elle n'est plus là.

– Oh ! mon Dieu ! Alaska, je t'aime. Je t'aime.

– Pardon, le Gros. Je sais que tu l'aimais.

– Non, pas au passé.

Elle n'était plus une personne désormais, mais de la chair pourrissante, néanmoins je l'aimais au présent. Le Colonel s'est agenouillé à côté de moi et il a embrassé le cercueil.

– Je te demande pardon, Alaska. Tu méritais mieux comme ami.

« Est-ce vraiment si dur de mourir, monsieur Lewis ? Votre labyrinthe est-il pire que le mien ? »

Sept jours après

J'AI PASSÉ LA JOURNÉE DU LENDEMAIN à jouer au foot en mode muet dans la chambre, incapable de ne rien faire et incapable de faire autre chose. C'était le jour commémoratif de la mort de Martin Luther King, le dernier jour avant la reprise des cours et l'unique pensée qui tournait dans ma tête était que j'avais tué Alaska. Le Colonel est resté avec moi toute la matinée. Puis il a voulu aller manger un pain de viande à la cafète.

– Allons-y, a-t-il dit.

– Pas faim.

– Tu dois manger.

– Tu veux parier ? ai-je demandé sans lever les yeux du jeu.

– Putain ! Comme tu veux, a-t-il soupiré, et il est parti en claquant la porte.

« Il est toujours très en colère », me suis-je surpris à penser avec un rien de pitié. Aucune raison d'être en colère. La colère ne fait que distraire de la tristesse globale, de la certitude de l'avoir tuée, de lui avoir volé son avenir et sa vie. Avoir les boules ne pouvait rien y faire. Bordel !

– Il était comment, le pain de viande? ai-je demandé au Colonel à son retour.

– Pareil que dans ton souvenir. Pas plus pain que viande, a-t-il répondu en s'asseyant à côté de moi. L'Aigle a déjeuné avec moi. Il voulait savoir si on avait fait partir les pétards.

J'ai mis le jeu sur pause et je me suis tourné vers lui. Il retirait les derniers bouts de Skaï bleu du canapé d'une main.

– Et tu as répondu quoi?

– Je n'ai pas cafté. Bref, il m'a annoncé que la tante d'Alaska ou je ne sais qui venait nettoyer sa chambre demain. Alors, au cas où on y aurait laissé des affaires ou qu'il s'y trouverait quelque chose à ne pas mettre sous les yeux de la tante...

– Je ne me sens pas de faire ça aujourd'hui, ai-je répondu en me replongeant dans le jeu.

– Dans ce cas, j'irai seul.

Il s'est levé et il est sorti en laissant la porte ouverte. La queue glaciale de la vague de froid a rapidement submergé le radiateur. J'ai remis le jeu sur pause et je me suis levé pour fermer la porte. En passant la tête pour voir si le Colonel était entré dans la chambre d'Alaska, je l'ai trouvé là.

Il m'a attrapé par le sweat-shirt, en souriant.

– Je savais que tu ne me laisserais pas faire ça tout seul. Je le savais.

J'ai secoué la tête en levant les yeux au ciel, mais je l'ai suivi le long de la coursive jusqu'à la chambre d'Alaska, en passant devant le téléphone.

Je n'avais pas pensé à son odeur depuis sa mort. Mais, quand le Colonel a ouvert la porte, j'ai perçu la frange de son parfum : terre humide, herbe, cigarette et, dessous, vagues effluves de son lait pour le corps à la vanille. Elle a envahi mon présent, et seule la décence m'a empêché d'enfouir le visage dans les vêtements qui débordaient du panier de linge sale au pied de la commode. La chambre était telle que je me la rappelais : des centaines de livres empilés contre les murs, sa couette mauve roulée en boule au pied du lit, des livres en équilibre précaire sur la table de chevet. La chambre était telle que je la connaissais, mais l'odeur, qui me la rappelait plus que jamais, m'a cueilli. Debout au milieu de la pièce, les yeux fermés, j'ai inhalé lentement la vanille et l'herbe d'automne non coupée mais, à mesure que je respirais, à mesure que je m'y habituais, l'odeur s'est évanouie. Et bientôt, Alaska avait de nouveau disparu.

– C'est insoutenable, ai-je dit d'un ton neutre, parce que c'était la vérité. Putain, tous ces livres qu'elle ne lira jamais. La Bibliothèque de sa vie.

– Achetés dans des vide-greniers et destinés à y retourner.

– Les cendres retournent aux cendres, le vide-grenier au vide-grenier.

– Pas faux. Au boulot maintenant. Prends tout ce que la tante n'aimerait pas trouver, a-t-il dit.

J'ai vu le Colonel s'agenouiller devant le bureau, ouvrir le tiroir sous l'ordinateur et sortir des paquets de feuilles agrafées ensemble.

– Incroyable ! s'est-il écrié, elle gardait toutes ses dissertes. *Moby Dick. Ethan Frome.*

J'ai passé la main entre le matelas et le sommier à la recherche des préservatifs qu'elle cachait en prévision des visites de Jake. Je les ai mis dans ma poche et je me suis attaqué à la commode où elle avait peut-être planqué de l'alcool, des gadgets érotiques ou je ne sais quoi. Je n'ai rien trouvé. Je suis passé aux livres, empilés les uns sur les autres, la tranche visible, la collection aléatoire de littérature qu'était Alaska. Un livre en particulier m'intéressait, mais il était introuvable.

Le Colonel s'est assis par terre, la tête penchée sous le lit.

– Tu dirais qu'elle n'a pas laissé d'alcool ? a-t-il demandé.

J'étais à deux doigts de lui répondre : « Elle l'enterrait dans le bois au-delà du terrain de foot », quand j'ai réalisé que le Colonel n'en savait rien, qu'elle ne l'avait jamais entraîné à l'orée du bois, ne lui avait pas ordonné de creuser pour déterrer le trésor enfoui, que nous avions partagé ce secret seuls. Alors je l'ai gardé pour moi en souvenir, comme si le partager pouvait le faire disparaître.

– Tu vois *Le Général dans son labyrinthe* quelque part ? ai-je demandé en parcourant les titres sur les tranches des livres. Il y a beaucoup de vert sur la couverture, il me semble. C'est un livre de poche, et il a séjourné dans la flotte, les pages sont sûrement déformées, mais je ne pense pas qu'elle...

– Il est là, m'a-t-il coupé.

Je me suis retourné et j'ai découvert le Colonel avec le livre entre les mains, ses pages gondolées en raison de la blague de Longwell, Jeff et Kevin. Je le lui ai pris et je me suis assis sur le lit. L'eau avait brouillé les traits de stylo dont elle avait souligné certains passages et ses annotations, mais le livre était globalement lisible. J'étais en train de me dire que je le rapporterais bien à la chambre pour essayer de le lire, même si ce n'était pas une biographie, quand je suis tombé sur cette page, vers la fin.

« Il fut bouleversé par la révélation éblouissante que la course folle entre sa maladie et ses rêves touchait en cet instant même à sa fin. Le reste n'était que ténèbres.

– Nom de Dieu, soupira-t-il. Comment sortir de ce labyrinthe ? »

Tout le passage était souligné à l'encre noire détrempée. Mais il y avait une petite note bien nette rédigée à l'encre bleue, postérieure à l'inondation. Une flèche partait de « Comment sortir de ce labyrinthe ? » pour aller à la marge où elle avait écrit de son écriture pleine de courbes et de déliés : « Vite et d'un coup ».

– Elle a écrit quelque chose après l'inondation, ai-je dit. Mais c'est bizarre. Regarde. Page quatre-vingt-douze.

J'ai lancé le livre au Colonel. Il l'a feuilleté jusqu'à la page indiquée. Puis il a levé les yeux.

– « Vite et d'un coup », a-t-il dit.

– C'est bizarre, non ? La sortie du labyrinthe, sans doute.

– Attends. Comment ça s'est passé ? Raconte encore.

Malgré ce seul « ça », j'ai su aussitôt de quoi le Colonel parlait.

– Je t'ai répété ce que l'Aigle m'a dit. Un camion s'est mis en travers de la route. Une bagnole de flics s'est pointée pour arrêter la circulation. Alaska a foncé sur la bagnole de flics. Elle était tellement soûle qu'elle n'a pas fait d'embardée.

– Tellement soûle ? Tellement soûle ? La voiture de flics avait forcément les phares allumés. Le Gros, elle est allée droit dans une bagnole de flics avec les phares allumés. Vite et d'un coup. Vite et d'un coup. Sortir du labyrinthe.

– Non, me suis-je récrié.

Mais je voyais la scène.

Je la voyais si soûle et hors d'elle. (Pourquoi ? Parce qu'elle avait trompé Jake ? Parce qu'elle avait peur de me faire du mal ? Parce qu'elle me voulait et pas lui ? Parce qu'elle culpabilisait toujours d'avoir cafté Marya ?) Je la voyais, apercevant au loin la voiture de flics, allant droit dessus en se foutant éperdument de tout le monde, sans penser à la promesse qu'elle m'avait faite, à son père ou à quiconque, et cette salope, cette salope se serait tuée. Mais non. Non. Ça ne lui ressemblait pas. Non. Elle avait dit : « La suite au prochain numéro. » Bien sûr que non.

– Tu as sans doute raison, a admis le Colonel en reposant le livre.

Puis il est venu s'asseoir à côté de moi sur le lit et il s'est pris la tête entre les mains.

– Qui partirait à dix kilomètres du bahut pour se foutre en l'air ? Ça n'a pas de sens. Mais « vite et d'un coup ». Drôle de prémonition, n'empêche. Et on ne sait toujours pas ce qui s'est vraiment passé, quand on y pense. Où allait-elle ? Pour quelle raison ? Qui a appelé ? Quelqu'un a appelé, non, à moins que je me...

Le Colonel a continué à parler, essayant de trouver des explications. J'ai ramassé le livre et j'ai trouvé la page où la course effrénée du général touchait à sa fin, le Colonel et moi esclaves de nos pensées, la distance entre nous infranchissable. Je ne l'écoutais pas parce que j'étais occupé à capter les derniers effluves de son odeur, occupé à me dire que, bien sûr, elle ne l'avait pas fait. C'était moi qui l'avais fait. Avec le Colonel. Il pouvait toujours essayer de sortir de ça, je savais mieux que lui que nous ne serions jamais autre chose que pleinement, impardonnablement coupables.

Huit jours après

MARDI (nous retournions en classe pour la première fois), Mme O'Malley a réclamé une minute de silence en début de cours, un cours qui avait toujours été ponctué de larges plages de silence. Après quoi elle nous a demandé comment on allait.

– Horriblement mal, a répondu une fille.

– En français, a répliqué Mme O'Malley. En français.

Tout était pareil, mais en plus immobile. Les weekendeurs continuaient à se raconter des potins sur les bancs devant la bibliothèque, mais plus calmement, avec plus de retenue. La cafète retentissait toujours du bruit assourdissant des plateaux en plastique heurtant les tables en bois et des fourchettes raclant les assiettes, mais les conversations étaient muettes. Plus que le non-bruit de chacun, c'était le silence de son absence qui résonnait, le silence d'Alaska, la conteuse débordante d'histoires. On se serait cru lors de l'une de ses phases où elle se réfugiait dans sa coquille, en refusant de répondre aux questions commençant par « comment » ou « pourquoi », excepté que, cette fois, c'était pour de vrai.

– Tu empestes la clope, le Gros, m'a déclaré le Colonel avec un soupir, en s'asseyant à côté de moi en cours d'histoire des religions.

– Demande-moi si j'en ai quelque chose à foutre.

Le docteur Hyde est entré dans la salle en traînant les pieds, les copies de notre examen de fin d'année glissées sous le bras. Il s'est assis, il a repris sa respiration à plusieurs reprises, laborieusement, puis il a commencé son cours.

– La loi voudrait que les parents n'aient pas à enterrer leurs enfants. Et il serait temps que quelqu'un la fasse appliquer, a-t-il déclaré. Au cours de ce nouveau semestre, nous allons continuer d'étudier les traditions religieuses auxquelles vous avez été sensibilisés à l'automne dernier. Mais il ne fait aucun doute que les questions que nous nous poserons ont aujourd'hui plus d'immédiateté qu'elles n'en avaient il y a quelques jours. Ce qu'il advient de nous après la mort, par exemple, n'est plus simplement une question d'un vague intérêt philosophique. C'est une question que nous devons nous poser à propos de votre camarade de classe. Et comment vivre à l'ombre du chagrin n'est pas non plus un sujet de réflexion que des bouddhistes, des chrétiens ou des musulmans anonymes auraient à approfondir. Les questions portant sur la pensée religieuse sont devenues, je le crains, personnelles.

Il a fouillé dans la pile de copies et il en a retiré une, qu'il a posée devant lui.

– J'ai ici la dissertation d'Alaska. Vous vous souvenez que le sujet était : « Quelle est la question la plus importante qui se pose aux hommes et comment les trois traditions que nous étudions cette année y répondent ? » Voici la question d'Alaska.

Il a saisi les bords de sa chaise en soupirant et il s'est hissé debout, puis il a écrit au tableau : *Comment allons-nous sortir de ce labyrinthe de souffrance ? A. Y.*

– Je vais laisser cette phrase au tableau le temps du semestre, a-t-il annoncé. Parce que quiconque a perdu son chemin au cours de sa vie a ressenti l'insistance lancinante de cette question. Passé un certain stade, nous levons tous les yeux pour constater que nous sommes perdus dans un labyrinthe. Je ne veux pas que nous oubliions Alaska et je ne veux pas oublier que, même si la matière est rébarbative, grâce à elle, nous essayons de comprendre comment les peuples ont répondu à la question d'Alaska et à celle que chacun d'entre vous a posée dans sa dissertation. Comment, en quelque sorte, les différentes traditions religieuses ont tenté de cerner ce que Chip nomme dans sa copie des « vies pourries ».

Hyde s'est rassis.

– À présent, comment vous sentez-vous ?

Le Colonel et moi n'avons rien dit, alors que tout un tas de jeunes qui ne connaissaient pas Alaska ont vanté ses mérites et prétendu qu'ils étaient abattus. Au début, ça m'a embêté. Je ne voulais pas que des gens qu'elle ne connaissait pas ou qu'elle n'aimait pas soient tristes. Ils ne s'étaient jamais intéressés à elle et maintenant, ils étaient intarissables à son sujet, comme si elle avait été une sœur. Mais je suppose que je ne la connaissais pas non plus complètement. Car, à ce compte-là, j'aurais su ce qu'elle avait voulu dire par : « La suite au prochain numéro ? » Et si je tenais autant à elle que je l'aurais dû, que j'ai cru y tenir, comment avais-je pu la laisser partir ?

Alors non, ils ne m'embêtaient pas, franchement. Mais à côté de moi, le Colonel respirait puissamment comme un taureau sur le point de charger.

Il a levé les yeux au ciel quand Brooke Blakely, une week-endeuse dont les parents avaient reçu un bulletin de notes avec l'aimable autorisation d'Alaska, a déclaré :

– Je suis triste de ne jamais lui avoir dit que je l'aimais. Je ne comprends pas pourquoi.

– Des conneries ! s'est énervé le Colonel alors qu'on allait déjeuner. Comme si Brooke Blakely en avait quelque chose à battre d'Alaska.

– Si Brooke Blakely mourait, tu ne serais pas triste ? ai-je demandé.

– Je suppose que si, mais je ne me plaindrais pas de ne pas lui avoir dit que je l'aimais. D'ailleurs, je ne l'aime pas. C'est une conne.

J'ai pensé que tout le monde avait une meilleure raison que la nôtre de la pleurer (après tout, ils ne l'avaient pas tuée), mais je savais qu'il était préférable de ne pas discuter avec le Colonel quand il était en colère.

Neuf jours après

– J'AI UNE THÉORIE, m'a annoncé le Colonel au moment où je rentrais dans la chambre après une journée éprouvante.

Le froid avait reculé, mais la nouvelle n'était sans doute pas parvenue aux oreilles des responsables de la chaudière car, dans les salles de classe, l'air était confiné et étouffant. Je n'avais qu'une envie, me glisser dans mon lit et dormir jusqu'à ce que le moment vienne de tout recommencer du début.

– Tu m'as manqué en cours, ai-je lancé en m'asseyant sur mon lit.

Le Colonel était à son bureau, penché sur un cahier. Je me suis allongé et j'ai tiré la couette au-dessus de ma tête, mais ça ne l'a pas découragé.

– Je sais, mais j'étais occupé à échafauder ma théorie, qui n'est pas à 100 % vraisemblable, il est vrai, mais plausible. Alors écoute. Elle t'embrasse. La nuit, quelqu'un l'appelle. Jake, je pense. Ils se disputent, à cause de tromperie ou d'autre chose, va savoir. Résultat, elle est dans tous ses états et elle veut aller le voir. Elle revient à la chambre en pleurant et elle nous demande de l'aider à quitter le bahut. Elle est flippée parce que, je ne sais pas, disons parce que, si elle ne peut pas aller le voir, Jake va la quitter. C'est juste une supposition. Elle part, soûle et avec les méga-boules, furieuse contre elle-même pour un truc qu'on ignore. Elle est en train de rouler quand elle aperçoit la voiture de flics. Tout s'emboîte alors en un éclair, le moyen de sortir du labyrinthe est pile en face d'elle. Elle le fait, vite et d'un coup. Elle vise la voiture de flics sans faire d'embardée, pas parce qu'elle est soûle, mais parce qu'elle se suicide.

– C'est ridicule. Elle ne pensait pas à Jake et elle ne s'est pas disputée avec lui non plus. Elle était en train de me rouler des pelles. J'ai essayé d'aborder le sujet Jake, mais elle m'a fait taire.

– Alors qui l'a appelée ?

J'ai rejeté la couette d'un coup de pied.

– JE N'EN SAIS RIEN ! ai-je hurlé en ponctuant chaque syllabe d'un coup de poing dans le mur. Et tu sais quoi, on s'en fout. Elle est morte. Le génial Colonel va-t-il trouver une solution pour la rendre moins morte ?

Mais on ne s'en foutait pas, évidemment. Ce qui explique que j'aie continué à marteler le mur et aussi que les questions n'aient fait que flotter sous la surface des choses toute la semaine. Qui avait appelé ? Quelle était la cause de son flip ? Pourquoi était-elle partie ? Jake n'était pas venu à l'enterrement. Il ne nous avait pas appelés non plus pour nous dire qu'il était de tout cœur avec nous, ni pour nous demander ce qui s'était passé. Il avait tout simplement disparu et, bien sûr, je m'étais interrogé. Je m'étais demandé si elle avait eu la moindre intention de tenir sa promesse de prochain numéro avec moi. Je m'étais demandé qui avait appelé, pour quelle raison et ce qui avait bien pu la bouleverser à ce point. Mais je préférais m'interroger que d'avoir des réponses avec lesquelles je ne pourrais pas vivre.

– Peut-être est-elle partie là-bas pour rompre avec Jake, a suggéré le Colonel, d'une voix soudain moins tranchante, en s'asseyant au pied de mon lit.

– Je ne sais pas. Et je ne veux pas le savoir.

– Moi, si. Parce que, si elle était consciente de ses actes, le Gros, elle nous en a rendus complices. Je la déteste à cause de ça. Enfin, putain, regarde-nous. On n'arrive plus à parler à personne. Alors, écoute, j'ai inventé un plan ludique. *Primo*: parler à des témoins oculaires. *Deuzio*: trouver son degré d'alcoolémie. *Tertio*: découvrir où elle allait et pour quelle raison.

– Je ne veux pas parler à Jake, ai-je rétorqué faiblement, capitulant déjà devant la fièvre organisationnelle du Colonel. S'il est au courant pour elle et moi, je ne veux pas discuter avec lui. Et s'il ne l'est pas, je ne veux pas faire comme si rien ne s'était passé.

Le Colonel s'est levé en soupirant.

– Tu sais quoi, le Gros? Je suis embêté pour toi. Vraiment. Je sais que tu l'as embrassée et que tu ne t'en remets pas. Mais franchement, ferme-la. Si Jake est au courant, tu n'aggraveras pas les choses. Et s'il ne l'est pas, il ne risque pas de l'apprendre. Alors arrête de ne penser qu'à ta petite personne une seconde et consacre-toi à ton amie morte. Pardon. La journée a été longue.

– Ça va, ai-je dit, en rabattant la couette au-dessus de ma tête. Ça va, ai-je répété.

Et bon. Ça allait. Il le fallait bien. Je ne pouvais pas me permettre de perdre le Colonel.

Treize jours après

NOTRE PRINCIPAL MOYEN DE LOCOMOTION étant enterré à Vine Station, Alabama, on est allés à pied au commissariat de Pelham, à la recherche de témoins oculaires. On s'est mis en route tout de suite après avoir dîné à la cafète car la nuit tombait vite et tôt, parcourant rapidement les deux kilomètres cinq de nationale 119 qui nous séparaient du bâtiment en stuc, coincé entre une station-service et un fast-food.

À l'intérieur, un long comptoir montant à la hauteur du torse du Colonel nous séparait du poste de police proprement dit. Il se résumait à trois policiers en uniforme, tous assis derrière un bureau et tous au téléphone.

– Je suis le frère d'Alaska Young, a menti effrontément le Colonel. Et je voudrais parler au flic qui a vu Alaska morte.

Un homme mince et pâle, affublé d'une barbe blond-roux, a abrégé sa conversation téléphonique et il a raccroché.

– C'est moi qui l'ai vue, a-t-il dit. Elle a percuté ma caisse.

– On peut discuter dehors ? a demandé le Colonel.

– Ouais.

Le flic a pris sa veste et il est venu vers nous. À mesure qu'il approchait, je distinguais le réseau de veines bleues qui couraient sous la peau translucide de son visage. Pour un flic, il ne sortait manifestement pas beaucoup. Une fois dehors, le Colonel a allumé une cigarette.

– Tu as dix-neuf ans ? a demandé le flic.

Dans l'État d'Alabama, on peut se marier à dix-huit ans (quatorze avec la permission de papa et maman), mais pour fumer, il faut attendre d'en avoir dix-neuf.

– Collez-moi une amende. Je veux savoir ce que vous avez vu.

– D'habitude, je fais dix-huit heures/minuit mais, ce jour-là, j'étais de nuit. On nous a appelés pour un camion en travers de la route. Ça se passait à moins de deux kilomètres d'ici, alors j'y suis allé. Je venais de garer la voiture. J'étais encore dedans quand, du coin de l'œil, j'ai vu des phares. Les miens étaient allumés et j'ai mis la sirène, mais les phares ont continué d'avancer droit sur moi, fiston. Je suis sorti de ma caisse comme un bolide et j'ai couru. La fille s'est encastrée pile dans ma bagnole. J'en ai vu des choses dans ma vie, mais ça, jamais. Elle n'a pas tourné le volant. Elle n'a pas freiné. Elle a juste tapé dans ma caisse. J'étais à moins de cinq mètres au moment de la collision. J'ai cru que j'allais mourir, mais je suis là.

Pour la première fois, la théorie du Colonel semblait plausible. Elle n'avait pas entendu la sirène ? Pas vu les phares ? Elle était assez sobre pour embrasser comme une déesse, me suis-je dit. Elle devait certainement l'être assez pour faire une embardée.

– Vous avez vu son visage avant le choc ? Elle dormait ?

– Je peux pas vous dire. Je l'ai pas vue. J'ai pas eu le temps.

– Je comprends. Elle était morte quand vous avez ouvert sa voiture ?

– Je… j'ai fait tout ce que j'ai pu. Je me suis précipité sur elle, mais le volant… J'ai essayé de voir si je pouvais la dégager, mais impossible de la sortir de là vivante. Le volant lui a comme qui dirait écrasé la poitrine.

L'image m'a arraché une grimace.

– Elle a dit quelque chose ? ai-je demandé.

– Elle était morte, fiston, a-t-il répondu en secouant la tête.

Mes espoirs de dernières paroles se sont envolés.

– Vous pensez que ça pourrait être un accident ? a demandé le Colonel, tandis qu'à côté de lui, les épaules voûtées, je mourais d'envie de fumer mais j'avais peur d'être aussi audacieux que lui.

– Ça fait vingt-six ans que je suis dans la police et j'ai vu plus d'ivrognes que vous ne pouvez en compter, mais j'ai jamais vu quelqu'un soûl au point de pas pouvoir tourner le volant. Mais va savoir. L'inspecteur a dit que c'était un accident, et si ça se trouve, c'en était un. C'est pas mon domaine. Maintenant ça se passe entre le Seigneur et elle.

– Dans quel état d'ivresse elle était ? ai-je demandé. On lui a fait une analyse de sang ?

– Oui. Son taux d'alcoolémie était de 2,4 grammes par litre de sang. C'est beaucoup. Elle était carrément soûle.

– Il y avait quelque chose de particulier dans la voiture ? a repris le Colonel. Quelque chose qui vous a frappé ?

– Je me rappelle des brochures sur des universités, dans le Maine, l'Ohio, le Texas, et je me suis dit : cette fille-là est forcément de Culver Creek. C'est tellement triste, quand on pense qu'elle voulait aller étudier à l'université. Quelle honte ! Il y avait aussi des fleurs à l'arrière. De chez le fleuriste. Des tulipes.

Des tulipes ? J'ai pensé immédiatement aux tulipes que Jake lui avait fait livrer.

– Elles étaient blanches ?

– Tout ce qu'il y a de plus blanches, a répondu le flic.

Pourquoi aurait-elle emporté les tulipes de Jake ? Mais le flic ne risquait pas de répondre à cette question.

– J'espère que vous trouverez ce que vous cherchez, a-t-il dit. J'ai beaucoup pensé à cet accident parce que j'ai jamais rien vu de pareil de toute ma vie. Je me suis demandé si, en supposant que j'aie eu le temps de redémarrer, elle s'en serait sortie. J'avais peut-être le temps. Comment savoir maintenant ? Mais accident ou pas, dans mon esprit, ça n'a pas d'importance. D'un côté comme de l'autre, c'est une sacrée honte.

– Vous n'y pouviez rien, a dit doucement le Colonel. Vous avez fait votre boulot et on vous en est reconnaissants.

– Merci. Maintenant, rentrez comme il faut et n'hésitez pas à venir me poser d'autres questions. Voici ma carte, si vous avez besoin de moi.

Le Colonel a glissé la carte dans son portefeuille en similicuir et on a pris le chemin du retour.

– Des tulipes blanches, me suis-je exclamé. Les tulipes de Jake ? Pourquoi ?

– Une fois, l'an dernier, on était au coin fumeurs, elle, Takumi et moi, et, soudain, en voyant une petite marguerite sur l'autre rive du torrent, elle a sauté dans l'eau jusqu'à la taille pour aller la cueillir. Après elle l'a glissée derrière son oreille et quand on lui a demandé pourquoi, elle a répondu que ses parents lui mettaient toujours des fleurs blanches dans les cheveux quand elle était petite. Peut-être qu'elle voulait mourir avec des fleurs blanches.

– Ou les rendre à Jake.

– Peut-être. Mais ce flic m'a méchamment convaincu que ça pourrait être un suicide.

– Et si on la laissait tranquillement morte ? ai-je dit avec rage.

J'avais l'impression que rien de ce qu'on était susceptibles de découvrir n'arrangerait les choses. Sans compter que je ne parvenais pas à chasser de mon esprit l'image du volant encastré dans sa poitrine, sa poitrine qu'il avait « comme qui dirait écrasée », tandis qu'elle cherchait un dernier souffle d'air qui n'est jamais venu. Alors non, ça n'arrangeait pas les choses.

– En admettant qu'elle l'ait fait, ai-je dit au Colonel, ça ne nous rend pas moins coupables. Le seul truc que ça fait, c'est de la changer en monstre d'égoïsme.

– Putain, le Gros, tu ne te rappelles pas qui elle était vraiment ? Tu ne te rappelles pas qu'elle pouvait être un monstre d'égoïsme ? Ça faisait partie d'elle, on le savait. Et maintenant, on dirait que la seule Alaska qui t'intéresse, c'est celle que tu t'es inventée.

J'ai accéléré le pas pour le devancer, sans rien dire. De quoi se mêlait-il ? Il n'était pas le dernier garçon qu'elle avait embrassé, elle ne l'avait pas abandonné avec une promesse non tenue, il n'était pas moi. « Et puis merde ! » me suis-je dit. Et pour la première fois, l'idée de rentrer en Floride m'a effleuré, de renoncer au Grand Peut-être pour le bon vieux confort de mes « camarades de classe ». S'ils avaient des défauts, aucun n'était mort sur mon dos.

Après que j'ai parcouru une certaine distance, le Colonel a couru pour me rejoindre.

– Je veux que tout redevienne normal, a-t-il dit. Toi et moi.

Normaux. Se marrer. Normal. Et j'ai l'impression que si on savait...

– D'accord, très bien, l'ai-je coupé, on va poursuivre les recherches.

Le Colonel a secoué la tête.

– J'ai toujours apprécié ton enthousiasme, le Gros, a-t-il dit en souriant, cette fois. Je vais continuer en faisant comme si tu en avais encore, jusqu'à ce que tu le retrouves. Et maintenant, rentrons découvrir pourquoi les gens se suppriment.

Quatorze jours après

À « SIGNES AVANT-COUREURS DE SUICIDE », voici ce que le Colonel et moi avons trouvé sur Internet :

– Tentatives antérieures.

– Menaces verbales de passer à l'acte.

– Don de ses objets de valeur.

– Documentation et discussion sur les différentes méthodes de suicide.

– Expression de son désespoir et de sa colère contre soi et/ou le monde.

– Écrire, parler, lire, dessiner sur la mort et/ou la dépression.

– Insinuer qu'il ou elle ne manquerait à personne si il ou elle disparaissait.

– Automutilation.

– Perte récente d'un ami ou d'un membre de la famille de mort naturelle et/ou par suicide.

– Baisse notoire et soudaine des résultats scolaires.

– Troubles de l'alimentation, insomnies, sommeil excessif, maux de tête chroniques.

– Usage (ou usage croissant) de substances susceptibles d'altérer les facultés intellectuelles.

– Perte d'intérêt pour le sexe, les loisirs ou toute autre activité appréciée jusque-là.

Alaska réunissait deux des signes avant-coureurs. Elle avait perdu sa mère, bien que ce ne fût pas récemment. Et son goût pour la boisson, toujours constant, avait sensiblement augmenté le dernier mois de sa vie. Elle évoquait effectivement le fait de mourir, mais en plaisantant.

– Je blague sans arrêt sur la mort, a déclaré le Colonel. La semaine dernière, j'ai bien parlé de me pendre avec ma cravate. Je ne me supprimerais pas pour autant. Par conséquent, ça ne compte pas. Par ailleurs, elle n'a fait cadeau de ses affaires à personne et on ne peut pas dire qu'elle ait vraiment perdu son intérêt pour le sexe. Il faut être sacrément accro pour avoir envie de se taper un cul maigrichon comme le tien.

– Très drôle.

– Je sais. Je suis un génie. Elle avait de bonnes notes. Et je ne la vois pas disant avoir envie de se tuer.

– Une fois, avec les clopes, tu te souviens ? « Vous fumez par plaisir. Moi, c'est pour mourir. »

– C'était pour rire.

Mais, incité par le Colonel, et sans doute pour lui prouver que je pouvais me rappeler Alaska telle qu'elle était réellement et non comme je l'imaginais, je n'ai pas cessé de ramener la conversation sur les fois où elle était méchante et boudeuse, où elle n'était pas d'humeur à répondre aux questions commençant par « comment », « pourquoi », « qui » ou « qu'est-ce que ».

– Elle était tellement en colère parfois, ai-je laissé échapper.

– Parce que moi non ? a rétorqué le Colonel. Je suis super en colère, le Gros. Et je te ferais remarquer que tu ne t'es pas distingué non plus par ta placidité ces derniers temps. Tu te supprimerais pour autant ? Rassure-moi.

– Non, ai-je répondu.

Sans doute parce qu'Alaska ne savait pas appuyer sur le frein et moi, pas appuyer sur l'accélérateur. Sans doute parce qu'elle était douée d'une sorte d'étrange courage qui me faisait défaut. Mais non.

– Bonne nouvelle, a approuvé le Colonel. Alors oui, elle avait des hauts et des bas, elle passait de l'extrême agitation à la pire déprime. Mais en partie, du moins cette année, à cause de l'affaire Marya. Écoute, le Gros. Elle ne pensait évidemment pas au suicide au moment où vous vous rouliez des pelles. Ensuite, elle a dormi, jusqu'à ce que le téléphone sonne. Donc, si elle a décidé de se tuer, c'est entre le moment où le téléphone a sonné et la collision. À moins que ce soit un accident.

– Oui, mais pourquoi attendre d'être à dix kilomètres du bahut pour mourir ?

Le Colonel a secoué la tête.

– Elle aimait s'entourer de mystère, a-t-il soupiré. Elle l'a peut-être voulu comme ça.

J'ai éclaté de rire.

– Quoi ? s'est étonné le Colonel.

– J'étais en train de me dire : « Pourquoi foncer droit sur une voiture de flic avec les phares allumés ? », et tout de suite après j'ai pensé : « Elle détestait les représentants de l'autorité. »

Le Colonel a explosé de rire.

– Regardez-moi ça. Le Gros en a sorti une bonne !

C'était presque comme un retour à la normale, mais la distance qui m'avait séparé des événements s'est dissoute et je me suis retrouvé dans le gymnase, entendant la nouvelle pour la première fois, de la bouche de l'Aigle dont les larmes coulaient sur son pantalon. Je me suis tourné vers le Colonel, en pensant à toutes les heures qu'on avait passées sur ce canapé au cours des deux dernières semaines, à toutes les choses qu'elle avait gâchées.

– Le seul résultat de tout ça, c'est de me la faire détester, ai-je dit trop en colère pour pleurer. Et je ne veux pas la détester. Quel est l'intérêt, alors ? (Si elle refusait toujours de répondre aux questions commençant par « comment » et « pourquoi ». Si elle s'obstinait à conserver son aura de mystère.)

J'ai plongé ma tête entre mes genoux. Le Colonel a posé la main sur mon dos.

– L'intérêt, le Gros, c'est qu'il y a toujours des réponses.

Je l'ai entendu expirer puissamment entre ses lèvres serrées et j'ai senti la colère dans sa voix quand il a répété :

– Il y a toujours des réponses. À nous d'être intelligents. D'après ce que j'ai vu sur Internet, un suicide implique souvent un plan mûrement réfléchi. Conclusion, elle ne peut pas s'être suicidée.

Je me suis senti honteux d'être toujours en miettes deux semaines après alors que le Colonel buvait le calice jusqu'à la lie. Je me suis redressé.

– D'accord, ce n'était pas un suicide.

– Cela dit, l'hypothèse d'un accident ne tient pas la route.

J'ai ri.

– On est bien avancés.

On a été interrompus par Holly Moser, la terminale dont j'avais admiré les autoportraits en nu avec Alaska pendant les vacances de Thanksgiving. Holly était toujours fourrée avec des weekendeurs, ce qui expliquait que je n'aie pas échangé plus de deux mots avec elle. Qu'à cela ne tienne, Holly est entrée sans frapper et elle nous a annoncé qu'elle avait eu une révélation mystique de la présence d'Alaska.

– J'étais au fast-food quand, soudain, toutes les lumières se sont éteintes, à part celle de mon box, qui s'est mise à clignoter. La lumière restait allumée une seconde, puis elle s'éteignait quelques secondes, puis elle se rallumait deux secondes et elle s'éteignait. Et j'ai compris que c'était Alaska. Je pense qu'elle essayait de communiquer avec moi en morse. Sauf que je ne connais pas le morse. Elle devait l'ignorer. Bref, j'ai pensé qu'il fallait que je vous le dise.

– Merci, ai-je répondu d'un ton sec.

Holly est restée à nous regarder, ouvrant la bouche comme pour ajouter quelque chose, mais elle a vu que le Colonel la fixait, les yeux mi-clos, la mâchoire saillante, avec une aversion non dissimulée. Je ne croyais pas aux fantômes qui communiquaient en morse avec des gens qu'ils n'avaient jamais aimés. Et l'idée qu'Alaska puisse consoler quelqu'un d'autre que moi me déplaisait souverainement.

– Putain, les gens comme elle ne devraient pas avoir le droit d'exister, a éructé le Colonel après son départ.

– C'était très bête.

– Ce n'était pas seulement bête, le Gros. Comme si Alaska allait parler à Holly Moser. Putain ! Je ne supporte pas ces pleureuses bidons. Connasse !

J'ai manqué lui dire qu'Alaska n'aurait pas voulu qu'il qualifie une femme, quelle qu'elle soit, de connasse, mais ça ne valait pas la peine de se disputer avec le Colonel.

Vingt jours après

ON ÉTAIT DIMANCHE. Plutôt que de manger à la cafète, le Colonel a préféré sortir du bahut, traverser la nationale 119 et aller au snack du Soleil manger un repas équilibré, composé de deux biscuits fourrés à la crème. Sept cents calories. Assez pour subvenir aux besoins énergétiques d'un homme pendant une demi-journée. On s'est installés sur le trottoir devant la boutique et on a englouti notre dîner en quatre bouchées.

– J'appelle Jake demain. Juste pour que tu saches. J'ai eu son numéro par Takumi.

– Parfait, ai-je dit.

J'ai entendu la clochette de la porte du magasin sonner derrière moi. Je me suis retourné.

– Vous faites que traîner, a dit la femme qui venait de nous vendre les biscuits.

– On mange, a répondu le Colonel.

Elle a secoué la tête.

– Dégagez ! nous a-t-elle ordonné comme à des chiens.

On est allés s'asseoir derrière le snack, à côté de la benne à ordures qui empestait.

– Arrête avec tes « parfait », le Gros. C'est ridicule. Je vais appeler Jake et je noterai ses paroles à la virgule près. Ensuite, on se penchera tous les deux sur ce qu'il a dit pour essayer de comprendre.

– Non. Sur ce coup-là, tu es seul. Je ne veux pas savoir ce qui s'est passé entre elle et lui.

Le Colonel a poussé un soupir et il a sorti de la poche de son jean un paquet de cigarettes subventionné par le fonds « le Gros ».

– Pourquoi ?

– Parce que je ne veux pas ! Dois-je te fournir une analyse complète des décisions que je prends ?

Le Colonel a allumé une cigarette à la flamme d'un briquet que j'avais payé et il a tiré une bouffée.

– N'importe quoi. Il faut qu'on trouve et j'ai besoin de toi pour ça. Parce qu'à nous deux on la connaissait plutôt bien. C'est comme ça.

Je me suis levé, le toisant de toute ma hauteur, le Colonel assis par terre, content de lui. Il m'a soufflé sa fumée au visage. C'était la goutte qui faisait déborder le vase.

– J'en ai assez de suivre tes ordres, espèce de trou du cul ! Pas question de discuter avec toi des aspects les plus intéressants de sa relation avec Jake, bordel de merde ! Suis-je assez clair ? Je ne veux pas apprendre de trucs sur eux ! J'en sais suffisamment par elle. Je n'ai pas besoin d'autres infos. Alors tu peux faire ton connard de condescendant tant que tu veux, je n'ai pas la moindre intention de discuter avec toi de sa passion pour Jake. Maintenant, rends-moi mes clopes.

Le Colonel a jeté le paquet de cigarettes par terre et il s'est remis debout en un éclair. Il m'a attrapé par le sweat-shirt pour me faire plier à sa hauteur, sans succès.

– Tu t'en fous d'elle, en fait ! a-t-il hurlé. Tout ce qui compte, c'est toi et le putain de petit film que tu t'es fait sur votre histoire d'amour secrète, elle quittant Jake et vous deux vivant heureux ensemble jusqu'à la fin de vos jours. Mais elle a embrassé tout un tas de mecs, le Gros. Et si elle était encore de ce monde, on sait pertinemment, toi et moi, qu'elle serait toujours maquée avec Jake et qu'entre vous, il n'y aurait que des scènes. Pas d'amour, pas de sexe, toi en train de te consumer pour elle et elle, du genre : « Tu es mignon, le Gros, mais j'aime Jake. » Si elle était si amoureuse de toi, pourquoi elle est partie cette nuit-là ? Et si tu étais si amoureux d'elle, pourquoi tu l'as aidée à partir ? J'étais soûl. C'est quoi, ton excuse ?

Le Colonel a lâché mon sweat-shirt. Je me suis baissé pour ramasser les cigarettes. Sans crier, sans avoir les dents serrées, ni les veines du front qui palpitent, mais calmement. Calmement. Je l'ai regardé et je lui ai dit :

– Je t'emmerde.

Le cri qui fait battre les veines du front est venu plus tard, après que j'ai retraversé la nationale 119 à toutes jambes, que j'ai pris par la pelouse circulaire des dortoirs, le terrain de foot, le chemin de terre qui allait au pont et que je me suis retrouvé au coin fumeurs. J'ai attrapé une chaise bleue et je l'ai jetée contre la paroi. Le bruit du plastique heurtant le béton résonnait encore sous le pont quand la chaise est retombée mollement sur le côté. Je me suis allongé sur le dos, les jambes ballantes au-dessus du vide et j'ai hurlé. J'ai hurlé parce que le Colonel était un salaud suffisant qui se croyait supérieur et j'ai hurlé parce qu'il avait raison. En ce sens que je voulais me persuader que j'avais vécu une histoire d'amour secrète avec

Alaska. Était-elle amoureuse de moi ? Aurait-elle quitté Jake pour moi ? Ou est-ce que c'était une autre de ses impulsions irrépressibles ? Ça ne me suffisait pas d'être le dernier mec qu'elle avait embrassé. Je voulais être le dernier qu'elle avait aimé. Et je savais que je ne l'étais pas. Ça m'a fait la détester. Je l'ai détestée de ne pas m'avoir épargné. D'être partie cette nuit-là. Et je me détestais, pas seulement parce que je l'avais laissée s'en aller, mais parce que, si je lui avais suffi, elle n'aurait pas eu envie de partir. Elle serait restée allongée contre moi, elle aurait parlé et pleuré, et je l'aurais écoutée, en séchant ses larmes de mes baisers.

J'ai tourné la tête vers la petite chaise en plastique bleu posée sur le côté, en me demandant si un jour viendrait où je ne penserais plus à Alaska, s'il fallait espérer le moment où elle ne serait plus qu'un souvenir lointain. Un souvenir que je rappellerais à ma mémoire le jour anniversaire de sa mort, à moins que ce ne soit que deux semaines après, ne me le rappelant qu'après l'avoir oublié.

Je serais amené à connaître d'autres morts, c'était certain. Les corps s'empileraient. Aurais-je dans ma mémoire un espace dédié à chacun d'eux, ou bien oublierais-je Alaska petit bout par petit bout avec chaque jour de ma vie ?

Une fois où on était au coin fumeurs, elle et moi, en début d'année, elle avait sauté dans le torrent, ses tongs aux pieds, elle l'avait traversé prudemment, sautant d'un rocher moussu à l'autre, pour ramasser un bout de bois sur l'autre rive. Puis, alors que j'étais assis sur la dalle de béton, les jambes pendantes au-dessus de l'eau, elle avait retourné des rochers de la pointe de son bâton pour me montrer des écrevisses qui filaient.

– Tu les fais bouillir et tu suces la tête, s'était-elle exclamée avec enthousiasme. C'est là qu'est le meilleur, la tête.

Elle m'avait appris tout ce que je savais des écrevisses, des baisers, du vin rosé et de la poésie. Elle m'avait rendu différent.

J'ai allumé une cigarette et j'ai craché dans l'eau.

– Tu ne peux pas me changer et partir, ai-je dit à haute voix. Parce qu'avant, j'étais bien, Alaska. Je me contentais de mes dernières paroles et de mes camarades de classe. Tu ne peux pas faire de moi quelqu'un de différent et mourir.

Car elle avait incarné mon Grand Peut-être. Elle m'avait convaincu de l'intérêt de quitter ma petite vie insignifiante pour de plus ambitieux « peut-être ». Elle s'était envolée et, avec elle, ma foi dans les « peut-être ». Je pouvais ponctuer toutes les initiatives et toutes les déclarations du Colonel de « parfait ». Je pouvais essayer de prétendre que je m'en fichais, mais ça ne serait plus jamais vrai. Tu ne peux pas prendre cette place dans ma vie et ensuite mourir, Alaska. Parce que maintenant, je suis irrémédiablement autre et je regrette, évidemment, de t'avoir laissée partir, mais c'était ton choix. Tu m'as quitté, amputé de mes « peut-être », coincé dans ton putain de labyrinthe. Et, j'ignore même si c'est délibérément que, pour en sortir, tu as choisi de le faire vite et d'un coup. J'ignore si tu m'as abandonné exprès comme ça. Conclusion, je ne te connaissais pas, n'est-ce pas ? Je ne peux pas me souvenir parce que je n'ai jamais su ?

En me levant pour rentrer faire la paix avec le Colonel, j'ai essayé de l'imaginer assise sur la chaise bleue, mais j'ai été incapable de me rappeler si elle croisait les jambes ou non. En revanche, je revoyais le demi-sourire de Joconde qu'elle m'adressait, mais j'avais trop de mal à voir ses mains pour me la remémorer tenant une cigarette. J'avais besoin de la connaître vraiment, ai-je décidé, parce qu'il me fallait plus de matière pour mieux me souvenir. Avant d'entamer le processus honteux qui consistait à oublier les tenants et les aboutissants de sa vie et de sa mort, je devais apprendre : *Comment. Pourquoi. Quand. Où. Qu'est-ce que.*

À la chambre 43, après de rapides excuses présentées et acceptées, le Colonel a déclaré :

– Nous avons pris la décision tactique de repousser notre appel à Jake. Empruntons d'abord d'autres voies.

Vingt et un jours après

LE LENDEMAIN MATIN, au moment où le docteur Hyde entrait cahin-caha dans la salle de classe, Takumi, qui s'était assis à côté de moi, m'a écrit un mot dans un coin de son cahier : *Déjeuner chez McDégueu ?*

J'ai griffonné *D'accord* sur le mien, puis j'ai pris une nouvelle page car Hyde commençait son exposé sur le soufisme, le courant mystique de l'islam. Je n'avais fait que survoler les passages à lire, révisant juste ce qu'il fallait pour ne pas être recalé. N'empêche, même en survolant, j'étais tombé sur des dernières paroles géniales. Celles d'un pauvre soufi en haillons qui entre dans une bijouterie, tenue par un riche marchand, et lui demande : « Savez-vous comment vous allez mourir ? » Et le marchand lui répond : « Non. Personne ne sait. » Alors le pauvre soufi dit : « Moi, si. » « Et comment ? » demande le marchand. « Comme ça », répond le soufi en s'allongeant par terre, les bras croisés. Et il meurt. À la suite de quoi le marchand abandonne son magasin et il part vivre une vie de pauvreté, en quête de la richesse spirituelle du soufi.

Mais Hyde racontait une tout autre histoire, l'une de celles que j'avais zappées.

– Tout le monde sait que Karl Marx désignait la religion comme l'« opium du peuple ». Le bouddhisme, surtout tel qu'il est couramment pratiqué, promet des jours meilleurs grâce au karma. L'islam et le christianisme promettent, eux, le paradis aux croyants. L'espoir d'une vie meilleure est incontestablement un opium puissant. Néanmoins, une légende soufie défie la notion selon laquelle les hommes ne seraient croyants que par besoin d'opium. Rabe'a al-Adiwiyah, une grande sainte du soufisme, est surprise en train de courir dans les rues de Basra, la ville dont elle est originaire, tenant d'une main une torche et de l'autre un seau d'eau. À quelqu'un qui lui demande ce qu'elle fait, elle répond alors : « Je m'en vais verser ce seau d'eau sur les flammes de l'enfer et mettre le feu aux portes du paradis à l'aide de cette torche. Ainsi les gens n'aimeront plus Dieu par désir du paradis ou crainte de l'enfer, mais parce qu'il est Dieu. »

Une femme si forte qu'elle brûle le paradis et inonde l'enfer. Alaska l'aurait aimée, cette Rabe'a, ai-je écrit sur mon cahier. Cela dit, l'au-delà ne m'était pas indifférent. Le paradis, l'enfer et la réincarnation. Mon envie de savoir comment Alaska était morte était égale à celle de savoir où elle se trouvait maintenant, si tant est qu'elle fût quelque part. J'aimais l'imaginer en train de nous regarder, toujours au fait de ce qu'on faisait, mais c'était un fantasme et je n'ai jamais réellement senti quoi que ce soit qui y ressemble. Comme l'avait fait remarquer le Colonel à son enterrement, elle n'était plus là, plus nulle part. Pour être franc, je ne la voyais pas autrement que morte, un corps en décomposition à Vine Station, et ce qui restait d'elle n'était rien d'autre qu'un fantôme qui ne vivait que dans nos mémoires. Comme Rabe'a, je pensais que Dieu ne devait pas être aimé à cause du paradis ou de l'enfer. Néanmoins, je n'éprouvais pas la nécessité de courir avec une torche à la main. Comment pouvait-on mettre le feu à un truc inventé de toutes pièces ?

Après les cours, en regardant Takumi choisir les plus croustillantes parmi ses frites au McDégueu, j'ai ressenti la perte totale d'Alaska. J'étais toujours bouleversé par l'idée qu'elle n'était pas seulement perdue pour ce monde mais pour nous tous.

– Comment tu t'en es sorti ? ai-je demandé.

– Euh, a-t-il commencé, la bouche pleine de frites, mal. Et toi ?

– Mal.

J'ai croqué dans mon cheeseburger. J'avais gagné une petite voiture avec mon menu, elle était posée sur la table, les roues en l'air. Je les ai fait tourner.

– Elle me manque, a déclaré Takumi en repoussant son plateau, négligeant les frites grasses restantes.

– Oui, à moi aussi. Je regrette, Takumi.

Et je le pensais au sens très large. Je regrettais qu'on en soit là, à tourner des roues de petite voiture au McDégueu. Je regrettais que la personne qui nous avait réunis gise morte entre nous. Je regrettais de l'avoir laissée mourir. « Pardon de ne pas t'avoir parlé, Takumi, mais tu ne devais pas savoir la vérité sur le Colonel et sur moi. Et puis, je déteste devoir faire devant toi comme si mon chagrin était une chose facile, comme si Alaska était morte et me manquait, alors qu'elle est morte à cause de moi. »

– Moi aussi. Tu ne sors plus avec Lara, dis-moi ?

– Je ne crois pas.

– D'accord. Elle se posait la question.

J'avais fait semblant de ne pas la voir. Et par la suite, elle s'était mise à faire pareil, si bien que j'en avais conclu que notre histoire était terminée, mais peut-être pas.

– Écoute... Je n'arrive pas à... Comment dire, mec. C'est assez compliqué.

– Sûr. Elle comprendra. Sûr. Pas de problème.

– D'accord.

– Écoute, le Gros. Je... Ça craint, non ?

– Oui.

Vingt-sept jours après

SIX JOURS APRÈS, quatre dimanches après le dernier, le Colonel et moi étions en train de nous dégommer à coups de paintball, perchés sur des skates.

– Il nous faut du picrate. Et l'alcootest de l'Aigle. On va lui emprunter.

– L'emprunter ? Tu sais où il est ?

– Oui. Il ne t'a jamais fait souffler dedans ?

– Hum. Non. Il me prend pour un intello coincé.

– Ce que tu es, le Gros. Mais tu ne vas pas laisser un détail aussi insignifiant t'empêcher de boire.

En réalité, je n'avais pas bu depuis le fameux soir et je n'avais pas particulièrement envie de remettre ça.

Sur ce, j'ai failli éborgner le Colonel avec le coude, en agitant les bras, comme si me contorsionner dans un sens ou dans un autre importait plus que d'appuyer sur le bon bouton au bon moment, une illusion à laquelle Alaska avait toujours été accro quand elle jouait aux jeux vidéo. Mais le Colonel était tellement concentré sur la partie qu'il n'a rien remarqué.

– Tu as un plan pour voler l'alcootest chez l'Aigle ?

Le Colonel s'est tourné vers moi.

– Tu es nul à ce jeu ou quoi?

Puis, sans même regarder l'écran, il a dégommé mon skater d'une balle bleue dans les parties.

– D'abord, il faut se procurer de l'alcool, parce que mon ambroisie a tourné et que mon dealer en picrate est...

– POUF! Partie, ai-je terminé pour lui.

En ouvrant la porte de chez Takumi, on l'a trouvé assis à son bureau, affublé d'un casque surdimensionné qui lui prenait tout le crâne, en train de balancer la tête au rythme de la musique. Il n'a même pas remarqué qu'on était là.

– Salut! ai-je lancé.

Rien.

– Takumi!

Rien.

– TAKUMI!

Il s'est retourné et il a retiré son casque. J'ai refermé la porte.

– Tu aurais de l'alcool, par hasard? lui ai-je demandé.

– Pourquoi?

– Parce qu'on veut se soûler, a répondu le Colonel.

– Génial. Je viens avec vous.

– Takumi, a dit le Colonel. C'est... on doit le faire tout seuls.

– Non. J'en ai marre de vos conneries, a-t-il dit en se levant.

Il est allé dans sa salle de bains et il en est revenu avec une bouteille de boisson énergétique remplie d'un liquide transparent.

– Je la range dans mon armoire à pharmacie, a-t-il précisé, parce que ça soigne.

La bouteille glissée dans une poche, il est sorti de la chambre, en laissant la porte ouverte. Une seconde après, il passait la tête par l'entrebâillement.

– Putain, vous venez ou quoi ? a-t-il dit, imitant à la perfection le ton autoritaire et la voix grave du Colonel.

– D'accord, Takumi. Écoute, ce qu'on compte faire est dangereux. On ne veut pas te mouiller. Franchement. On te racontera demain.

– J'en ai marre de vos secrets à la con. Elle était mon amie aussi.

– Demain, je te promets.

Takumi a sorti la bouteille de sa poche et il me l'a lancée.

– Demain, a-t-il répété.

– Je n'ai pas envie qu'il soit au courant, ai-je dit en rentrant à la chambre 43, la bouteille dissimulée sous mon sweat-shirt. Il va nous détester.

– Oui. Mais il risque de nous détester encore plus si on continue à faire comme s'il n'existait pas, a répondu le Colonel.

Un quart d'heure après, je sonnais à la porte de chez l'Aigle.

L'Aigle a ouvert, une spatule à la main, et il m'a souri.

– Miles, entrez. J'étais en train de me faire un sandwich à l'œuf. Ça vous tente ?

– Non, merci, ai-je répondu en le suivant dans la cuisine.

Ma mission était de l'empêcher d'aller dans le salon trente secondes, le temps que le Colonel subtilise l'alcootest sans se faire voir. J'ai toussé ostensiblement pour lui indiquer que la voie était libre. L'Aigle a pris son sandwich et il a mordu dedans.

– À quoi dois-je le plaisir de votre visite ? a-t-il demandé.

– Je voulais simplement vous prévenir que le Colonel, je veux dire Chip Martin, mon camarade de chambre, en voit de toutes les couleurs avec le latin, en ce moment.

– D'après ce que j'ai compris, il n'assiste pas aux cours, ce qui rend l'apprentissage de la langue assez difficile, a-t-il répondu en avançant vers moi.

J'ai toussé une deuxième fois et, moi reculant, l'Aigle avançant, on est allés vers le salon comme si on dansait un tango.

– Le truc, c'est qu'il ne dort pas de la nuit à cause d'Alaska, ai-je expliqué, dressé de toute ma hauteur pour tenter de lui boucher la vue de mes épaules pas très larges. Ils étaient très proches, vous savez, ai-je ajouté.

– Je sais… a-t-il dit juste au moment où les baskets du Colonel couinaient sur le parquet.

L'Aigle m'a regardé d'un air interrogateur, prêt à me contourner.

– Le brûleur est resté allumé ? me suis-je empressé de demander.

L'Aigle a pivoté, il a jeté un coup d'œil au brûleur éteint, puis il s'est précipité dans le salon.

Vide. Il s'est retourné.

– Vous ne seriez pas en train de tramer quelque chose, Miles ?

– Non, monsieur. Je vous le jure. Je voulais simplement vous parler de Chip.

Il a haussé les sourcils, sceptique.

– Je sais que pour les proches amis d'Alaska, c'est une perte effroyable. C'est tout simplement horrible. Rien ne peut apaiser un chagrin pareil, n'est-ce pas ?

– Non, monsieur.

– Je compatis aux problèmes de Chip. Mais le lycée, c'est important. Je suis persuadé qu'Alaska aurait voulu que ses études se poursuivent sans obstacle.

« J'en suis certain », me suis-je dit. J'ai remercié l'Aigle qui m'a promis un sandwich à l'œuf un de ces jours, me faisant redouter qu'il se pointe un après-midi dans notre chambre avec ledit sandwich, pour nous trouver tous les deux 1) en train de fumer illégalement et 2) le Colonel buvant tout aussi illégalement du lait à la vodka dans une brique.

J'avais atteint le milieu de la pelouse des dortoirs quand le Colonel m'a rejoint.

– Ça a marché comme sur des roulettes grâce à « Le brûleur est resté allumé ? ». Sinon, j'étais fait. D'un autre côté, je suppose que je vais devoir me mettre au latin. Connerie de latin.

– Tu l'as ?

– Oui. J'espère qu'il ne va pas manquer à l'Aigle ce soir. N'empêche, il ne peut rien soupçonner, franchement. Quel crétin volerait un alcootest ?

À deux heures du matin, le Colonel a avalé son sixième verre de vodka avec une grimace puis il a tendu frénétiquement la main vers la cannette de soda que j'étais en train de siroter. Je la lui ai tendue et il en a bu une grande gorgée.

– Je ne pense pas pouvoir aller en latin demain, a-t-il dit d'une voix pâteuse, comme si sa langue avait enflé.

– Encore un, ai-je insisté.

– D'accord, mais c'est le dernier.

Il s'est versé une rasade de vodka dans son gobelet en carton et il l'a avalée, les lèvres pincées, les poings serrés.

– Putain, c'est ignoble. C'est tellement meilleur avec du lait. Pourvu que j'aie atteint les 2,4 grammes.

– Il faut attendre un quart d'heure après le dernier verre pour pratiquer le test, ai-je annoncé, ayant téléchargé le manuel d'utilisation de l'alcootest sur Internet. Tu te sens soûl ?

– Si on mesurait le degré d'ivresse en trucs croustillants, je serais une gaufrette à la framboise.

On a ri.

– Une chips aurait été plus marrant.

– Excuse-moi. Je ne suis pas au mieux de ma forme.

J'ai pris l'alcootest, un gadget chromé de la taille d'une télécommande. Sous son écran à cristaux liquides était percé un trou. J'ai soufflé dedans. Le résultat a affiché : 0.00. J'en ai déduit qu'il marchait.

Au bout d'un quart d'heure, je l'ai tendu au Colonel.

– Souffle très fort dedans, au moins deux secondes.

Il m'a regardé.

– C'est ce que tu as demandé à Lara le jour du salon télé ? Parce que tu sais quoi, le Gros, on ne souffle pas dans une pipe.

– Tais-toi et souffle.

Les joues gonflées, le Colonel a soufflé longtemps et de toutes ses forces, jusqu'à devenir écarlate.

1,6.

– Oh, non ! s'est-il exclamé. Oh, putain !

– Tu as déjà parcouru les deux tiers du chemin jusqu'à la victoire, ai-je dit pour l'encourager.

– Oui, mais je suis aux trois quarts de gerber.

– Je ne le nie pas, évidemment. Alaska l'a fait. Allez ! Tu peux battre une fille, non ?

– Passe-moi le soda, a-t-il dit, stoïque.

Au même moment, j'ai entendu des pas dans la coursive. Des pas ! On avait attendu une heure du matin pour rallumer la lumière, pensant tout le monde endormi. C'était un soir de semaine quand même, mais on a entendu des pas. Merde ! Sous le regard égaré du Colonel, je lui ai repris l'alcootest, je l'ai fourré entre les coussins du canapé, j'ai planqué la vodka dans sa bouteille de boisson énergétique derrière la « TABLE BASSE » et, d'un même geste, j'ai pris une cigarette dans le paquet et je l'ai allumée, espérant que la fumée masquerait l'odeur d'alcool. J'ai crapoté pour essayer d'enfumer la pièce et je m'apprêtais à me rasseoir sur le canapé quand on a frappé trois coups à la porte. Le Colonel m'a regardé, les yeux écarquillés, un avenir non prometteur se profilant à son horizon.

– Pleure, lui ai-je chuchoté au moment où l'Aigle tournait la poignée.

Le Colonel s'est penché aussitôt en avant, la tête abîmée entre les genoux, les épaules secouées de soubresauts. Je lui posais une main sur le dos quand l'Aigle est entré.

– Je vous prie de m'excuser, ai-je dit avant qu'il ait le temps de dire un mot. Chip passe une mauvaise nuit.

– Êtes-vous en train de fumer ? a-t-il demandé. Dans votre chambre ? Quatre heures après l'extinction des lumières ?

J'ai laissé tomber ma cigarette dans une cannette de soda entamée.

– Je vous prie de m'excuser, monsieur. J'essaie juste de rester éveillé pour être avec lui.

L'Aigle s'est avancé vers le canapé. J'ai senti le Colonel se redresser, mais je l'ai maintenu baissé d'une main ferme parce que, si l'Aigle sentait son haleine, notre compte était bon.

– Miles, je comprends que ce soit un moment difficile pour vous, a déclaré l'Aigle. Cependant, soit vous respectez le règlement de cet établissement, soit vous allez vous inscrire ailleurs. Je vous attends demain devant le jury. Puis-je faire quelque chose pour vous, Chip ?

– Non, monsieur. Je suis content d'avoir Miles, a répondu le Colonel d'une voix tremblante, pleine de larmes, sans lever la tête.

– Moi aussi, a renchéri l'Aigle. Vous devriez peut-être l'encourager à ne pas dépasser les limites fixées par notre règlement, au risque de perdre sa place au sein de l'établissement.

– Oui, m'sieur, a dit le Colonel.

– Vous pouvez laisser la lumière allumée le temps que vous soyez prêts à vous coucher. À demain, Miles.

– Bonne nuit, monsieur, ai-je dit en imaginant le Colonel se glissant subrepticement chez l'Aigle pour remettre l'alcootest à sa place pendant que je me faisais sermonner par le jury.

Dès que la porte s'est refermée, le Colonel s'est redressé d'un bond en me souriant.

– C'était grandiose, a-t-il chuchoté, redoutant que l'Aigle soit resté dehors.

– J'ai appris avec les meilleurs, ai-je dit. Maintenant, bois.

Une heure plus tard, la bouteille de boisson énergétique pratiquement vide, le Colonel a atteint les 2,4 grammes.

– Merci ! s'est-il exclamé, puis il a ajouté : C'est horrible. Ce n'est pas du tout marrant de boire comme ça.

Je me suis levé pour retirer la « TABLE BASSE » du chemin de façon à ce qu'il puisse traverser la pièce sans heurter d'obstacle.

– Tu peux te lever ? ai-je demandé.

Le Colonel a pris appui sur ses bras, enfonçant les mains dans la mousse du canapé et il a commencé à se redresser, mais il est retombé immédiatement en arrière.

– Ça tourne, a-t-il remarqué. Je vais dégueuler.

– Ne dégueule pas. Ça ficherait tout en l'air.

Mon but était de lui faire subir un test de sobriété maison, comme celui des flics.

– Viens vers moi en essayant de marcher en ligne droite.

Il a roulé du canapé et il est tombé par terre. Je l'ai saisi sous les bras pour le remettre debout et je l'ai guidé jusqu'à un point entre deux dalles de lino.

– Suis la ligne sans dévier, pointe et talon.

Le Colonel a levé un pied en penchant immédiatement à gauche et en faisant des moulinets avec les bras. Il a avancé d'un pas hésitant, il s'est en quelque sorte dandiné, incapable de mettre un pied devant l'autre. Il a brièvement retrouvé son équilibre, il a reculé et s'est effondré sur le canapé.

– Raté, a-t-il annoncé, flegmatique.

– D'accord. Ta perception du relief est comment ?

– Ma per-quoi ?

– Regarde-moi. Tu me vois en simple ou en double ? Pourrais-tu me foncer dessus par inadvertance si j'étais une voiture de flic ?

– Ça tourne beaucoup, mais je ne pense pas. Je suis mal. Elle était vraiment dans cet état-là ?

– Apparemment. Tu crois que tu pourrais conduire ?

– Sûrement pas. Non. Non. Elle était méchamment soûle, hein ?

– Oui.

– On a été vraiment cons.

– Oui.

– Ça tourne. Mais non. Pas de voiture de flics. Je suis capable de voir.

– Tu tiens ta preuve.

– Elle s'est peut-être endormie. J'ai affreusement sommeil.

– On trouvera, ai-je dit, tentant de jouer le rôle qu'il avait toujours joué pour moi.

– Pas ce soir, a-t-il dit. Ce soir, on va vomir un peu et on va dormir avec la gueule de bois.

– N'oublie pas ton cours de latin.

– Ah, oui. Putain de latin.

Vingt-huit jours après

LE LENDEMAIN MATIN, le Colonel est finalement allé en cours de latin.

– Je me sens affreusement mal à l'heure qu'il est. Je suis toujours soûl. Mais j'espère aller mieux d'ici quelques heures.

Quant à moi, j'avais un test de français pour lequel j'avais à peine révisé. Je m'en suis bien tiré avec les questions à choix multiples (du type: «quel temps convient dans tel type de phrase»), mais la disserte dont le sujet était: «Quelle est la signification de la rose dans *Le Petit Prince*?» m'a laissé perplexe.

Si j'avais lu ce livre en français ou en anglais, je suppose que la question aurait été plus facile. Malheureusement, j'avais passé la soirée à soûler le Colonel. Si bien que j'ai donné la réponse suivante: «Elle symbolise l'amour.» Mme O'Malley nous avait laissé une page entière pour nous expliquer, mais j'ai pensé que mes trois mots la remplissaient gentiment.

J'avais suivi les cours avec suffisamment d'assiduité pour obtenir un B – et ne pas inquiéter mes parents mais, maintenant, je m'en fichais complètement. «La signification de la rose?» me suis-je dit, Qui en avait quelque chose à cirer?

Quelle était la signification des tulipes blanches ?» Voilà une question qui méritait une réponse.

Après m'être fait remonter les bretelles par le jury et avoir écopé de dix heures de travaux d'intérêt général, je suis rentré à la chambre 43 pour trouver le Colonel en train de déballer toute l'histoire à Takumi (exception faite du baiser).

– Total, on l'a aidée à partir, disait le Colonel au moment où je poussais la porte.

– Vous avez tiré des pétards.

– Comment tu sais pour les pétards ?

– J'ai mené ma petite enquête, a répondu Takumi. De toute façon, c'était bête. Vous n'auriez pas dû faire ça. Mais, en fait, on l'a tous laissée partir, a-t-il ajouté.

Qu'entendait-il au juste par là ? Mais je n'ai pas eu le temps de lui demander.

– Alors tu penses que c'est un suicide ?

– Peut-être, ai-je répondu. Je ne vois pas comment elle aurait tapé la voiture de flic par inadvertance, à moins d'avoir été endormie.

– Elle allait peut-être voir son père, a-t-il suggéré. Vine Station est sur le chemin.

– Peut-être, ai-je dit. On nage au milieu des peut-être.

Le Colonel a mis la main dans sa poche pour prendre son paquet de cigarettes.

– Je vous en propose un autre : peut-être que Jake a les réponses, a-t-il dit. On a épuisé les autres stratégies. Je l'appelle demain, d'accord ?

Je voulais moi aussi des réponses maintenant, mais pas à certaines questions.

– D'accord, ai-je dit. Mais tu ne me racontes que les trucs qui concernent le sujet. Je ne veux aucune autre info, à moins qu'elle m'aide à savoir où elle allait et pour quelle raison.

– Moi pareil, en fait, est intervenu Takumi. J'ai l'impression que, dans ce merdier, certaines choses doivent rester privées.

Le Colonel a fourré une serviette de toilette dans l'interstice sous la porte et il a allumé une cigarette.

– Bon, d'accord, les jeunes. On travaillera selon les besoins, a-t-il dit.

Vingt-neuf jours après

EN RENTRANT DES COURS LE LENDEMAIN, j'ai aperçu le Colonel, assis sur le banc devant le téléphone, gribouillant dans un carnet posé en équilibre sur ses genoux, le combiné coincé entre l'oreille et l'épaule.

Je me suis précipité chambre 43 où j'ai trouvé Takumi en train de jouer à la console en mode muet.

– Le Colonel est au téléphone depuis combien de temps ? ai-je demandé.

– J'en sais rien. Il y était déjà quand je suis arrivé, il y a vingt minutes. Il a dû sécher son cours de maths pour les fortiches. Pourquoi ? Tu as peur que Jake vienne te botter le cul parce que tu l'as laissée partir ?

– N'importe quoi, ai-je répondu en me disant : « Voilà précisément la raison pour laquelle je ne voulais pas qu'il soit au courant. »

Je suis allé dans la salle de bains, j'ai ouvert le robinet d'eau chaude de la douche et j'ai allumé une cigarette. Takumi m'a rejoint quelques instants après.

– Qu'est-ce qu'il y a ? m'a-t-il demandé.

– Rien. Je veux juste savoir ce qui est arrivé à Alaska.

– Tu veux savoir la vérité ? Ou tu veux entendre qu'elle s'est disputée avec Jake et qu'elle est partie pour rompre avec lui et qu'elle comptait rentrer pour te tomber dans les bras, pour faire l'amour comme une folle avec toi, et que vous auriez eu des tas de génies qui auraient su mémoriser plein de dernières paroles et de poèmes ?

– Si tu es en colère contre moi, tu n'as qu'à le dire.

– Je ne suis pas en colère contre toi parce que tu l'as laissée partir. Mais j'en ai ras le bol que tu fasses comme si tu étais le seul mec qui l'avait désirée. Comme si tu avais le monopole de l'aimer, a-t-il répondu.

Je me suis remis debout, j'ai relevé le couvercle des toilettes, j'ai jeté ma cigarette à demi consumée dans la cuvette et j'ai tiré la chasse.

– Cette nuit-là, je l'ai embrassée. Et de ça, j'ai le monopole, ai-je dit à Takumi en le regardant fixement.

– Quoi ? a-t-il bafouillé.

– Je l'ai embrassée.

Il a ouvert la bouche comme pour parler, mais il n'a rien dit. On s'est regardés en chiens de faïence, puis j'ai eu honte de moi, de cette déclaration qui ressemblait à de la frime.

– Écoute… ai-je fini par dire, tu sais comment elle était. Elle voulait quelque chose, elle le prenait. Il se trouve que j'étais le mec qu'elle avait sous la main.

– Oui. Sauf que je n'ai jamais été ce mec-là. Tu sais, le Gros, je ne peux pas t'en vouloir.

– Ne dis rien à Lara.

Takumi hochait la tête quand on a entendu frapper trois coups brefs à la porte. L'Aigle ! Et je me suis dit : « Merde, chopé deux fois dans la même semaine. » Takumi m'a montré la douche. On a sauté dedans et on a tiré le rideau entièrement, nous faisant modestement arroser la cage thoracique par la pomme de douche trop basse. Forcés à une promiscuité dont la nécessité ne me paraissait pas évidente, on est restés là, sans rien dire, le crachat de la douche mouillant lentement nos T-shirts et nos jeans, de longues minutes au cours desquelles on a attendu que la vapeur entraîne la fumée dans le conduit de ventilation. Mais l'Aigle ne frappait toujours pas à la porte de la salle de bains. Takumi a fini par fermer le robinet. Il a entrouvert la porte et il a glissé un œil dehors pour découvrir le Colonel, assis sur le canapé, les pieds posés sur la « TABLE BASSE », en train de terminer la course qu'il avait commencée. J'ai poussé la porte et on est sortis, trempés comme des soupes, tout habillés.

– Voilà un spectacle qu'on ne voit pas tous les jours, a commenté le Colonel, impassible.

– Qu'est-ce qui t'a pris ? ai-je demandé.

– J'ai frappé comme l'Aigle pour vous ficher la trouille, a-t-il souri. Mais putain, si vous avez besoin d'intimité, la prochaine fois, mettez un mot sur la porte.

On a éclaté de rire.

– On se bouffait un peu le nez avec le Gros, mais depuis qu'on s'est douchés ensemble, je me sens super proche de toi, mec, a raillé Takumi.

– Comment ça s'est passé ? ai-je demandé en m'asseyant sur la « TABLE BASSE », tandis que Takumi s'écroulait sur le canapé à côté du Colonel, nous deux mouillés et vaguement frigorifiés, mais plus intéressés par la conversation entre le Colonel et Jake que par la nécessité de se sécher.

– C'était instructif. Voilà ce qu'il faut que vous sachiez. Il lui a offert les fleurs, comme on s'en doutait. Ils ne se sont pas disputés. Il l'a appelée parce qu'il lui avait promis de lui passer un coup de fil à l'heure anniversaire du début de leur relation, huit mois plus tôt, qui se situe *grosso modo* entre deux et trois heures du matin. Ce qui est assez ridicule, on est d'accord. Mais bon, il se trouve qu'elle a entendu le téléphone sonner. Ils ont parlé de tout et de rien pendant cinq minutes. Après quoi, sans prévenir, elle s'est mise à flipper comme une folle.

– Sans prévenir ? a demandé Takumi.

– Permets que je consulte mes notes, a répondu le Colonel, en feuilletant son carnet. Voilà. Jake lui dit : « Tu as passé un bon anniversaire ? », et Alaska répond : « J'ai passé un splendide anniversaire. »

En écoutant le Colonel, j'entendais l'excitation qui animait la voix d'Alaska, la façon qu'elle avait d'appuyer avec enthousiasme sur certains mots, tels que « splendide », « fantastique » et « absolument ».

– Puis il y a un silence, a poursuivi le Colonel. Et Jake lui demande : « Qu'est-ce que tu fais ? », et Alaska répond : « Rien, je gribouille. » Et là, elle crie : « Oh, mon Dieu ! » et « Merde ! merde ! merde ! » Et elle se met à pleurer. Elle lui dit alors qu'elle doit partir, mais qu'elle lui parlera plus tard. Elle ne dit pas qu'elle va le voir, et Jake pense qu'elle n'en avait pas l'intention. Il ne sait pas où elle va, mais il précise qu'à chaque fois qu'ils se parlaient elle lui demandait toujours si elle pouvait passer. Pas cette fois. Par conséquent, elle ne venait pas chez lui. Attendez une seconde que je vérifie dans mon carnet, a prié le Colonel en cherchant sa page. Voilà, c'est ici. « Elle m'a dit qu'elle me parlerait plus tard, mais elle n'a pas parlé de venir me voir. »

– À moi, elle a dit : « La suite au prochain numéro ? », et à Jake, qu'elle lui parlerait plus tard, ai-je dit.

– Oui. J'ai noté. Des projets d'avenir. Incompatibles avec un suicide, incontestablement. Donc ensuite, elle revient dans la chambre en hurlant qu'elle a oublié quelque chose, et là sa course folle s'achève. On n'a pas vraiment de réponse.

– En tout cas, on sait où elle n'allait pas.

– À moins qu'elle ait été particulièrement impulsive, a dit Takumi en se tournant vers moi. À ce qu'il paraît, elle l'était cette fameuse nuit.

Le Colonel m'a regardé d'un drôle d'air. J'ai hoché la tête.

– Oui, a confirmé Takumi. Je suis au courant.

– Et donc, tu as eu les boules, mais depuis vous avez pris une douche ensemble avec le Gros, et tout baigne. Excellent. Revenons à la nuit en question… a repris le Colonel.

Et on a essayé de raconter le mieux possible à Takumi ce qu'on s'était dit, mais ni le Colonel ni moi ne s'en souvenait avec exactitude. D'une part, parce que le Colonel était soûl et, d'autre part, parce que je n'avais pas prêté attention à la conversation jusqu'à ce qu'Alaska parle du jeu « Action ou vérité ». De toute façon, on était incapables d'en mesurer le sens. Les dernières paroles sont toujours difficiles à se rappeler quand on ignore qu'une personne est sur le point de mourir.

– Il me semble que j'étais en train de lui raconter que j'adorais faire du skate sur l'ordinateur, mais qu'il ne me serait jamais venu à l'idée de grimper sur un vrai dans la vie. Et c'est là qu'elle a dit : « Jouons à "Action ou vérité" » et que tu l'as baisée.

– Attends une seconde, tu l'as baisée ? Devant le Colonel ? s'est insurgé Takumi.

– Je ne l'ai pas baisée.

– Du calme, les mecs ! nous a exhortés le Colonel en lançant les mains en l'air. C'est une expression.

– Pour désigner quoi ? a demandé Takumi.

– Des pelles.

– Génial, l'euphémisme, a raillé Takumi, en levant les yeux au ciel. Suis-je le seul à trouver que ces pelles ont une putain d'importance ?

– Oui, je n'y avais pas pensé, ai-je répondu, l'air de rien. Maintenant, je ne sais pas. Elle n'en a pas parlé à Jake. Ce ne pouvait pas être si important que ça.

– Elle était peut-être dévorée de culpabilité, a-t-il suggéré.

– Jake dit qu'elle avait l'air normale au téléphone, jusqu'à ce qu'elle flippe, a précisé le Colonel. Mais la clé est forcément dans le coup de fil. Il s'est passé quelque chose qui nous échappe, a-t-il dit en fourrageant dans son épaisse tignasse d'impuissance. Putain, quelque chose. Quelque chose en elle. Qu'il ne nous reste plus qu'à trouver.

– Il suffit de lire à l'intérieur des pensées d'une morte, a renchéri Takumi. Une paille.

– Exact. Ça vous dirait de vous torcher ? a demandé le Colonel.

– Je n'ai pas envie de boire, ai-je dit.

Le Colonel a fouillé dans les profondeurs du canapé et il en a ressorti la bouteille de boisson énergétique de Takumi. Lui non plus ne se sentait pas d'humeur à boire.

– Ça en fera plus pour moi, a ricané le Colonel en lampant une grande rasade.

Trente-sept jours après

LE MERCREDI SUIVANT, en sortant du cours de religion, je suis rentré dans Lara, au sens propre du terme. Bien sûr, je la voyais pratiquement tous les jours, en cours d'anglais ou à la bibliothèque, en train de faire des messes basses avec Katie, la fille qui partageait sa chambre. Je la voyais au déjeuner et au dîner à la cafète, et je l'aurais probablement croisée au petit déj' si je m'étais levé à temps. Et il est clair qu'elle me voyait aussi mais, jusqu'à ce fameux matin, nos regards ne s'étaient pas croisés.

Je supposais qu'à l'heure actuelle elle m'avait oublié. Après tout, on n'était sortis ensemble qu'une journée, bien qu'elle fût mémorable. Mais, cette fois, quand j'ai heurté son épaule en courant à mon cours de trigo, elle s'est retournée et elle m'a regardé. Avec colère, et pas à cause du choc.

– Pardon, ai-je laissé échapper.

Elle a louché dans ma direction comme si elle avait été sur le point d'engager une dispute ou de pleurer, puis elle a disparu à l'intérieur de sa salle de classe sans rien dire. Les premiers mots que je lui adressais en un mois.

J'aurais voulu pouvoir lui parler. Je savais que je m'étais conduit comme un salaud. « Imagine, ne cessais-je de me dire, si tu étais Lara, avec une copine morte et un ex-copain muet », mais je n'avais de place que pour une seule volonté sincère. Alaska était morte et je voulais connaître les tenants et les aboutissants de sa mort. Lara ne pouvait rien m'apprendre et c'était tout ce qui comptait.

Quarante-cinq jours après

PENDANT DES SEMAINES, le Colonel et moi avons compté sur la générosité des uns et des autres pour alimenter nos besoins en cigarettes. On obtenait des paquets, gratuits ou pas chers, d'un peu tout le monde, de Molly Tan à Longwell Chase, dont la brosse avait repoussé. Comme si les jeunes, désireux de nous venir en aide, n'avaient rien trouvé de mieux. Mais, fin février, on avait épuisé les ressorts de la charité. C'était tant mieux, franchement. Je n'ai jamais trouvé ça bien d'accepter les cadeaux des autres, dans la mesure où ils ignoraient qu'on avait chargé le pistolet qui avait tué Alaska.

Par conséquent, après les cours, Takumi nous a emmenés en voiture à « VINS ET SPIRITUEUX. NOUS POURVOYONS À VOS BESOINS SPIRITUELS ». Le même après-midi, Takumi et moi avions appris les résultats déprimants de notre premier test de trigo important du semestre. Alaska n'étant plus disponible pour nous faire travailler en partageant des frites au McDégueu et n'ayant ni l'un ni l'autre révisé, on risquait le rapport aux parents.

– Le truc, c'est que je ne trouve pas la trigo très intéressante, a lâché Takumi d'un ton neutre.

– Ça risque d'être un peu dur à expliquer au directeur de Harvard, a répliqué le Colonel.

– Peut-être pas, ai-je dit. Parce que c'est incontestable.

On a ri. Mais nos rires ont vite laissé place à un silence lourd, envahissant. On pensait tous à elle, morte, privée de rire, froide, plus Alaska. Chaque fois que j'y pensais, j'étais toujours aussi abasourdi à l'idée qu'elle n'existait plus. « Elle se décompose sous terre à Vine Station, Alabama », me disais-je, sans que ce soit exactement ça non plus. Son corps y était, mais elle, nulle part, rien, POUF.

Désormais, les moments de détente étaient immanquablement suivis de moments de tristesse car, dès que la vie commençait à ressembler à ce qu'elle avait été du temps d'Alaska, on prenait conscience de son départ irrémédiable, irréversible.

C'est moi qui ai acheté les cigarettes. Je n'étais jamais entré dans le magasin, mais il était aussi déprimant qu'Alaska l'avait décrit. Le plancher poussiéreux craquait sous mes pieds quand je me suis avancé vers le comptoir. J'ai remarqué un grand bidon rempli d'une eau saumâtre supposé contenir des appâts vivants alors qu'une véritable colonie de petits poissons morts flottait à la surface. J'ai demandé une cartouche de cigarettes à la femme derrière le comptoir et elle m'a souri de ses quatre dents.

– Tu es de Culver Creek ? a-t-elle demandé.

Je ne savais pas si je devais dire la vérité étant donné qu'aucun élève n'avait dix-neuf ans mais, en la voyant prendre la cartouche derrière elle et la poser sur le comptoir sans me demander ma carte d'identité, j'ai répondu :

– Oui, madame.

– Ça va, l'école ?

– Plutôt bien.

– J'ai entendu dire que vous aviez eu un décès.

– Oui, m'dame.

– J'étais effondrée.

– Oui, m'dame.

La femme, dont j'ignorais le nom car ce n'était pas le genre d'établissement à gaspiller de l'argent en badges, avait un long poil blanc qui lui sortait d'un grain de beauté sur la joue gauche. Pas vraiment répugnant, mais je ne pouvais m'empêcher d'y jeter des petits coups d'œil, puis de me détourner.

De retour dans la voiture, j'ai donné un paquet de cigarettes au Colonel.

On a baissé les vitres, bien que le froid m'ait mordu le visage et que le vent ait rendu toute conversation impossible. Assis à l'arrière, j'ai fumé en me demandant pourquoi la vieille dame du magasin ne retirait pas le poil de son grain de beauté. Le vent me soufflait au visage par la vitre baissée de Takumi assis devant moi. Je me suis glissé au milieu. J'ai regardé le Colonel, assis à côté de lui, et j'ai vu qu'il souriait, le visage tourné vers le vent qui s'engouffrait par la vitre.

Quarante-six jours après

JE N'AVAIS AUCUNE ENVIE DE PARLER À LARA mais, le lendemain, au déjeuner, Takumi a attaqué la dernière ligne droite de la culpabilité.

– Elle en penserait quoi, Alaska, à ton avis, de tout ce gâchis ? m'a-t-il demandé en regardant Lara un peu plus loin dans la cafète.

Elle mangeait à trois tables de la nôtre et elle souriait chaque fois que Katie éclatait de rire à ses propres histoires. Je la voyais rassembler du maïs sur sa fourchette, la lever au-dessus de son assiette, avancer les lèvres, pencher la tête et mettre la nourriture dans sa bouche. Voilà quelqu'un qui mangeait doucement.

– Elle pourrait me parler, me suis-je défendu.

Takumi a secoué la tête.

– Ch'est à toi de le faire, a-t-il dit la bouche pleine, gluante de purée, puis après avoir avalé sa bouchée : Je te pose une question, le Gros. Quand tu seras un vieillard chenu et que tes petits-enfants s'assiéront sur tes genoux pour te demander : « Dis, Papy, qui t'a fait ta première pipe ? », tu te vois leur répondre : « C'est une nana que j'ai fait semblant de ne pas voir jusqu'à la fin du lycée » ? Non ! Tu voudras leur dire, a-t-il ajouté avec un sourire : « C'est Lara Buterskaya, une amie chère à mon cœur. Une jeune fille ravissante. Bien plus jolie que votre Mammy, loin s'en faut. »

J'ai ri. Alors, oui, d'accord, je devais parler à Lara.

Après les cours, je suis allé à sa chambre. J'ai frappé à la porte et elle a ouvert avec l'air de dire : « Quoi ? Maintenant ? Tu as fait assez de mal comme ça, le Gros. » Mon regard a dépassé Lara pour pénétrer dans la pièce, où je n'étais entré qu'une fois, et où j'avais compris que, qu'on s'embrasse ou pas, je n'avais rien à lui dire. Avant que le silence ne devienne trop pesant, je me suis lancé.

– Je te demande pardon.

– Pourr quoi ? a-t-elle demandé sans vraiment me regarder.

– De t'avoir ignorée. Pour tout.

– Tu n'étais pas obligé d'êtrre mon copain.

Elle était si jolie, avec ses grands yeux papillonnant et ses joues douces et rondes. Mais, encore une fois, leur rondeur ne me ramenait qu'à Alaska, à son visage mince, ses pommettes saillantes. Mais je pouvais vivre avec et, de toute façon, je n'avais pas le choix.

– On aurrait pu êtrre amis, a-t-elle ajouté.

– Je sais. J'ai merdé. Je te demande pardon.

– Ne pardonne pas à ce connard, a crié Katie de l'intérieur de la chambre.

– Je te parrdonne, a déclaré Lara avec un sourire en me serrant contre elle, étreignant fermement mon dos. Je l'ai prise dans mes bras, j'ai senti le parfum de violette qui se dégageait de ses cheveux.

– Je ne te pardonne pas, a déclaré Katie, en apparaissant sur le pas de la porte.

Bien qu'on n'ait pas été intimes, elle s'est sentie assez à l'aise pour me balancer un coup de genou dans les parties, en souriant cette fois.

– Maintenant, je te pardonne, a-t-elle déclaré alors que je me pliais en deux.

On est allés se promener au lac, Lara et moi, sans Katie, et on a discuté. On a discuté d'Alaska, du mois qui s'était écoulé, du manque qu'elle avait ressenti, non seulement de moi mais d'Alaska, alors que seule Alaska m'avait manqué (ce qui était vrai). Je lui ai raconté la vérité, du moins autant que je le pouvais, des pétards au poste de police de Pelham, en passant par les tulipes blanches.

– Je l'aimais, ai-je déclaré, et Lara a répondu qu'elle aussi. Je sais, ai-je ajouté, mais c'est pour expliquer mon attitude. J'étais amoureux d'elle et, quand elle est morte, j'ai été incapable de penser à quelqu'un d'autre. Ça me semblait malhonnête. Comme de la tromper.

– Ce n'est pas une rraison, a répliqué Lara.

– Je sais.

Elle a ri doucement.

– Alorrs c'est une bonne chose, si tu sais.

Je savais que je n'effacerais pas sa colère, mais on se parlait, au moins.

Plus tard, ce soir-là, tandis que l'obscurité se faisait, que les grenouilles coassaient et que les insectes nouvellement ressuscités bourdonnaient, Takumi, Lara, le Colonel et moi sommes allés au coin fumeurs sous la lumière froide de la pleine lune.

– Colonel, pourrquoi tu l'appelles le coin fumeurrs? a demandé Lara. Ça rressemble plutôt à un tunnel.

– C'est par analogie avec le coin poissonneux, a expliqué le Colonel. Si on pêchait, on pêcherait ici. Mais comme on fume. Il me semble que c'est Alaska qui a trouvé le nom.

Il a sorti une cigarette de son paquet et il l'a jetée dans l'eau.

– Qu'est-ce que tu fais ? me suis-je insurgé.

– Pour elle, a-t-il répondu.

J'ai ébauché un sourire et j'ai suivi son exemple, en lançant à mon tour une cigarette dans l'eau. J'en ai donné une à Takumi et une à Lara, et ils ont fait pareil. Les cigarettes ont dansé au fil de l'eau, avant de disparaître de notre vue, emportées par le courant.

Je n'étais pas religieux, mais j'aimais les rituels. L'idée de faire coïncider un geste à un souvenir me plaisait bien. Le Vieux nous avait raconté qu'en Chine certains jours étaient réservés au nettoyage des tombes, et qu'à cette occasion on faisait des offrandes aux morts. Alaska aurait certainement eu envie de fumer, j'ai trouvé que le Colonel avait initié un excellent rituel.

Il a craché dans l'eau. Puis il a brisé le silence.

– Ce qu'il y a de drôle quand on parle aux fantômes, a-t-il dit, c'est qu'on ne sait jamais si on invente les réponses, ou s'ils nous parlent pour de vrai.

– Si on faisait une liste ? a proposé Takumi, éludant les sujets introspectifs. Quelles preuves avons-nous qu'elle se soit suicidée ?

Le Colonel a sorti son indispensable carnet.

– Elle n'a jamais appuyé sur le frein, ai-je dit.

Le Colonel a commencé à prendre des notes.

Elle était dans tous ses états à cause d'un truc. Cela dit, ça lui était déjà arrivé à maintes reprises sans qu'elle se suicide. On a supposé que les fleurs avaient dû être pour elle une sorte d'objet commémoratif, comme une disposition funéraire. Mais on n'a pas trouvé d'explication très alaskienne. Certes, elle était mystérieuse, et, si on planifie son suicide jusqu'aux fleurs, il va de soi qu'on potasse sa façon de mourir. Or Alaska n'avait aucune chance de savoir qu'une voiture de police se présenterait sur la I-65 pour l'occasion.

Et *quid* des preuves étayant la thèse de l'accident ?

– Elle était très soûle, elle a peut-être pensé qu'elle ne percuterait pas la bagnole de flics. D'un autre côté, je ne vois pas comment, a dit Takumi.

– Elle a pu s'endorrmirr, a suggéré Lara.

– Oui, on y a pensé, ai-je dit. Mais ça m'étonnerait qu'on puisse conduire en ligne droite en dormant.

– Pour le savoir, je ne trouve pas de moyen qui ne mette pas nos vies considérablement en danger, a lâché le Colonel, impassible. Bref, elle n'a pas montré de signes avant-coureurs de suicide. Elle n'a jamais évoqué l'idée de mourir, par exemple, et elle n'a jamais distribué ses affaires à qui que ce soit.

– Ça nous en fait deux. Soûle et pas le projet de mourir, a conclu Takumi.

Ça ne nous menait nulle part. Juste une autre danse avec les mêmes questions. Ce dont on avait besoin n'était pas d'approfondir nos réflexions, mais de preuves.

– Il faut trouver où elle allait, a dit le Colonel.

– Les dernières personnes à lui avoir parlé sont Jake, toi et moi, lui ai-je répondu. Et aucun de nous trois ne sait. Alors tu peux m'expliquer comment on va trouver ?

Takumi s'est tourné vers le Colonel.

– Je ne suis pas persuadé que le fait de savoir où elle allait soit d'un grand secours, a-t-il soupiré. J'ai l'impression que ça nous mettrait encore plus mal. C'est un pressentiment.

– Mon prressentiment veut savoirr, a dit Lara.

C'est alors que j'ai compris ce que Takumi m'avait dit le jour de notre douche en commun. À savoir que j'avais beau avoir embrassé Alaska, je ne détenais pas le monopole d'Alaska. Le Colonel et moi n'étions pas les seuls à l'aimer et d'autres que nous essayaient de découvrir la vérité sur le pourquoi et le comment de sa mort.

– Quoi qu'il en soit, a dit le Colonel, on est dans une impasse. Alors pensez à un truc. Parce que je n'ai plus d'outils pour enquêter.

Puis il a balancé son mégot d'une pichenette dans le ruisseau, il s'est levé et il est parti. On l'a suivi. Même dans la défaite, il restait le Colonel.

Cinquante et un jours après

L'ENQUÊTE PIÉTINAIT, je me suis remis à lire pour le cours d'histoire des religions, à la grande satisfaction du Vieux, dont j'avais raté les interros-surprises avec constance depuis six bonnes semaines. Ce mercredi, on en avait une justement, dont le sujet était: «Racontez un *koan* bouddhique.» Un koan est, dans le bouddhisme zen, une sorte de devinette censée aider à trouver la sagesse. J'ai choisi de parler de Banzan. Banzan se balade un jour dans un marché et surprend quelqu'un qui demande le meilleur morceau à un boucher. Le boucher répond alors au type: «Dans ma boutique, il n'y a que du meilleur. Vous ne trouverez rien d'inférieur.» Fort de cette réponse, Banzan comprend que le pire et le meilleur n'existent pas, que ce sont des jugements de valeur dénués de sens car seul compte ce qui est. Et pouf, il atteint la sagesse. En lisant cette histoire la veille au soir, je m'étais demandé si c'était ce qui m'arriverait. Si, en un clin d'œil, je comprendrais enfin Alaska, je la connaîtrais et je saurais le rôle que j'avais joué dans sa mort. Je n'étais pas persuadé que la sagesse frappait comme l'éclair.

Après l'interro, le Vieux a pris sa canne et, de son siège, il a indiqué au tableau la question d'Alaska qui commençait à s'effacer.

– Prenez la page quatre-vingt-quatorze de la passionnante introduction au zen que je vous ai demandé de lire pour cette semaine, et intéressons-nous à cette phrase : « Tout ce qui a été assemblé se désagrégera. » Tout. La chaise sur laquelle je suis assis a été assemblée et elle se désagrégera. Je me désagrégerai, sans doute avant cette chaise. Vous aussi. Les cellules, les organes, les systèmes qui vous constituent ont été assemblés, ont formé un tout, et donc se désagrégeront. Bouddha avait compris une chose que la science a été incapable de prouver au cours des millénaires qui ont suivi sa mort. L'entropie va toujours croissant. En clair, tout fout le camp.

« On part tous », me suis-je dit, et cette certitude s'applique aux cheminées aussi bien qu'aux cols cheminée, à notre Alaska qu'à la terre du même nom, parce que rien ne dure, pas même la terre. D'après Bouddha, la souffrance est engendrée par le désir. Par conséquent, la fin du désir signifie celle de la souffrance. Lorsqu'on cesse de vouloir que les choses ne se désagrègent pas, on ne souffre pas le jour où elles se désagrègent.

Un jour, personne ne se rappellera son existence, ai-je noté dans mon carnet. Puis j'ai ajouté : *La mienne non plus.* Car les souvenirs se désagrègent aussi. On se retrouve sans rien, pas même avec un fantôme, juste l'ombre de celui-ci. Au début, elle m'avait hanté, elle avait hanté mes rêves, alors qu'aujourd'hui, quelques semaines après, elle s'éclipsait, son souvenir se désagrégeant dans ma mémoire, et dans celle des autres, elle mourait une deuxième fois.

Le Colonel, qui avait mené l'enquête dès le départ, qui s'était réellement soucié des circonstances de sa mort, à la différence de moi qui ne m'étais attaché qu'à découvrir si elle m'aimait, avait abandonné la partie, sans réponses. D'ailleurs, je n'aimais pas celles que j'avais eues. À savoir qu'Alaska n'avait pas jugé assez important ce qu'on venait de vivre pour en parler à Jake. Au lieu de ça, elle avait fait sa mignonne, ne lui fournissant aucune raison de penser qu'à peine quelques minutes auparavant je sentais le vin dans son haleine. Sur ce, quelque chose d'invisible s'était déclenché en elle et ce qui avait formé un tout s'était désagrégé.

Peut-être était-ce la seule réponse qu'on avait vraiment. Elle s'était désagrégée parce que c'était dans l'ordre des choses. Le Colonel semblait s'être fait à l'idée. Cela dit, l'enquête avait beau être de son initiative, elle était devenue le ciment qui me maintenait comme un tout, et je gardais l'espoir de trouver la sagesse.

Soixante-deux jours après

LE DIMANCHE SUIVANT, j'ai dormi jusqu'à ce que le soleil de la fin de matinée se glisse entre les lattes du store et qu'il trouve son chemin jusqu'à moi. J'ai rabattu la couette sur mon visage, mais l'air est vite devenu irrespirable. Alors je me suis levé pour appeler mes parents.

– Miles ! s'est écriée ma mère avant que je puisse dire « allô ». On vient d'avoir la présentation du numéro.

– Le téléphone sait par magie que j'appelle du bahut ?

Elle a ri.

– Non, il y a juste écrit « cabine publique » et le code régional. J'ai fait la déduction. Comment vas-tu ? a-t-elle demandé, d'un ton qui trahissait une inquiétude pleine de tendresse.

– Pas mal. J'ai un peu merdé dans certaines matières pendant quelque temps, mais je m'y suis remis. Donc je pense que ça va aller, ai-je répondu, et c'était en grande partie vrai.

– Je sais que tu en as bavé, mon chéri, a-t-elle dit. Oh ! devine sur qui on est tombés hier soir à un dîner, avec ton père ? Mme Forrester. Ton institutrice de CM1. Tu vois qui c'est ? Elle se souvient parfaitement de toi et elle n'a pas tari d'éloges à ton sujet. Et donc on a bavardé...

Certes, j'étais content d'apprendre que Mme Forester tenait l'élève de CM1 que j'avais été en grande estime, mais je n'écoutais ma mère que d'une oreille distraite. Je déchiffrais les gribouillis qui recouvraient les panneaux peints en blanc situés de chaque côté du téléphone, à la recherche de nouvelles inscriptions susceptibles d'être déchiffrées (*Chez Lacy, vendredi 10* était sans doute une indication concernant une soirée chez des weekendeurs).

– Hier soir, on dînait chez les Johnston et je me demande si ton père n'a pas bu un peu trop de vin. On jouait aux parodies, il était mauvais comme un cochon.

Elle a ri. J'étais épuisé, mais on avait poussé le banc du téléphone trop loin. J'ai posé mon maigre derrière par terre et j'ai tiré le fil du téléphone au maximum, me tenant prêt à subir le monologue interminable de ma mère. En bas, sous d'autres gribouillis et notes diverses, j'ai soudain vu un dessin de fleur. Douze pétales allongés entourant un cœur de couleur qui se détachait sur la peinture blanche, couleur marguerite. Des marguerites, des marguerites blanches. Je pouvais l'entendre me dire: «*Qu'est-ce que tu vois, le Gros? Regarde.*» Et ce que j'ai vu, c'est elle, assise par terre, soûle, parlant au téléphone avec Jake de tout et de rien, jusqu'à: «*Qu'est-ce que tu fais*?» et elle: «*Rien, je gribouille.*» Et après, elle qui crie: «*Oh, mon Dieu!*»

– Miles?

– Oui, pardon, maman. Excuse-moi, mais Chip est arrivé. On doit travailler. Il faut que j'y aille.

– Tu rappelleras? Je suis sûre que ton père serait content de te parler.

– Oui, bien sûr. Je t'aime, d'accord? Faut que j'y aille.

– Je crois que j'ai trouvé quelque chose ! ai-je hurlé au Colonel, invisible sous sa couette.

Mais l'urgence dans ma voix et la promesse d'une découverte, n'importe laquelle, l'ont tiré instantanément du sommeil. Le Colonel a sauté au bas de son lit. Et avant que je n'ajoute un mot, il a enfilé son jean et son sweat-shirt de la veille qui traînaient par terre, et il m'a suivi dehors.

– Regarde ! ai-je dit en lui montrant la marguerite.

Le Colonel s'est accroupi au pied du téléphone.

– Oui, elle l'a dessinée. Elle en gribouillait tout le temps.

– « Gribouiller », ça ne te rappelle rien ? Jake lui demande ce qu'elle est en train de faire, et elle répond : « Je gribouille », puis elle crie : « Oh, mon Dieu ! », et elle se met à flipper comme une folle. En revoyant son dessin, elle s'est rappelé quelque chose.

– Excellente mémoire, le Gros, a reconnu le Colonel.

Je me suis demandé pourquoi ça ne le mettait pas en état de transe.

– Elle se met à flipper comme une folle, ai-je répété. Et elle prend les tulipes pendant qu'on fait partir les pétards. Elle a vu le gribouillis, elle s'est rappelé le truc qu'elle avait oublié et elle s'est mise à flipper.

– Peut-être, a dit le Colonel, les yeux toujours fixés sur la fleur, essayant sans doute de la voir à travers les yeux d'Alaska, puis il s'est levé. C'est une théorie solide, le Gros, a-t-il déclaré en me donnant une tape sur l'épaule comme un entraîneur félicitant son joueur. Mais on ne sait toujours pas ce qu'elle a oublié.

Soixante-neuf jours après

UNE SEMAINE APRÈS LA DÉCOUVERTE de la marguerite gribouillée, je me suis résigné à son insignifiance (après tout, je n'étais pas Banzan au marché) et, alors que les érables entourant le lycée montraient des signes de résurrection et que les gens de l'entretien se remettaient à tondre la pelouse circulaire des dortoirs, il m'a semblé que finalement on l'avait perdue.

L'après-midi, on est allés au bois près du lac, le Colonel et moi, fumer une cigarette, précisément à l'endroit où l'Aigle nous avait surpris de nombreux mois auparavant. On rentrait d'une assemblée générale d'établissement au cours de laquelle l'Aigle avait annoncé que le lycée souhaitait faire construire une aire de jeux près du lac, en souvenir d'Alaska. Elle aimait sans doute les balançoires, mais une aire de jeux? Lara s'était levée, sûrement une première pour elle, et elle avait déclaré qu'Alaska méritait quelque chose de plus drôle, quelque chose qu'elle aurait fait elle-même.

– Lara a raison, a dit le Colonel en s'asseyant sur une souche moussue à moitié pourrie. On devrait faire quelque chose en son honneur. Une blague. Un truc qu'elle aurait adoré.

– Une blague commémorative?

– Exactement. La Blague commémorative d'Alaska Young. On pourrait l'imposer comme un événement annuel. L'an dernier, elle a eu une idée. Mais elle voulait la garder pour notre blague de terminale. Une idée excellente. Un bijou. Un monstre.

– Tu me la dis ? ai-je demandé en repensant à la fois où ils m'avaient tenu, lui et Alaska, à l'écart de l'élaboration de la « Soirée Grange ».

– Bien sûr, a répondu le Colonel. La blague s'appelle « Renversons le modèle machiste ».

Et il me l'a racontée. Et je dois avouer qu'Alaska nous avait légué un joyau en matière de blague, la Joconde de l'hilarité lycéenne, le summum après des décennies de canulars à Culver Creek. Si le Colonel réussissait son coup, elle resterait gravée à jamais dans la mémoire de tout le monde. Alaska méritait au moins ça. Et, cerise sur le gâteau, elle ne nécessitait pas, techniquement, de se rendre coupable d'infractions passibles d'une expulsion.

Le Colonel s'est levé et il a retiré la mousse et la poussière de son pantalon.

– On lui doit bien ça, a-t-il déclaré.

Je partageais son avis. Mais quand même, elle nous devait une explication. Si elle était quelque part, là-haut, là-dessous, ailleurs, elle riait peut-être. Et peut-être, juste peut-être, elle nous donnerait l'indice qui nous manquait.

Quatre-vingt-trois jours après

DEUX SEMAINES PLUS TARD, le Colonel est rentré des vacances de printemps avec deux carnets entièrement noircis. Tous les détails de l'organisation de la blague, à la virgule près, des croquis de divers endroits et une liste de quarante pages sur deux colonnes des problèmes qui pourraient surgir et leurs solutions. Il avait calculé les temps à la seconde près, les distances au centimètre, et il avait refait tous ses calculs, comme s'il ne pouvait supporter l'idée de décevoir Alaska une deuxième fois. Et donc ce dimanche, le Colonel s'est réveillé tard, en se retournant. Je lisais *Le Bruit et la Fureur* de William Faulkner, que j'aurais dû lire en février, mais, en l'entendant remuer dans son lit, j'ai levé la tête.

– Reformons la bande, a-t-il dit.

Je me suis aventuré dehors, par une journée de printemps couverte, et je suis allé réveiller Lara et Takumi, que j'ai ramenés à la chambre 43. L'équipe de la «Soirée Grange» était au complet, du moins autant qu'elle le serait dorénavant, pour la Blague commémorative d'Alaska Young.

On s'est assis tous les trois sur le canapé, pendant que le Colonel, debout devant nous, détaillait son plan et distribuait les rôles avec un enthousiasme que je ne lui avais pas connu depuis « avant ».

– Des questions ? a-t-il demandé, une fois son exposé terminé.

– Oui, a répondu Takumi. Sérieusement, ça peut marcher ?

– *Primo,* il faut trouver un stripteaseur. Et *deuzio,* le Gros doit réaliser un petit tour de passe-passe avec son père.

– Dans ce cas, tout le monde au boulot, a dit Takumi.

Quatre-vingt-quatre jours après

TOUS LES ANS, AU PRINTEMPS, les cours étaient amputés d'un vendredi après-midi. L'ensemble des élèves et des profs, ainsi que le personnel étaicnt convoqués au gymnase pour le « jour du conférencier ». Ce jour-là, deux orateurs se produisaient, en général des célébrités de seconde zone, des hommes politiques à la petite semaine ou des universitaires médiocres, le genre de gens susceptibles de venir faire une conférence dans un établissement scolaire ayant prévu comme budget à cet effet la misérable somme de trois cents dollars. Les première en choisissaient un et les terminale, l'autre. Quiconque avait assisté à un jour du conférencier reconnaissait s'y être ennuyé mortellement. On avait l'intention de secouer un peu l'institution.

Il nous suffisait de convaincre l'Aigle de nous laisser choisir le « docteur William Morse », un « ami de mon père » et un « éminent spécialiste des différentes formes de sexualité chez les adolescents », comme conférencier des première.

J'ai donc appelé mon père à son bureau et son secrétaire, Paul, m'a demandé si ça allait bien. Pourquoi fallait-il que tout le monde, et je dis bien tout le monde, s'inquiète de savoir si j'allais bien dès que j'appelais à un autre moment que le dimanche matin ?

– Oui, ça va.

– Salut, Miles. Tout va bien ? m'a demandé mon père en prenant la ligne.

J'ai éclaté de rire.

– Oui, papa, tout va bien, ai-je répondu en baissant la voix car il y avait plein de monde autour de moi. Au fait, tu te souviens de la fois où tu as volé la cloche du lycée pour l'enterrer au cimetière ?

– La plus grande blague de tous les temps de Culver Creek, a-t-il répondu avec fierté.

– C'était, papa. C'était. Alors écoute, je me demandais si tu nous aiderais pour la nouvelle plus grande blague de tous les temps de Culver Creek.

– Je ne sais pas quoi te dire, Miles. Je ne veux pas que tu aies d'ennuis.

– Je n'en aurai pas. Toute la classe de première participe. Personne ne risque de se blesser ni rien. Tu te rappelles le jour du conférencier ?

– Dieu que c'était ennuyeux ! Presque pire que les cours.

– Voilà, j'ai besoin que tu te fasses passer pour notre conférencier, le docteur William Morse, professeur de psychologie à l'université de Floride et spécialiste de l'approche de la sexualité chez l'adolescent.

Il est resté silencieux un moment. J'ai regardé la dernière marguerite dessinée par Alaska au pied du téléphone, en attendant qu'il me demande de lui raconter la blague. Je l'aurais fait, mais je l'ai entendu respirer lentement.

– Je ne poserai pas de questions, a-t-il dit, puis, avec un soupir : Jure-moi de garder le secret avec ta mère.

– Je te le jure. M. Starnes (j'avais mis une seconde à retrouver le nom de l'Aigle) va t'appeler dans dix minutes.

– D'accord. Je m'appelle docteur William Morse, je suis professeur de psychologie et… spécialiste de la sexualité des adolescents ?

– Oui. Tu es le meilleur, papa.

– J'attends de voir si tu peux me surpasser, a-t-il dit en riant.

Bien que pour le Colonel ce fût une souffrance indicible, la blague ne pouvait marcher sans l'aide des weekendeurs. Et en particulier celle du chef de classe des première, Longwell Chase, qui avait retrouvé sa coupe de surfer imbécile. Mais les weekendeurs ont adoré l'idée. Je suis allé chercher Longwell dans sa chambre.

– On y va, lui ai-je dit.

Longwell et moi n'avions rien à nous dire et pas envie de faire comme si, on est donc allés chez l'Aigle sans échanger un mot. L'Aigle nous a ouvert avant même qu'on ne sonne à la porte. En nous voyant, il a penché la tête d'un air perplexe. On formait effectivement un drôle de couple, Longwell en pantalon kaki à plis repassé et moi en jean qui aurait dû passer à la machine depuis longtemps.

– Le conférencier que nous avons choisi est un ami du père de Miles, a annoncé Longwell. Le docteur William Morse, professeur d'université en Floride et spécialiste de la sexualité des adolescents.

– On cherche la polémique ?

– Oh, non, ai-je répondu. J'ai rencontré le docteur Morse. Il est très intéressant, mais il est consensuel. Il s'intéresse à la constante mutation et au développement de la compréhension de la sexualité par les adolescents. Il est opposé aux relations sexuelles avant le mariage.

– Bien. Vous avez son numéro ?

J'ai tendu un bout de papier à l'Aigle qui a décroché le téléphone mural.

– Allô ? Oui, bonjour. Je souhaiterais m'entretenir avec le docteur Morse... Entendu, merci... Docteur Morse ? Bonjour. J'ai le jeune Miles Halter à la maison qui me dit que... parfait, formidable... Je me demandais... a commencé l'Aigle en entortillant le fil autour de son doigt. Oui, je me demandais si vous... du moment que vous comprenez que ce sont des jeunes gens impressionnables. Des discussions explicites ne seraient pas souhaitables... Excellent. Excellent. Je suis heureux que vous compreniez... Vous aussi, monsieur. À bientôt ! a salué l'Aigle en raccrochant avec un sourire. Bon choix ! a-t-il ajouté. Il me paraît très intéressant.

– En effet, a renchéri Longwell le plus sérieusement du monde. Je suis certain qu'il sera extraordinairement intéressant.

Cent deux jours après

Mon père a joué le rôle du docteur William Morse au téléphone, mais celui qui devait l'incarner en chair et en os répondait au doux nom de Maxx avec deux « x », sauf qu'en réalité il s'appelait Stan et que, le jour du conférencier, il s'appelait évidemment le docteur William Morse. L'homme était une crise identitaire existentielle à lui tout seul, un stripteaseur avec plus de faux noms qu'un agent secret de la CIA.

Les quatre premières « agences » contactées par le Colonel ont décliné notre offre. Ce n'est qu'à la lettre « E » de la rubrique « Divertissement » des pages jaunes qu'on est tombés sur « Enterrement de vie de jeunes filles ». L'idée a beaucoup plu au patron de l'établissement, mais il a prévenu :

– Maxx va adorer. Mais pas de nudité. Pas devant des jeunes.

On a approuvé… à regret.

Afin d'éviter que l'un de nous ne se fasse expulser, Takumi et moi avons recueilli cinq dollars par personne auprès des première de Culver Creek pour couvrir les frais de la performance du « docteur William Morse », que l'Aigle n'aurait pas été chaud de rémunérer après avoir assisté à son… discours. J'ai payé les cinq dollars du Colonel.

– Il me semble que j'ai gagné ta charité, a-t-il dit en me montrant ses carnets à spirale bourrés de plans.

Durant les cours de la matinée, je n'ai pas pu penser à autre chose. Tous les première étaient au courant depuis deux semaines et, jusqu'à présent, aucune rumeur, fût-elle minime, n'avait filtré. Mais les potins étaient monnaie courante au Creek, surtout chez les weekendeurs. Alors, si quelqu'un parlait à un copain qui parlait à un autre qui parlait à un autre qui parlait à l'Aigle, tout s'écroulait.

L'esprit de loyauté du Creek a passé le test en beauté, mais quand, à 11 h 50, Maxx/Stan/docteur Morse ne s'est pas pointé, j'ai cru que le Colonel allait péter les plombs. Il s'est assis sur le pare-chocs d'une voiture garée sur le parking des élèves, la tête baissée, se passant et se repassant la main dans sa tignasse brune comme s'il y cherchait quelque chose. Maxx avait promis d'arriver à 11 h 40, vingt minutes avant le début officiel du jour du conférencier, de façon à ce qu'il ait le temps d'apprendre son discours et le reste. J'ai attendu à côté du Colonel avec anxiété, mais j'étais calme. On avait dépêché Takumi pour appeler l'« agence » afin de localiser l'« artiste ».

– Dans tous les trucs qui auraient pu foirer, je n'y avais pas pensé. Parce qu'on n'a pas de solution de rechange.

Takumi est arrivé en courant, en faisant attention à ne pas parler tant qu'il n'était pas assez près. Des jeunes commençaient à faire la queue pour entrer dans le gymnase. En retard, en retard, en retard. On exigeait si peu de notre artiste, franchement. On avait rédigé son discours. Et tout organisé pour lui. La seule chose qu'il avait à faire était de se pointer en costume. Et déjà...

– D'après l'agence, l'artiste est en chemin, a annoncé Takumi.

– En chemin ? a répété le Colonel en agrippant ses cheveux avec une vigueur renouvelée. En chemin ? Il est déjà en retard.

– Il ne devrait pas...

Soudain, nos inquiétudes se sont évaporées. Un monospace bleu tournait pour entrer dans le parking. J'ai aperçu un homme en costume à l'intérieur.

– Pourvu que ce soit Maxx, a dit le Colonel au moment où la voiture se garait.

Il a couru vers elle.

– Bonjour, je me présente, Maxx, a dit le type en ouvrant sa portière.

– Je suis le représentant anonyme et sans visage des première, a répondu le Colonel en lui serrant la main.

Maxx devait avoir environ trente ans, il était bronzé, baraqué, il avait la mâchoire virile et un bouc soigneusement taillé.

On lui a donné son discours, qu'il a parcouru rapidement.

– Des questions ? ai-je demandé.

– Euh... oui. Étant donné la nature de l'événement, je crois qu'il serait préférable de me payer d'avance.

J'ai trouvé qu'il s'exprimait bien, presque comme un prof, et il m'a inspiré une grande confiance. À croire qu'Alaska avait dégotté le meilleur stripteaseur de l'Alabama et qu'elle nous avait conduits directement à lui.

Takumi a ouvert le coffre de son 4 × 4 et il en a sorti un sac à provisions contenant 320 dollars.

– Voilà pour vous, Maxx, a-t-il dit. Le Gros sera assis à côté de vous puisque vous êtes censé être un ami de son père. C'est dans le discours. Mais on espère que, si par hasard vous étiez interrogé une fois tout ça terminé, votre cœur vous dictera de répondre que toute la classe de première vous a engagé en passant un coup de fil avec des interlocuteurs multiples. Parce qu'on ne voudrait pas que le Gros ait des ennuis.

Il a ri.

– Ça me convient. J'ai accepté l'engagement parce que je trouvais ça désopilant. Si seulement j'avais eu la même idée au lycée !

En pénétrant dans le gymnase, Maxx/docteur William Morse à mes côtés, Takumi et le Colonel un peu plus loin derrière nous, je savais que j'étais le plus à même de me faire prendre. Mais, au cours des dernières semaines, j'avais consulté le règlement du lycée à la loupe et j'avais potassé ma défense en deux arguments, au cas où j'aurais des emmerdes. 1) Techniquement, aucun article n'interdisait de payer un stripteaseur pour danser devant les élèves. 2) Rien ne prouvait que j'étais responsable de l'affaire. La seule chose qu'on pouvait prouver était que j'avais fait venir au lycée un spécialiste des particularismes sexuels chez l'adolescent qui s'était révélé sexuellement particulier.

Je me suis assis à côté de William Morse au milieu du premier rang. Des troisième se sont installés derrière nous mais le Colonel, arrivé un peu plus tard avec Lara, les a chassés poliment :

– Merci de nous avoir gardé les places, leur a-t-il dit.

Suivant le plan, Takumi devait être en train de brancher sa chaîne sur les haut-parleurs du gymnase, au premier, dans la réserve. Je me suis tourné vers le docteur Morse.

– On ferait mieux de se regarder avec intérêt et de bavarder, puisque vous êtes un ami de mes parents.

Maxx m'a souri et il a hoché la tête.

– Ton père est un homme formidable. Et ta mère, une beauté.

J'ai levé les yeux au ciel, un rien indigné. N'empêche, il me plaisait bien, ce stripteaseur. L'Aigle est arrivé à midi pétant, il a salué le conférencier des terminale, un ancien procureur général d'Alabama, puis il s'est avancé vers le docteur Morse, qui s'est levé avec un bel aplomb, s'inclinant légèrement pour lui serrer la main (un peu trop solennel peut-être).

– Nous sommes très heureux de vous accueillir, a dit l'Aigle.

– Merci, a répondu Maxx. J'espère que je ne vous décevrai pas.

Je n'avais pas peur de me faire expulser, ni que le Colonel se fasse expulser, même si j'aurais dû. J'avais seulement peur que la blague rate parce qu'elle n'avait pas été organisée par Alaska. Aucune blague digne d'elle ne pouvait marcher sans elle.

L'Aigle s'est glissé derrière le pupitre.

– Ce jour a une signification historique à Culver Creek. Le projet de notre fondateur, Phillip Garden, était que vous, élèves, et nous, professeurs, consacrions un après-midi par an au bénéfice des connaissances d'intervenants extérieurs à l'établissement. C'est ainsi que nous nous réunissons chaque année pour apprendre d'eux, pour voir le monde à travers leurs yeux. Le conférencier des première est cette année le docteur William Morse, professeur de psychologie à l'université de Floride Centre et spécialiste reconnu. Il est ici aujourd'hui pour vous entretenir de la sexualité des adolescents, un sujet dont je ne doute pas que vous le trouvez passionnant. Alors je vous demande de m'aider à accueillir le docteur Morse.

Tout le monde a applaudi. Dans ma poitrine, mon cœur battait comme s'il avait envie d'applaudir aussi. Tandis que Maxx se dirigeait vers l'estrade, Lara s'est penchée vers moi.

– Il est carrrément canon, m'a-t-elle chuchoté à l'oreille.

– Merci, monsieur Starnes, a dit Maxx en souriant à l'Aigle, puis il a rassemblé ses papiers et il les a posés sur le pupitre.

Même moi, j'aurais pu le prendre pour un professeur de psychologie. Je me suis demandé si ce n'était pas un acteur qui arrondissait ses fins de mois.

Maxx a lu son discours sans lever les yeux, mais avec l'assurance et le ton dégagé de l'universitaire un peu prétentieux.

– Je suis ici aujourd'hui pour vous parler d'un sujet passionnant, la sexualité des adolescents. Mes recherches portent sur le champ de la linguistique sexuelle, en particulier sur la terminologie employée par les jeunes pour désigner la sexualité et les autres questions afférentes. Je m'interroge, par exemple, sur les raisons qui font que le mot « bras » n'est pas susceptible de provoquer votre hilarité alors que le mot « vagin », probablement oui. (En effet, des petits rires nerveux ont parcouru l'assistance.) Les termes employés par les jeunes pour désigner le corps de l'autre sont riches de révélations sur notre société. Dans le monde d'aujourd'hui, les garçons ont tendance à considérer le corps des filles comme un objet, mais pas le contraire. Entre eux, les garçons diront volontiers d'une fille qu'elle a de beaux seins, alors que les filles diront d'un garçon qu'il est mignon, un terme qui recouvre à la fois une caractéristique physique et un trait de caractère. Cela a pour effet de faire des filles de simples objets, alors que les garçons sont perçus par les filles comme des êtres à part entière...

Sur ce, Lara s'est levée et, avec son ravissant accent innocent, elle a interrompu le docteur William Morse.

– Vous êtes trrop sexy ! Si seulement vous pouviez vous tairre et enlever vos habits !

Les élèves ont éclaté de rire, mais tous les profs se sont retournés pour la dévisager, muets de stupéfaction. Lara s'est rassise.

– Comment vous appelez-vous ? a demandé le docteur Morse.

– Larra.

– Écoutez, Lara, a dit Maxx en consultant ses papiers comme pour retrouver le fil de son discours, nous voici en présence d'un cas d'étude passionnant. Une femme me chosifie. Moi, un mâle. La situation est si rare qu'il s'agit sans doute d'un trait d'humour.

Lara s'est levée.

– Je ne plaisante pas ! Déshabillez-vous !

Maxx a jeté un coup d'œil inquiet à ses notes, puis il a relevé la tête en souriant.

– Il est primordial de renverser le modèle machiste et j'avoue que ce pourrait être un moyen. Dans ce cas, entendu, a-t-il dit en s'écartant du pupitre. Puis, assez fort pour que Takumi l'entende au premier : Je dédie ce numéro à Alaska Young.

Sur la musique rapide et rythmée de *Get Off*, le tube de Prince, qui a jailli des haut-parleurs, le docteur William Morse a saisi d'une main une jambe de son pantalon et de l'autre le revers de sa veste, défaisant un velcro qui l'a libéré de son costume pour apparaître en Maxx avec deux « x », un homme incroyablement musclé avec des tablettes de chocolat sur le ventre et des pectoraux saillants. Maxx debout face à nous, souriant, vêtu d'un caleçon on ne peut plus moulant en cuir noir.

Les pieds bien en place, il s'est mis à bouger les bras en rythme. Le public a explosé de rire, l'applaudissant à tout rompre, la plus longue ovation de toute l'histoire des jours du conférencier. L'Aigle s'est levé d'un bond et, dès qu'il a été debout, Maxx a cessé de danser. À la place, il a contracté ses pectoraux, de façon à ce qu'ils sautent en rythme avec la musique jusqu'à ce que l'Aigle, qui ne souriait pas mais se mordait la lèvre, comme si ne pas sourire réclamait un effort, lui indique du pouce qu'il était prié de quitter les lieux. Et Maxx s'est exécuté.

Je l'ai suivi des yeux jusqu'à la sortie et j'ai aperçu Takumi sur le pas de la porte levant les poings en signe de victoire avant de courir au premier couper la musique. J'étais content qu'il ait pu voir un bout du spectacle au moins.

Takumi a eu tout le temps de démonter son matériel car les rires et les conversations ont duré plusieurs minutes pendant lesquelles l'Aigle ne cessait de répéter :

– Entendu, entendu. Calmez-vous. Calmez-vous. Je vous demande de vous calmer.

Puis ce fut au tour du conférencier des terminale. Un bide. Quand on est sortis du gymnase, plein de jeunes des autres classes nous ont entourés.

– C'était vous ? ont-ils demandé.

Je me suis contenté de sourire et j'ai répondu non, parce que le mérite de la blague ne me revenait pas, ni à moi, ni au Colonel, ni à Takumi, ni à Lara, ni à Longwell Chase, ni à personne d'autre dans ce gymnase. D'un bout à l'autre, elle était l'œuvre d'Alaska. Le plus dur dans l'élaboration d'une blague, m'avait-elle confié un jour, est de ne pas pouvoir avouer. Mais aujourd'hui, je pouvais le faire en son nom.

– Non, ce n'était pas nous, c'était Alaska, ai-je dit à qui voulait bien m'entendre en me frayant lentement un passage vers la sortie.

On est rentrés tous les quatre à la chambre 43, tout auréolés de notre réussite, persuadés que le Creek ne revivrait jamais pareille blague, et pas une seconde il ne m'est venu à l'esprit que je pourrais avoir des ennuis jusqu'à ce que l'Aigle ouvre la porte de la chambre et que, penché sur nous, il secoue la tête avec indignation.

– Je sais que c'est vous, a-t-il déclaré.

On l'a regardé en silence. Il lui arrivait souvent de bluffer. C'était peut-être le cas.

– Ne recommencez jamais un truc pareil, a-t-il dit. Mais Seigneur, « renverser le modèle machiste », on croirait que c'est elle qui l'a écrit.

Puis il a souri et il a refermé la porte.

Cent quatorze jours après

UNE SEMAINE ET DEMIE PLUS TARD, je rentrais des cours de l'après-midi et le soleil dardait sur moi ses rayons comme pour me rappeler inlassablement que le printemps était arrivé en Alabama et qu'il était reparti en l'espace de quelques heures. Et que, aujourd'hui, aux premiers jours de mai, l'été avait redéposé ses bagages pour six mois. Sentant la transpiration ruisseler le long de mon dos, j'ai amèrement regretté le vent glacial de janvier. Je suis entré dans la chambre pour trouver Takumi en train de lire ma biographie de Tolstoï, dans le canapé.

– Salut, ai-je dit.

Il a refermé le livre et il l'a posé à côté de lui.

– 10 janvier.

– Quoi ?

– 10 janvier. La date ne te dit rien, le Gros ?

– Si, c'est le jour de la mort d'Alaska.

Techniquement, elle était morte trois heures après le début du 11, mais la date restait, pour nous en tout cas, la nuit du lundi 10 janvier.

– Oui, mais c'est autre chose aussi, le Gros. Le 9 janvier, la mère d'Alaska l'a emmenée au zoo.

– Attends une seconde. Comment tu sais ça?

– Elle nous l'a dit à la «Soirée Grange». Tu te rappelles?

Évidemment que non, je ne m'en souvenais pas. Si j'avais été capable de mémoriser les chiffres, je n'aurais pas péniblement obtenu un C + en trigo.

– Putain de merde! me suis-je exclamé au moment où le Colonel entrait.

– Quoi?

– 9 janvier 1997, ai-je dit. Alaska a aimé les ours, sa mère, les singes.

Le Colonel m'a regardé d'un œil vide, puis il a arraché son sac à dos et il l'a balancé à travers la chambre d'un même geste.

– Putain de merde! a-t-il crié. COMMENT SE FAIT-IL QUE JE N'Y AIE PAS PENSÉ!

En l'espace d'une minute, le Colonel est arrivé à la meilleure conclusion, qu'aucun de nous n'aurait jamais pu trouver.

– Bon. Elle dort. Jake l'appelle. Elle lui parle. Elle gribouille et elle voit la petite fleur blanche. Et là: «Oh, mon Dieu, ma mère aimait les fleurs blanches et elle m'en mettait dans les cheveux quand j'étais petite» et le flip. Elle revient dans la chambre et elle commence à hurler qu'elle a oublié quelque chose, oublié sa mère, bien sûr. Alors elle prend les fleurs, elle quitte le lycée en voiture, et elle part… où? a demandé le Colonel en me regardant. Où? Sur la tombe de sa mère?

– Oui, probablement, ai-je dit. Elle monte en voiture, avec l'idée fixe d'aller retrouver sa mère, mais il y a un camion en travers de la route et des flics. Et comme elle est soûle, complètement bouleversée et à la bourre, elle pense qu'elle va pouvoir passer entre les deux. Elle n'a pas les idées claires, mais un seul impératif, rejoindre sa mère. Et elle est persuadée que, d'une manière ou d'une autre, elle passera, et PAF.

Takumi a hoché la tête, lentement. Il réfléchissait.

– À moins qu'elle monte en voiture avec les fleurs, a-t-il proposé. Mais elle a déjà loupé l'anniversaire. Elle pense qu'elle a encore merdé avec sa mère. *Primo*, elle n'appelle pas les secours. Et *deuzio*, elle n'est pas foutue de se rappeler le jour de sa mort. Elle est furieuse et elle se déteste. Alors elle se dit c'est bon, je le fais. Elle voit la voiture de flic, c'est l'occasion ou jamais, elle écrase le champignon.

Le Colonel a plongé la main dans sa poche pour prendre son paquet de cigarettes et il en a tapoté la « TABLE BASSE », en le tenant à l'envers.

– Ça clarifie gentiment les choses, a-t-il déclaré.

Cent dix-huit jours après

ALORS, ON A ABANDONNÉ. J'en avais finalement assez de courir après un fantôme qui refusait d'être découvert. On avait peut-être échoué, mais certains mystères n'étaient pas faits pour être élucidés. Je ne la connaissais toujours pas autant que je l'aurais souhaité, mais je n'aurais jamais pu. Elle s'était arrangée pour que ça me soit impossible. Et son « accicide » ou son « suicident » ne serait jamais rien d'autre que ce qu'il était. Restait une question : « T'avais-je aidée, Alaska, à rejoindre un destin que tu n'avais pas choisi, ou bien t'avais-je simplement prêté main-forte dans ta volonté d'autodestruction ? » Parce qu'il s'agissait de deux crimes différents. J'ignorais si je devais être en colère contre elle pour m'avoir inclus dans son suicide ou simplement en colère contre moi pour l'avoir laissée partir.

Cela dit, on avait pris connaissance de ce qui pouvait être découvert et, ce faisant, elle nous avait rapprochés, le Colonel, Takumi et moi, en tout cas. Point final. Elle ne m'avait pas laissé assez de matière pour la percer à jour, mais assez pour redécouvrir le Grand Peut-être.

– Reste un truc qu'on devrait faire, a annoncé le Colonel alors qu'on jouait à un jeu vidéo avec le son, rien que nous deux, comme aux premiers jours de l'enquête.

– On ne peut rien faire de plus.

– Je veux passer au travers en voiture, a-t-il dit. Suivre son exemple.

On ne pouvait pas prendre le risque de sortir du lycée en pleine nuit comme elle. On est donc partis douze heures plus tôt, à trois heures de l'après-midi, le Colonel au volant du 4 × 4 de Takumi. On lui a proposé ainsi qu'à Lara de nous accompagner, mais ils en avaient marre de faire la chasse aux fantômes, d'autant que les examens de fin d'année approchaient.

L'après-midi était clair, le soleil tapait sur la route qui ondulait devant nous sous la chaleur. On a parcouru un kilomètre et demi sur la nationale 119 avant de rattraper la I-65 vers le nord, en direction du lieu de l'accident et de Vine Station.

Le Colonel roulait vite et on était silencieux, regardant droit devant nous. J'ai essayé d'imaginer quelles avaient été ses pensées, essayant à nouveau de percer le temps et l'espace, de pénétrer à l'intérieur de sa tête, ne serait-ce qu'une seconde. Une ambulance, gyrophare allumé et toutes sirènes hurlantes, nous a croisés, roulant à vive allure dans la direction opposée, vers le lycée. Et l'espace d'une seconde, j'ai été traversé d'une inquiétude fébrile. Je me suis dit : « Il pourrait s'agir de quelqu'un que je connais. » J'aurais presque souhaité que ce fût le cas, de façon à donner à la tristesse que je ressentais encore une autre forme, une autre profondeur.

– Quelquefois, ça me plaît, ai-je dit, brisant le silence. Ça me plaît qu'elle soit morte.

– Tu veux dire que c'est bon ?

– Non. Comment dire... C'est... pur.

– Oui, a-t-il approuvé, renonçant à son éloquence habituelle. Oui, je sais. Moi aussi. C'est naturel. Du moins, je le crois.

J'ai toujours été choqué de constater que je n'étais pas la seule personne au monde à penser et à ressentir des choses aussi étranges qu'horribles.

À huit kilomètres au nord du bahut, le Colonel a déboîté sur l'autoroute pour se mettre sur la file de gauche et il a accéléré. J'ai serré les dents. Devant nous, des débris de verre brillaient sous les rayons du soleil, on aurait cru la route parée de bijoux. Ce devait être là. Le Colonel a continué d'accélérer.

Je me suis dit : « Ce ne serait pas une mauvaise façon de partir. »

Je me suis dit : « Vite et d'un coup. Peut-être s'est-elle décidée à la dernière seconde. »

Et pouf, on a traversé l'instant de sa mort. Traversé le lieu à travers lequel elle n'était pas passée, en roulant sur de l'asphalte qu'elle n'avait jamais vu, et on n'était pas morts. On n'est pas morts ! On respirait, on pleurait, et maintenant on ralentissait en nous rabattant sur la file de droite.

On a quitté l'autoroute à la sortie d'après, sans un mot, et, pour se relayer, on s'est croisés devant la voiture. J'ai pris le Colonel dans mes bras, mes poings serrés sur ses épaules, et il a enroulé ses bras courts autour de ma taille de toutes ses forces. Je sentais sa poitrine se soulever, tout en réalisant encore et encore que nous étions toujours vivants. Ça me venait par vagues, accrochés l'un à l'autre, en larmes. Et je me suis dit : « Putain, ce qu'on doit avoir l'air de mauviettes », mais ça n'a que très peu d'importance quand on vient de se rendre compte, si longtemps après, qu'on est toujours en vie.

Cent dix-neuf jours après

UNE FOIS QU'ON A RENONCÉ, on s'est jetés à corps perdu dans les études, sachant qu'on devait réussir nos examens de fin d'année pour obtenir la moyenne qu'on s'était fixée (3 pour moi, le Colonel envisagcant de dépasser 3,98 sur 5). Notre chambre est devenue le QG des révisions pour nous quatre. Takumi et Lara discutaient jusqu'à pas d'heure du film *Le Bruit et la Fureur*, de bio et de la bataille des Ardennes. Le Colonel nous a appris l'équivalent d'un semestre de trigo, mais il était trop fort en maths pour être bon prof.

– Évidemment que c'est logique. Fais-moi confiance, putain. Ce n'est pas si dur.

Comme je regrettais Alaska !

Quand je n'arrivais pas à suivre, je trichais. Takumi et moi partagions des versions condensées et annotées du *Bruit et la Fureur* et de *L'Adieu aux armes*. (« Ces trucs sont foutrement trop longs ! » s'était-il exclamé.)

On ne parlait pas beaucoup. Mais on n'en avait pas besoin.

Cent vingt-deux jours après

UNE BRISE FRAÎCHE avait repoussé l'offensive de l'été et, le matin du jour où le Vieux nous a donné notre sujet de fin d'année, il nous a proposé de faire cours dehors. Je me suis demandé pourquoi ça ne posait pas de problème de déplacer une classe en extérieur alors que je m'étais fait virer le semestre précédent pour avoir simplement jeté un coup d'œil par la fenêtre. Mais le Vieux voulait faire cours dehors, alors on a eu cours dehors. Il s'est assis sur la chaise que Kevin Richman lui a apportée et on s'est installés sur l'herbe. Au début, je tenais mon cahier en équilibre sur mes genoux, puis je l'ai posé sur l'herbe drue, mais le sol inégal n'était pas pratique pour écrire et les moustiques rôdaient. On était trop près du lac pour que ce soit confortable. Mais le Vieux avait l'air content.

– J'ai avec moi le sujet de votre examen de fin d'année. Au trimestre précédent, je vous ai accordé près de deux mois pour me rendre votre copie. Cette fois, vous avez deux semaines, a-t-il dit avant de marquer une pause. Je crains qu'il n'y ait rien à y faire, s'est-il moqué. Pour être franc, je me suis arrêté définitivement sur le sujet hier soir. C'est assez contraire à ma nature. Bref, veuillez le distribuer.

La pile est arrivée jusqu'à moi et j'ai lu la question.

Comment allez-vous, à titre personnel, sortir de ce labyrinthe de souffrance ? Maintenant que vous en avez décousu avec trois des principales traditions religieuses, mettez votre esprit, auquel la sagesse a été révélée, au service de la question d'Alaska.

– Dans votre dissertation, inutile de débattre des différents points de vue des trois religions, a annoncé le Vieux après que tout le monde eut reçu le sujet. Aucune recherche n'est nécessaire. J'ai mesuré vos connaissances, ou vos lacunes, grâce aux interrogations que vous avez eues au cours du semestre. Ce qui m'intéresse, c'est de connaître votre capacité à trouver au fait indiscutable de la souffrance la place qui lui convient dans votre compréhension du monde. Je souhaiterais connaître également comment vous comptez mener votre barque dans la vie, en dépit de celle-ci. L'an prochain, si mes poumons me le permettent, nous étudierons le taoïsme, l'hindouisme et le judaïsme… (Le Vieux a été interrompu par une quinte de toux. Il s'est mis à rire et il a toussé de plus belle.) Je ne vais pas durer, a-t-il dit. À propos des trois traditions que nous avons étudiées cette année, j'aimerais ajouter quelque chose. L'islam, le christianisme et le bouddhisme ont toutes trois des figures fondatrices, respectivement Mahomet, Jésus et Bouddha. À propos de ces figures fondatrices, il me semble que nous pourrions conclure en disant que chacune d'entre elles a apporté un message radical d'espoir. Dans l'Arabie du VIIe siècle, Mahomet a fait la promesse que chacun gagnerait l'accomplissement de lui-même et la vie éternelle en se soumettant au seul vrai Dieu. Bouddha a soulevé l'espoir que la souffrance pouvait être transcendée. Jésus a apporté le message que les derniers seraient les premiers, que les percepteurs, les lépreux, les parias avaient eux aussi des raisons d'espérer. Voici donc la question avec laquelle je vous laisse avant votre dissertation : quelles sont vos raisons d'espérer ?

De retour à la chambre, j'ai trouvé le Colonel en train de fumer. Même s'il me restait encore un soir de plonge à la cafète pour finir ma peine, je n'avais pas peur de l'Aigle et le Colonel non plus. Il restait quinze jours avant la fin de l'année et, si on se faisait prendre, on n'aurait qu'à entamer notre année de terminale, plombée de quelques heures de travaux d'intérêt général.

– Alors, comment comptes-tu sortir de ce labyrinthe, Colonel ?

– Si je savais... m'a-t-il répondu.

– Je doute que tu obtiennes un A avec cette réponse.

– D'un autre côté, ce n'est pas très bon pour le repos de mon âme.

– Ou de la sienne.

– Exact. Je l'avais oubliée, a-t-il dit en secouant la tête. Ça m'arrive sans arrêt.

– En tout cas, tu es obligé d'écrire quelque chose, ai-je insisté.

– Après tout ce temps, je continue de penser que vite et d'un coup est la seule façon d'en sortir, mais je choisis le labyrinthe. Il craint, mais c'est moi qui le choisis.

Cent trente-six jours après

DEUX SEMAINES APRÈS, je n'avais toujours pas fini ma disserte pour le Vieux et le semestre se terminait vingt-quatre heures plus tard. Je rentrais après mon dernier test, une bataille serrée – mais gagnée en fin de compte (du moins je l'espérais) – avec la trigo qui me procurerait le B – que j'appelais de mes vœux. La chaleur était de retour, enveloppante comme elle. Je me sentais bien. Demain, mes parents viendraient chercher mes affaires et on assisterait à la remise des diplômes avant de rentrer en Floride. Le Colonel passait l'été chez sa mère à regarder le soja pousser, mais je pouvais toujours l'appeler, et on se parlerait souvent. Takumi retournait au Japon et Lara serait reconduite chez elle en limousine verte. J'étais en train de me dire que, finalement, c'était bien de ne pas savoir où était Alaska ni où elle se rendait cette fameuse nuit, quand j'ai trouvé une feuille de papier pliée en quatre sur le lino en ouvrant la porte de la chambre. Une simple feuille de papier à lettres vert clair. En haut, il était écrit :

Du secrétariat de... Takumi Hikohito
À l'intention du Gros & du Colonel

Pardon de ne pas vous avoir parlé avant. Je n'assisterai pas à la cérémonie de remise des diplômes. Je pars au Japon demain matin. Je vous en ai voulu à mort pendant longtemps. La façon dont vous m'avez tenu à l'écart de tout m'a profondément heurté et, par conséquent, j'ai gardé ce que je savais pour moi. Mais ensuite, même quand ma colère s'est dissipée, je n'ai rien dit. Je ne saurais pas vous expliquer pourquoi. Le Gros avait eu le baiser. J'avais le secret.

Vous avez découvert pratiquement toute la vérité mais, pour tout dire, cette fameuse nuit, j'ai vu Alaska. J'avais traîné tard avec Lara et d'autres. Bref, je m'endormais quand je l'ai entendue pleurer dehors, près de ma fenêtre. Il devait être 3 h 15, peut-être. Je me suis levé et je l'ai vue qui traversait le terrain de foot. J'ai voulu lui parler, mais elle était pressée. Elle m'a dit que sa mère était morte huit ans plus tôt, le même jour, et que, tous les ans, à la date anniversaire, elle fleurissait sa tombe. Sauf que cette année, elle avait oublié. Elle cherchait des fleurs, mais il était tôt dans l'année, on était en hiver. C'est comme ça que j'ai su pour le 10 janvier. J'ignore toujours s'il s'agit d'un suicide.

Elle était tellement triste. Je me suis trouvé démuni. Elle me voyait comme quelqu'un qui pouvait dire ou faire ce qu'il fallait pour l'aider, mais je n'ai pas pu. J'ai juste pensé qu'elle cherchait des fleurs. Elle était soûle, affreusement soûle, et pas une seconde je n'ai pensé qu'elle prendrait le volant. J'ai pensé qu'elle pleurerait jusqu'à ce qu'elle tombe de sommeil et qu'elle irait sur la tombe de sa mère le lendemain. Elle s'est éloignée et, peu après, j'ai entendu une voiture démarrer. Je me demande à quoi je pensais.

Tout ça pour dire que je l'ai laissée partir, moi aussi. Et je le regrette. Je sais que vous l'aimiez. Il était difficile de faire autrement.

Takumi

J'ai couru à sa chambre, comme si je n'avais jamais fumé une cigarette de ma vie, comme le jour de la « Soirée Grange », à travers la pelouse circulaire des dortoirs, mais il était parti. Son lit n'était plus que du vinyle, son bureau était vide, le contour de sa chaîne stéréo dessiné dans la poussière. Il était parti, sans que j'aie le temps de lui dire ce dont je venais à l'instant de me rendre compte. À savoir que je lui pardonnais, qu'elle nous avait pardonné et que, pour survivre dans le labyrinthe, il fallait pardonner. On était si nombreux à devoir vivre avec des choses qu'on avait faites ou pas faites ce fameux jour. Des choses qui étaient allées de travers, et qui, sur le moment, avaient paru convenir parce qu'on ne connaissait pas l'avenir. Si seulement on avait la possibilité de voir les conséquences sans fin de nos actes, aussi minimes soient-ils ! Mais personne ne peut mieux faire tant que mieux faire est inutile.

En rentrant montrer au Colonel le mot de Takumi, j'ai admis que je ne saurais jamais. Je ne la connaîtrais jamais assez pour savoir quelles étaient ses pensées durant ses dernières minutes et si elle nous avait abandonnés exprès. Mais ne pas savoir ne m'empêcherait pas de tenir à elle. J'aimerais toujours Alaska Young, ma voisine tordue, de tout mon cœur tordu.

Je suis retourné à la chambre 43, mais le Colonel n'était pas rentré. J'ai posé le mot de Takumi sur son lit, je me suis assis à l'ordinateur et j'ai rédigé ce que je pensais être ma sortie du labyrinthe :

Avant de venir ici, j'ai longtemps cru que la meilleure façon de sortir du labyrinthe était de faire comme s'il n'existait pas, de se construire un petit monde autonome dans un des recoins du dédale sans fin et de prétendre ne pas être perdu, mais chez soi. Tout ce que j'ai gagné, c'est une vie solitaire, en la seule compagnie des dernières paroles de gens déjà morts. Je suis donc venu au Creek en quête d'un Grand Peut-être, en quête de véritables amis et d'une vie un peu plus qu'infime. Mais ensuite, j'ai merdé, le Colonel et Takumi aussi, et elle nous a glissé entre les doigts. Inutile d'essayer d'y mettre les formes : elle méritait de meilleurs amis.

En foirant, il y a de si nombreuses années, petite fille paralysée par la peur, elle s'est noyée dans sa propre énigme. J'aurais pu choisir cette option, mais j'ai vu où ça l'avait menée. Par conséquent, je crois toujours au Grand Peut-être et je le peux en dépit du fait de l'avoir perdue.

Parce que j'oublierai Alaska, oui. Ce qui a été assemblé se désagrégera lentement et j'oublierai, mais elle pardonnera mon oubli, comme je lui pardonnerai de nous avoir oubliés, le Colonel, moi et tous les autres, excepté sa mère et elle, dans les derniers moments où elle fut une personne. Je sais à présent qu'elle me pardonne d'avoir été con et d'avoir eu la trouille, et d'avoir agi en conséquence. Je sais qu'elle me pardonne, comme sa mère lui pardonne. Voici maintenant comment j'ai acquis cette certitude :

Au début, j'ai cru qu'elle était simplement morte. Obscurité. Un corps dévoré par les insectes. J'ai beaucoup pensé à elle de cette façon, comme à de la nourriture pour quelque chose. Ce qui faisait qu'elle était Alaska (ses yeux verts, son petit sourire, le galbe de ses jambes) ne serait bientôt plus rien, des os que je n'avais jamais vus. J'ai réfléchi au lent processus de la transformation en os, puis en fossile, puis en charbon qui, dans plusieurs millions d'années, serait extrait par les humains du futur, des humains qui se chaufferaient grâce à elle, et la feraient s'échapper des cheminées d'usine, recouvrant l'atmosphère. Je le pense encore parfois, je me dis que l'« au-delà » est peut-être une invention des hommes pour adoucir le chagrin de la perte, pour rendre supportable notre séjour dans le labyrinthe. Peut-être n'était-elle que matière. Or la matière se recycle.

Mais, en fin de compte, je ne crois plus qu'elle se résume à de la matière. Le reste aussi doit être recyclé. Ma conviction est aujourd'hui que nous sommes plus remarquables que la somme de nos parties. Prenons le code génétique d'Alaska et ajoutons ses expériences et les relations qu'elle a eues avec les gens, et prenons sa taille et sa silhouette ; au résultat, on n'obtient pas Alaska. Il y a encore autre chose. Une part d'elle plus remarquable que la somme des parts que l'on est amené à connaître. Et cette part a obligatoirement une destination, car elle ne peut être détruite.

Bien que personne ne puisse m'accuser d'être porté sur les sciences, j'ai appris en cours de science que l'énergie ne se crée jamais ni ne se détruit. Si Alaska a supprimé sa propre vie, c'est l'espoir que j'aurais aimé lui transmettre. Oublier sa mère, décevoir sa mère, ses amis, soi-même sont des choses horribles, mais elle n'avait pas besoin de se replier sur elle-même et de recourir à l'autodestruction. On peut survivre à ces choses horribles parce que nous sommes aussi indestructibles que nous pensons l'être. Lorsque les adultes disent avec un sourire imbécile et sournois : « Les adolescents se croient invincibles », ils ne se doutent pas à quel point ils ont raison. Inutile de perdre espoir car nous ne pouvons être brisés irrémédiablement. Nous pensons êtres invincibles parce que nous le sommes. Nous ne pouvons pas être nés ni mourir. Comme les énergies, nous changeons seulement de forme, de taille et de manière de nous manifester. Les adultes l'oublient en vieillissant. Ils sont gagnés par la peur de perdre et de décevoir. Mais cette partie de nous plus remarquable que la somme de nos parties n'a pas de commencement ni de fin, et par conséquent elle ne peut décevoir.

Alors je sais qu'elle me pardonne, comme je lui pardonne. Les dernières paroles d'Edison sont : « C'est très beau ici. » J'ignore où ça se trouve, mais sûrement quelque part et j'espère que c'est beau.

Quelques derniers mots à propos des dernières paroles

Depuis la publication de *Qui es-tu Alaska?*, ma collection de dernières paroles s'est considérablement enrichie. Il arrive que des lecteurs me fassent partager celles de membres de leur famille ou de leurs amis. (Un grand-père aurait déclaré à son petit-fils: «Le café est en train de passer» alors qu'il succombait à une crise cardiaque.) Et l'on me rapporte souvent les dernières paroles de gens célèbres – par exemple, Steve Jobs: «Oh, ouaouh! Oh, ouaouh! Oh, ouaouh!»

Mon engouement pour les dernières paroles remonte à mon enfance, à l'époque où j'ai appris celles de John Adams et de Thomas Jefferson, respectivement deuxième et troisième présidents des États-Unis. Sur son lit de mort, Adams a repensé à son éternel rival politique: «Thomas Jefferson survit encore.» Or Jefferson était mort quelques heures plus tôt ce même 4 juillet 1826, cinquantième anniversaire de la signature de la déclaration de l'Indépendance. Quant à celles de Jefferson, les voici: «Sommes-nous le 4?»

Parmi mes préférées, quantité ne figurent pas dans le roman. Emily Dickinson: «Je dois rentrer. Le brouillard se lève.» O. Henry: «Allumez les lumières. Je ne veux pas regagner la maison dans le noir.» L'économiste John Maynard Keynes: «Je regrette de ne pas avoir bu plus de champagne.» Kafka en suppliant qu'on lui administre une overdose de morphine: «Tuez-moi! Sinon vous êtes un assassin.» Et enfin, parmi les plus connues, Oscar Wilde qui s'éteignait dans une chambre d'hôtel à la décoration tape-à-l'œil: «Ou c'est ce papier peint qui disparaît ou c'est moi.» Mais voilà que je me suis trahi. Si vous avez envie d'en connaître (beaucoup, beaucoup) plus, je vous renvoie à la lecture de *Last Words of Notable People* de William B. Brahms.

Tout le monde sait qu'on ne peut se fier aux dernières paroles. Les témoins sont bouleversés, les moments se confondent et l'auteur n'est plus là pour lever toute ambiguïté. (Dans certains cas, personne n'ignore que l'anecdote est fausse. Prenons le cas d'Oscar Wilde: il aurait prononcé ses fameuses «dernières paroles» plusieurs mois avant de mourir.)

«Comment vais-je sortir de ce labyrinthe» ne sont sans doute pas non plus celles de Gabriel García Márquez (même s'il les a prononcées dans d'autres circonstances). On prétend qu'il aurait dit: «José, faites nos bagages. Nous ne sommes pas les bienvenus ici.» Quant à François Rabelais, on lui attribue pas moins de quatre déclarations ultimes. En plus de la quête du Grand Peut-être, il faut ajouter: 1) «Je graisse mes bottes pour mon dernier voyage» (après avoir reçu l'extrême-onction), 2) «Tirez le rideau, la farce est terminée» ou 3) «*Beati mortui qui in Domino moriuntur*» (phrase qu'il aurait prononcée en se couvrant d'une cape, car il s'agit d'un jeu de mots. Le fait qu'il soit en latin explique qu'on le reprenne rarement hors des réunions de latinistes).

On me demande souvent quelles seraient les miennes. Pendant des années, j'ai pensé que les pires étaient: «Je t'aime.» Je les trouvais banales, sans intérêt et pas drôles du tout. Si l'idée était d'exprimer son attachement, il me semblait qu'il valait mieux le faire à la façon de W. C. Fields : « Que le monde et tout ce qu'il contient aillent au diable, à part toi, Carlotta. » (Ces dernières paroles ont un intérêt particulier dans la mesure où la femme de Fields s'appelait Hattie et non Carlotta, qui était sa maîtresse.) Pour être honnête, je ne compte pas chercher à être brillant ou mémorable. Cela dit, j'espère échapper au sort de Paul Claudel dont les dernières paroles sont : « Docteur, pensez-vous que ce soit la saucisse ? » C'est peut-être banal et sans intérêt, mais je serais très heureux si mes dernières paroles reflétaient l'amour que j'éprouve pour ceux avec lesquels j'ai partagé ce bref et merveilleux éclat de vie.

Remerciements

EN CARACTÈRES D'IMPRIMERIE si petits qu'ils ne reflètent pas l'ampleur de ma dette, je ressens ici le besoin de reconnaître certaines choses :

Premièrement, que ce livre n'aurait jamais vu le jour sans l'extraordinaire gentillesse de mon amie, éditrice, quasi-agent et mentor, Ilene Cooper. Ilene est en quelque sorte une marraine de conte de fées, mais réelle et mieux habillée.

Deuxièmement, que j'ai eu la chance ahurissante d'avoir Julie Strauss-Gabel comme correctrice chez Dutton, et la plus grande chance encore d'être devenu son ami. Julie est la correctrice dont rêveraient tous les écrivains : attentionnée, passionnée et indiscutablement brillante. Ces remerciements que je lui adresse constituent le seul passage du livre qu'elle ne pouvait corriger, et personne ne niera que le résultat en a souffert.

Troisièmement, que Donna Brooks a cru à cette histoire depuis le début et largement contribué à lui donner forme. Je suis également redevable à Margaret Woollatt de Dutton, dont le nom renferme décidément trop de consonnes, mais qui est une personne de qualité. Je remercie aussi Sarah Shumway, dont la lecture attentive et les remarques pertinentes ont été pour moi une véritable bénédiction.

Quatrièmement, que je suis très reconnaissant à mon agent, Rosemary Sandberg, militante infatigable de ses auteurs. Par ailleurs, elle est britannique et dit, par exemple, « Santé ! » à la place de « À plus ! ». Génial, non ?

Cinquièmement, que les commentaires de mes deux meilleurs amis au monde, Dean Simakis et Will Hickman, ont joué un rôle essentiel dans l'écriture et la réécriture de cette histoire. Et que je... euh... les adore.

Sixièmement, que je suis redevable, parmi tant d'autres, à Shannon James (coloc), Katie Else (j'ai promis), Hassan Arawas (ami), Braxton Goodrich (cousin), Mike Goodrich (avocat et cousin aussi), Daniel Biss (mathématicien), Giordana Segneri (amie), Jenny Lawton (longue histoire), David Rojas et Molly Hammond (amis), Bill Ott (exemple à suivre), Amy Krouse Rosenthal (m'a pris à la radio), Stephanie Zvirin (m'a donné mon premier vrai boulot), P. F. Kluge (prof), Diane Martin (prof), Perry Lentz (prof), Don Rogan (prof), Paul MacAdam (prof – j'adore les profs), Ben Segedin (patron et ami), ainsi qu'à la ravissante Sarah Urist.

Septièmement, que j'ai passé mes années de lycée avec une bande formidable. Je tiens tout particulièrement à remercier les indomptables Todd Cartee et Olga Charny, Sean Titone, Emmett Cloud, Daniel Alarcon, Jennifer Jenkins, Chip Dunkin et MLS.

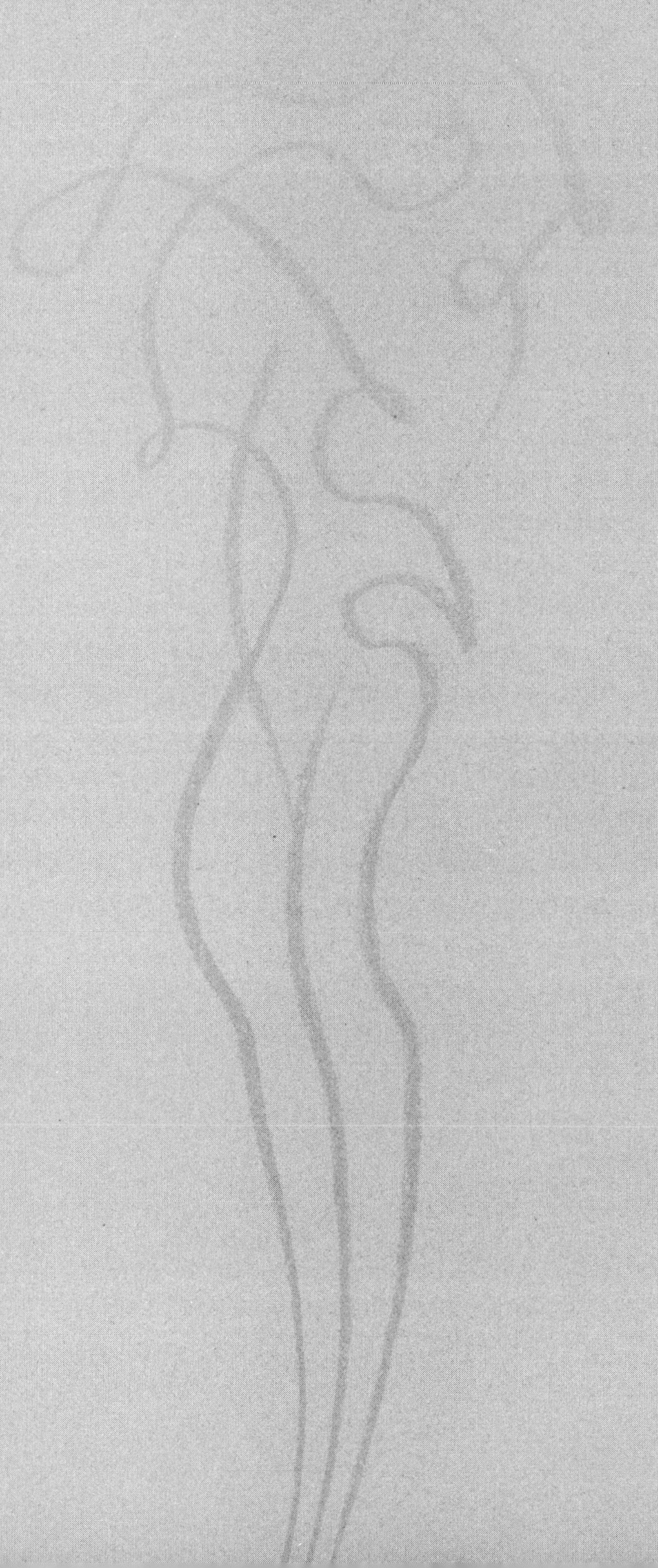

SCÈNES SUPPRIMÉES

Introduction de l'auteur et de l'éditrice

Salut, c'est John Green, l'auteur de *Qui es-tu Alaska?* Dans les pages qui suivent, vous allez glisser un œil dans les coulisses du travail de correction de mon éditrice, Julie Strauss-Gabel, sans laquelle mon livre ne vaudrait pas un clou.

Deux fées se sont penchées sur le berceau de *Qui es-tu Alaska*? D'abord, Ilene Cooper, mon mentor et mon chef au magazine *Booklist*, qui m'a poussé à écrire et m'a prodigué d'inlassables conseils en matière de structure jusqu'à ce que mon histoire soit présentable à des éditeurs. La deuxième fée, c'est Julie. Dès ma première version remaniée, elle a été convaincue que le livre toucherait son public (même si nous ne pouvions imaginer qu'une édition spéciale dixième anniversaire serait publiée un jour). Le fait qu'elle croie en mon roman s'est révélé essentiel – comme pour tous les autres d'ailleurs –, en partie parce que ça me motivait à travailler davantage et aussi parce que, même si j'étais tétanisé (et le suis encore!) par les notes de corrections longuement argumentées qu'elle m'envoyait, Julie a contribué à améliorer le roman en refusant de baisser les bras même quand j'étais tenté de le faire. Vous allez vous rendre compte en lisant ces pages des changements considérables qui se sont opérés au cours des différentes versions et qui démontrent, je l'espère, qu'un livre n'est pas l'œuvre d'une seule personne mais, comme la plupart des choses qui ont ma faveur, le fruit d'une collaboration.

J. G.

Qui es-tu Alaska ? a fait irruption dans ma vie le 21 août 2003 en pièce jointe de l'e-mail que voici :

Bonjour, Julie

Encore merci pour votre appel. Cette prise de contact était formidable. Vous trouverez ci-joint *Qui es-tu Alaska ?* (Je ne sais pas ce que vaut le titre. J'ai un faible pour les titres longs en forme de phrase, comme TOUT CE QUI A ÉTÉ ASSEMBLÉ SE DÉSAGRÈGE, mais je doute qu'ils soient du goût des ados. Ce qui explique que je me sois arrêté sur *Qui es-tu Alaska ?*)

Je suis absolument ravi de travailler avec vous.
Merci encore et bien à vous,
J. G.

Qui aurait pu prévoir ce qui est arrivé par la suite ? Les auteurs et les éditeurs rêvent de lecteurs et de livres qui s'inscrivent dans la durée. Ce rêve a beau être démesuré, comment John et moi aurions-nous pu deviner que, dix ans et des millions de lecteurs plus tard, nous nous pencherions à nouveau sur ce texte pour une nouvelle édition ?

Qui es-tu Alaska ? est le livre qui a changé ma vie. Mon désir frénétique de le partager avec tout le monde m'a rendue meilleure éditrice et a fait de moi une ambassadrice zélée. Travailler avec John m'a marquée de façon indélébile, une expérience faite de découvertes éditoriales extraordinaires et d'amitié profonde.

Je voue une gratitude éternelle à la passion des lecteurs qui a rendu *Qui es-tu Alaska ?* aussi indispensable aujourd'hui qu'il le fut pour moi en son temps et je suis aussi très heureuse d'avoir contribué modestement à cette première aventure. Je suis persuadée que la puissance d'un récit peut transformer une vie et permettre à une voix de se faire entendre, comme ce fut le cas pour moi.

J. S.-G.

Scènes d'ouverture

De nombreux éléments marquants de *Qui es-tu Alaska ?* – les personnages principaux, le décor de la pension en Alabama, le décompte « avant » et « après » – figuraient déjà dans la première ébauche que j'ai lue. Cela dit, le texte a subi des changements colossaux au cours des divers remaniements : l'évolution de la place des cours de religion, l'usage croissant des canulars et la fascination toujours plus grande du Gros pour les dernières paroles de gens célèbres, dont le Grand Peut-être de Rabelais et le labyrinthe de Gabriel García Márquez.

Les exemples qui vont suivre datent du manuscrit d'origine, ce sont les pages de présentation du Gros aux lecteurs et, peu après, d'Alaska au Gros et aux lecteurs. La priorité des priorités du travail de révision était d'affiner les personnages du Gros et d'Alaska de sorte qu'ils apparaissent pleinement au lecteur. Dans le cas du Gros, il s'agissait surtout de le définir avec plus d'acuité, d'entendre sa voix, de ne pas le réduire au statut d'observateur de l'histoire des autres. D'autant que la dynamique de la narration est stoppée net par la mort d'Alaska qui met un terme au décompte des jours. Trouver la voix de narrateur du Gros et le faire vivre une fois qu'il est privé du rayonnement d'Alaska était primordial.

Même si le Gros – et la voix du texte – ne cessera d'évoluer, le changement survient dès la scène d'ouverture. Les dernières paroles prendront forme dans ces toutes premières pages, de même que le sentiment d'abandon que le Gros ressent en quittant sa famille et ses amis (absence d'amis) pour aller à Culver Creek.

Trouver la véritable Alaska sous les différentes strates d'énergie, de mauvaise humeur et de crânerie était également une tâche majeure du travail de révision. Alaska était quasi finalisée dans cette première version, mais tout comme le Gros, le personnage avait encore besoin d'être précisé. Le Gros la regarde mais ne la voit pas encore. Alaska nous est présentée très érotisée, très frénétique. Bien sûr, dans la version définitive, le Gros continue d'essayer de la cerner – d'où la nécessité de voir leurs personnages se développer tout au long du roman – mais beaucoup de choses transparaissent sous la surface. Certains éléments de cette toute première version ont survécu jusqu'au stade du livre, mais John en a ajouté de nouveaux qui ont apporté un regard neuf sur la personnalité à la fois fragile et charismatique d'Alaska, nous permettant ainsi de distinguer tous les personnages avec plus de netteté et de complexité.

J. S.-G.

Je crains que Julie ne soit trop gentille. Pour moi, la priorité était de donner une place centrale au fait que le Gros se trompe sur Alaska – un des premiers titres auxquels j'avais pensé était : *Souvenir flou d'Alaska*. (Avec le recul, je le préfère à *Qui es-tu Alaska?* mais il est sans doute trop tard pour changer.) Tout ça pour dire que leur première rencontre offre au lecteur l'opportunité de voir comment le Gros perçoit Alaska, comment son regard dessine les contours de son interprétation (erronée) d'elle. Sauf que, dans la version d'origine, sa réaction face à elle est tellement excessive qu'elle ne dévoile rien d'Alaska. Au cours des multiples remaniements, Julie m'a démontré qu'en rendant le Gros plus compatissant, meilleur camarade, le lecteur serait en mesure de comprendre la douleur d'Alaska mieux que le Gros ne le fera jamais. Ce qui a été déterminant dans mon travail d'écriture.

Pour en revenir à la scène qui suit, le début du livre tel que je l'ai écrit à l'origine, un des défis majeurs qui m'attendaient était de ne garder de ma propre expérience et de mes propres souvenirs que ce qui pouvait être utile et intéressant pour le lecteur. Quand je suis parti en pension, ma mère m'a offert une carapace de cigale, ce qui explique que j'aie structuré la scène de début autour de ce cadeau. Mais, au final, Julie et moi avons pensé que les dernières paroles étaient un bien meilleur fil rouge que la carapace de cigale. C'est ainsi que le livre commence avec le Grand Peut-être de Rabelais, qui mènera ensuite au labyrinthe de Bolívar.

J. G.

SCÈNE D'OUVERTURE
première version, août 2003

QUATRE MOIS ET TROIS JOURS AVANT

Ce premier jour, je me suis débarrassé de mes parents aussi vite que j'ai pu. Ma mère pleurait comme une madeleine.

– Je suis une mauvaise mère, s'est-elle plainte. Tu ferais mieux de rentrer à la maison.

– Tu n'es pas une mauvaise mère, avons-nous répondu en chœur, mon père et moi.

– C'est une bonne chose pour moi, ai-je ajouté. Je m'en vais apprendre à causer comme un vrai gars du Sud.

Ma mère a ri. C'est comme ça qu'on s'y prend avec ma mère, mon père et moi. Le seul moyen de lui clouer le bec est de la faire rire. Elle parle sans discontinuer, elle parle comme les autres respirent. Elle peut passer en une seconde de la logorrhée aux larmes et des larmes à un bavardage sans fin. Le seul moyen de ralentir le flot incessant de ses paroles est de la faire rire. Ma mère ignore ce qu'est le silence.

– Ne fais pas l'idiot, a dit papa.

– D'accord.

– Pas de drogue. Pas d'alcool. Pas de tabac.

En tant qu'ancien élève de Culver Creek, il avait fait des trucs dont j'avais seulement entendu parler : fêtes clandestines, courses à poil à travers champs (il se plaignait du fait que le lycée n'était pas mixte à son époque), drogue, alcool, cigarettes. Il avait eu du mal à arrêter de fumer, mais ses années rebelles sont loin derrière lui. Mes parents sont des gens bien, mais pour être franc, j'étais rudement content de les voir partir.

– Je t'aime, ont-ils laissé échapper ensemble.

Il fallait que ce fût dit, mais les mots rendirent la chose affreusement gênante, comme surprendre ses grands-parents en train de s'embrasser.

Culver Creek dispose de deux cabines téléphoniques que se partagent les cent cinquante pensionnaires. Une bonne chose selon l'administration, dans la mesure où elle signe la séparation d'avec la vie à la maison. En général, on n'atterrit pas dans un pensionnat, même aussi prestigieux que Culver Creek, si, à la maison, la vie de famille est idyllique. Je précise que ma famille n'a rien d'anormal. Il se trouve que faire ses études à Culver Creek est une tradition – je suis le neuvième Halter et le troisième Miles Halter à en passer par là. En outre, j'aime bien mes parents, mais j'avais déjà vécu seize ans avec eux – plus longtemps que la moyenne des mariages – et faire un essai de séparation n'avait que trop tardé.

Maman m'a tendu une petite boîte enveloppée dans du papier cadeau à motifs Noël avec un sourire.

– Un cadeau de départ, a-t-elle précisé.

Chez les Halter, l'usage veut qu'on utilise toujours du papier cadeau inadéquat – mon préféré étant le papier « Meilleur papy du monde » dans lequel maman a emballé mes cadeaux d'anniversaire une année. Ce souvenir m'aurait presque rendu triste, mais pas tout à fait. Maman m'a serré dans ses bras, puis ce fut au tour de papa et c'en a été fini. J'étais tellement soulagé de voir leur voiture s'éloigner que j'ai retardé le moment d'ouvrir le cadeau. Je ne voulais pas que quelque chose me rappelle mon ancienne vie en Floride. J'ai retiré mon T-shirt, je me suis allongé sur le matelas en vinyle brûlant du lit inférieur et j'ai fermé les yeux. Je ne suis jamais passé par la case « révélation mystique » avec baptême, larmes et tout ce qui s'ensuit, mais ça ne pouvait pas être mieux que de renaître sous la forme d'un mec sans passé qui se retrouvait dans un pensionnat au règlement succinct.

Par mon père, je savais que Culver Creek était partisan d'une surveillance adulte minimale. Tous les profs résidaient dans l'enceinte du lycée, mais seul M. Starnes habitait dans le cercle des dortoirs, qui n'avait rien d'un cercle mais tout d'un pentagone autour duquel s'ordonnait une série de bâtiments de plain-pied comptant dix-huit chambres. On aurait dit un motel de campagne miteux mais en plus grand et ma chambre sentait pareil, c'est-à-dire : la moisissure et le pipi de chien.

Mon ancien lycée (auquel je vouais un mépris identique à celui que les garçons vouent à leurs ex) sentait bon, mais je le détestais. Je détestais chaque journée interminable et solitaire. Je n'avais pas d'amis susceptibles de me manquer et pas de souvenirs dignes d'être chéris. Je n'ai jamais été emballé par la Floride. La lumière est au néon ou fluorescente et les gens que je connaissais tout aussi artificiels. Et ce qui était merveilleux, c'est que je n'aurais plus jamais à penser à mon ancien lycée.

Au bout d'un moment, je me suis décollé du matelas gonflable en vinyle et j'ai commencé à déballer mes affaires, à m'approprier la chambre, le premier endroit que je pouvais décorer à mon goût. La pièce n'avait pas grand intérêt : deux bureaux, deux chaises, deux lits superposés, du lino par terre et une salle de bains dont la douche était aussi puissante qu'un robinet qui goutte.

D'abord, les ventilateurs. La chambre n'avait pas l'air conditionné et, en cette matinée de la fin du mois d'août, le temps était si chaud et humide que même les murs transpiraient. J'ai pincé un petit ventilateur sur l'étagère au-dessus de la couchette du bas et j'en ai posé un autre dans l'encadrement de la fenêtre, mais rien n'y a fait. De l'air chaud brassé n'est pas plus frais que de l'air chaud immobile.

J'ai scotché un planisphère au mur, puis je me suis senti soudain débordé. J'en ai presque regretté de ne pas avoir demandé à mes parents de m'aider à défaire mes valises. Je me suis assis sur une chaise de bureau en bois fourni par le pensionnat et j'ai ouvert mon cadeau. La boîte contenait un truc qui ressemblait à un vieux mouchoir usagé.

Quel cadeau ! J'ai écarté le mouchoir en redoutant d'y trouver des crottes de nez et j'ai découvert une carapace de cigale, accompagnée d'un mot de ma mère. Elle m'expliquait que j'étais comme une cigale, abandonnant sa vieille carapace pour en endosser une nouvelle. Elle voulait que je me rappelle cette cigale car, toute ma vie, j'irais de mue en mue. Puis elle a ajouté : « Au fait, c'est une métaphore. » Maman avait l'art de gâcher une lettre tout à fait honorable en me prenant de haut. Comme si je n'étais pas capable de reconnaître une métaphore quand j'en voyais une. « En l'occurrence, que je sois une cigale n'est pas une métaphore, maman, c'est une comparaison. » Honnêtement, son histoire de cigale était un peu bateau, mais que faire ? Les vieux peuvent se montrer très sentimentaux.

SCÈNE DE LA RENCONTRE
première version, août 2003

QUATRE MOIS ET UN JOUR AVANT

J'ai fait sa connaissance lorsqu'elle a descendu mon pantalon. C'était mon deuxième jour à Culver Creek, la veille du début des cours. J'étais en train de coller un poster de Van Gogh derrière la porte en plissant les yeux pour chasser la sueur pendant que le Colonel, assis dans le canapé, vérifiait que je le posais d'aplomb. Quelqu'un a frappé à la porte. J'ai pensé que c'était un de ses amis. Il se trouve que j'avais vu juste. Ils s'étaient connus en troisième, les deux seuls boursiers de Culver Creek, et s'étaient forcément entendus comme larrons en foire. Or il se trouve que son meilleur ami était une fille et quelle fille! Si les filles étaient un PIB, elle aurait été celui des États-Unis ou si les filles étaient du sucre, elle aurait été les champs de canne des Keys.

Elle avait de longs cheveux châtains et raides (elle prétendait qu'ils étaient acajou) tirés en arrière en queue-de-cheval, la peau mate, d'immenses yeux bleus, du même bleu à la fois doux et vif de l'emblème des Tar Hells de Caroline du Nord et des ciels froids et dégagés. Quand j'ai ouvert la porte, elle souriait. J'ai remarqué qu'elle avait de petites dents régulières en haut et un peu de travers en bas. Mais ce qui m'a laissé sans voix, ce sont ses courbes. Si les courbes étaient le salut, elle aurait été une pécheresse endurcie dévorée du désir de se repentir. Son corps évoquait les contreforts des Appalaches avec ses seins majestueux qui tendaient l'étoffe de son T-shirt vintage et ses hanches pleines qui annonçaient un derrière divinement rond (certains diraient gros, je m'en tiendrais à rond). À vrai dire, je ne le voyais pas puisqu'elle était de face, mais je le devinais aisément au galbe que dessinait sa taille jusqu'aux hanches. Je me suis soudain rendu compte de l'importance des courbes. J'avais déjà remarqué des hanches et des seins, évidemment, mais elle venait de me faire comprendre l'importance des courbes. Elles étaient de celles pour lesquelles les hommes se battaient et mouraient, mais je n'ai pas eu le loisir de les admirer plus longuement parce qu'elle a baissé mon pantalon.

– C'est le plus grand fute de tout l'État d'Alabama.

– Je les aime *baggy*, ai-je dit, gêné, en le remontant.

En Floride, mes pantalons étaient parfaits. Et je précise que j'en porte en toutes circonstances, même quand il fait quarante-trois degrés à l'extérieur et quarante à l'intérieur avec les ventilos qui tournent à plein régime, pour la bonne raison que je ne peux m'empêcher d'avoir honte de mes jambes de poulet rachitiques.

– Tu serais plutôt slip à ce que je vois, a fait remarquer le Colonel qui me regardait d'un air amusé. C'est pas bon pour les couilles.

Pense-bête: passer aux caleçons.

– Viens dehors, a-t-elle proposé. Il fait super beau.

Ce qui était archifaux. La chaleur étouffante avait laissé place à une pluie éparse qui était tombée toute la journée. En Floride, il pleuvait souvent l'après-midi en été, mais jamais à longueur de temps. À moins de cinq cents kilomètres d'Orlando, j'étais dans un écosystème complètement différent. Mais elle était si belle que je n'ai pas pu refuser. On est sortis et elle m'a pris par la main pour m'attirer sous la pluie. Elle s'est mise alors à danser en décrivant des cercles, les bras tendus, la paume des mains tournée vers le ciel pour attraper des gouttes de pluie entre ses doigts.

– Danse avec moi, a-t-elle demandé de façon adorable.

– Je ne peux pas. Je ne sais pas danser.

– Dans ce cas, tu n'as qu'à me regarder danser.

Soudain, elle a sauté à pieds joints dans une flaque et a arrosé le pantalon que je venais de remonter.

– Je m'appelle Alaska, a-t-elle annoncé – et elle ne mentait pas : plus vraie que nature et plus jolie qu'un poème. Elle était Alaska, mais en plus chaud. J'ai la chambre 23.

– Je m'appelle M...

– Miles Halter, cinquième du nom. Je sais qui tu es, espèce de débile. Tout le monde sait qui tu es. Tu es le dix-sept millième Halter à venir à Culver Creek.

Neuvième du nom, en fait.

Le Colonel m'a rejoint et on est restés sans bouger côte à côte à regarder Alaska, en se faisant saucer. Elle était irrésistible sous la pluie avec son T-shirt collé à ses seins et son short moulant. Je suis sûr qu'on aurait pu continuer à la regarder jusqu'à ce qu'il cesse de pleuvoir, jusqu'à ce qu'elle ne puisse plus danser. On ne se serait jamais lassés des cercles qu'elle décrivait sous la pluie, d'elle sur la pointe de ses pieds nus comme pour attraper quelque chose dans le ciel. On serait restés là, trempés jusqu'aux os, jusqu'à ce que la pneumonie nous terrasse.

– D'après ton cousin, tu n'aurais embrassé qu'une fille, a-t-elle dit soudain en arrêtant de danser.

Mon cousin, qui avait eu son bac l'année précédente, disait la triste vérité. Seize ans et je n'avais embrassé qu'une seule fille, et encore fallait-il compter January Morris, l'été de ma quatrième. C'était la dernière soirée à la colo, on avait fait une retraite aux flambeaux et, pour dire au revoir à January, je l'avais prise dans mes bras et je l'avais embrassée, nos langues s'étaient mélangées maladroitement, quand j'avais entendu un drôle de grésillement. À l'odeur, j'avais très vite compris que j'avais mis le feu à ses cheveux avec ma bougie. La seule chose qui avait été pire que le baiser, c'est la puanteur que ses cheveux avaient dégagée après coup.

– Combien de garçons tu as embrassés ? ai-je demandé.

– Il vaut mieux ne pas savoir, a dit le Colonel en riant. Les ordinateurs ont bugué en essayant de faire le calcul.

– Je dirais environ trente et deux filles, a-t-elle répondu.

Il était clair que j'étais bien moins cool qu'Alaska Young, néanmoins c'était le coup de foudre – pour moi, en tout cas. Peut-être était-ce à cause de ses cheveux châtains que la pluie chaude d'Alabama avait mouillés et qui lui descendaient jusqu'au creux des reins, ou à cause de son sourire. À moins que ce soit parce que aucune fille n'avait jamais baissé mon pantalon.

En tout cas, c'est comme ça que tout a commencé. Elle a baissé mon pantalon, je suis tombé amoureux d'elle et le Colonel, qui assistait à la scène, est retombé amoureux d'elle.

L'enterrement

John et moi nous sommes heurtés à des problèmes différents en révisant la partie « avant » et la partie « après » du manuscrit. Si le défi de « l'avant » était de peaufiner les personnages, celui de « l'après » était de maintenir l'impulsion et la caractérisation des personnages après la mort d'Alaska – un événement qui anéantit le Gros et supprime le personnage le plus flamboyant de l'histoire.

Construire les personnages du Gros et de ses amis dans « l'avant » était une priorité absolue si nous devions trouver la voie qui conduisait à « l'après ». Cependant, même si les pièces se mettaient en place, une scène – l'enterrement – n'a cessé d'être modifiée et ce, bien après que le manuscrit a été achevé. Pour l'équipe tout entière, inventer un moyen de dire au revoir à Alaska Young relevait de l'impossible.

À un lecteur qui lui demandait quelle scène avait subi le plus de transformations, John a répondu :

« J'ai réécrit la scène de l'enterrement de quinze à vingt fois. Et chaque fois que je l'envoyais à Julie, elle me disait : "Il faut revoir ta copie."

» C'était horripilant.

» Et puis un jour, on s'est disputés très fort avec mes colocs –

j'ai oublié le motif, il me semble que c'était à propos d'un aspirateur. J'adorais ma copine Shannon et je détestais être fâché avec elle, sauf qu'on en est presque venus aux mains et ça m'a rendu horriblement triste.

» Je suis sorti en pleurant, j'étais furieux, et j'ai écrit la scène de l'enterrement en dix minutes. »

Les pages qui suivent regroupent trois versions différentes de l'enterrement, à commencer par la toute première dans laquelle le Gros n'assiste même pas à la cérémonie. Au fur et à mesure des versions, on peut constater l'accroissement des liens entre les personnages et apprécier l'évolution de la description de leur deuil commun. En rendant les amis du Gros plus présents, sa perte inconsolable prend davantage de relief.

J. S.-G.

SCÈNE DE L'ENTERREMENT
première version, août 2003

SEPT JOURS APRÈS

Lara est passée dans l'après-midi. Je ne l'avais revue qu'une fois depuis la mort d'Alaska. Je n'avais pratiquement pas quitté la chambre depuis une semaine et je venais de me rendre compte que je n'avais pas mangé grand-chose. Une boîte de Cheerios en sept jours et les jumeaux défoncés nous avaient gentiment, et contre toute attente, apporté du McDo, quelques jours plus tôt. Mais c'était à peu près tout.

Lara est passée dans l'après-midi et j'ai su aussitôt que c'était elle en entendant le petit coup hésitant frappé à la porte. Je n'avais aucune envie de la voir, mais j'ai quand même répondu : « Entrez ! » Le Colonel dormait encore et dormirait douze heures de plus, presque une journée en tout.

On n'a pas parlé de nous, on ne s'est pas embrassés ni même étreints. Elle s'est assise à un bout du canapé, moi à l'autre, et elle m'a fait le récit de l'enterrement d'Alaska entre deux sanglots. Pour commencer, le pasteur ne l'avait même pas appelée Alaska, mais Lauren, son deuxième prénom, que son père préférait, semble-t-il. Son père qui n'avait pas dit un traître mot de toute la cérémonie, regardant d'un air absent le cercueil fermé devant lui en pleurant en silence. On aurait dit un fantôme, a ajouté Lara, un homme qui aurait perdu la vie mais ne pouvait s'arrêter de respirer.

Le pasteur avait vaguement expliqué qu'Alaska était au paradis. Il était clair qu'il ignorait l'opinion d'Alaska sur l'Église. À part le Colonel, Takumi et moi, tout Culver Creek avait assisté à la cérémonie. Lara a dit qu'elle s'était approchée du cercueil – fermé, a-t-elle précisé, couleur acajou comme les cheveux d'Alaska – et avait posé la main dessus.

– Que dirre ? Que dirre à la boîte ? Alorrs, je n'ai rrien dit.

Je n'ai fait aucun commentaire. Elle pleurait et je n'ai pas eu de geste pour elle. Je ne pouvais pas la prendre dans mes bras et elle était trop timide pour me le demander. Trop timide pour demander quoi que ce soit pour elle, me suis-je dit, en me maudissant aussitôt d'avoir eu cette pensée. Ce n'est pas la faute de Lara si elle n'est pas Alaska. Elle avait suivi le cercueil – elle voulait sûrement dire corbillard, mais je me trompe peut-être – jusqu'à un terrain où Alaska avait été inhumée auprès d'autres gens morts.

– J'ai jeté de la terrre dans la tombe, a expliqué Lara. Quatrre poignées – une pourr toi, une pourr le Colonel, une pourr Takumi et une pourr moi – et ensuite j'ai lancé quatrre rroses.

– Merci, ai-je dit.

– Parrdon, a-t-elle soufflé comme si c'était sa faute.

Le silence qui a suivi s'est éternisé. Tout est beaucoup trop silencieux désormais.

– Tu veux en parrler ? a fini par demander Lara.

J'ai secoué la tête et me suis détourné. J'ai regardé la porte de la salle de bains jusqu'à ce que le silence lui devienne insupportable et qu'elle parte.

Ce n'est sans doute pas Lara qui ne peut pas parler, c'est sûrement moi depuis le début.

SCÈNE DE L'ENTERREMENT
version de janvier 2004

Vine Station était à un jet de pierre au nord de Culver Creek par la I-65, une fois passé Birmingham, Warrior, Cullman et Good Hope, une heure et demie de route dégagée en remontant l'échine de l'Alabama. La périphérie de Birmingham – motels, bouis-bouis, lotissements banals – a disparu pour laisser la place aux douces collines, aux champs du nord de l'Alabama et au kudzu qui grimpait aux pins et aux poteaux téléphoniques. À la sortie de la ville, le Colonel nous en a montré des touffes dans une poignée d'arbres sur le bas-côté.

– Le lierre du pauvre, a-t-il dit.

On a bifurqué dans la route étroite et non matérialisée qui menait au centre décati de Vine Station où un bazar, un magasin de souvenirs (dans la vitrine, un panneau écrit à la main indiquait : « Souvenirs de la guerre civile ! Cartes postales ! Bières glacées ! ») et un autre de tissus s'accrochaient à la vie.

– Quel endroit déprimant, a lâché Takumi.

– On dirrrait une ville fantôme, a ajouté Lara.

J'ai repensé aussitôt à la famille Brady dans la ville fantôme, au salon télé et à la fellation qui n'en avait pas été une, et je me suis demandé comment je pourrais lui expliquer sans être obligé de tout lui avouer, sans être obligé de lui lâcher : « *Primo*, je l'ai embrassée, *deuzio*, je l'ai tuée et maintenant je suis incapable de te regarder ou même d'imaginer m'intéresser à autre chose qu'à elle » – mais je me suis contenté de dire :

– On est dimanche. C'est peut-être mieux en semaine.

Même si les trottoirs éventrés et les vitrines poussiéreuses prouvaient le contraire.

On est arrivés avant les cars qui convoyaient les autres. On a bravé le froid et on est entrés dans le funérarium qui sentait le moisi et le désinfectant bon marché, trop clinquant avec son papier jaune et ses tubes au néon. Un homme avec une bedaine qui s'échappait de son costume gris trop étroit s'est avancé vers nous.

– Vous devez être les copains de lycée d'Alaska. Je suis son père, Michael.

On lui a tous serré la main. Il avait les mêmes yeux verts lumineux qu'Alaska, sauf que les siens étaient profondément enfoncés dans des cernes bruns, et il ressemblait à un cadavre, à un mort qui n'aurait pas pu s'arrêter de respirer.

– Elle adorait son lycée, a-t-il dit en pleurant.

Pauvre homme, qui avait grossi depuis qu'il avait acheté son costume, qui avait perdu sa femme et sa fille. J'ai eu envie de rester avec lui, même quand les autres se sont éloignés vers la machine à café dans un coin de cette entrée trop éclairée, je n'ai pas bougé et je n'ai rien dit. Au bout d'un moment, il m'a parlé :

– Vous étiez bons copains ?

– Oui, monsieur.

Il s'est penché vers moi et, dans un souffle, il m'a demandé :

– J'aimerais te poser une question, mon gars. Est-ce qu'elle t'a parlé de sa mère ?

– Oui, monsieur, une fois.

J'ai senti son bras se poser sur mon épaule, il m'a fait pivoter vers lui de sorte que je tourne le dos au Colonel et aux autres.

– Tu te rappelles ce qu'elle a dit ?

– Qu'elle était morte, ai-je répondu en fixant le papier jaune assez longtemps pour remarquer qu'il partait en lambeaux vers le sol. Qu'elle avait eu une rupture d'anévrisme quand Alaska avait huit ans.

– On n'était pas très proches, Alaska et moi, a-t-il bougonné et j'ai senti son bras peser davantage sur mes épaules, j'ai compris qu'il s'appuyait sur moi. Ce n'était pas sa faute. Ce n'était vraiment pas sa faute. Elle était ma seule famille, à part ma sœur. Et, Dieu tout-puissant, j'espère qu'elle savait que ce n'était pas sa faute.

– J'en suis certain, ai-je menti.

La mort réveille les menteurs qui dorment en nous.

– Bien, a-t-il dit comme s'il revenait à lui.

Derrière moi, tout Culver Creek descendait des cars et s'entassait dans la pièce.

– Je suis très content que vous soyez venus. De voir tous ses amis ici me fait chaud au cœur.

Le cercueil – de couleur acajou, comme ses cheveux, et par chance fermé –, était posé sur une table en faux marbre à l'entrée de la chapelle, tout le monde passait à côté en entrant. Devant le cercueil, on pouvait s'agenouiller sur un prie-Dieu, ce que j'ai fait en m'efforçant de trouver un moyen de lui dire au revoir. C'était difficile de l'imaginer à l'intérieur de ce cercueil et trop facile encore. Malgré la présence d'autres gens agenouillés à côté de moi, on a été seuls un instant, elle et moi. Elle ne pouvait rien me dire parce qu'elle était morte et je ne pouvais rien lui dire parce que, moi qui avais tant appris au fil du temps sur la façon dont les autres faisaient leurs adieux, je ne savais pas comment m'y prendre. La seule chose qui m'est venue à l'esprit, c'est: «Je regrette.» D'ailleurs je l'ai dit, peut-être un peu trop fort. J'ai pris appui sur le cercueil pour me relever et, en une seconde, Alaska et moi n'étions plus seuls, car j'ai senti la main de Lara humide de larmes qu'elle venait d'essuyer se poser sur la mienne, je me suis dégagé une fois de plus, je me suis relevé et j'ai rejoint le Colonel sur son banc. Lara s'est assise dans une autre rangée.

La plupart des élèves et des profs de Culver Creek étaient présents, la chapelle était bondée et des jeunes se sont assis sur les radiateurs ou sont restés debout dans les travées. Mais Jake n'était pas parmi l'assistance en deuil et je me suis demandé si elle l'avait mis au courant, s'il avait trop les boules pour assister à son enterrement.

Le pasteur a dit qu'elle était au paradis où elle avait retrouvé sa mère. Comment pouvait-il être aussi affirmatif quand il avait reconnu au début de son sermon «ne pas avoir eu le plaisir de rencontrer Alaska Young»? J'ai repensé aux dernières paroles de Henry Ward Beecher, un pasteur du XIXe siècle: «Ici commence le mystère.» Je ne voyais pas où était le mystère. Quel dieu pouvait bâtir un paradis et le peupler de la femme et de la fille d'un brave homme? Je me suis demandé si le cercueil au fond de la chapelle contenait tout Alaska ou si un fragment était allé au paradis ou en enfer ou s'était réincarné. J'avais beau me poser ces questions, je restais persuadé que la mort n'était autre que totale et définitive. Une flamme qui s'éteignait.

Après le sermon, la tante d'Alaska – la sœur de son père – s'est levée pour chanter *a cappella* un vieil hymne du Sud : *Will the Circle Be Unbroken*. La femme était petite et corpulente, son eye-liner coulait sur ses joues, lui donnant l'air de pleurer des larmes de sang noir. Elle chantait comme une casserole, sa voix solitaire et haut perchée s'élevait dans les aigus avant de plonger vers des abîmes, mais cette voix brisée révélait une fêlure profonde. En l'entendant s'époumoner faux, j'ai pleuré pour la première fois depuis que j'avais appris la nouvelle.

Well, I told the undertaker
Undertaker, please drive slow.
For the body you are hauling
Lord, I hate to see her go[1].

Au moment du refrain, sa voix s'est faite encore plus forte, il était difficile de croire qu'un tel élan sacré ait été l'œuvre d'une seule femme. Elle chantait avec une telle force qu'à un moment donné, j'ai pensé que Dieu allait descendre sur Son char lui répondre quand elle Lui a demandé avec une fougue démente :

And will the circle be unbroken
By and by, Lord, by and by?
Is there a better home a-waitin'
In the sky, Lord, in the sky[2] ?

1 « Alors j'ai dit au croque-mort / Croque-mort, conduis lentement s'il te plaît. / Pour ce corps que tu transportes / Seigneur, je déteste qu'elle s'en soit allée. »
2 « Et le cercle restera-t-il intact / Finalement, Seigneur, finalement ?/ Un meilleur foyer attend-il / Au firmament, Seigneur, au firmament ? »

C'est ainsi qu'Alaska a trouvé la sortie du labyrinthe de la souffrance: à mi-pente d'une modeste colline, un jour où les nuages étaient affreusement bas, l'humidité palpable. Six hommes ont porté le cercueil sur les quelques mètres qui séparaient le corbillard de la tombe où elle a été descendue dans la terre glacée par une poulie et chacun a jeté une tulipe blanche dans la fosse.

– Ses fleurs préférées, a dit son père juste avant d'éclater en sanglots.

Tandis que son cercueil s'enfonçait, notre monde s'est effondré sur lui-même et, si le ciel avait pu entendre, il aurait entendu la cacophonie de plaintes qui montaient de Vine Station, Alabama. J'ai pleuré, moi aussi, mais sans bruit, en observant la vue qu'elle aurait désormais – le centre-ville lépreux faisait face à sa tombe, à sa droite un magasin de pièces détachées auto. Pendant dix-sept ans, elle avait lu toutes sortes de romans, des tragédies épiques et des récits de funérailles grandioses, et elle était enterrée pile en face d'un magasin de pièces détachées auto.

SCÈNE DE L'ENTERREMENT
version de mars 2004

SIX JOURS APRÈS

Trois heures après, je me suis levé, je me suis douché pour la première fois depuis des lustres, et j'ai enfilé l'unique costume que j'avais emporté. J'avais failli ne pas le prendre, mais ma mère prétendait qu'on ne savait jamais quand on pouvait en avoir besoin, et effectivement.

Le Colonel n'avait pas de costume et, vu sa carrure, il ne pouvait en emprunter à personne à Creek. Alors il a mis un pantalon noir et une chemise grise.

– Je suppose que je ne peux pas mettre ma cravate avec les flamants, a-t-il dit en enfilant ses chaussettes noires.

– Elle est peut-être trop rigolote, compte tenu des circonstances.

– Peux pas la mettre à l'Opéra, a-t-il dit avec une ébauche de sourire. Peux pas la mettre à un enterrement. Peux pas m'en servir pour me pendre. Elle ne sert à rien, en tant que cravate.

Je lui en ai donné une.

Le lycée avait affrété des bus pour transporter les élèves à Vine Station, la ville où était née Alaska, mais Lara, le Colonel, Takumi et moi y sommes allés dans le 4 × 4 de Takumi, en empruntant de petites routes pour ne pas passer par le lieu de l'accident sur l'autoroute. J'ai regardé le paysage défiler par la vitre, les quartiers résidentiels qui s'étiraient autour de Birmingham disparaître derrière les douces collines et les champs du nord de l'Alabama.

À l'avant, Takumi racontait à Lara l'histoire d'Alaska qui avait eu droit à un pouet-pouet des nénés l'été précédent. Ça l'a fait rire. J'avais entendu l'histoire la première fois que j'avais vu Alaska et on s'acheminait en ce moment même vers la dernière. Par-dessus tout, c'est l'injustice de la situation que je ressentais, l'injustice indiscutable d'aimer quelqu'un qui aurait pu vous rendre la pareille si la mort ne l'en avait pas empêché. J'ai appuyé le front contre le dos du repose-tête de Takumi et j'ai pleuré, j'ai gémi, pas tant de chagrin que de douleur. J'avais mal, et ce n'est pas un euphémisme. Ça me faisait mal comme des coups.

Les dernières paroles de Meriwether Lewis sont : « Je ne suis pas un lâche, mais je suis si robuste. Si dur à la mort. » Je n'en doutais pas, mais était-ce plus difficile que d'avoir été abandonné ? Je pensais encore à Lewis en suivant Lara à l'intérieur de la chapelle en forme de A qui jouxtait le funérarium à un seul niveau de Vine Station, Alabama. Une ville en tout point aussi déprimante et déprimée qu'Alaska l'avait toujours décrite. L'endroit sentait le moisi et le désinfectant et, dans l'entrée, le papier peint jaune se détachait dans les coins.

– Vous êtes venus pour Mlle Young ? a demandé un type.

Le Colonel a hoché la tête. On nous a conduits dans une

pièce remplie de rangées de chaises pliantes où n'était présent qu'un seul homme. Il se tenait agenouillé au pied du cercueil devant l'autel. Le cercueil était fermé. Fermé. Je ne la reverrais pas. Ne pourrais pas l'embrasser sur le front. Ne la verrais pas une dernière fois. Mais il le fallait. J'en avais besoin.

– Pourquoi est-il fermé ? ai-je demandé beaucoup trop fort.

L'homme, dont la bedaine s'échappait de son costume étriqué, s'est retourné et il s'est avancé vers moi.

– Sa mère, m'a-t-il dit. Sa mère avait été placée dans un cercueil ouvert et Alaska m'avait fait promettre : « Papa, je ne veux pas qu'on me voie morte », voilà pourquoi. De toute façon, fiston, elle n'est pas là. Elle est avec le Seigneur.

Il a posé ses mains sur mes épaules, il avait grossi depuis la dernière fois qu'il avait mis son costume. Je n'en revenais pas de ce que j'avais fait à cet homme, aux mêmes yeux verts lumineux qu'Alaska, sauf que les siens étaient profondément enfoncés dans des cernes bruns, un fantôme aux yeux verts qui respirait toujours. Je t'en prie, je t'en prie, Alaska. Ne meurs pas. Je me suis dégagé de son étreinte et, passant devant Lara et Takumi, je suis allé m'agenouiller devant le cercueil et j'ai posé les mains sur le bois poli, de l'acajou, la couleur de ses cheveux. J'ai senti les mains minuscules du Colonel me prendre par les épaules et une larme couler sur mon crâne. Pendant de brefs instants, il n'y a eu que nous trois (les bus transportant les élèves n'étaient pas encore arrivés. Quant à Takumi et Lara, ils avaient disparu), nous trois, trois corps et deux personnes. Les trois qui savaient ce qui s'était passé et de trop nombreuses épaisseurs entre nous, trop, nous séparant.

– Je voudrais tellement la sauver, a dit le Colonel.

– Chip, elle n'est plus là.

– J'ai cru la sentir nous regarder. Mais tu as raison. Elle n'est plus là.

– Oh ! Mon Dieu ! Alaska, je t'aime. Je t'aime.

– Pardon, le Gros. Je sais que tu l'aimais.

– Non, pas au passé.

Elle n'était plus une personne désormais, mais de la chair pourrissante, néanmoins je l'aimais au présent. Le Colonel s'est agenouillé à côté de moi et il a embrassé le cercueil.

– Je te demande pardon, Alaska. Tu méritais mieux comme ami.

« Est-ce vraiment si dur de mourir, monsieur Lewis ? Votre labyrinthe est-il pire que le mien ? »

« AVANT & APRÈS »
LE DÉCOMPTE DES JOURS

Compte tenu des nombreuses moutures de *Qui es-tu Alaska ?*, il n'est pas surprenant que la plupart des dates (de toute façon, toujours flottantes dans les premières ébauches) n'aient pas collé au stade de la version finale – scènes déplacées à plusieurs reprises, ajoutées, supprimées. Mais le livre dans son entier – chaque « avant » et chaque « après » – devait à tout prix concorder. La symétrie était primordiale. Les jours d'avant avaient obligation de refléter les jours d'après (136 pour chaque partie), autour d'un pivot central : le jour zéro. Un vrai casse-tête.

John et moi avons décidé de nous aligner sur la chronologie de 2005, l'année où *Qui es-tu Alaska ?* allait être publié. Nous avons réuni les dates cruciales (mois et année de naissance d'Alaska, vacances scolaires importantes, meilleur jour d'Alaska, « Soirée Grange ») et décidé que le « dernier jour » serait le 10 janvier 2005. Coïncidence : sept ans plus tard, le 10 janvier 2012, *Nos étoiles contraires* sortait en librairie.

Voici les trois calendriers sur lesquels je me suis basée pour le décompte des jours et pour la validation des dates de « l'avant » et de « l'après » lors de mon dernier passage sur le texte.

Julie Strauss-Gabel

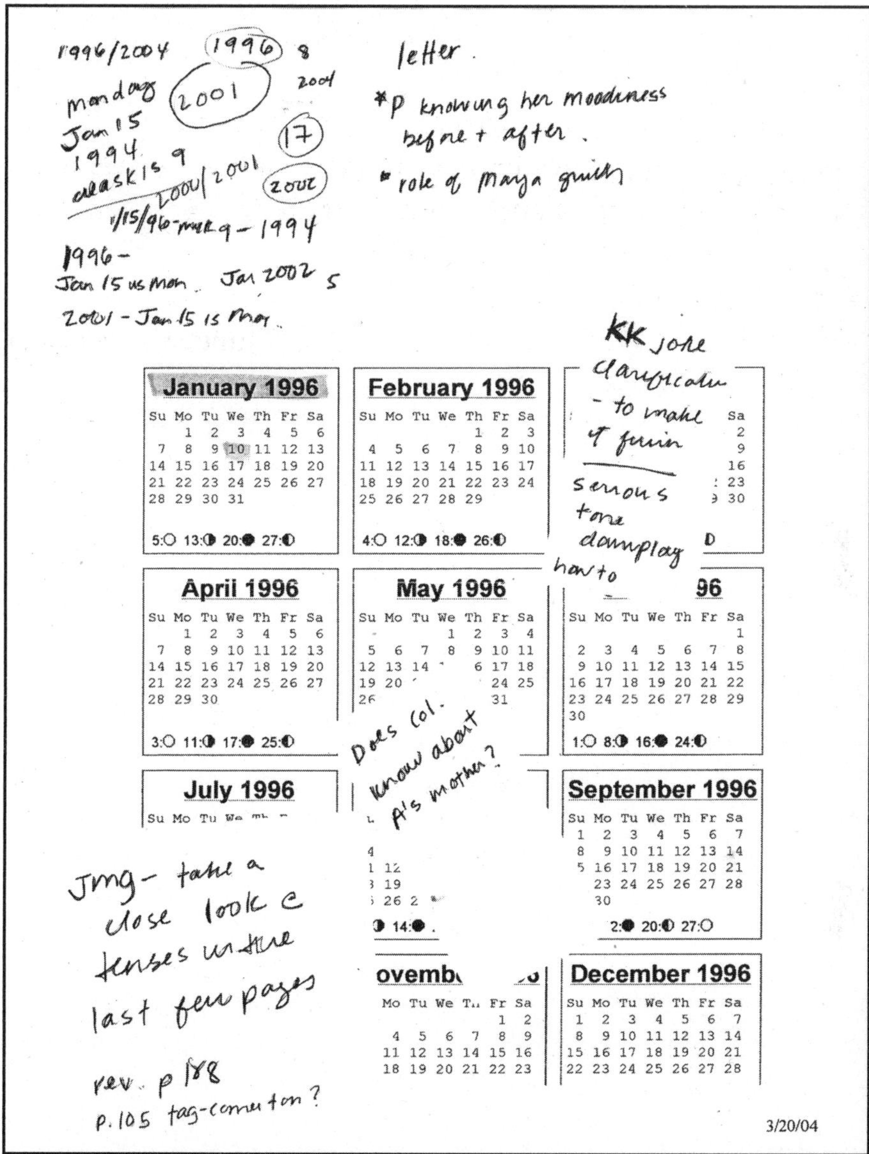

Dans les premiers temps, ce calendrier de 1996 a servi à préciser la date à laquelle Alaska va au zoo avec sa mère en excursion scolaire. Plus tard, quand le 10 janvier 2005 est devenu le « dernier jour », la visite au zoo a glissé au jeudi 9 janvier 1997. Les notes ajoutées au calendrier sont des pense-bêtes que je me suis faits au cours des différentes phases de correction : calcul destiné à déterminer la date de la mort de la mère d'Alaska (qui se trouve être le 15 janvier dans la version quasi définitive) ; changements de temps (intentionnels) dans le livre et question à propos de la blague toc toc d'Alaska.

Calendar for year 2004 (USA)

January 2004

Su	Mo	Tu	We	Th	Fr	Sa
				1	2	3
4	5	6	7	8	9	10
11	12	13	14	15	16	17
18	19	20	21	22	23	24
25	26	27	28	29	30	31

7:○ 15:◑ 21:● 29:◐

February 2004

Su	Mo	Tu	We	Th	Fr	Sa
1	2	3	4	5	6	7
8	9	10	11	12	13	14
15	16	17	18	19	20	21
22	23	24	25	26	27	28
29						

6:○ 13:◑ 20:● 28:◐

March 2004

Su	Mo	Tu	We	Th	Fr	Sa
	1	2	3	4	5	6
7	8	9	10	11	12	13
14	15	16	17	18	19	20
21	22	23	24	25	26	27
28	29	30	31			

6:○ 13:◑ 20:● 28:◐

April 2004

Su	Mo	Tu	We	Th	Fr	Sa
				1	2	3
4	5	6	7	8	9	10
11	12	13	14	15	16	17
18	19	20	21	22	23	24
25	26	27	28	29	30	

5:○ 12:◑ 19:● 27:◐

May 2004

Su	Mo	Tu	We	Th	Fr	Sa
						1
2	3	4	5	6	7	8
9	10	11	12	13	14	15
16	17	18	19	20	21	22
23	24	25	26	27	28	29
30	31					

4:○ 11:◑ 19:● 27:◐

June 2004

Su	Mo	Tu	We	Th	Fr	Sa
		1	2	3	4	5
6	7	8	9	10	11	12
13	14	15	16	17	18	19
20	21	22	23	24	25	26
27	28	29	30			

3:○ 9:◑ 17:● 25:◐

July 2004

Su	Mo	Tu	We	Th	Fr	Sa
				1	2	3
4	5	6	7	8	9	10
11	12	13	14	15	16	17
18	19	20	21	22	23	24
25	26	27	28	29	30	31

2:○ 9:◑ 17:● 25:◐ 31:○

August 2004

Su	Mo	Tu	We	Th	Fr	Sa
1	2	3	4	5	6	7
8	9	10	11	12	13	14
15	16	17	18	19	20	21
22	23	24	25	26	27	28
29	30	31				

7:◑ 16:● 23:◐ 30:○

September 2004

Su	Mo	Tu	We	Th	Fr	Sa
			1	2	3	4
5	6	7	8	9	10	11
12	13	14	15	16	17	18
19	20	21	22	23	24	25
26	27	28	29	30		

6:◑ 14:● 21:◐ 28:○

October 2004

Su	Mo	Tu	We	Th	Fr	Sa
					1	2
3	4	5	6	7	8	9
10	11	12	13	14	15	16
17	18	19	20	21	22	23
24	25	26	27	28	29	30

November 2004

Su	Mo	Tu	We	Th	Fr	Sa
	1	2	3	4	5	6
7	8	9	10	11	12	13
14	15	16	17	18	19	20
21	22	23	24	25	26	27
28	29	30				

December 2004

Su	Mo	Tu	We	Th	Fr	Sa
			1	2	3	4
5	6	7	8	9	10	11
12	13	14	15	16	17	18
19	20	21	22	23	24	25
26	27	28	29	30	31	

3/20/04

J'ai utilisé ce calendrier de 2004 pour calculer les jours « avant » de la première moitié de l'année scolaire 2004-2005 de Culver Creek. On peut voir les nombres du décompte écrits en petit et la date du 25 novembre (Thanksgiving) passée au surligneur comme s'il s'agissait d'un point crucial de l'intrigue avec une date officielle autour de laquelle devait s'articuler la chronologie.

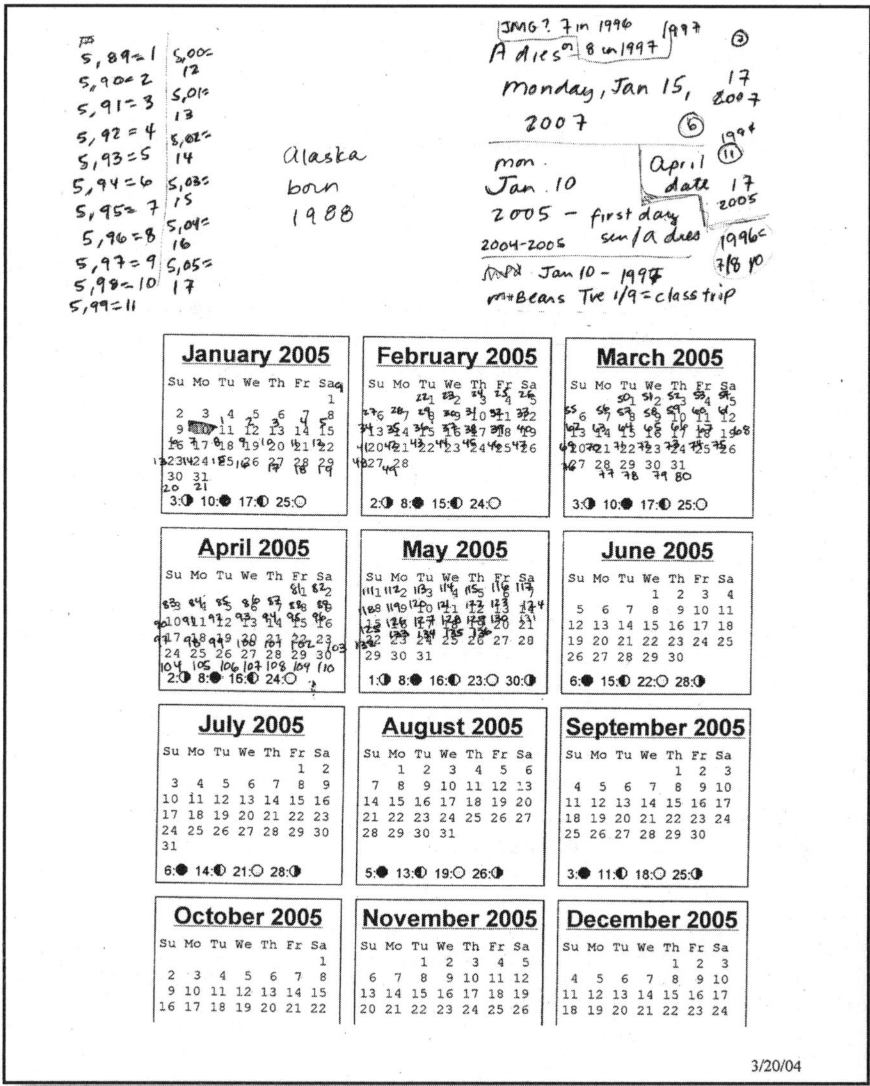

Le calendrier de 2005 – achevé et avec une seule date surlignée, le 10 janvier – retrace les derniers jours d'Alaska ainsi que ceux de « l'après ». Mes notes compilent l'âge d'Alaska, son anniversaire, etc. de sorte que le calendrier devienne un outil de référence pour établir le décompte et placer les dates déterminantes.

QUESTIONS-RÉPONSES AVEC JOHN GREEN

La plupart de ces questions m'ont été posées via Tumblr, Twitter, Facebook et, à de rares exceptions près, par e-mail. Sachez que les pages qui suivent sont une véritable mine de spoilers, je vous recommande de ne pas les lire avant d'avoir terminé le livre. Je comprends ô combien l'envie d'aller fouiner du côté des dernières pages pour savoir comment se termine l'histoire – je suis un incorrigible fouineur –, mais si vous avez tenu dix ans depuis la publication du roman sans rien savoir, je ne voudrais pas tout gâcher aujourd'hui.

Je ne sais pas lire les livres d'un œil critique. J'ai l'impression de les apprécier mais pas de les approfondir. Un conseil ?

J.G. : Voici la dédicace d'un des romans de J.D. Salinger : « S'il reste un lecteur amateur dans le monde – ou un lecteur expéditif –, je le ou la prie avec une affection et une reconnaissance indicibles de partager cette dédicace avec ma femme et mes enfants. »

On peut parfaitement lire un livre et passer à autre chose dans la foulée, l'aimer sans s'appesantir. Même si je trouve toutes sortes d'agréments à une lecture critique, je ne pense pas que lire se résume à une chasse aux métaphores. Les métaphores (le langage figuratif) sont profondément enracinées dans la façon dont nous nous imaginons nous et le monde qui nous entoure, de sorte qu'il est inutile de les pister dans un texte pour qu'elles nous touchent.

Par conséquent, il ne faut pas s'inquiéter d'être un lecteur expéditif, de lire et de passer à autre chose. Mais si on aime lire et réfléchir à ce qu'on a lu, c'est bien aussi. On peut aborder un livre de mille manières différentes !

Quelles sont les questions que vous vous posiez et auxquelles l'écriture de Qui es-tu à Alaska ? **a répondu ?**

J. G. : Il m'est arrivé à de nombreuses reprises au cours de l'écriture du roman de penser que c'était mon seul espoir. Je disais à mes parents, à mes amis : « Ce livre est ma seule chance. » Mais j'étais incapable d'aller au-delà de ce constat – ma seule chance de quoi ? Mon seul espoir de quoi ? Je n'en avais et n'en ai toujours aucune idée. Il fallait que j'écrive cette histoire, il fallait qu'elle fonctionne. Ça m'a rendu patient, je suis passé et repassé inlassablement sur mon travail. À la fin, il a fallu littéralement m'arracher le livre des mains.

Je me rends compte avec le recul que mes années postuniversitaires n'ont pas été très simples. Je me sentais perdu et effroyablement seul. Pour moi, *Qui es-tu Alaska ?* a été le moyen de mettre en mots ce qu'était le sentiment d'abandon et le défi de vivre hanté par les regrets et l'incertitude. C'est un roman très personnel à destination non seulement de celui que j'étais au lycée mais aussi de celui que j'étais au moment où j'écrivais.

Pourquoi avoir choisi le nom Alaska ?

J. G. : L'idée m'est venue en regardant *La Famille Tenenbaum*, film dans lequel on entend une reprise de *Stephanie Says* du Velvet Underground et dont les paroles sont : « *She's not afraid to die/The people all call her Alaska*[1]. »

J'aime Alaska parce que c'est un nom grandiose, mystérieux et lointain, le nom d'un de nos États mais un État reculé et fantasmé, à l'image d'Alaska que ses camarades de classe fantasment (pour le pire).

J'aimais aussi ce nom en raison de sa signification. On le traduit souvent par : « celui contre lequel la mer se brise » et c'est précisément ce que vit Alaska. Elle a l'impression que la mer se brise contre elle, encore et toujours, avec le bouleversement, l'excitation et la douleur qui en découlent.

Alaska est décrite comme une fille très belle. Le Gros en fait-il un portrait aussi élogieux parce qu'il est amoureux d'elle ou est-elle vraiment magnifique ?

J. G. : Quand on lit un roman écrit à la première personne, le défi est de doser la confiance qu'on accorde au narrateur. Dans *L'Attrape-cœurs*, par exemple, Holden Caulfield ne rate pas une occasion de nous démontrer qu'il est un menteur invétéré, mais on ne peut s'empêcher de penser qu'il dit la vérité. Dans d'autres romans (je pense à *American Psycho*), il ne fait aucun doute que le narrateur raconte des craques.

Il est vrai qu'une personne amoureuse a tendance à magnifier l'objet de sa flamme plus que les autres. Mais l'objectivité n'est pas de mise quand il s'agit de beauté et on ne sait pas

1 « Elle n'a pas peur de mourir / Tout le monde l'appelle Alaska. »

grand-chose du physique d'Alaska, si ce n'est qu'elle a les yeux verts, qu'elle est «bronzée» et que ses cheveux sont couleur acajou. L'attirance du Gros pour Alaska, comme toutes les attirances, est éminemment subjective.

Le personnage d'Alaska est moins précisé que les autres, même si le livre tourne essentiellement autour de l'effet qu'elle produit sur ses camarades (à commencer par le Colonel). Est-ce intentionnel?

J. G.: La première fois que le Gros et Alaska ont une véritable conversation, ils sont dans l'obscurité, il la devine à peine, assise à côté de lui. Puis, au cours de l'histoire, il arrive qu'il la regarde sans la voir ou que quelque chose s'interpose qui l'empêche de distinguer tout son visage, ou bien il n'aperçoit que sa nuque, etc.

C'est ainsi que je voulais traduire le fait que le Gros n'a qu'une vision parcellaire d'Alaska, ce qu'elle ne manque pas de lui faire remarquer à tout bout de champ. Mais il est à ce point fasciné par elle qu'il ne peut s'empêcher de l'idéaliser et, par voie de conséquence, il appréhende mal la réalité et la gravité de sa souffrance.

Alaska est-elle atteinte de troubles de l'humeur?

J. G.: Je ne suis pas psychiatre, je ne me risquerais pas à poser un diagnostic. Cependant, je dirais qu'elle se bat et que sa douleur est colossale. C'est d'autant plus difficile pour elle qu'elle se sent seule avec cette douleur, ce qui (de ma propre expérience, en tout cas) rend celle-ci insupportable et vous plonge dans le désespoir.

Le truc étrange avec la dépression, c'est qu'elle vous isole des autres. Des autres qui éprouvent de plus en plus de difficultés à combler le fossé et prêter une oreille aussi attentive qu'elle le mériterait. C'est alors que, chez la personne qui souffre, le sentiment d'isolement s'accroît, conférant à ce dernier un caractère qu'on imagine permanent et insoluble.

À mon avis, la chose la plus insidieuse dans la dépression est qu'elle gagne en intensité à mesure qu'elle vous éloigne du monde qui vous entoure.

Je me garderais donc de mettre un nom sur les maux d'Alaska, mais il est certain qu'elle vit avec une douleur insoutenable qui la sépare du reste du monde, elle le sent. Voilà précisément ce que je me suis efforcé de traduire dans cette histoire.

Est-ce qu'Alaska vous plaît en tant que personne ?

J. G. : Je dirais que je l'aime en tant que personne.

Quant à savoir si elle me plaît, j'ai toujours eu une préférence pour les gens qui ne se contentaient pas d'être sympathiques.

Vous sentez-vous des affinités avec le personnage d'Alaska ?

J. G. : Bien sûr. Au lycée, j'étais plutôt casse-cou et j'ai traversé pas mal d'épisodes dépressifs. J'étais un ado qui se bagarrait contre ses tendances autodestructrices.

Mais, bien sûr, je n'avais pas grand-chose en commun avec Alaska. Je ne vivais pas dans le chagrin comme elle, j'étais mieux entouré et je n'étais pas une fille.

Sans compter que je n'ai jamais pris le volant ivre. J'ai toujours trouvé l'idée démente dans la mesure où l'on risque de blesser quelqu'un. Cela dit, à l'époque, l'idée ne m'a pas traversé l'esprit que, en me faisant du mal, j'en faisais aux autres, surtout à ceux (comme mes parents) qui m'aimaient le plus.

Que s'est-il passé la nuit de la mort d'Alaska? Elle s'est suicidée?

J.G.: Les questions sans réponse dans le livre sont des questions auxquelles je ne voulais pas répondre ou auxquelles je sentais qu'il ne fallait pas répondre.

Dans la vie, on se heurte à des questions – des questions d'importance – qui appellent une réponse, qui méritent une réponse, et qui pourtant resteront sans réponse.

On est confronté à des mystères qui entourent un décès, une amitié, une histoire d'amour, la religion, dont les explications ne nous satisferont pas. La question intéressante à mes yeux est celle-ci: peut-on continuer à vivre une vie pleine d'espoir face à l'incertitude? Il faut trouver le moyen de cohabiter avec l'ambiguïté sans être dévoré par les grandes énigmes indéchiffrables.

Connaissez-vous les dernières paroles d'Alaska?

J.G.: Non, je ne les connais pas. Dès que j'ai commencé à réfléchir à cette histoire, j'ai su que ni mes lecteurs ni moi ne serions dans la voiture avec elle cette fameuse nuit.

Je voulais que pour le Gros la vertu des dernières paroles soit de clore le livre d'une vie, mais que cette conclusion lui soit refusée dès lors qu'il s'agissait de quelqu'un qu'il aimait. Elle lui est d'abord refusée parce qu'il ne saura jamais si Alaska s'est suicidée ni, de façon plus abstraite, quelles furent ses dernières paroles. Mais on peut continuer à vivre sans conclusion, c'est fréquent. De même que la plupart d'entre nous mourront sans prononcer de dernières paroles inoubliables.

Fallait-il qu'Alaska meure ?

J. G. : La mort est rigoureusement inutile, mais elle est aussi très répandue. (Ce qui me fait penser à une accroche de *The Onion*[1] : « En dépit d'efforts considérables, le taux de mortalité dans le monde plafonne à 100 %. ») Le sujet de *Qui es-tu Alaska ?* tourne autour de la perte, du chagrin et du combat contre le défaitisme dont nombre d'entre nous sont frappés lorsqu'ils sont confrontés à la mort. Par conséquent, il n'a jamais été question de quelque chose de différent, je n'ai jamais eu d'autre histoire en tête. J'ai écrit chaque mot de la première partie sachant que la deuxième partie venait, je ne peux donc pas imaginer ce livre autrement. Si le Gros, le Colonel et Alaska avaient continué à s'éclater, le sujet du livre aurait été… quoi ?

Souvent, quand un personnage meurt dans un roman, c'est au tout début ou à la toute fin du récit. En ce qui me concerne, je voulais que la mort survienne à mi-parcours, car il fallait que le lecteur fasse la connaissance d'Alaska, qu'il s'y attache, qu'il tente de la comprendre, puis qu'il la perde et enfin suive le même cheminement que le Gros, le Colonel et le reste de la bande. Il fallait que le lecteur repousse de toutes ses forces ce sentiment d'absurdité et trouve espoir en une vie faite aussi de chagrins non résolus et sans solution.

Pourquoi avoir glissé du passé au présent autour de la mort d'Alaska ? (Et comment se fait-il que vous n'ayez pas utilisé ce procédé depuis, du moins à ma connaissance ?)

J. G. : Je suis assez partisan du changement de temps. En fait, je m'en suis servi aussi dans *La Face cachée de Margo* et j'ai

1 Journal satirique.

failli le faire dans *Nos étoiles contraires*, mais Julie m'a incité à y renoncer. (À l'origine, *Nos étoiles contraires* jonglait entre passé et présent à chaque paragraphe.)

Je joue donc beaucoup avec le passé et le présent lorsque j'écris. Je suis capable de phrases comme celle-ci : « Je roulais quand *boum !* un chevreuil saute devant ma voiture et manque la percuter, j'étais à deux doigts de me faire pipi dessus. » Au point de vue grammatical, c'est une catastrophe, mais si j'utilise le présent pour décrire le moment crucial de la scène – le chevreuil qui se jette sous les roues de ma voiture –, c'est pour donner l'impression que l'incident est toujours en train de se passer, que, vu son intensité, il est toujours en cours.

Dans l'usage des temps, on est plutôt rigide – certaines choses sont en train de se passer quand d'autres se sont passées, etc. Mais une des raisons qui explique que l'anglais compte de si nombreux temps, c'est que notre appréhension du temps, justement, est très complexe. Quand le Gros parle de la mort d'Alaska, il raconte quelque chose qui, pour lui, est toujours en train de survenir, une histoire qu'il n'a pas assimilée ni dépassée. Pour moi, du moins, c'est ainsi que le trauma fonctionne. J'emprunte à Faulkner sa célèbre citation : « Le passé n'est jamais mort, il n'est même jamais passé. »

***Qui es-tu Alaska ?* est, semble-t-il, un livre très personnel. Le personnage d'Alaska est-il inspiré de quelqu'un que vous avez connu ?**

J.G. : À vrai dire, je n'aime pas répondre à cette question parce que les morts ne peuvent pas se défendre et que mon roman est une œuvre de pure fiction. Et puis, certains de mes camarades de lycée ont été, à juste titre, contrariés de voir de quelle façon le roman réinventait des événements qui nous avaient affectés. Alors, dans la mesure du possible, je ne souhaite pas prolonger leur embarras.

Cela dit, lorsque j'étais à l'Indian Springs School, une de nos camarades de classe est morte et tout le lycée a été sous le choc. Je n'entretenais pas la même relation avec elle que le Gros avec Alaska (j'étais plus proche des faux pleureurs dont se moque le Gros), mais je l'aimais bien et je l'admirais beaucoup. Or, même maintenant, c'est-à-dire presque vingt ans plus tard, je ne me sens toujours pas en paix avec ce qui s'est passé.

C'est tout ce que je dirai à ce propos. Je comprends l'envie de traquer les vraies histoires supposément cachées dans les fictions et je ne nie pas que *Qui es-tu Alaska?* est, à bien des égards, un roman autobiographique, mais à bien d'autres, il ne l'est pas.

Pourquoi avoir choisi le mot « désagrégation » pour décrire l'état du lycée après que l'Aigle a annoncé la mort d'Alaska?

J. G.: Parce que j'ai en Julie Strauss-Gabel une éditrice à l'intelligence et à l'attention peu communes, qui ne manque jamais de me rappeler l'importance du choix des mots et cherche toujours une façon plus intéressante de dire les choses.

Ce qui me plaît dans le mot « désagrégation », c'est qu'il induit une agrégation préalable. Le Gros se fond dans la culture de Culver Creek et, même si tout le monde n'est pas copain, il se dégage une impression générale d'équilibre, d'unité et d'agrégation. Les événements antérieurs à la mort d'Alaska concernent des personnages qui vivent dans l'enceinte de l'établissement ou y viennent en visite.

Aucun n'a lieu à l'extérieur de Culver Creek. Jake n'a d'existence qu'en venant voir Alaska et les jeunes des autres équipes de basket n'ont d'intérêt pour l'histoire qu'en jouant à Culver Creek. Restent les virées au McDo et au magasin « Vins et spiritueux », mais qui ne sont le fait que du Gros et de sa bande.

Miles et Chip doivent-ils se sentir coupables de la mort d'Alaska ?

J. G. : Oui.

Mais la culpabilité n'empêche pas d'autres sentiments et, pour moi en tout cas, continuer d'être triste en raison d'événements dramatiques que j'ai vécus est porteur de beaucoup d'espoir. Je me sens encore coupable de choses que j'ai faites ou aurais dû faire. Mais je suis en même temps animé d'autres sentiments – la joie, la folie, l'amour, etc. – qui me sont rendus accessibles parce que j'ai continué d'avancer.

Je trouve le sentiment de culpabilité d'Alaska en mode : « je suis indirectement responsable de la mort de ma mère » un brin artificiel. En quoi Alaska aurait-elle été différente si sa mère était restée en vie ?

J. G. : Je veux bien reconnaître l'aspect un peu artificiel.

Ne pas oublier qu'Alaska n'a pas tué sa mère. La culpabilité est une réaction courante face à la perte d'un parent ou d'un être cher. On ne peut s'empêcher de penser qu'on aurait pu faire quelque chose, le pire étant que ça se révèle parfois vrai. Or nous n'avons rien fait et ce, pour la bonne raison que nous ne sommes que des hommes faillibles qui le prouvons à longueur de journée, de mille façons différentes.

L'idée que je tenais absolument à faire passer est que

l'univers s'arrange pour punir nos manquements de façon très capricieuse. En règle générale, on ne meurt pas d'écrire un texto en conduisant mais il arrive que ça se produise.

Pour en revenir à la question, il est difficile de se perdre en conjectures – même concernant des personnages de fiction – sur la forme que leur vie aurait prise si on en avait retiré les expériences fondatrices. Alaska souffrait sans doute de graves problèmes émotionnels qui n'avaient pas grand-chose à voir avec sa mère mais plutôt avec la façon dont son cerveau était connecté.

Mais tout est lié. Une des raisons pour lesquelles je trouve la thérapie si utile et si intéressante, c'est qu'elle démontre qu'on ne peut séparer l'inné de l'acquis.

Le livre terminé, on ne sait toujours pas quels sont les sentiments d'Alaska à l'égard du Gros. Vouliez-vous qu'elle tombe amoureuse de lui ?

J. G. : Mon intention était de faire de leur relation une pelote inextricable, à l'image des relations que nouent les lycéens. (Et aussi les adultes après le lycée.)

Je ne crois pas que, dans la vie, on soit ou a) amoureux ou b) pas amoureux. Les sentiments qu'on éprouve les uns pour les autres sont complexes et le fruit d'une multitude de désirs et de peurs entremêlés.

C'est précisément cette notion que j'ai tenté de faire passer dans le livre.

Le Gros a-t-il choisi d'aller à Culver Creek pour trouver son « Grand Peut-être » ou y serait-il allé de toute façon parce que son père l'avait précédé ?

J. G. : C'est une question intéressante qui nous conduit d'emblée à la problématique du privilège que le livre aborde en filigrane tout au long du récit.

Si vous faites partie de la grande majorité des ados américains et si vous allez trouver vos parents en leur disant : « Je veux aller en pension pour trouver mon Grand Peut-être », il y a fort à parier que la réponse soit : « Dans tes rêves. » Soit parce qu'ils n'auront pas envie que vous quittiez le cocon familial soit, plus vraisemblablement, parce qu'ils n'auront pas les 30 000 dollars nécessaires à un an d'études et de pension.

Le Gros est un ado privilégié à plusieurs titres et ce qu'il voit comme une « quête » du « Grand Peut-être » peut être perçu par d'autres comme une partie de rigolade hors de prix dont il gâche le potentiel en buvant trop et en négligeant ses études. Si le Gros n'était pas issu de ce milieu relativement privilégié, il ne serait pas allé à Culver Creek et se serait mis en quête de son Grand Peut-être autrement.

Mais ce qui est au centre de la question, c'est le libre arbitre : dans quelle mesure celui-ci est-il régi par notre vécu ? Je n'ai pas la réponse. Cependant, je vais continuer d'écrire des histoires qui posent et reposent la question sous différents angles. Et, avec un peu de chance, nous commencerons à comprendre si la faute est dans nos étoiles ou en nous-mêmes.

Miles promet à son père de ne pas fumer ni boire et brise cette promesse pratiquement dès le premier jour. Est-il faible ?

J. G. : Miles ment à son père, comme tout le monde. Il n'a pas la moindre intention de se conduire sagement à Culver Creek.

En revanche, je confirme qu'il est faible. Il adopte un comportement autodestructeur et ne parvient pas à reconnaître la gravité de ce même comportement chez ceux qui l'entourent. Il ne tire pas le meilleur parti des opportunités extraordinaires qui sont offertes au privilégié qu'il est. Il donne de l'argent à l'industrie du tabac qui ne le mérite pas.

Et il boit de la piquette alors qu'il peut s'offrir du bon vin, ce qui est une faute impardonnable.

Mais on est tous faibles, on prend tous une part active à des entreprises de destruction et l'on échoue à exploiter au maximum les chances qui nous sont offertes. Par ailleurs, le boulot du lecteur (et plus généralement de tout être humain) est d'avoir de l'empathie pour les gens imparfaits et indécis rencontrés dans les livres et dans la vie. Miles n'est pas juste un héros, à l'image de tous les mortels.

Le Gros semble ne pas avoir de maîtrise sur ses actes. Chaque sortie, chaque canular sont organisés par les autres. Le Gros se contente de recevoir des instructions. Le Colonel lui donne son surnom. Dans sa relation avec Lara, c'est elle qui est à l'initiative de tout. Quant à Alaska, il ne tente rien tant qu'elle ne le lui demande pas. Est-ce une volonté de votre part ?

J. G. : Le Gros commence à avoir une influence sur l'action à partir de la seconde moitié du roman, mais il est parfaitement conscient de sa passivité (il se décrit comme une bruine comparée à l'ouragan qu'est Alaska, comme la queue de la comète que forment ses amis). Cette incapacité à agir explique en partie qu'il ne suive pas Alaska jusqu'au téléphone, une décision qui le poursuivra toute sa vie.

Il était important que le Gros ne soit pas irréprochable. À la mort d'un ami, culpabiliser est naturel, mais on finit en général par se dire : « Ce n'était pas ma faute. Je n'aurais rien pu faire. » Sauf que, dans le cas du Gros (et sans doute d'Alaska avec sa mère), il aurait pu faire quelque chose : il aurait dû l'accompagner au téléphone, il aurait dû l'empêcher de partir, il aurait dû agir.

Or, il s'agit d'une culpabilité de nature bien plus complexe avec laquelle il lui faut vivre. Il n'en demeure pas moins que le Gros n'est pas responsable de la mort d'Alaska. Il gardera à jamais sur la conscience qu'il aurait pu – et aurait dû – la retenir.

Pour moi, la question qui se pose est : comment trouver le moyen de se supporter et peut-on encore être pardonné quand la personne qui doit vous accorder ce pardon n'est plus là ? Alaska a répondu par la négative à cette question concernant sa mère. Quant au Gros, il finit par trouver une réponse qui lui apporte du réconfort, mais pour ce faire, il doit s'impliquer davantage dans ses choix et dans sa vie.

Pourquoi avoir intitulé votre roman *Qui es-tu Alaska ?* sachant que ni le Gros, ni le Colonel, ni Takumi, ne sauraient jamais qui elle est ?

J.G. : Je parle d'expérience, les questions qu'on se pose à propos d'un ami ne vont pas cesser de nous tourmenter sous prétexte qu'il est mort. D'une façon ou d'une autre, on traque avec encore plus d'ardeur la moindre information susceptible de nous aider à le cerner et à comprendre ce qui a conduit à sa mort.

Mais, comme le découvriront le Gros et le Colonel, cette

quête, pour instructive qu'elle soit, peut se révéler destructrice. Personne ne trouvera de réponse à la question centrale – pourquoi cette personne que j'aime est morte ? – en lisant son journal ou en refaisant les trajets qu'elle a faits.

C'est une question à poser à l'univers. Et c'est la raison pour laquelle l'étude de la philosophie, des traditions religieuses, de l'histoire, etc., n'est pas une activité intellectuelle soporifique mais l'essence même de ce qui permet à chacun de poursuivre une vie engagée, attentive et productive alors même que le monde est le théâtre de tant de souffrances et d'injustices.

Le docteur Hyde somme le Gros « d'être présent ». Ça signifie quoi pour vous ?

J. G. : Ça veut dire écouter. Écouter est une qualité très rare et, en ces temps noyés sous le bruit, elle a de plus en plus de valeur.

Le Gros écrit : « Les adolescents se croient invincibles. » C'est ce que vous pensiez, ado ? Et aujourd'hui ?

J. G. : Ado, j'avais conscience d'être mortel et ça me faisait un peu peur. Mais je n'ai jamais pensé que mourir pourrait avoir une quelconque incidence sur mon invincibilité, si tant est que tout ça tienne debout. C'est d'ailleurs, en gros, les mots que Mohammed Ali a prononcés après avoir gagné son troisième combat contre Joe Frazier. Il était persuadé que Frazier allait le tuer. « S'il m'avait tué, a-t-il dit, je me serais relevé et j'aurais gagné. J'aurais été le premier champion du monde des poids lourds mort. » Je pensais la même chose quand j'étais ado. Aujourd'hui, je me sens plus fragile. Je continue de croire que les gens sont invincibles, mais je ne me risquerais pas à le vérifier.

Pouvez-vous nous donner quelques titres provisoires de *Qui es-tu Alaska?*

Souvenir flou d'Alaska
Portrait flou d'Alaska
Fleurs blanches et punch violette
Alaska
Le Grand Peut-être
En quête d'Alaska
En attendant Alaska
Dernières paroles inoubliables

Parmi beaucoup d'autres. *Qui es-tu Alaska?* m'a été proposé par mon ami Keir Graff (qui n'avait pas encore lu le livre à l'époque).

En commençant le livre, saviez-vous qu'Alaska allait mourir ou vous êtes-vous rendu compte que c'était sa fin naturelle (à défaut d'une meilleure expression) en cours d'écriture?

J.G.: Au début, il s'agissait de la mort d'un garçon racontée par une fille. Mais j'ai interverti les rôles très vite, dès mars 2001.

Ce à quoi les lecteurs ont été le plus sensibles – les dernières paroles, le labyrinthe de la souffrance, le Grand Peut-être – n'a été introduit qu'au stade de la réécriture, au moment où j'ai commencé à travailler avec Julie Strauss-Gabel chez Penguin. Et l'évolution la plus importante dans l'histoire du livre, celle qui a ouvert toutes les portes du récit, je la dois à mon mentor, Ilene Cooper, qui m'a suggéré d'articuler le récit autour d'un espace-temps linéaire, celui d'une année scolaire, avec x jours avant et x jours après. Et ce, en lieu et place de ce que je m'efforçais de faire, à savoir sauter dans le temps pour toutes sortes de raisons littéraires essentielles qui, avec le recul, me font rougir de honte.

Ilene m'a convaincu d'adopter un ordre chronologique par égard pour la santé mentale du lecteur et c'est alors que j'ai commencé à envisager la structure d'un autre œil. Puis, Julie a peaufiné cette fameuse structure de sorte qu'elle crée un effet miroir (chronologiquement, la mort d'Alaska survient au point précis qui sépare les deux moitiés du roman), tout en restituant fidèlement le calendrier de 2005, année où se déroule l'action.

Les remarques d'Ilene sur la structure sont intervenues sans doute à la fin de 2002. Quant aux remaniements qui ont transformé profondément le livre, ils datent de 2003 et 2004 (*Qui es-tu Alaska?* est sorti en mars 2005).

Le roman commence «cent trente-six jours avant» et se termine «cent trente-six jours après». Ce nombre a-t-il un sens?

J. G.: L'année scolaire compte en général deux cent soixante-treize jours et je voulais que la mort d'Alaska survienne pile au milieu du temps du livre.

Quand vous vous êtes lancé dans la première mouture du roman, quelles scènes étiez-vous impatient d'écrire? Laquelle avez-vous écrite en premier?

J. G.: J'ai mis plusieurs années à écrire ce livre et les versions qui le séparent du moment où il n'était qu'un brouillon infâme de quarante pages de celui où il a été publié sont si nombreuses que j'ai du mal à me rappeler tous les stades de l'écriture.

La scène où tout le monde apprend la mort d'Alaska dans le gymnase m'est venue très tôt, sans doute en 2001. Ainsi que la scène où le Colonel et le Gros font connaissance et celle où ils jouent au jeu vidéo, qui ont survécu dans leur forme initiale.

Sans oublier celle de la «Soirée Grange» et celle où Lara et le Gros regardent la *Famille Brady* à la télé. Il me semble que ce sont les premières que j'ai écrites.

La scène «Soirée Grange» est sans doute celle qui m'a procuré le plus de plaisir, j'ai adoré écrire plus beau jour / pire jour, le rap, le rosé chaud, etc.

Y a-t-il une scène de *Qui es-tu Alaska?* que vous ayez réécrite inlassablement?

J.G.: Celle de l'enterrement (cf. p351).

Plusieurs personnages de *Qui es-tu Alaska?* et de *La Face cachée de Margo* portent un surnom. Pourquoi?

J.G.: C'était un moyen d'aborder la relation entre l'identité qui nous est donnée (notre prénom) et celle qu'on se choisit ou qu'on adopte en grandissant (le surnom). Dans mes livres, la plupart des personnages se voient attribuer à l'adolescence un surnom qu'ils acceptent. Prendre un surnom est une façon de s'approprier une identité et de revendiquer une certaine souveraineté sur soi-même. C'est ainsi que Miles ne se contente pas d'être Miles, le garçon que ses parents ont nommé ainsi, il est aussi le Gros, le garçon que ses pairs ont nommé ainsi.

La relation entre ces différentes identités – et le passage de l'une à l'autre – est un sujet qui me passionne, dans la mesure où elle explique comment, à l'adolescence, on ne cesse de faire le va-et-vient entre s'identifier à sa famille biologique et s'identifier au groupe social qu'on se constitue en dehors de la famille.

La rencontre entre le Colonel et Miles est intéressante, surtout lorsque le Colonel lui dit: «Miles à parcourir». Le fait que «Miles à parcourir» soit suivi de «Halter» a-t-il un sens caché?

J.G.: Halt(h)er[1].

Êtes-vous ennuyé que l'on cite souvent votre métaphore bruine / pluie / ouragan?

J.G.: Non, je suis ravi que «gens / pluie / bruine / ouragan» soit repris sur Internet au point qu'un Tumblr (peoplerain-drizzlehurricane.tumblr.com) lui soit consacré.

Initialement, la phrase était: «Si les gens étaient des précipitations, je serais une bruine et elle, un ouragan», puis Julie est intervenue et l'a améliorée, Dieu merci. Enfin, au cours des toutes dernières corrections, j'ai voulu la supprimer et Julie est partie au quart de tour. «Je crois qu'on ferait mieux de la conserver.» Et elle avait sacrément raison[2].

Bien sûr, j'espère que plein de gens liront (et achèteront!) *Qui es-tu Alaska?* et que la petite phrase des gens / pluie / bruine / ouragan ne sera pas leur seul lien avec le livre, mais ladite petite phrase a attiré des milliers de lecteurs qui n'auraient jamais entendu parler du roman autrement.

1 «L'arrêter» (des miles à parcourir pour l'arrêter).
2 *Elle m'a aussi dit «de ralentir sur l'usage de l'expression "pince-sans-rire"». Dommage que je ne l'aie pas écoutée.*

Pouvez-vous expliquer la blague toc toc d'Alaska ?

J.G. : Il n'y a pas de honte à demander, personne ne comprend la blague toc toc. Elle était nulle et Julie m'a conseillé de la supprimer mais, encore une fois, je ne l'ai pas écoutée. Si, un jour, j'ai la chance de publier une version « corrigée et à jour » du roman, je ne changerai pas une virgule à l'exception de cette plaisanterie à la noix qui sera supprimée.

Voici comment marche la blague. Vous dites : « C'est une blague toc toc. À toi de commencer », alors l'autre dit : « Toc toc » et vous lui répondez : « Qui est là ? », l'autre s'aperçoit qu'il s'est fait avoir et qu'on ne peut pas commencer une blague toc toc sans savoir qu'elle va se terminer comme ça. Dès que vous dites : « Qui es là ? », l'autre est forcé de rire de lui ou d'elle pour ne pas s'être rendu compte dès le départ qu'il ou elle allait se faire coincer.

J'avais toutes sortes de raisons super symboliques de faire en sorte que, par le biais de la blague toc toc, Alaska demande au Gros : « Qui est là ? » Question à laquelle le Gros est incapable de répondre, incapable qu'il est de cerner Alaska, la trouvant mystérieuse, faute d'être plus perspicace, etc. Toutes ambitions stupides et pas très pertinentes puisque personne ne comprend la blague.

Le fait que vous ayez étudié les religions à l'université a-t-il eu une influence sur le côté théologique de *Qui es-tu Alaska ?*

J.G. : Bien sûr. Je n'aurais jamais pu écrire ce livre si je n'avais pas étudié les religions à la fac. À ce propos, tout le tissu théologico-philosophico-vision du monde au cœur du livre est directement inspiré des conversations que j'ai eues avec Don Rogan, mon maître à penser et professeur à l'université de Kenyon.

Même en parlant en privé avec lui, je n'ai jamais su en quoi il croyait, mais il était passionné par l'expression de ce qu'on appelle l'espérance profonde – croyance qui veut que l'espoir soit disponible à tous, à tous moments, voire dans la mort.

Et le postulat que le Gros émet à la toute fin du livre, à savoir qu'Alaska lui a pardonné, est quelque chose de furieusement religieux dans sa bouche. (Bien sûr, ce n'est pas le seul point de vue développé dans le livre. Il faut compter avec celui du Colonel : « C'est moi qui choisis le labyrinthe. Il craint, mais c'est moi qui l'ai choisi », qui n'est pas forcément religieux mais plein d'espoir.)

Pour résumer, je voulais rassembler toute la diversité des moyens à disposition des jeunes pour réagir en leur âme et conscience face à la perte et au chagrin, montrer toute la gamme de recours vers la résilience à essayer.

Autrefois, vous disiez de *Qui es-tu Alaska ?* que c'était une « fiction chrétienne » mais, plus récemment, vous avez indiqué que le livre était une exploration des multiples réponses religieuses (ou pas) au chagrin. Pouvez-vous expliquer ce revirement ?

J. G. : J'opposerais à cela qu'une bonne fiction chrétienne peut explorer (et encenser) les réponses multireligieuses et non religieuses au chagrin. J'ai beau avoir un système de croyance et une tradition religieux, je ne disqualifie pas pour autant d'autres systèmes de croyance.

Il est clair que *Qui es-tu Alaska ?* explore et sans doute vante les réponses multireligieuses ou non religieuses au problème de la souffrance, mais la réaction personnelle du Gros est une réaction chrétienne, dans la mesure où le concept théologique d'espérance profonde (l'espoir et le pardon étant disponibles à tous et même aux morts) est au cœur de ses conclusions. L'idée qu'il exprime à la toute fin du roman – celle qui veut qu'Alaska et lui puissent s'accorder mutuellement le pardon – m'a sûrement été inspirée par le christianisme.

C'est pourquoi j'ai toujours trouvé curieux que ces gens qui voulaient bannir le livre des écoles osent prétendre qu'il offense les valeurs chrétiennes. Or les valeurs chrétiennes essentielles – espérance profonde, pardon universel – sont les valeurs centrales défendues au dernier chapitre.

(Pour info, je trouve que ceux qui prétendent le contraire – que la fin du roman pèche par son didactisme et sa lourdeur – n'ont pas tort. Mais je me fiche de la lourdeur. Je voulais que le Gros puisse écrire sa disserte, qu'il accorde et reçoive ce pardon dont il avait tant besoin, et imagine un beau quelque part pour Alaska.)

Pouvez-vous nous parler de la scène de fellation ?

J. G. : Parlons-en.

La scène de fellation entre Lara et le Gros se déroule juste avant une autre scène beaucoup moins intime d'un point de vue sexuel, mais beaucoup plus intime d'un point de vue émotionnel entre Alaska et le Gros.

Le langage de la scène de fellation est clinique, distancié et dépourvu de sensualité. C'est le mot « pénis » qui est employé et non un autre de ces substantifs qu'on trouve dans les romans d'amour, comme « membre ». Les adjectifs font la part belle à : bizarre, inquiet, perplexe.

Le contraste est saisissant entre cette scène et celle où le Gros et Alaska s'embrassent, quelques pages plus bas : « Nos langues dansant dans la bouche l'un de l'autre dans un mouvement de va-et-vient, emmêlées. Alaska sentait la cigarette, le soda, le vin et le stick hydratant pour les lèvres. Elle a avancé la main pour suivre la ligne de ma mâchoire. » Dans ce paragraphe, c'est la fête des sens (un peu trop, diraient certains), et il s'en dégage beaucoup plus d'érotisme et de passion que dans celui qui décrit la scène de fellation.

Les deux scènes devaient être en totale opposition pour qu'il ne fasse aucun doute que : 1) le Gros et Lara étaient curieux l'un de l'autre, avaient envie de se connaître, mais n'étaient pas passionnés, alors que : 2) dans le baiser qu'échangent Alaska et le Gros, on sent la passion, l'attention, l'implication, et surtout : 3) que l'intimité physique ne peut et ne pourra jamais remplacer véritablement l'intimité émotionnelle.

Pour moi, il était évident que je m'élevais contre les relations sexuelles insipides qui n'apportent aucune joie à personne et que je chantais les vertus sous-estimées de la pelle torride où chacun reste habillé. (Certains censeurs ne partagent pas cette opinion. Cela dit, la plupart n'ont pas lu la scène de la fellation dans son contexte.)

Si vous pouviez revenir en arrière, supprimeriez-vous la scène de fellation ?

J. G. : Non. Je soutiens mordicus cette fellation dénuée du moindre érotisme (ne serait-ce que pour me permettre d'écrire cette phrase).

En quoi Culver Creek ressemble-t-il à Indian Springs où vous avez été pensionnaire ?

J. G. : Les tortifrites existaient vraiment, sauf que la cantine d'Indian Springs est devenue bien meilleure (et beaucoup plus saine) qu'à mon époque. Les dortoirs sont aussi bien différents et la grange où Alaska, le Gros, Takumi et les autres passent la nuit a été rasée.

La structure du campus de Culver Creek est calquée sur celle d'Indian Springs, un endroit formidable pour partir en quête de son Grand Peut-être. Le roman est une fiction – même si j'ai puisé mon inspiration dans mes souvenirs personnels –, ce qui ne l'est pas en revanche, c'est qu'Indian Springs est un lycée magique dont les élèves continuent de m'éblouir.

Comment avez-vous trouvé les canulars de *Qui es-tu Alaska?*

J. G. : Pour être tout à fait honnête, auprès de mes camarades de classe.

Pourquoi le vin rosé ?

J. G. : Parce que c'est ce qu'on buvait au lycée.

(Cherchant en vain une métaphore.)

Oui, c'est ça.

Qui sont Tori et Ani ?

J. G. : Oh, je suis si vieux et ce livre aussi.

(Tori Amos et Ani Difranco.)

D'où vient l'idée de la coiffe renard ?

J. G. : Au lycée, j'avais un copain qui mettait un bonnet à tête de renard chaque fois qu'il enfreignait le règlement et quand je lui demandais pour quelle raison, il me répondait invariablement : « Parce que personne ne peut attraper cet enfoiré de renard. »

C'est la vérité vraie.

Quand vous êtes-vous rendu compte que vous aviez trouvé votre Grand Peut-être ?

J. G. : Le plaisir est dans la quête. C'est ce que j'ai fini par comprendre.

Pouvez-vous donner la signification des dernières paroles d'Edison sur lesquelles le livre se termine ?

J. G. : C'est une prière d'espoir en la vie dans l'autre monde.

Que diriez-vous aujourd'hui à une fille comme Alaska ?

J. G. : Tu es utile, tu es aimée, tu es pardonnée et tu n'es pas toute seule.

On lit plus fort .com

Le blog officiel
des romans
Gallimard Jeunesse
Sur le web, le lieu
incontournable
des passionnés
de lecture.

ACTUS

AVANT-PREMIÈRES

LIVRES À GAGNER

BANDES-ANNONCES

EXTRAITS

CONSEILS DE LECTURE

INTERVIEWS D'AUTEURS

DISCUSSIONS

CHRONIQUES
DE BLOGUEURS...

Mise en pages : Françoise Pham

Imprimé en Italie sur les presses Grafica Veneta
Dépôt légal : juin 2015
ISBN : 978-2-07-066716-1
N° d'édition : 285724

Le papier de cet ouvrage est composé de fibres naturelles,
renouvelables, recyclables et fabriquées à partir de bois
provenant de forêts plantées et cultivées
expressément pour la fabrication de pâte à papier.

COMMENT SORTIR DE CE LABYRINTHE ?